绿 宝 石
Fall into your light

攻略不下来的星辰

袖侧 著

The Star I Chase

的星辰

北京联合出版公司
Beijing United Publishing Co., Ltd.

乌云会散，星星会发光。
你的征途是星辰大海，
不要被眼前的石头绊倒。

目录 CONTENTS

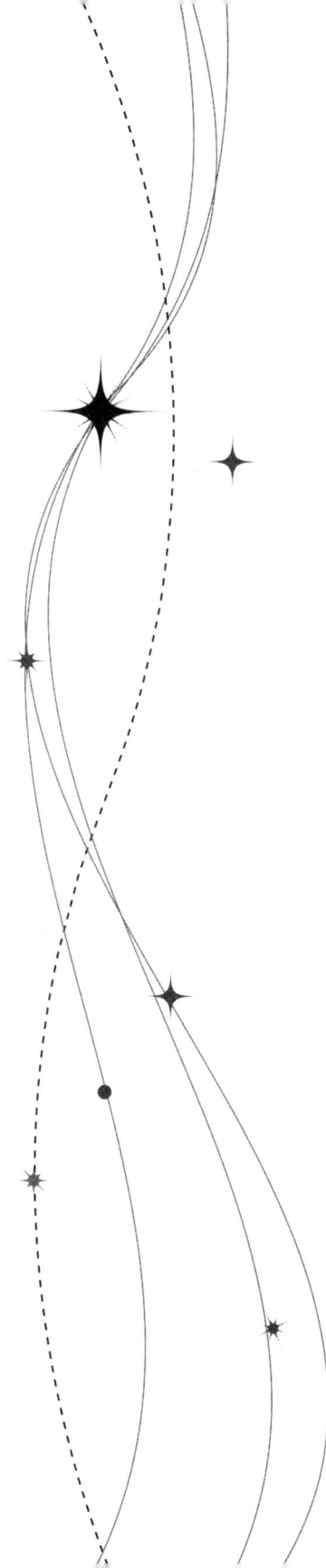

缘起&世界〇：都是套路

"你被'快穿世界'选中，接下来，你将作为任务者穿越到不同的世界，完成系统交给你的任务。"

天有不测风云，人有旦夕祸福。比如韩烟烟，"嘎嘣"一声她就死了！

她自己也很蒙。

她本来正好好开着车呢——一边开车，一边构思新的故事——头顶的夜空突然亮起了刺目的光。她最后的记忆是，在那根本让人睁不开眼的白光里，有一辆厢式货车朝她冲了过来——记忆的画面到此就定格了。

其实比自己嘎嘣一下就死了更让她发蒙的是，她死了之后居然有意识！原来灵魂这个东西真的存在？

她此时正站在一个纯白的空间里，头顶、脚下和四周都是白色的，纯白且明亮，但你又不知道光到底是从哪里发出来的。在这样诡异的空间里，韩烟烟倒是没有惊慌失措，反倒闲庭信步。

在那些神话故事里，喝孟婆汤也好，上天堂也好，都有个引路人，用不着她们这些死人操心，韩烟烟相当有信心地想。

果然，她才走了几步，就有个声音在空间中响了起来。不过那声音既不是孟婆的，也不是天使的，而是机器人一般的电子合成音。

"韩烟烟，你被选中了。"那声音说。

听到"韩烟烟"这个名字，她心中愕然。她不动声色，什么都没说，只静静地用目光缓缓扫过纯白、发光的头顶，希冀找到那个声音的出处。

没人搭腔，过了尴尬的好几秒，那"电子音"不得不硬着头皮接着说："你被'快穿世界'选中，接下来，你将作为任务者穿越到不同的世界，完成系统交给你的任务。"

经历了名字带给她的惊讶后，"快穿世界"四个字已经不能带给韩烟烟更多意外了。听到"电子音"的话，她只微微动了动眉毛，连表情都没变。

经历了刚才的尴尬，这一次"电子音"没有再玩欲擒故纵、故弄玄虚的把戏，直接半铺直叙："你将会进入不同的世界，攻略不同的目标人物。我会给予你一定的能力或者条件，协助你有效地完成任务。"

"电子音"用了一个韩烟烟非常熟悉的词，它说："韩烟烟，你想要什么'金手指'，可以在此提出。"

也是，"快穿世界"都出现了，"金手指"还会远吗？

韩烟烟没有直接索要"金手指"，只冷静地问："我已经死了吗？我是说我本人，真人、肉身。"

"电子音"说："还没有，不过，离死不远了。"

韩烟烟皱眉。

"电子音"说："所以你很幸运，遇到了我。如果你能完成我交给你的任务，我会救活你，还会给你令人惊喜的奖励。所以，现在我们赶紧进入正题吧。在'快穿世界'里，你想要什么'金手指'？"

韩烟烟注意到，"电子音"说救活她、奖励她的前提都是"完成任务"。那如果完不成呢？韩烟烟觉得不用多问，答案其实很简单，也很明白。

她垂眸思索片刻，抬眸："如果是太平盛世，我要绝世美颜、腰缠万贯；如果危及生命，我要战力爆表。"

"电子音"沉默了。

韩烟烟也不着急，静静地站在那里等候它回答。

过了很久，"电子音"才说："对不起，无法满足你的条件。"

韩烟烟："……"

"电子音"说："绝世美颜、腰缠万贯和战力爆表，你要求的这三个条件几乎构成了完美条件。根据以往的经验，拥有完美条件的任务者失败概率更高。我们决定只给你限制条件。"

韩烟烟敏锐地捕捉到了"我们"这个关键词。

"电子音"说："关于'金手指'，稍后再讨论。现在，关于任务，你有什么要问的吗？"

"有。"韩烟烟说，"是什么任务？攻略的要求是什么？怎样算完成任务？衡量标准是什么？"

"你将会进入一个或数个……肯定是数个世界！每个世界里都有一个需要你攻略的主要人物。你的目标就是……改变他，让他发生变化。"

这一次，韩烟烟真真切切地把愕然表现在了脸上。

"这叫什么任务？"她皱眉道，"怎样才算'改变'？我怎么知道目标是否发生了变化？这是以什么来衡量的？"

"电子音"咳了一声："我自有衡量标准，那已经超出了你的理解范围，不必多问。"

这是什么鬼？人家的"快穿"任务要么是攻略什么人，好感度达到一百算通关；要么是完成原主的遗愿，能化解原主的执念就算通关……总之，都有标准明确的衡量尺度。怎么到了她这里，这么含糊其词？

"这些你不用担心，我扫描过你，你是个非常有潜质的构建师，我很看好你。你先试一试，来个简单点的……哎呀！""电子音"说到一半戛然而止，气急地道，"忘了给你标记了！"

然后，韩烟烟脑海里最后的记忆就是，这个机械的、电子合成音般的声音冷冰冰地说："标记。"

明明它之前说话还带人味儿，这一句"标记"却仿佛突然失去了所有的感情，如同一台冰冷的机器。

这一声冰冷的"标记"之后，仿佛什么都没发生。韩烟烟依然站在那个泛着白光的空间中，只是大脑空洞洞的，似乎有点茫然。

好像……忘记了什么重要的事……

"好了，你准备一下，我要送你进去了。这是你拿手的，希望你好好表现，别让我失望。就照你说的，让那位……那位攻略目标爱上你，如果爱情真像你说的那样能改变一个人的话。"

"电子音"顿了顿，又冷冷地说："记住，你的身体濒临死亡，它能不能活，全看你的表现。你表现得好，我不但能救活你，还会给你奖励。若你让我失望了，就自生自灭吧。"

经历了一瞬间的恍惚和茫然之后，听到"电子音"这番话，韩烟烟不由得皱起眉头。

莫名其妙的事情太多，想问的问题太多，可是"电子音"并没有给她任何发问的机会。它恫吓完韩烟烟就机械地说了一句："世界生成。"

韩烟烟眼前的白光消失，黑暗瞬间袭来，令她不由自主地闭上眼睛。

在闭眼的一瞬间，大量的信息涌入她脑内。

这里……是一个现代都市。她韩烟烟是一个"草根"出身、漂泊在大都市里、勉强能养活自己的小白领。她租房子住，没有恒产，收入月月光，可以说是一穷二白。

接收完背景信息和人设信息，韩烟烟低头一看，自己手里捧着马克杯，再四下打量，身处的地方貌似是一间茶水间。

正思量间，茶水间的门猛地被推开，一个女孩子兴奋的脸冒出来："烟烟！烟烟！你快来！有人给你送花！"

说着，女孩不由分说地扯住韩烟烟的手腕，拉着她向外跑。

李燕，同事，合租室友。

信息迅速在韩烟烟脑海中生成。她正被李燕拽着手腕向外拉。随着她走出门，一个鲜活的世界在她眼前展开。

一格一格的办公空间，敲键盘声、打电话声、翻阅资料声、交谈声……这是一间忙碌的办公室。此时，几个女同事正围在她的工位旁。见她出来，大家纷纷打趣她。

"烟烟啊，这是交男朋友了吗？"

"这么大束的香水百合可不便宜。"

"哇，真是好羡慕啊。"

韩烟烟还没看见花，就先闻到了扑鼻的香气。她走过去，别人闪身让开。她看见一大束百合正静静地躺在她的办公桌上，特别扎眼。

正主回来，同事们开了几句玩笑，就各自回工位干活儿了。韩烟烟坐回座位上，抽出夹在花朵间的卡片打开。

　　　谢谢。——郑曜

卡片中附着一张十万元的现金支票。

眼睛看到的一切都转成信号反馈给大脑，许多一秒钟之前还没有的信息被触发激活——仿佛它们一直就在那里，只等着什么关键词来触发。

郑曜，郑氏集团总裁，C城首屈一指的大富豪。

两天前的晚上，郑曜有着RH阴性熊猫血的母亲出了事故，接受了韩烟烟的献血。

所有人都围着那位尊贵的夫人转。对于那个男人，献了血的韩烟烟甚至连个背影都没看见，视线全被一群穿黑西装的彪形大汉挡住了。她只听到了皮鞋踏在地板上的声音，急促又铿锵有力，一下一下地，像敲在人心口上。

当然，到这里为止的"韩烟烟"更像是一个角色、一个符号。真正的韩烟烟两分钟前才在这个世界里睁开眼睛。

韩烟烟此时正捏着道谢的卡片和现金支票，脑海里被激活的信息使她知道，前天晚上那个被"黑西装"簇拥的男人就是郑曜——她在这个世界要攻略的男人。

倒是个孝顺的儿子，就是不太把别人当人，比如韩烟烟这样的路人甲小职员。对几乎可以说是救了郑老夫人一命的韩烟烟，就只有轻飘飘的"谢谢"两个字，还不是当面说的。

哦，当然，还有十万元的支票。

对于小职员韩烟烟来说，十万块钱沉甸甸的。对于富贵逼人的郑曜来说，钱能解决的问题都不是问题。

典型的霸道总裁和灰姑娘，既视感太强，套路也实在太恶俗。

韩烟烟以前还没名气的时候，自己写的文赚不到钱，生活全靠给人当"枪手"支撑。她一天能写三万字，类似的霸道总裁文、套路文写到要吐。

怪不得"电子音"说"这是你拿手的"，这还真是她拿手的。

霸道总裁呀……

韩烟烟嘴角微扯，把卡片放进抽屉，把支票撕成碎片扔进了垃圾桶。

按照套路，霸道总裁见多了"捞女"，能吃住这种男人的必须是正直、善良、清纯、一点都不爱钱的灰姑娘！

✦　✦　✦

总裁开了一张有日期的现金支票，到了日期发现灰姑娘没有去拿钱，于是透过贫穷的外表发现了这姑娘不贪钱的高贵内心。这种套路，韩烟烟当"枪手"那会儿写得太多太多了。那都是十多年前的事了，那时候全是这种"古早玛丽苏"的眼儿。

韩烟烟去了洗手间，站到了镜子前面。

韩烟烟的脸和身体都非常年轻。她才刚刚离开校园，眼睛清澈澄净，眉间的书卷气配着一头"黑长直"，给人的第一眼感觉就是"干净"，称得上清纯动人。

"电子音"是个小气鬼。她想要绝世美颜，"电子音"不肯给，只给了她这样一张脸。按照这种霸道总裁的攻略难度来看，只能说是差强人意。

韩烟烟看着镜子长长地呼出一口气。

颜有了，套路有了，仿佛搭好了舞台，穿好了行头，她只需按部就班地把这出戏唱下去。

现在韩烟烟真正关心的不是这出戏的内容，而是戏外的事。

首先，这个见鬼的"快穿世界"到底是什么？以"电子音"那副高高在上的德行看，估计不会给她明确的答案。

那么这个问题先搁下。其次，她需要做的是理理自己现在的情况。根据"电子音"所说的，她现在应该是要死不死的状态，死不死就看"电子音"发不发慈悲了。而想活下去，她就得听"电子音"的话，在这个见鬼的"快穿世界"完成些稀奇古怪的任务。

可以，她接受。毕竟活下去比什么都重要。至于她现在到底是人是鬼，是灵魂出窍还是意识离体，反倒都是细枝末节的事了。韩烟烟不在乎。

第三，就是这个"快穿世界"本身了。这四个字，还有"韩烟烟"这个名字，简直令她无力吐槽。

"电子音"先前提到做任务时，给出的衡量标准模模糊糊、莫名其妙。好在临到送她来这个世界时，反而给了她一个清晰、明确的目标——让攻略目标爱上她。

韩烟烟清楚地记得，"电子音"还说了一句"如果爱情真的像你说的那样能改变一个人的话"。所以，她什么时候跟"电子音"谈论过"爱情"这个话题？好吧，这个问题无解，暂时搁置。

从"电子音"的话里，韩烟烟准确地把握住了关键信息，它给她这样一个任务目标，说到底还是为了"改变"目标人物。为什么？

以及……韩烟烟看着自己的眼睛，心里非常介意一个词——构建师。

它说，她是一个非常有潜质的构建师。所以，构建师到底是什么？

还有，她在精神恍惚那一瞬之前，听到的最后一句话是"标记"……

太多的问题都无解，预计短期甚至长期内她都得不到答案。韩烟烟看着镜子里的自己，决定把这些问题都暂时搁置，先把这第一个任务做好。

和韩烟烟预期的套路一样，半个月后，郑曜的人联络她了。

"我是郑总的秘书，我这边显示支票已经过期，但是您并没有去领取这笔钱。"秘书说。

"哦！"韩烟烟做恍然大悟状，"想起来了！我的确收到过这么一张支票，因为很莫名其妙，我就直接处理掉了。正好，您能告诉我这到底是怎么回事吗？"

秘书还以为她担心遇到骗子，给她解释了一下。

韩烟烟说："这不是什么大事，你们已经送过花了，这就够了，不必提钱。替我谢谢那位郑先生吧，我最喜欢百合了。"

秘书也没有为难她，痛快地说："好，那我替您转达。"

第二天，当又一束百合花送到办公室的时候，韩烟烟知道，鱼上钩了。

那之后，郑曜每天送一束花，准时送到韩烟烟的办公室。一时间，公司同事都传她被富二代追求，也有人说她被大款包养。

众说纷纭，但韩烟烟并不在乎。有时候她在座位上抬起头撑腮四望，会看到这些鲜活的人或对她微笑，或目露鄙夷，或羡慕、嫉妒。

这些都不重要，因为在这个世界里，对她必须要执行的任务来说，这些人……都不过是NPC[1]。

仅此而已。

---

1 "Non-Player Character"（非玩家角色）的缩写，是游戏中的一种角色类型，指游戏中不受玩家操纵的游戏角色。

作为这个"快穿世界"的任务者，她一看他们就知道他们每个人是谁、有什么背景。

比如李燕，韩烟烟看她第一眼时就已知道她是谁，知道她来自南方某个小城，家里有父母和一个与她相差20岁的弟弟；知道她暗恋大学的学长，更知道那学长也在这个城市，每隔十天半个月给她打个电话"聊骚"，吊着她做备胎。

比如郑曜的秘书，韩烟烟第一次接到他的电话时，就知道他是个皮肤白皙、瘦削的高个子，知道他是哪里人，甚至知道他女朋友喜欢哪个牌子的口红。

这些都是她作为任务者被"电子音"允许掌握的信息。因为这些信息的存在，仿佛开了天眼的韩烟烟并不着急，耐心地等待一个重要的NPC出现。

不负她所望，在收了一个月的百合花之后，那个重要的NPC出现了。

手上钻戒有鸽子蛋大的富家千金直接闯进办公室，见到韩烟烟甩手就是一耳光。

"我是郑曜的未婚妻，今天来只是给你个小小的教训，让你看清自己是什么人。以后离我未婚夫远点。"千金大小姐轻蔑地扔下一张支票，"拿着这些钱，离开这个城市。下次再让我见到你，就不是挨一耳光这么简单了。"

说完，大小姐就带着保镖、昂着头离开了。

在众多同事复杂的目光中，韩烟烟抹抹嘴角的血渍，拾起地上的支票，看也没看，直接撕成两半扔进了身边的纸篓，然后朝外面走去。

有好事的同事在她身后迫不及待地从纸篓里捡起被撕毁的支票，而后赞叹："好有钱，一百万啊！"

韩烟烟……已经走到办公区出口的韩烟烟打了一个趔趄！

前台小姐好心地扶了她一把，担忧地说："烟烟，你没事吧？"

"没事……帮我请个假，我今天不舒服，先走了。"韩烟烟强撑着抽搐的脸，大步地离开。

妈呀！才一百万？！

看那千金小姐气势汹汹的模样，韩烟烟以为至少得有五百万或者一千万！

要不要这么小气啊？！

韩烟烟以前当"枪手"写霸道总裁文的时候，总裁妈、总裁未婚妻、总裁暗恋者、总裁"白月光"等，随随便便就拍出支票："给你一个亿，离开我儿子/未婚夫/他！"

怎么终于轮到她了，就抠抠搜搜一百万？

韩烟烟叹气："真掉价。"

韩烟烟离开办公室后清了清嗓子，给郑曜的秘书打了个电话，把刚才的事情讲述了一遍，然后说："这一定是有什么误会，希望郑先生能跟他未婚妻解除误会，不要因为我闹不愉快。"

"对了，那个百合花，希望郑先生以后不要再送了。真的没必要，郑先生的心意我心领了，不过是举手之劳，就到此为止吧。"她的声音温柔，大度中带着隐隐的哽咽后的微涩。

一听就知道是善良的姑娘在刁蛮的大小姐那里受了委屈！

秘书心软地叹了口气，安抚了韩烟烟几句，跟她承诺说："郑先生一定会解决好的。"

郑先生的解决方式就是第二天派何秘书亲至，捧上一大捧红玫瑰，并奉上一条钻石手链。

作为善良、纯洁、清高的灰姑娘，韩烟烟当然会对钻石手链表示明确的拒绝。但何秘书强行让韩烟烟收下了钻石手链，跟他主子一样强势。

接下来，郑曜每天都会高调地给她送红玫瑰，隔三岔五就送贵重礼物，努力证实她和他的绯闻，即便他们两个人其实根本没见过面。

因为真相是，这位郑曜先生根本就不想娶那位曹大小姐。非但不想娶，他还在暗中筹谋收购她家的集团。

他本来就是为了拖延婚期，才故意与大小姐发生口角，却意外地让曹大小姐误会了韩烟烟和他的关系，这才有了先前的那一耳光。

于是，郑曜立即决定借着这个误会拿韩烟烟当烟幕弹迷惑曹家，所以何秘书硬压着韩烟烟收下了礼物。

从韩烟烟在这个世界睁眼到现在为止，每一个主要NPC的每一句话、每一个行动，都在她的意料中。她脑海中的信息使她能预知接下来要发生的所有事情，因为这都是前戏。

前戏，而已。

真正的大戏其实要到她和郑曜真正面对面才会开始。当她真的与他面对面以后，她就无法预知后面的发展了，接下来的一切就都要靠她自己了。

韩烟烟初到这个世界时内心深处的那一点紧张和疑虑此时已几乎没有了。这行云流水般一路行进的言情小文情节，令她放松了警惕、消除了紧张感。

"电子音"说这是她拿手的，还真说对了。

她初来时对郑曜这个任务目标的好奇也没剩多少了。

只是一个霸道总裁而已，她写过太多了。

就这种霸道总裁，哪个不是对灰姑娘爱得要生要死、双手奉上全部家产，韩烟烟懒洋洋地想。

✦ ✦ ✦

接下来就如同走过场一般，千金大小姐终于像古早言情小说里的弱智女配角一样，开始对韩烟烟动手了。当韩烟烟在回家的路上被绑架到面包车里，被蒙上眼睛、堵住嘴的时候，心里还在感叹："这妥妥的都是古早言情小说的套路啊。"

被关在废弃仓库的时候，韩烟烟吃了些苦头，主要是大小姐用语言辱骂她、扯着头发扇了她几个耳光并踹了她两脚。挺疼，不过还好没出现那种恶毒女配角找人强奸女主角最后被反强奸的桥段。韩烟烟很欣慰。

从前她当"枪手"的时候就坚持不写这种桥段，哪怕把女配角写得再蠢也坚持不写。为此编辑还训过她，嫌她写的剧情不够"狗血"。即便如此，她也坚持不写，嫌太低俗了。

虽然脸上和身上都有点疼，韩烟烟这会儿却打了精神，因为通过对所有人的行为预测可以得知，她马上就要见到这个世界的正主了。

大小姐以她为要挟，约了郑曜出来见面。她要以韩烟烟的性命相逼，逼郑曜跟自己结婚。如无意外，她会被郑曜突然出现的手下打得落花流水并被送进监狱，然后家族集团被郑曜全盘拿下。

在这个事件中，韩烟烟因为被郑曜当作烟幕弹而被无辜波及，终于得以与郑曜相识。

到这里，背景前情全部完毕。接下来，她将不再有行为预知能力，目标人物的行为不可推测，随时可能发生变动。从这里开始，全要靠韩烟烟自己了。

"啪"一声，大小姐一个耳光将绑在椅子上的韩烟烟抽得头歪过去，恨恨地骂道："到现在都没来，看来他也没那么喜欢你！"

韩烟烟吐出嘴巴里的血，视线穿过挡在脸上的凌乱长发看了她一眼，忽然对她心生同情。

她本来是个很漂亮的千金大小姐，此时却表情狰狞、面孔扭曲，实在丑得没法儿看。她出身富贵，受过高等教育，要在正常的世界中，是妥妥的"白富美"、人生赢家，不知道多少青年俊杰争着想娶。可在这个"快穿世界"里，她只能落一个恶毒女配角的下场。

这命运、这人生轨迹，是什么人替她决定的？

真够扯淡的！

车胎与地面激烈摩擦的巨大噪声由远及近地响起，迅速逼近。仓库的大门敞开着，闪瞎人眼的豪车直接冲了进来，一个漂移后停在了二十米外。车门被打开，长而有力的腿伸出，锃亮的皮鞋踏在水泥地上……

韩烟烟从进入这个世界起就一直很淡定，此时终于起了几分好奇心，很想知道这个她要攻略的男人到底长什么样。

可她看不见！曹大小姐的几个打手环绕着她们两个人，曹大小姐自己更是挡在韩烟烟身前。虽然她身材窈窕，可是刚好不偏不倚地把那个男人挡住了！

其实韩烟烟要是向旁边歪歪身体伸伸脖子，就可以看到她想看的那个人。可她强压住心里的好奇，没这么做。

她被曹大小姐当泄愤对象打耳光，脸颊红肿、嘴角瘀青。这张脸本来就不是她想要的绝世美颜，只能说是普通意义上的漂亮。她安安静静地垂着头，还能有点柔弱美。如果她伸长脖子使劲看，连最后这点让人怜惜的柔弱美也都没了！

这可是她和攻略目标的第一次见面！她只能在现有条件下尽量保持美丽柔弱、惹人怜的姿态。伸长脖子偷看之类的事情，就先算了。

"砰"的一声车门被关上，空旷的仓库里荡起回声。

那个男人向前走了两步，而后站定。他无须开口，气场强大，威压逼人。韩烟烟在曹大小姐身后都感受到了来自这男人身上无声无形的压力。她不由得微微屏住呼吸。

"郑曜！你总算舍得来了！"曹大小姐声音尖厉，只是尾音里却带了一丝哭腔。虽然郑曜与她是商业联姻，郑曜一直在虚与委蛇，她却将一颗心都系在了他身上。

郑曜沉默了一会儿，终于开口，问："你想做什么？"声音中没有紧张、着急，沉静平稳，如同他正坐在会议室里掌控全场。

曹大小姐一如韩烟烟脑中信息给出的行为预测，如所有的弱智女配角那样要求道："我要你和我结婚！不然我就杀了你爱的人！"

在韩烟烟没参与的情况下，郑曜一个人玩烟幕弹游戏玩得不亦乐乎，放出各种假消息迷惑曹大小姐，让她误以为郑曜痴恋韩烟烟。

说大小姐是NPC，其实是韩烟烟在心里暗自吐槽的说法。这位大小姐其实是个活生生的人，包括这些围绕在她身边的保镖、办公室的同事等，他们都是活生生的人。只不过韩烟烟预先从"电子音"那里获得的信息，已经囊括了这些人将要做的事、说的话。只要韩烟烟不节外生枝，事情就会按部就班地发展到眼前这一步。这一切就仿佛游戏开始前的前情交代。

所以韩烟烟才暗暗吐槽这些人是NPC。

在这里面，唯有韩烟烟自己和郑曜这个攻略对象与众不同。

韩烟烟自己就不用说了，关于郑曜……"电子音"给韩烟烟的就只有背景信息，比如出身、学历、亲友关系、人脉、资产等。关于郑曜这个人本身，韩烟烟脑海中的信息少得可怜。

对于接下来的发展，她只有一个大概的轮廓，知道曹大小姐和她家都结局凄惨。韩烟烟其实并不知道在眼前这个堪称标准言情"小白文"式的场景里，郑曜会说什么话、做什么事、给出什么反应。

如果他是个"恋爱脑"总裁，且真的和韩烟烟相爱的话，大概会警告曹大小姐不许动韩烟烟一根汗毛，否则绝不会放过她之类的。

韩烟烟和他的对手戏根本还没展开，照目前的情况来看，他更像是一个腹黑型总裁。

韩烟烟微微垂着头，做出柔弱的姿态，其实耳朵竖得尖尖的，想听清楚自己这个攻略目标会说些什么。

她听到的是一阵沉默。

在这阵沉默中，曹大小姐的呼吸声格外清晰、粗重，想来她内心也十分紧张。

那个男人沉默了很久才缓缓地说："你以我'爱人'的性命威胁我，是为了和我结婚？"

"对！你要是不答应，我就杀了她！"曹大小姐声嘶力竭地喊道。

又是沉默。

韩烟烟看不到他，可是能感受到那个男人注视曹大小姐的目光。曹大小姐的背不自觉地绷直，将那视线的威压传递给了韩烟烟。

男人沉默了很久，忽然问："你知道什么是商业联姻吗？"

大小姐尖声道："你什么意思？"

叫作"郑曜"的男人缓缓地说："商业联姻，是一对能代表两个家族的男女以婚姻的形式进行的资金和技术整合，以及人脉和资源的互通。这是强与强的联合。"

他的声音不高，穿透力却很强，而且说的话正常且符合逻辑。在这个见鬼的"快穿世界"里，这份正常给了韩烟烟一种"众人皆醉他独醒"的感觉。

"这是结婚，不是……结仇。"

一阵沉默之后，韩烟烟听到男人这么说。她情不自禁地感到，这个世界……原来还有正常人啊！

郑曜说完之后又沉默了。

他这次沉默的时间不长，因为曹大小姐不管不顾地尖叫起来："我不管你说什

12

么，我就是要跟你结婚！"她的声音太尖锐，又离韩烟烟太近，险些刺破韩烟烟的耳膜。

可在这尖叫中，韩烟烟清清楚楚地听见了郑曜的声音。这男人仿佛在自言自语般地呢喃，声音明明很低，不知为何却能穿透曹大小姐的尖厉叫声，直达韩烟烟的耳膜。

他轻轻地说："……什么鬼？"

韩烟烟心头忽地生出一种不祥的预感。

异变在男人的话音将落未落的瞬间陡然发生！

水泥地面在男人锃亮的皮鞋下粉碎，化作齑粉。那水泥之下露出的并不是地基或者泥土，而是虚无！一场风暴以男人为中心骤然腾起，旋转呼啸着扩散。所到之地，一切都化作齑粉。

"这……这是什么？！"大小姐恐惧地尖叫后退，一脚踩上了韩烟烟的脚。

高跟鞋的细跟踩下去，疼得韩烟烟眼泪都流了出来。疼痛之下，韩烟烟已顾不得装柔弱了，虽然她被绑在椅子上，上身却还能稍微移动。她猛地用头去顶，曹大小姐猝不及防，又穿着高跟鞋，趔趄几步之后趴在了地上。

那旋风倏忽间就到了曹大小姐眼前。

先沙化的是曹大小姐的手指，她向前摔倒，手臂前伸，指尖最先触到那风暴。

韩烟烟眼睁睁地看着曹大小姐在尖叫中沙化，从指尖到手臂，再到头颅、肩膀、后背……全部化作齑粉融入风暴中。

保镖、打手们惊慌失措地叫喊，其中一人甚至掏出手枪射击郑曜，可枪声也没能令韩烟烟从震惊中清醒，直到那风暴在短短几秒间扩散到她眼前！

她被绑在椅子上，手腕、脚腕都被绑着，身体最靠前的部位是膝盖。

韩烟烟仿佛在看一部慢放的特效电影，眼睁睁地看着自己的膝盖沙化，那些齑粉随即被卷进风暴中，成为风暴的一部分。她没有流血也没有感到疼痛，化作齑粉消失的身体只是失去了感觉，仿佛她从来就不曾拥有过这一部分身体似的。

风暴扩散，韩烟烟失去了双腿。在风暴即将触及她鼻尖的前一秒，她终于从震惊中醒来，看向那风暴中心的男人。

那男人的脚下已经没有地板，头顶也没有屋顶。那些物质的东西都已经坍塌、消失。他双手插在裤兜里，就那样站在虚无中，漠然地注视着眼前的一切。

他还在。

世界崩了。

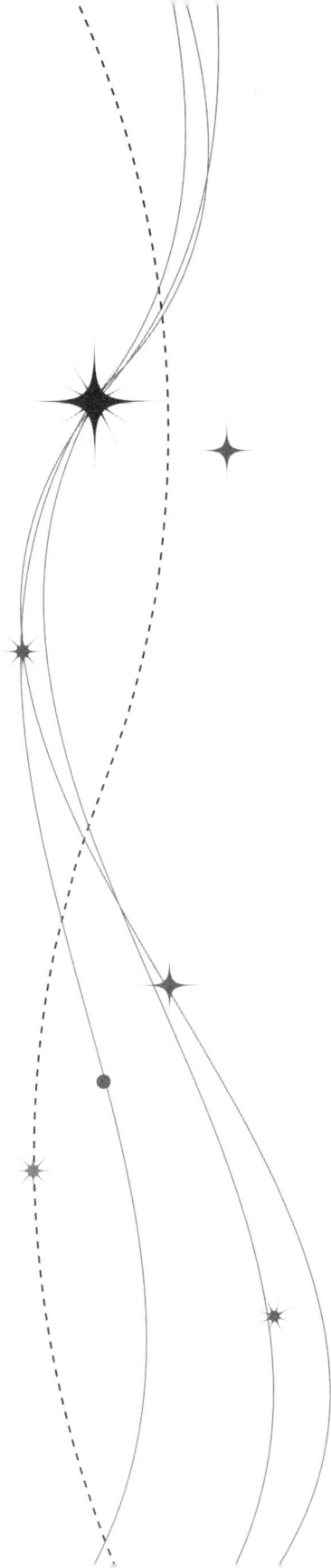

世界一：末世强者

韩烟烟心里有了一个计划，
她想打动丁尧的心。

一

这世界崩得太快，毁灭一切的风暴扑面而来的瞬间，韩烟烟甚至来不及看清男人的脸。她只记住了他的眼神。

他看着崩毁的一切，目光并没有落在韩烟烟身上。对他而言，楚楚可怜的韩烟烟和已经化作齑粉的曹大小姐、正在尖叫着逃跑的保镖及打手一样，没有分别。甚至她可能和墙上一块正化作齑粉的墙砖、地上的一个玻璃瓶子，也没有区别。

他的眼中只有冷漠，对这个世界的冷漠。

仿佛他不属于这里。

那冷漠令韩烟烟心生恐惧。随即，风暴扑面，她整个人化作齑粉。

她倏地睁开眼睛，周围是纯白的空间。韩烟烟双腿一软，扑通跪在了地上，大口地喘气。亲身经历被毁灭和看特效电影完全不同，她的心脏现在还很难受。

"电子音"暴跳如雷："才十分钟不到！十分钟不到！"

韩烟烟喘着气想：什么十分钟？

"我手下最糟糕的构建师也不至于撑不住十分钟！你太让我失望了！""电子音"似乎对这个"十分钟"非常愤怒，"你明明潜力那么高！为什么发挥得这么差？！你不是说这个套路你最拿手吗？！最拿手的怎么还失手？！"

韩烟烟的心脏还在难受，但一贯冷静的头脑还是捕捉到了"电子音"话里的信息。

她撑住地板抬起头："我什么时候跟你说了这种话？"她黑黢黢的眼睛幽幽地望着眼前一片纯白的空间。

"电子音"忽然噎了一下，顿了一秒，有点恼火地说："标记她！"

又是"标记"。韩烟烟还来不及思考这个词的含义，就听见那"电子音"仿佛突然失去了所有的人味儿和情感，冰冷、机械地说："标记。"

韩烟烟恍惚了一下，低头，看见自己正站在纯白空间中。她明明记得刚才自己因为之前的冲击，腿软得跪在地上大口喘气。她伸手摸摸心口，心跳平稳、缓慢，心脏也不再有那种惊悸、恐惧的难受感了。

她脑海中有一种空白的感觉，几秒之后才消失。那种感觉有点像刚睡醒，不知身在何处。

"我是谁？我在哪儿？我要干什么？"

"记住，我再给你一次机会！如果这次还失败的话，对不起，我可不是慈善家。你的身体我还给你，你就自生自灭吧。""电子音"冷冷地说。

虽然它语气很冷，还带着恫吓，可是和刚才那一声机械的"标记"比起来，此时的"电子音"充满了情绪，更像个活人。它到底是什么呢？人工智能？还是躲在话筒背后的……人？

"这一次给我认真点，别再弄什么套路糊弄我了。糊弄我就等于自杀，搞清楚！给我发挥出你的实力！这一次一定要让那位……咳，让这个世界的攻略目标爱上你！去吧！"

随着这一声"去吧"，韩烟烟眼前骤然失去了光明。第二次，韩烟烟已经有点习惯了，她闭上了眼睛。再睁开，她身在一条巷子中，两边都是普通的建筑物。但不知道为何，她觉得这地方有一种破败、凋敝之感。

随着她目光的打量，韩烟烟脑海中关于这个世界的预给信息被激活，她明白了那种破败之感的由来——因为，这是一个末世世界。

韩烟烟在脑海中的信息里检索了一下自己在这个世界的人设，结果让她颇为无语。关于这个世界的韩烟烟，信息少得可怜，几乎用四个字就可以概括：独自一人。

上一个世界的韩烟烟，起码还有出身、毕业院校，甚至租房等信息。这个世界的韩烟烟等同于白板。

韩烟烟不由得微微蹙眉，但片刻之后，她眉头松开，释然了。

这等同于没有人设的人设，其实没什么坏处。在上一个世界，她还得让自己的一举一动沿袭那个"韩烟烟"的行为模式；在这个世界，她反而没了这种负累。既然没有可以约束她的人设，就意味着她可以随意发挥。

韩烟烟一想通这一点，顿时觉得轻松许多。她又熟悉了一下这个"韩烟烟"所拥有的能力，随即迈开脚步走出巷子。

这个原本如同电影背景般的地方突然活了过来。天已经黑了，路上亮起了路灯。在这种末世，这个城市还能有路灯，说明这里很安定，有正常的生活和生产。

韩烟烟已经知道，这个城市是S国的南陵市。这是一个历史悠久的城市，曾是四朝古都。在末世中，它靠着保存完好的古城墙成为一个幸存者聚居地。

这里有能发电的设备和少量的农业种植活动。此外，虽然是小作坊式，但能满足人类基本生存需求的产业也还在苟延残喘地运转。在各方势力的平衡下，这里维持着基本的社会架构。但末世就是末世，匮乏的资源并不足以支撑全部幸存者的生存需求，活下来的人过得既艰苦又痛苦。

除了那些强者。

走出巷子就是一条街。昏暗的街上居然还有不少人。

他们大多都是来这里做交易的。破布上面摆着闪烁光芒的钻石手链，昔日昂贵的珠宝现在顶多能换半包方便面，还得运气好，赶上那种带着美人的金主。反倒是菜刀、西瓜刀这种武器，有不少人围着砍价。一把不错的菜刀在几个人的争抢之下价格一路飙升，已经讲到了半箱方便面这么高的价位。

活得艰难，钻石、黄金都成了无用的东西，食物反而成了"硬通货"。

韩烟烟看到昏黄的灯光下有一些女人在街头徘徊，大多长得不错。有男人看中了，过去讲价。半个馒头或一包饼干就能让女人带他们回住处去。也有不讲究的，直接去了阴暗处的树后。过了片刻，女人一边整理着裙子，一边从男人手里接过半包饼干，飞快地塞进衣领中，捂着胸口跑掉。

韩烟烟看着这些女人，殊不知别人也在看她。

昏黄的灯光下，身穿白色棉布裙的女孩出现在街头，眉目清丽，一头黑色长发柔顺地垂在肩头、身后，带着末世中少有的干净。漂亮女孩在末世能有这种状态，要么是因为她自己厉害，要么是因为她身后有个厉害的男人。那些在暗中观望的人都没敢轻举妄动。

众人观望了片刻，发现这女孩孤身一人在街头徘徊，神情有些茫然。那种模样一看就是标准的初来乍到、什么都不了解、什么都不知道的菜鸟。想到最近有一批新来的幸存者，众人都猜想这女孩大概刚入城不久。

又观望了一会儿，发现她的确是一个人，看起来也不像是强者。末世里女人生存艰难，那些厉害的女人都会把厉害摆在明面上，以减少不必要的麻烦。

像她这样的女孩，如果背后有人，男人通常不会轻易放她一个人这样出门。

这世道，漂亮女人一转眼就消失不见，太常见。

终于有人按捺不住，过去试探。

"嘿，你，就是你，什么价？"男人笑嘻嘻地走上前问。

女孩转头看他一眼。女孩有着黑白分明的眸子、白生生的面孔，脸上没有末世里女人们常见的疲惫和憔悴，也没有恐惧和慌乱。看多了死气沉沉的女人，这样鲜活、有生气的女孩看起来太过诱人。

男人感到口腔里在分泌唾液，身体里的血液也在向下汇流。他吞了口口水，报价："两个馒头？"

这个价格可以说很不错了。他通常就给半包方便面，要不是看她这么干净、漂亮，他是不会给出这么高昂的价格的。

韩烟烟摇头："我不卖。"说完，她转头就想走。

"哟，挺清高。"

头几年这种清高的女人挺多的，后来渐渐就没了。那些清高的女人若是没有生出异能，最后这份清高都撑不了太久。现在这样的女人基本上已经很少见了。

让人更有兴趣了。

"别走呀。"男人抢上两步，堵住韩烟烟的去路，笑嘻嘻地说，"嫌少呀，再给你加一包方便面。"

韩烟烟的神情冷了下来："让开。"

男人嬉皮笑脸："不让。"说着，他还伸手去拉韩烟烟。

韩烟烟一甩胳膊甩开了他的手，一股清澈的水流随即出现，缠绕在她的手臂上，清洗了刚才被男人的手碰过的地方，又在空气中消失不见。

"哟，水系啊？"男人笑道。怪不得不卖，原来也是个异能者。

不过，水系是公认的弱异能，几乎没什么攻击力。虽然他们也是异能者，但在队伍里通常只负责后勤或者打杂，就图个用水方便。男人一点也不害怕。他的眼睛滴溜溜地扫了一下四周，没看见有什么人像这女孩的同伴，就更加肆无忌惮了。

"正好啊，我是火系，咱俩正好凑一对。哎，你是不是新来的？有没有地方住？要不然跟哥哥走吧，哥哥自己住一大屋……"

男人说着伸出了狗爪子。这会儿他自觉摸清了韩烟烟的底儿，没有了顾忌，一出手就抓住了韩烟烟的胳膊。

男人的手很用力，抓住了就不放。虽然他脸上带着笑，眼睛里却透露出捕捉到猎物的兴奋。

韩烟烟脸色微变，使用了自己的第二种异能，被男人抓住的小臂上忽然裹上一层冰。男人突然被冰到，"哎呀"一声松开了手。韩烟烟一脚踢在他胯下，趁着男人一声惨叫，转身就跑。

遗憾的是，韩烟烟是孤身一人，这男人却不是。他强行搭讪的时候，他的同伴就在附近看戏。变故陡生，那些同伴便围了上来。四个男人围合，挡住了韩烟烟的去路。

韩烟烟握紧了拳，盯着四个渐渐逼近的男人，思考对策。

她有水系和冰系两种异能，刚刚都是第一次使用，还不太熟练。但她能清楚地感觉到，刚才自己使用它们时已经很"用力"了。她感觉这些异能在实战中恐怕起不了什么大用。

眼前的形势可以说十分危急，她一个年轻漂亮的女孩若落到这些男人手里，绝没什么好下场。她来这个世界是为了攻略某个男人，不能在见到任务目标之前就折戟沉沙！

✦ ✦ ✦

其实，韩烟烟觉得有点奇怪，在上一个世界，遇到郑曜之前，其他所有人的行为模式，她几乎都可以预测，相当于开了天眼。只要她不瞎伸手，事情就会稳稳当当地发展。

可现在她脑中的预给信息并不能使她预测事情接下来会怎样发展。这是"电子音"那边出了什么bug（漏洞）吗？

韩烟烟心里微微焦虑起来。她暗暗蓄力，警惕地盯着逼近自己的男人们，准备看谁先出手，她就使用冰系异能攻击谁。至于这异能的强度如何、能不能阻止对方的行为，她心里完全没底。

一个网球大的火球突然射过来，韩烟烟的白布裙燃烧起来。韩烟烟立刻使出还不怎么熟练的水系异能灭了那火，反应称得上很敏捷了。但第二个火球已经到了眼前，韩烟烟瞳孔微缩，纤细的腰身灵巧地摆动，险而又险地躲过了那个火球。

她转头看去，被她踢了裆的男人已经重新站了起来，一手捂裆，另一只手一挥，一个火球就向韩烟烟射了过来。

那男人眼神凶恶，嘴里骂骂咧咧："给脸不要脸！看老子弄不死你！"

比起韩烟烟那二把刀的异能操作，这男人对自己的火系异能操纵显然精熟得多。他甩手就是一个火球。

这一次韩烟烟没能避开，她的裙子又着火了。虽然火立刻被她用水灭掉，却烧出了一个洞，隐约可见纤细的大腿。

其他几个男人没再合围，反而笑着后退了几步，给那男人留出空间玩"猫戏老鼠"的游戏。

韩烟烟躲开了两三个火球，裙子不可避免地被烧得七零八落，一双秀美的腿藏也藏不住了。男人们吹口哨起哄，还喊道："小心点，别真烧着她！这女孩皮肤白皙、娇嫩，烧坏了哪儿都可惜。"

韩烟烟一个狼狈的猛扑，躲开一个火球，人在地上滚了两下，滚到了一个卖刀具的摊子上。

她撑起身体的时候，卖刀具的中年人脸色微变。韩烟烟看了他一眼，黑黝黝的眸子像两潭水。中年人嘴唇微翕，但最终什么也没说。

那火系男人将异能操控得十分精准，刚才他的火球燎掉了韩烟烟一侧肩头的衣服，韩烟烟站起来时只能双手抱胸，以防走光。

卖刀具的中年人迅速拎起破布的四个角，把自己的东西裹成一团，悄悄地后撤、消失。

火系男人手上玩着个火球，吆喝："你不是厉害吗？你倒是跑呀？"

韩烟烟一言不发，抱着胸朝某个方向猛冲过去。靠近那个方向的一个男人伸开两臂去挡，嘴里还调笑："哎哎哎，真跑呀？"

男人的话还没说完，眼前突然精光一闪。他心头一凛，本能地向后倾身。韩烟烟刚才抱胸掩藏的水果刀从那人的肋下向上划到胸口，带起一串血珠，飞溅到空中。男人大叫一声，向后跌了几步。

韩烟烟趁机冲出了包围圈。

她手里还拿着刀，街上围观的人纷纷后退，韩烟烟径直往街口冲。

火系男人的另一个同伴骂了一句，双手一拢，一个篮球般大小的白色电光球带着"刺啦"的噪声出现在他两手中间。他猛地一推，那电光球便倏地朝奔跑的韩烟烟射了过去。

旁观的人们发出一阵惊呼，而后那些人像被突然掐住了脖子，惊呼声戛然而止！

韩烟烟听到惊呼声便知身后有危险。她本能地回头去看，呼吸突然滞住！

只见一道道紫色的雷电交织成电网，在她身后挡住了白色的电光球！

那紫色电网离她只有不到半臂的距离，噼里啪啦地响着，威压强到让她无法呼吸。韩烟烟下意识地后退了一大步。白色电光球与紫色电网相撞，轰然爆炸！刚才像被掐住了脖子的人们再次发出惊呼。

韩烟烟用手臂护住头。待爆炸的冲击波散去，她才放下手臂，睁开眼睛。白色电光球消失了，紫色电网停留了几秒才消失不见。

不管是火系男人和他的同伴，还是在街边围观的人，此时都没去看韩烟烟，他们的目光全都看向另一个方向。

韩烟烟顺着他们的目光看了过去。

马路的另一边，一个男人站在路灯下，双手插兜，神情淡然地看着这边。灯光下，那人面孔模糊，一句话都没说，气场却已经压过所有人，令人畏惧。

他被身边的几个男人环绕着，如众星拱月。比起旁观者脸上敬畏、惊惧的神情，那些男人都表情轻松，像是刚看了一场好戏。

韩烟烟终于明白了为什么这一次的预给信息这么少，以及为什么她遇到的这些人的行为模式都不可预测。

看到他的第一眼，她就知道了他是谁。

原来丁尧——她要攻略的这个男人，这个世界最大的变量——从一开始就在这里！

比起上一个世界中冗长又满是套路的前情背景，这个世界竟然一点前戏都没有。自从她走出小巷、踏上这条街，便直接开始了正戏！

虽然不知道自己在上一个世界到底为什么会失败，并导致世界崩塌，但韩烟烟的心底已经留下了阴影。这一次，进入这个世界不过十几分钟，就要直面正主，韩烟烟不由得深深吸了口气，想缓解自己有点过快的心跳频率。

"丁……丁老大！"火系男人满头大汗地跑到马路对面。他被韩烟烟踢中要害，跑步的姿势有点诡异。待到了近前，他也不敢太靠近，隔着几米的距离点头哈腰："这女的收了钱不干活儿，我们教训她一下……"

男人没有搭理他，"啪"的一声打着了打火机，点了根烟。微弱的火光下，韩烟烟隔着一条不算宽的小马路，看到一张五官深邃、线条硬朗的面孔。

街上明明那么多人，之前的夜市明明还很嘈杂，这会儿这男人低头点烟，一条街上竟静得连呼吸声都能听见。

火系男人额头冒汗。

南陵城里有二十多个雷系异能者，他的同伴已经算是好手，凝成的电光球也不过是白色泛着微青色。从丧尸病毒暴发以来，他只见过一个人能使出紫色雷电，那就是他眼前的丁尧——雷霆战队的团长。

所谓战队，最开始不过是末世的幸存者们相互靠拢、互相依存而结成的群体。末世初期，先暴发了丧尸病毒，慢慢人们才出现各种异能，最开始都很弱，后来才逐渐变强。在这个过程中，很多弱者被无情地淘汰，成为丧尸口中的血肉。渐渐地，强者向强者靠拢，出现了具有强大战力的队伍。

"战队"这个词也不知道是哪个"中二"病患者最先叫出口的，慢慢地大家都这样叫了。那些强者聚集的团体纷纷给自己的战队起了名号，然后就有了强弱之分。在南陵城，大大小小的战队有几百个，毕竟三人成伍就可以自称为战队。在这些大大小小的战队中，最强悍的就是丁尧的雷霆战队。

丁尧之所以被称为"团长"而不是"队长"，是因为雷霆战队除了是最强的，也是规模最大的，有数百人之多，而且全是强手。丁尧和他的兄弟们在南陵城绝对是可以横着走的。要知道，这个世道已经没了王法，人不只可以杀丧尸，也可以杀人。

点一支烟不过是几秒钟的事，对火系男人来说却像过了几个小时。在打火机从打开到合上的时间里，他的脑子一直在飞快地转动：丁尧刚才出手了。丁尧为什么出手？丁尧认识这女的吗？这女的难道是丁尧的女人？

因为不知道究竟，他的心被吊得难受，像是头上悬着一把剑，脸色发白。

好在丁尧那支烟终于点完了。丁尧合上打火机，揣进裤兜，然后吐出一口白烟，抬眸向韩烟烟投过去一瞥。

"挺漂亮。"他说。

火系男人长长地松了一口气，脸上堆起笑容："看着像是新来的，水、冰两系，不过弱得很，没什么用。她这样的能遇到您，真是好运气。"

丁尧咬着烟瞥了他一眼。

火系男人点头哈腰："那就让她跟您走，那个……我们……那个……"

丁尧不再看他，从鼻腔里发出"嗯"的一声。

火系男人如蒙大赦，和同伴们扶着那个受了伤的匆忙地离开。离开这条街，他们才停下抹了把冷汗："吓死老子了，还以为不小心碰了丁尧的女人。"

幸好不是。

韩烟烟看着火系男人离开，然后听到丁尧对她说："过来。"

他的嗓音低沉而有磁性，语速不疾不徐，但话中的命令之意不容违抗。街上的人都微妙地避开这一伙男人，尽量装作自然，并不敢明目张胆地看丁尧的热闹。

刚才就没人能帮韩烟烟，现在更没人敢了。

韩烟烟握着水果刀走过去。虽然她的双臂护在胸前，但裙摆已经被烧得破破烂烂，一双修长、秀美的腿在走动中时隐时现。

"老大，这妞不错，把她带回去吧。"丁尧身后的一个圆脸男人笑嘻嘻地说，目光在韩烟烟身上打转，带着显而易见的欲望。

韩烟烟一言不发，沉默地盯着丁尧，握着水果刀的手却紧了紧。

夜色昏暗，丁尧的眼睛中有种令人害怕的精亮。这男人从下到上打量她的身体，然后吐出口白烟，说："跟我们走，三餐管饱，一天不超过五个兄弟。"

✦　✦　✦

管吃饱，一天给五个男人睡。

可能在这里，这是很"优渥"的条件吧？

韩烟烟一点都不觉得意外。在她莫名其妙地出车祸、莫名其妙地来到这个莫名其妙的"快穿世界"之前，她本来正在构思一篇末世文。她构思出来的末世，跟眼前这个差不多，甚至可以说很相似。

韩烟烟当然不打算靠给男人睡来活命。她这次的人设限制少，自由发挥度大。就在刚才，她已经给自己做好了人设，也想好了接下来要走的路。

23

丁尧话音刚落，她就握着水果刀后退了一步，警惕地看着眼前的一群男人："我不干这个。"

丁尧身后那个圆脸男人嗤笑一声，问："那你打算干什么？靠什么活？"

韩烟烟抿抿嘴唇，说："我可以去拾荒，参加搜索队……"

"圆脸盘"又笑了一声，这一声是从鼻腔里发出来的，带着明显的鄙视："就你？小细胳膊小细腿的，还没遇到丧尸，就先让活人给弄死了。"

韩烟烟咬了咬嘴唇，倔强地抬头："那我也不干。"

丁尧两根手指夹着烟，问："水、冰双系？"

韩烟烟点点头。

丁尧说："给我看看。"

韩烟烟会意，把水果刀放到左手中，腾出右手来。在很用力很用力之后，她掌心出现一个冰球，比苹果大些，比菠萝小些。

"如果有水，会容易点。"韩烟烟低声说。但是她没办法先凝水再将其冰冻，因为凝水也很费力气。短短几秒，她只能给丁尧展示一项异能，比起冰系异能，水系异能更加无用。

韩烟烟其实没这么弱。她能感觉到自己身体里的异能还是有些存量的，但她十几分钟前才刚刚学会使用异能，很不熟练，使用起来格外费劲。在别人眼里，她弱得不堪一比。

这小冰球逗得男人们都笑了。"圆脸盘"更是不给面子地哈哈大笑。

雷霆战队强者云集，能围在丁尧身边的都是强手。有个留小胡子的男人一边笑得打跌，一边打了个响指。一根钢笔般细长的冰锥很快在他身前凝成，瞬间绕过几个人的身体，穿过人缝射向韩烟烟的手心。

韩烟烟的冰球"砰"一声被冰锥炸裂。她的手心被炸伤，流出血来，雪白的手掌一片殷红，像雪里红梅。

"老张，你悠着点！""圆脸盘"先不干了，梗着脖子扭头喊了一嗓子。

老张"哎哟"一声，说："手滑了，手滑了。立军，你给治一下。"

一个留着络腮胡的男人笑嘻嘻地上前，把手放在韩烟烟手上。韩烟烟皱着眉，但没缩回手。她感觉手心本来还疼的伤口突然发热、发痒。几秒钟后，"络腮胡"移开手，韩烟烟的手心虽然还有些血渍，但伤口已经消失不见。

真是厉害的治疗异能。

韩烟烟适时地用眼神和表情表现出"震惊"。见到美女脸上出现这种神情，男人们都笑嘻嘻的，很是受用。

刚才那个小冰球实在好笑，连丁尧的嘴角都扯出了抹笑意。他吐了口烟，问：

"你是怎么活下来的？"

韩烟烟垂下眼睫："我以前有同伴……"说着，她的眼圈就红了。

韩烟烟有个算不上本事的本事。她极容易真情实感地投入自己构思出来的情节或者角色里。譬如她要写一段虐心情节，可能还没落笔，只是在脑子里构思，就能先哭得稀里哗啦的。此时红个眼圈、泫然欲滴什么的，真是信手拈来。

语焉不详的一句话，给了男人们充足的脑补空间。男人们都露出"果然如此"的神情。不知道每个人各自"脑补"了些什么，不过十有八九脱不开"一路靠男人保护，现在男人死了，自己孤身一人"的大纲。

丁尧弹弹烟灰，加价："三餐管饱，一天四个人，生病给药。"顿了顿，又补充道，"他们给你的，都算你自己的。"

韩烟烟沉默了几秒，抬眸看他："谢谢你刚才救我。我……"

"你不跟我走，我一离开，你就会被人拖走，信不信？"丁尧淡淡地打断她。

韩烟烟的脸白了。

她皮肤白皙，刚才丁尧隔着一条马路就看见了。

这女孩出现得突兀，浑身气质与周围的人格格不入。他们这些被末世历练得时刻警醒得像猎犬一样的男人，从她一出现就注意到了她。

这会儿女孩近在眼前，尽管路灯昏暗，也能看清她皮肤娇嫩、光滑，几乎没有瑕疵。她脖颈纤细，肩膀单薄，锁骨处有一抹精致的凸起，眉目间的气质不似末世女子常有的颓败。

丁尧看了她几秒，吸了口烟，改变了主意。

"我这里的搜索队也招人。"他说。

韩烟烟猛地抬头，沉静的面孔还绷得住，眼中的惊喜却藏不住。"我……我想参加搜索队。"她有些急迫地说，"我很会找东西。我也能干别的活儿，我……我给你们造水。"

"行。"丁尧扔掉烟头，用脚踩灭，扬了下下巴，"跟我走吧。"

他说完顿了下，一抬手丢给韩烟烟一件T恤："穿上。"

韩烟烟的裙摆被烧得破破烂烂的，肩膀一侧的衣服也被火燎开了，全靠手捂着胸前才不至于走光。这件T恤肥肥大大的，有点嘻哈风，但正合适。

对于这件凭空出现的衣服，韩烟烟适时地露出惊讶的目光，虽然她早已从预给信息中知道丁尧拥有雷系、空间系双异能。同样是双系异能，她弱得不堪一比，丁尧却厉害至极。

韩烟烟把水果刀扔地上，把肥肥大大的T恤从头上套下去。那T恤肥肥大大的，一直遮到快到膝盖处，能当条裙子穿了。就是里面还套着一条，有点鼓鼓的，但总比走光强。

韩烟烟套好衣服，又弯腰把那把水果刀捡了起来，等着丁尧发话。

丁尧问："叫什么名字？"

韩烟烟回答："韩烟烟。"

丁尧点点头，转身。韩烟烟跟在他身后。

原本围绕在丁尧身边的男人们反倒都退后了一两步，给韩烟烟腾出空间。他们彼此使着眼色，露出暧昧的笑容。

只有"圆脸盘"有点失望。同样是冰系异能的老张拐着腿从后面给了他一脚丫子："有点眼色！老大看上了，你心里有点数行不行？！"

"圆脸盘"小声嘀咕："原先还准备……"

老张说："那不是后来相中了吗？怎么，老大不愿意了，你有意见？"

"圆脸盘"没别的爱好，就好个女色，瞅着前面夜色里韩烟烟两截光溜溜的小腿，感叹："多水灵呀！"

"关你屁事！"老张笑骂，"再水灵也没你的份儿！"

"圆脸盘"明白。从丁尧口风一转，胡扯起搜索队的时候，大家伙儿就都明白了。老大看上这朵娇嫩的小花了，不打算共享，打算吃独食。

"唉。"

末世汽油珍贵，南陵城内没人开车。韩烟烟是跟着丁尧一路走回去的。

雷霆战队的根据地是一家园林式酒店。南陵市古城墙里面的区域是古城，是旅游区，被政府管控着，没有什么特别高大的建筑。这酒店共有三栋楼，高低错落，每栋也就五层，刚好容得下整个战队的人，还有富余。

酒店四周本就有铁艺围栏，雷霆战队入驻之后，更是给围栏顶部加了铁丝刺网。不管是对人还是丧尸，都管用。

丁尧什么都没说，韩烟烟就一路跟着他。一直到进了主楼大堂，丁尧才停住脚步，瞥了她一眼，转头叫人："立军，你给她安排一下。"

叫"立军"的就是那个具有治疗异能的"络腮胡"。他应声走过来，说："那我给她……嗯，放三楼？"

丁尧说："你看着办。"说完，他就坐电梯上楼去了。

电梯就开了一部，丁尧和他的人先上去了，韩烟烟和立军只能等电梯再下来。

到了三楼，立军带着她去拍317的门："赵雨萱，赵雨萱！"

门很快被打开，一个清秀的姑娘有点意外地叫了声："孙哥。"她看了韩烟烟一眼，又问："您找我……？"

孙立军说："这是……咳，你叫啥来着？"

韩烟烟说："韩烟烟。"

"哦，对，这是韩烟烟，刚来的。别的屋都还没归整，也没东西，让她先在你屋里挤一晚上，我明天再给她安排。"孙立军说。

赵雨萱"哦"了一声，说："那进来吧。"

"你先休息。"孙立军说，"我待会儿给你送东西来。"

赵雨萱看着清清秀秀、干干净净，打扮得也挺利落，但韩烟烟进了屋，立马被屋里的凌乱吓了一跳。

"你先坐。"赵雨萱俯身把地上乱七八糟的箱子推开，给韩烟烟腾出地方来。

这是个标间，有两张床。一张显然是赵雨萱的，有被褥、枕头。另一张没人睡，只有光秃秃的床垫，别的什么都没有。

末世里物资紧张，连酒店里的床褥、被套都算物资，早就被收走统一管理了。屋子里倒是有很多大大小小的纸箱子，装着各种瓶瓶罐罐、乱七八糟的东西。

连另一张床上都堆了好几个纸箱子。

"嗐，你在这儿待久了就知道了，大家都这样，不是我一个人邋遢。"赵雨萱一边往地上搬那些纸箱子，一边说，"这儿安稳，一安稳就想囤东西。不管用不用得上，先囤着。有总比没有强，都是物资，有些还能拿去换点别的什么呢。"

黄金和钻石都不管用了，现在都是以物易物。食物是"硬通货"，越跟生存相关的物资越受欢迎。

韩烟烟不好干坐着，动手帮她一起收拾。两人刚把另一张床上乱七八糟的东西收拾利落，孙立军就带着个人、抱着一堆东西来敲门了。

"这是被褥，这是衣服，这个是你房间的钥匙，你住315，就在对面。明天你自己收拾一下吧。还有这些，都是给你的。"孙立军把东西都给了韩烟烟。

看着一样又一样递过来的东西，赵雨萱脸上有掩不住的吃惊。

跟孙立军过来当劳动力的男人一直好奇地往韩烟烟脸上瞅。孙立军踢了他一脚："走了，走了。"又招呼赵雨萱："过来跟你说点事儿。"

赵雨萱跟着出去了。

韩烟烟没急着铺床。孙立军给她的纸箱里有个饭盒，里面装着一个馒头和一块婴儿拳头大的熟肉，虽然都是凉的，但闻着也挺诱人。韩烟烟这才觉出自己饿了，就坐在床垫上吃了起来。

她还没吃完，赵雨萱就回来了，看韩烟烟的眼神有些微妙。她憋了一会儿，还是忍不住问："你是丁老大带回来的？"

✦　✦　✦

"是。"韩烟烟说,"他说搜索队招人。"

赵雨萱沉默了一下,说:"搜索队招的人都是后天在城门集合,管一顿饭,直接上车出发的。这个基地里住的都是战队的人。"

她说完停了片刻,又像找补似的说:"铺床吗?我帮你。"她显然是从孙立军那里听到了些什么,语气有点酸,又有点忌惮。

韩烟烟假装没注意到她刚才的情绪和态度变化,问:"有水吗?我想洗洗饭盒。"

赵雨萱无精打采地说:"没有,停水了。"

南陵市原本有六个水厂,现在老城区这块只剩一个水厂还能维持运转,停水限电都正常。韩烟烟"哦"了一声,自己凝出水来洗饭盒。

赵雨萱也不吃惊,只说:"你是异能者啊?"

她看了一会儿,看出韩烟烟的异能也就那么回事儿,说:"321的齐彤彤也是异能者,木系的,也特弱。"

韩烟烟问:"她在战队里是干吗的?"

赵雨萱扯扯嘴角:"还能干吗,陪男人睡觉呗。这一层住的都是。"

韩烟烟沉默了。

赵雨萱无所谓,反倒有点羡慕地说:"听说丁尧看上你了?你赶紧把他伺候好吧,跟了他,你就不愁吃喝了。你要是有本事,能只跟他一个人,就真的什么都不愁了。"

韩烟烟固执地说:"我是来参加搜索队的。"

赵雨萱的表情冷下来,看了眼还堆在一起没铺开的被褥、箱子里的女式衣服和一些零零碎碎的东西,冷笑了一下。这些在末世前她们都看不上的破破烂烂的东西,现在都是物资,都是好东西。谁吃饱了撑的,白拿给搜索队的人?

韩烟烟假清高,还看不起她们,赵雨萱打心里恶心她。

韩烟烟忽然眼圈一红,垂头道:"我的同伴……进城前死了。他……他才刚死……"

说着,她就哽咽起来。

原来如此,赵雨萱心里的恶感一下子散了。她叹了口气,说:"行了,别太伤心了。这种事,习惯了就好。咱们活着的人,怎么都得活下去。你看开点,别老想着以前的人了。丁尧这样的,遇到了别错过。你还是看看眼前吧,想办法抓住他才是真的。"

她坐在床边,神情有些发怔,最后说了一句:"大家都是这么过来的。"

赵雨萱的一只脚蹬着一个纸箱子,姿势挺不雅的,但她不在乎,有一种"活成什么样无所谓、能活下去就行"的颓靡之感。

这是末世里普通人身上最常见的状态——活着。

床头的电话突然响起来，赵雨萱兴致缺缺地接起来，问清了房号，站起来说："我干活儿去了。你自己收拾吧。"

韩烟烟目送这个姑娘去"干活儿"。她收起饭盒，拿着钥匙去开315的门。

电是有的，南陵市有水力电厂，还一直维持着运转。她打开灯一看，315是个大床房，一看就很久没人住过了，空空的。床上只有床垫，没有被褥。地上有些垃圾，还有些像是碎裂的衣服或者破布什么的。

韩烟烟去了洗手间，站在镜子前观察自己。来到这个世界后，她还是第一次看见自己的模样。

"电子音"真是小气！她想要绝世美颜，它不给；她想要战力爆表，它也不给！韩烟烟不由得在心里"问候"了一下它的祖先们。

它甚至让末世世界的韩烟烟直接用了上一个世界的韩烟烟的脸。这张脸是清纯秀美型的。上一个世界受人设约束，那个"韩烟烟"更偏重清纯柔弱型，楚楚可怜。

这个世界挺好，人设限制少，韩烟烟可以自由发挥。

她贴近镜子仔细看，这皮肤真是好，几乎没有瑕疵。她转着头，左看看右看看，觉得这个"韩烟烟"也就十九、二十岁的年纪，比上一个世界中已经大学毕业进入职场的"韩烟烟"看起来更年轻，眉眼间却又没有那股子柔弱劲，自带一股冷清感。

虽然不是绝世美颜，但这种实质般的干净感在这种末世更吃得开。毕竟太多漂亮女人都像赵雨萱那样，被摧残得凋零、颓靡了。

韩烟烟拧开水龙头，水管发出咝咝的声音，只流出了几滴水，还是锈红色的。韩烟烟关上水管，堵上洗手池，试着凝出水来。

她这一晚上凝过几次水了，比起在街上那时候，已经熟练了很多。她很快凝出了一水盆水，但身体有种用力后的疲累感。异能就像力气，用多了会累，休息休息，还能恢复。

她去317找来扫帚和簸箕，又把地上的破布撕开做成抹布，在赵雨萱出去"干活儿"的时间里，就把315房间给打扫了出来。她把被褥抱到315铺好，又回去搬箱子的时候，赵雨萱回来了。

她神情疲惫，身上有汗水和精液混在一起的臭味。停水了，没法儿洗澡，这大夏天的真让人难过。

看到韩烟烟抱着东西，她也没多余的精神过问，只说了句："今天就收拾了？"

韩烟烟过去还扫帚、簸箕的时候，在她的卫生间多待了会儿才离开。一回到自己房间，韩烟烟就累得躺下了。半个小时之后，赵雨萱过来敲门，递给她小半包饼干。饼干剩得不多了，也就四五片。

"谢谢。"赵雨萱说。

她看起来清爽多了，身上的臭味也没了。韩烟烟还扫帚的时候给她留了一浴缸的水。

韩烟烟接过这几块饼干，劳动所得，问心无愧。

赵雨萱没走，她犹豫了一下说："孙立军让我告诉你，我们这儿不管搜索队的饭，你明天……没饭。"

韩烟烟接饼干的手滞了一下。两个人都沉默了。

赵雨萱说："别想不开。"

韩烟烟说："没到绝路。"她举举手中的饼干。

赵雨萱微哂，摇头。

一个漂亮姑娘抱着三个看起来像铁皮罐头的罐子走过来，满面春风地打招呼："萱萱。"

赵雨萱看了眼她抱的东西，问："肉罐头？"

美女眉飞色舞："刚才去了顶楼。"她的身上也有浓烈的汗味和精液混合的臭味。她说完忽然凑过去闻了闻赵雨萱："你洗澡啦？不是停水了？"

赵雨萱还没说话，韩烟烟插嘴问："你要洗澡吗？我卖水，我是水系异能。"

美女这才看到门里站着的韩烟烟："这是谁呀？"

赵雨萱说："新来的，韩烟烟。"又对韩烟烟说："这是齐彤彤。"

齐彤彤"哦"了一声，说："那你过来给我放点水吧。"

韩烟烟跟她去了321。齐彤彤的房间里也囤了很多东西，但比赵雨萱的房间整洁多了。赵雨萱那里是不管什么东西，也不管用不用得上，都囤着，所以特别乱。

齐彤彤这里明显都是用得上的东西。特别是她囤的食物比赵雨萱的多很多，看起来也更好一些。就她这会儿抱回来的肉罐头，赵雨萱那里就没有。

那罐头也没包装，就光秃秃的铁罐子。韩烟烟问了一句，竟然是南陵聚居地自己生产的。

"你才来南陵吧？"齐彤彤了然地问，"管委会去年从外面拉了条生产线回来。要不然肉不好保存，白白浪费了。"

白白浪费……明明还有那么多人饿着肚子呢。女人为了半个馒头就可以出卖自己。

韩烟烟给齐彤彤放了一缸水。她给赵雨萱放完之后挺累的，休息了会儿，这会儿已经缓过劲儿来了。再给齐彤彤放水，她觉得比刚才轻松多了。

齐彤彤比赵雨萱大方，给了她一包方便面，整包的。

她翻箱子找方便面的时候一直喊热。确实热，大夏天的，这种酒店的窗户都是那种从底下往上推开一条缝的，特别不通风。

韩烟烟就问："空调不能开吗？"

齐彤彤说："限电啊。墙上的插板都没电，总闸那边管着呢。就顶楼有，可舒服了。"

韩烟烟就问："要冰吗？"说完立马改口，"要买冰吗？"

齐彤彤侧目："你有双系异能啊？"

韩烟烟说："嗯，水和冰。"

"冰挺厉害的呀。"齐彤彤说，"你怎么还混到我们这儿来了？"

"人家的厉害。我的不行。"韩烟烟说，"到底要不要？"

"要要要，什么价？"齐彤彤问。

韩烟烟的目光落在了铁皮罐头上。

"嗬，挺贪心啊。"齐彤彤说。

两个漂亮姑娘小里小气地讨价还价，最后成交。齐彤彤给了韩烟烟一罐铁皮罐头，韩烟烟把齐彤彤所有的盆碗瓢罐都灌满水，并给她冻成冰。她足足忙活了一个多小时，最后累得直接坐在了地毯上，几乎虚脱。

"真弱。"齐彤彤叹气。她可算明白韩烟烟一个双系异能者怎么混到她们这一层来了。

"我听说……"韩烟烟喘着粗气问，"你是木系的？"

"是呀。"提起自己的异能，齐彤彤没精打采地回答，"跟你一样弱。"

韩烟烟的目光落在窗台那一排盆栽上："你种的？"那些盆栽都是果树，微型的，像把一棵成株按比例缩小了。

看着这些畸形的作品，齐彤彤就郁郁："费了老大劲儿，就长这样。"

她叹了口气："你看咱们院子里那麦子和稻子，都是那几个木系异能者种的。多牛啊！我做梦都想有这么厉害啊！可惜，现实太骨感了。"

韩烟烟说："异能不是可以锻炼吗？"

齐彤彤说："屁话！谁不知道啊？！问题是有多少人能做到啊！能做到的人，现在都牛烘烘的！这就跟以前减肥似的，哪个胖子不知道锻炼能减肥啊，真能减下来的有几个？"

韩烟烟竟无法反驳。她喘了会儿气，扶着床站起来，抱着她的罐头准备离开。

"哎，新来的！"齐彤彤喊她，"那罐头保质期长，能留着就留着，先紧着别的吃。"

韩烟烟冲她点点头，致谢。

她回到315时脚底下还飘着，关键是脑袋里有一处锐疼锐疼的，就像有根针扎进了脑子里似的。这是异能使用过度的症状。

异能是可以通过锻炼的方式增强的，每突破一次极限，恢复后异能就会有所增进。但这个事说起来容易，做起来太难了。就像此时此刻的韩烟烟，浑身虚弱无力，脑子像在被针扎，可实际上她离极限还远着呢。

韩烟烟的命现在被"电子音"捏在手里，能不能活下去全看她在这个世界里能不能好好地完成任务。

她拖着酸疼的身体给浴缸放满水，然后放掉，再放满，再放掉，再……

脑子里像是被千百根钢针一起扎着，不知道第几回给浴缸放满水的时候，韩烟烟终于昏倒在卫生间的地板上。

丧尸，末世，异能。

穿白布裙的女孩，"黑长直"的头发，白生生的面孔……

昏过去之前，韩烟烟在想，"韩烟烟"这个名字，这一次算是实至名归了。

二

韩烟烟做了个梦，梦见一双冷漠的眼睛。在那双眼睛的注视下，整个世界崩塌，无机也好，有机也好，石头、肉体、草木和血液，一起灰飞烟灭。

韩烟烟第二天中午才从噩梦中醒过来，一身冷汗。听到楼道有动静，她爬起来打开了门。

女人们三三两两地结伴去吃饭。就如丁尧昨天晚上说的那样，雷霆这里肯躺下让人睡的姑娘，三餐管饱。至于男人们肯给些什么，都归姑娘自己。雷霆的男人们战斗力强，手里都有好东西。比起外面的人，这些姑娘过得算相当好了。

可要不是活不下去，谁会心甘情愿来干这个？

韩烟烟不会看不起这些姑娘。她要不是有外挂，要是真的投胎为这个世界的本土姑娘，现在还不知道在哪儿、怎么样呢。

她看见了321的齐彤彤，两个人打了声招呼。齐彤彤一边拍317的门，一边问她："你的脸色真难看，昨天没睡好？"

韩烟烟勉强答道："异能用多了。"

"你悠着点。"齐彤彤说。

赵雨萱让齐彤彤给拍了出来。齐彤彤喊韩烟烟："走啦，吃饭去。"

韩烟烟没动。赵雨萱犹豫了一下，说："没她的饭。她是搜索队的。"

齐彤彤看韩烟烟的眼神像在看个傻子。

韩烟烟顶着一张没有血色的惨白脸，轻声说："还没到活不下去的份儿上。"

赵雨萱叹了口气，拉了拉齐彤彤的胳膊。齐彤彤没好气地道："就你那点破异能，别死脑筋想不开了！跟我原来似的！谁不是这么过来的呀！"

赵雨萱扯着齐彤彤的胳膊拖着她走，这姑娘还扭着身子、伸着胳膊、用手指着韩烟烟，喊："等我回来再跟你好好谈谈！"

韩烟烟懒洋洋地倚着门框，看着她们俩在走廊尽头消失，不由得笑了笑。

其他姑娘走过她身边的时候或者明目张胆地打量，或者偷偷窥视。韩烟烟不怕这些目光，她直接迎视回去。那些女人大多会匆匆收回目光，也有少数会翻白眼，或者给她一个不屑的冷笑。

她们都是相貌好看的漂亮女人，要搁在末世前，个个都是被男人捧在手心里当成小公主来疼、来追的。

韩烟烟喜欢观察这些活生生的人。

没办法，职业病。

她关上门回了房间，用昨天晚上最后放的那一缸水洗了个澡，然后把昨天晚上赚来的方便面和饼干都吃了。她感觉体力恢复了，肚子还不饱。她看了眼铁皮罐头，忍住没吃。

这时候吃饭的女人们陆陆续续地回来了，韩烟烟开始挨个去敲门。自来水已经恢复了，她的水卖不出去，冰却卖得格外好。特别是酒店朝南那一面的房间，这大中午的，像蒸笼一样要热死人。

韩烟烟拿到食物当场就吃了，吃饱后，再收到食物她才收起来。等她抱着好几样吃的回到走廊上时，齐彤彤正在拍她的门。

"哪儿去了？"齐彤彤抱怨。

"挣伙食去了。"韩烟烟给她看自己赚的酬劳，然后打开了门。

齐彤彤挺不客气地跟了进去。

"赵雨萱跟我说，丁尧看上你了？"她说话直，问话更直。

"他跟我说三餐管饱，一天五个人。"韩烟烟说。

齐彤彤问："那你怎么还进了搜索队？"

"我没同意啊。我就想进搜索队。"韩烟烟说。

不过，丁尧把她带回来了。

搜索队就是去外面搜索物资的。虽然南陵市能勉强维持运转，但也只能提供一些基本的生存物资。人只要活着，需要的东西就太多了，都得去外面找。这活儿又辛苦又危险，还需要大量劳动力。这些劳动力，战队对外招聘，来的大多是没有异能的普通人或者弱异能者。虽然跟着战队搜索物资，找到的东西要分出去一半，活下来的概率却高得多。这些人要是自己出去拾荒，死亡的概率更高。

只是谁会把一个要进搜索队的人带回来啊？丁尧却把韩烟烟带了回来，这意思不就明摆着吗？

"你那是什么表情？"韩烟烟无语。

"嫉妒啊。"齐彤彤承认。

韩烟烟："……"

"算了，未必是好事。"齐彤彤叹了口气，"我跟你说说我的经验吧，失败经验。我反正是不行了，或许对你还能有点帮助。"

韩烟烟表示洗耳恭听。

齐彤彤说："你要没有百分百的把握拿下丁尧，你就别跟他睡。"

韩烟烟侧目。

"我不是害你，我有切身之痛。"齐彤彤现在想起来都后悔。

"就是这样，咱们这层……也不用遮遮掩掩的，都是'公交车'。你懂的。"她说，"有些姑娘来了，运气好，直接跟谁看对眼的话，就能混到男人屋里去。虽然也是给人睡，但到底不用当'公交车'了。"

"我……我当初就是蠢。我就不该相中丁尧。我就是个彻头彻尾的傻瓜。"这漂亮姑娘自嘲道。

"一队有个很厉害的冰系异能者，叫张有权。他挺喜欢我的。我要是一开始就肯跟他，也不至于现在还在三层混了。可我傻就傻在当时一心想跟丁尧。丁尧把我睡了，可他不要我。他不要我，我就不能吃白饭不干活儿，别人就也能睡我了。可丁尧睡了我，别人就不会再要我了。就是想也不敢，除非丁尧不再睡我。可我没有固定的男人，丁尧就不会不睡我。他想睡我，我难道还能说'我不跟你睡'？除非我想死。"齐彤彤一想起自己这境遇就想吐血。

韩烟烟听明白了。"恶性循环啊。"她说。

"张有权就是个尿货！"齐彤彤骂道，"他没胆量去跟丁尧说想收了我。丁尧根本不在乎我。他但凡有种去跟丁尧说一句，丁尧绝不会在意！"

可这男人绝不会去开这个口。他喜欢齐彤彤，却没喜欢到要跟丁尧抢人的地步。

男人总是比女人更现实、更功利、更冷酷。

齐彤彤不管以前懂不懂，现在彻底懂了这个道理。

"你自己掂量。你要觉得没本事搞定丁尧，你就趁早找个看顺眼的结对子。你要觉得自己有本事搞定丁尧……"齐彤彤开心地怂恿她，"妹妹你就勇敢地上！说不定还能把我给解放出来呢。"

比起赵雨萱，韩烟烟更喜欢齐彤彤。

赵雨萱还活着，却给人一种灵魂已经死了的感觉。齐彤彤的灵魂还活着，她会苦中找乐。

到了晚饭点，孙立军出现在三楼。有女人笑嘻嘻地打趣："哟，孙哥，趁玲姐不在出来'偷吃'啊？"

孙立军笑骂："胡说！别害我！"

他跑来敲315的门："老大叫你上去。"

"几楼？"韩烟烟问。

"顶楼。"

"哪个房间？"

"就一个开着门的。顶楼就老大一个人住。"

韩烟烟明白了，原来昨天晚上睡了齐彤彤的就是丁尧。

韩烟烟自己坐电梯上了顶楼，一下就找到了丁尧的房间。顶楼就那一间房开着门，而且那门还是两扇对开，特别宽。丁尧住的是顶楼的豪华大套房。

虽然门敞开着，韩烟烟还是敲了敲门，里面传出男人的声音："进来。"

踏进那个房间后，韩烟烟很难相信自己是在每天都有人饿死的末世。房间又豪华又干净，还开着空调，特别凉快、舒服。餐厅的餐桌上摆着好几盘菜肴，白米饭还冒着热气。

丁尧正坐在客厅的真皮大沙发里拿着本书看，见她进来，他合上了书。

前一天晚上穿着白色棉布裙与四周格格不入的女孩，此时换上了黑T恤、牛仔裤，终于有点像此时此地的人了。衣服和裤子都过于肥大，好在有腰带。T恤被她塞进裤子里狠狠一扎，腰细得像一折就会断。

黑色尤其称得她肤色瓷白，宛如初雪。

丁尧未曾叫她坐下，韩烟烟就只能站在他面前。丁尧的目光放肆地打量她，韩烟烟垂眸。

过了许久，丁尧似是满意了，开口："饿了吗？先吃饭。"

"谢谢，不用。"韩烟烟抬眸道，"我已经吃饱了。"

丁尧有些意外。

韩烟烟说："我卖冰给三楼的人，换取食物。"

丁尧挑了挑眉。

"不必这么辛苦。你可以留在这个房间里，过和从前一样的生活。"丁尧开出了他的条件，"不用管别人，只要让我一个人愉快就可以。"

这条件听起来比昨天的"一天五个人"或者"一天四个人"又优厚了不少，已经是三楼很多女人的梦想了。齐彤彤做梦都想当丁尧一个人的女人。

不过，韩烟烟昨天给自己定的是"倔强、坚韧、不屈"的坚强少女人设，而且还是逐渐成长型的。她抬眸，目光坚定地说："我是来参加搜索队的。"

丁尧点点头，无所谓地说："可以，搜索队明天早上七点出发，你可以从基地跟我们一起走。"

韩烟烟道了谢，然后问她是否可以离开。得到丁尧的允许她才转身。

丁尧说话时声音不高，表情也不严厉，态度堪称随和、淡然。可在他面前，韩烟烟浑身都不由自主地绷紧。一直到走出房门、来到电梯间，背后那道目光消失，韩烟烟的肩膀才猛地放松下来。

翌日，她起了个大早，用破袋子装了点干粮后出门，碰上了出来吃早饭的齐彤彤。

"你真要去搜索队啊？"齐彤彤瞪大眼睛。

"骗你能换一个馒头吗？我还没吃早饭呢。"韩烟烟调侃。其实，她本来是个话不多的人，不知道为什么，对上齐彤彤就很喜欢跟她聊两句。可能就是跟她有缘分？

齐彤彤瞪了她一眼，跟她说："等会儿！"她说完就回屋取个双背带的背包，递给韩烟烟："借你的，回来记得还我。"

面对爽快人，韩烟烟没跟她客气："多谢。"

她们在一楼分开，齐彤彤要去餐厅，现在该叫大食堂，韩烟烟则朝外走。

"嘿！"齐彤彤喊住她。

韩烟烟回头。

齐彤彤看着她说："活着回来啊。"

韩烟烟笑了笑，转身朝外走。

✦　✦　✦

韩烟烟是饿着肚子出门的。她倒不是没吃的，昨天晚上她又挨个房间去兜售她的冰，换了些吃的，吃了顿还算饱的晚饭。

但她听说在外面搜索时，战队每天只管一顿饭，剩下的都要靠自己。外面危机四伏，能吃饱的人肯定战斗力更强，所以韩烟烟就把早饭省了下来，当作战斗口粮。

她拒绝了丁尧两次，这一次没再得到什么特殊待遇。孙立军手一挥，指了辆卡车给她。韩烟烟默默地爬上空卡车。

　　庭院里一片嘈杂，乱中有序。男人们背着背包，拿着武器，纷纷上车。

　　卡车后车厢原本的棚子已经破破烂烂，全是洞。棚子外面用铁条焊了一层保护网，像个大铁笼子，还带门。

　　韩烟烟坐在笼子里，透过棚子上的破洞向外望，一眼就看见了丁尧。

　　丁尧穿着黑色紧身作战服，精实的肌肉线条被勾勒得清清楚楚，长长的腿上裹着迷彩裤，脚穿战靴，整个人散发着凛冽的气势。在那么多人中，这个男人有种奇异的夺目感。

　　旁边的人递过去一件战术背心，丁尧接过套在身上，目光却倏地向韩烟烟坐的卡车投过来。

　　韩烟烟一凛，下意识地移动身体，避开了那个篮球大的破洞，躲开了他的视线。等她反应过来再去看，丁尧已经走向一辆越野车，再没看她一眼。

　　刚才不知是否只是巧合。

　　车队来到城门广场，早已在这里等待的搜索队队员呼啦啦地围上来。韩烟烟的卡车上本来只有她和四个战队成员，这一下子上来了半卡车人。炎热的夏日里，车内顿时气味熏鼻。

　　韩烟烟下意识地向里面挪了挪，偏过头去。透过车棚的破洞，她又看到了丁尧。他坐在越野车的副驾驶位上，夹着烟的手伸出车窗弹了弹烟灰，动作很漂亮。

　　韩烟烟正这么想着，原本只是侧脸对着她的男人倏地转过头，目光如箭一样射过来。

　　韩烟烟呼吸一滞，这男人野兽般的警觉真是可怕。她转回了头。

　　丁尧盯着那卡车看了几秒，伸手招了个人过来。

　　韩烟烟打量着刚上车的这些人。他们就是齐彤彤说的招募来的搜索队队员，大多是普通人或者弱异能者。这些人手里都拿着武器，有的是木棍，有的是铁钎，有的腰里别着菜刀，不一而足。

　　韩烟烟忍不住摸摸兜里的水果刀。她就只有这一把小小的水果刀，还是在夜市上顺来的。和别人的武器比起来，她这把刀明显太小了。等到了地方，得想办法找个称手的武器……

　　韩烟烟正这么想着，车身一颤，一个身材健壮的年轻男人爬上了车厢，露出半个身子。他穿着战术背心，一看就是战队的队员。他的眼睛扫了一圈，找到了坐在里面的韩烟烟。年轻男人眼睛一亮："嘿！你！对，就是你，美女。"

　　韩烟烟警惕地看着他。年轻男人却笑嘻嘻地从腰间拔出一把开山刀，将刀柄朝着韩烟烟："这个给你。"

简直是雪中送炭。

韩烟烟知道自己即将去一个会有生命危险的地方。她没有犹豫，在别人的羡慕中起身接过那把刀，对那男人说了声"谢谢"。年轻男人龇牙一乐，跳了下去。

韩烟烟从车棚的破洞里往外看，看到他走到丁尧的越野车那里，跟丁尧说了什么，然后离开。丁尧没再露脸，一只手夹着烟伸出车窗，手指修长，骨节分明，看着就很有力。

韩烟烟转过头来，指尖抹过开山刀的刀锋，嘴角勾起一抹微笑。

一抬眼，车里好几个人正直勾勾地盯着她。

这车上大多是男人，除了韩烟烟，只有一个身体粗壮的妇女，脸色蜡黄。韩烟烟仔细看才发现，"粗壮"只是骨架大给人的第一印象，实际上她身上的肉不多，挺瘦的。

比起来，韩烟烟年轻貌美，皮肤娇嫩得像能掐出水，视觉上非常扎眼。可也就几个战队队员刚上车的时候忍不住看了她几眼，然后就很有默契地不再看她。后来，这些人竟似对她的美貌完全无动于衷。

实际上，他们现在也不是在盯着她的脸瞧，他们盯着的是那把开山刀。

一看就是把好刀。

在丧尸横行的外面，一把好刀可能就是活下来的希望。

这些人不在乎韩烟烟的美貌，温饱之后才能思淫欲，他们都是在温饱线之下苦苦挣扎的人，没多余的精力分给吃饱之外的其他生理需求。他们现在在乎的，是多一点活的希望。

战队的人都穿着统一的战术背心。他们一看韩烟烟就知道，她跟他们一样是搜索队队员，而且她看起来纤细又柔弱。有人眼中露出一丝凶光，有人开始坐不住，蠢蠢欲动。

韩烟烟敢打赌，要不是车上还坐着几个战队队员，这时候恐怕已经有人起身来夺她的刀了。

这的确是一个跟她生活的世界完全不一样的世界。

之前韩烟烟就听说，雷霆战队每天会给搜索队队员提供一顿饭。这所谓的"一顿饭"，其实就是一个馒头。

在雷霆战队的驻扎基地，原先的花园里现在种着小麦，原先的水景喷泉池里现在则种着水稻。那些作物都不是自然生长的，由木系异能者打理。韩烟烟听齐彤彤说过，那几个木系异能者相当牛，那些小麦和水稻一周就能收割一次。所以，齐彤彤她们平时吃的都是米饭和馒头，而男人们另外给的诸如饼干、牛肉干一类的食物，她们则留下来做物资，当货币使用。

给每人发了一个馒头后，车队就出发了。

韩烟烟饿了一个早上，拿到馒头就咬了一口，一抬头却发现大家都没吃。

"路上还有好几个小时，留着快到的时候再吃……"对面一个面色憔悴的中年人小声地说。

韩烟烟这才明白过来，道了声谢后又咬了两口，垫了垫肚子，然后把剩下的大半个馒头收进了背包里。

车队轰隆隆地驶出城门。这城门是后装的，古城墙从前只是旅游景点，早就失去了它曾经的存在意义，自然不会有大门。后来丧尸病毒暴发，幸存者退入老城区，依凭这古城墙生存，才又重新装上了大门。古城墙重新焕发生机。

虽然韩烟烟的脑海中有关于这个世界的信息，但那些信息太过抽象，没有亲眼见到的生动。出了城门之后，她一直透过车棚上的窟窿向外看。

城外依然是南陵市，且比古城墙里的老城区显得现代化得多，多了许多高楼。只不过现在那些楼都很破败，一看就没有人烟。路边的店铺都开着门，或者玻璃窗被打破，偶尔有几家店能一眼瞥见里面，也是空空荡荡的，显然早就被人扫荡干净了。

街上偶尔可见一两个人，都是拾荒者。所谓搜索队，说白了就是成群结伙的拾荒者。

韩烟烟一直没看到丧尸。

韩烟烟来到末世，最想看的除了异能者就是丧尸。

说来也巧，在她莫名其妙地遇到车祸进入这个莫名其妙的"快穿世界"之前，她正筹备着要写一篇丧尸末世文。她住在郊区，那天专门去市区的VR[1]馆看了一场VR丧尸电影，又玩了打丧尸的VR游戏，就是为自己的新文找感觉去了。谁知道开夜车回家的路上，一道白光从天而降，她就来到了这个"快穿世界"，成了"韩烟烟"。

异能者她已经见识过了，现在她感兴趣的是丧尸。可是出了城门后，她只偶尔看见一些游荡的拾荒者，一直没看见丧尸。虽然幸存者们主要生活在城墙里面的老城区，但整个南陵市的丧尸都已经被扫荡得差不多了。

韩烟烟终于也像其他人那样，开始闭目养神。她起得太早，不一会儿就睡着了。

---

1 虚拟现实技术（Virtual Reality）的英文首字母缩写。

突然异样的声音响起，她心脏一收缩，人就醒了。这种醒法俗称"惊醒"，醒来后脑子、心脏都难受。

韩烟烟忍着难受问："什么声音？"

旁边的人看了她一眼，莫名其妙："啊？"

韩烟烟说："什么在叫？"她听到了奇怪的叫声，发声者似人非人，也不像动物。

车上的人都用看白痴的目光看她。

韩烟烟陡然明白过来。她扭头从车棚上的窟窿向外看去。身体腐烂、行动不灵活的丧尸正追着车队跑。韩烟烟屏住了呼吸。

她终于见到了真正的丧尸！这个世界真的不是她生活的那个世界！

这是丧尸末世，与小说里写的一样。

那些丧尸都是普通的丧尸，跑的速度跟人的差不多，甚至更慢一些，肯定追不上车队。车队也根本没有为它们停留的意思。一路上经过好几个看起来像城镇的地方，车队都没停。只中途停过两三次车，让大家下车解决生理问题，顺便活动一下筋骨。

虽然搜索队里也有小部分女人，但韩烟烟是唯一一个又年轻又漂亮的，她的存在格外扎眼。

她听了别人的劝，没一下子把那个馒头吃完，饿得受不住了才咬两口。这会儿大家刚回到车上，就有战队队员走到几辆卡车旁边吆喝："该吃饭吃饭，再过一个小时就到沂海了。"

韩烟烟把剩下的小半个馒头拿出来，一边啃一边朝车外望去。她刚咬了一口含在嘴里，就看见一个丧尸从树边的灌木丛里钻出来，朝离它最近的一个人扑了过去。韩烟烟瞳孔骤缩。

没有人惊叫，也没有人恐慌。离那丧尸最近的人因为猝不及防，躲闪得狼狈了些。旁边的人一脚踹过去，把本来行动就不协调的丧尸踹倒在地。随即有人用铁棍砸烂了它的脑袋，那丧尸就彻底地"死"了。

战队队员甚至都没出手。兔起鹘落间，一切就结束了。

人们习以为常。

韩烟烟低头继续啃凉馒头。她庆幸刚才自己嘴里含着馒头，不然她真的无法保证不会惊叫出声。即使看过再多电影，玩过再多 VR 游戏，当真的丧尸出现在她眼前的时候，人与生俱来的恐惧还是占据了她的大脑。

这样不行。

离发车还有几分钟的时间，韩烟烟忽然把剩下的一小块馒头收了起来。她跳下车，抽出那把开山刀，照着地上那丧尸的头砍了下去！

众人都莫名其妙地看着她。那丧尸已经彻底"死"了，现在砍有什么用？

韩烟烟没理会别人的目光，忍着恶心砍碎了丧尸已经被别人戳烂的头，又砍断了丧尸的脖子，最后在丧尸全身各部位各砍了几刀。在旁边的草地上蹭干净刀上沾着的恶心东西，她才重新爬回卡车上。

丁尧正和几个男人聚在一起抽烟。

有人骂道："这女的发什么神经？"

丁尧坐在隔离墩上，手里玩着打火机，闻言向那边投去一瞥："找手感。"

"啊？"

丁尧没解释，收起打火机起身："整队，出发。"

车队重新出发。他们到达沂海市的时候，已经是下午了。

车队轰隆隆地进入沂海市，丧尸从城市的各个方向钻出来，追着车队跑，渐渐在车队后面集结成队伍。

韩烟烟在路上拿死去的丧尸练手，找到了点手感，也克服了恶心感，适应力可以说超强了。可此时看到卡车后面成群结队的丧尸，她鼻端似乎都闻到了腐臭味，不由得毛骨悚然，连呼吸都变粗重了。

车队兜了个圈，驶入一条不算宽的笔直马路，忽然减速停下。韩烟烟坐的这辆车在队伍的最末，她眼睁睁地看着后面的丧尸群逼近。她只觉得心跳如擂鼓、口干舌燥，肾上腺激素在大量分泌。

她抽出开山刀，紧紧地握在手里，却发现车上的四个战队队员根本无动于衷。其他搜索队队员虽然有点紧张，却并不慌张。这是有什么她不知道的准备或者后手吗？

她正这么想着，一道紫色的电网在最末的卡车和丧尸群之间形成，带着噼里啪啦的火花声，向丧尸群推压过去……

韩烟烟恍惚间想起《生化危机1》中有个密室里有道激光网，能瞬息将人切割成块。

跳下卡车的韩烟烟站在车尾，木然地望着马路上堆积近百米长的丧尸尸块，鼻端甚至闻到了烤肉般的香气。

刚才的所见令她失去了言语能力，脑子里只剩下一个字——牛！

◆　◆　◆

韩烟烟握着开山刀小心地走在街上。她看到一家商店，本想进去，但有个搜索队队员先跑了进去。她只好放弃，继续向前走。车队会在这里停留到傍晚，这段时间搜索队队员会分散开搜索物资。

韩烟烟提着刀砍倒了一个从拐角处转出来的丧尸，心里开始有点后悔。

丁尧太牛了！这个男人的强悍有点超乎她的想象。

她跟"电子音"要绝世美颜，它给她打了个折；她跟"电子音"要战力爆表，它照样给她打了个折。

那天她反复使用异能直到昏过去，强迫自己突破了极限。第二天醒来，她的身体疼痛难忍，后遗症明显，但她的异能的确比刚到这个世界时强了。

虽然她没有"战力爆表"，但也算有"外挂"。根据"电子音"预先给她的信息，她只要不停地这样锻炼，异能进步的速度会快于其他人。只要给她足够的时间，她就会慢慢强大起来。

正是基于这条预给信息，当她见到丁尧的时候，她才决定给自己定个倔强不屈的坚强少女人设，然后慢慢成长变强，最终能与丁尧并肩作战。在她过去写的小说里，成长型女主是最受褒赞的。她想通过这种不断成长和进步逐步吸引丁尧，想让丁尧无视她的美貌，爱上她不屈的灵魂。

真是脑子进水了！

她自以为自己开挂了。今天见到丁尧怎么用一道电网灭了一整条马路的丧尸，才知道自己肯定是后妈生的。

丁尧才是真开挂！她要怎样才能跟他"并肩作战"？！见鬼！

韩烟烟木然地想：现在修正人设不知道是否来得及？这会儿找机会向丁尧投怀送抱，会不会看起来太掉价？

周围的环境容不得她胡思乱想。韩烟烟握着刀，警惕着四周。

她最开始跟好几个人在一起，然后大家慢慢地分散开来，很有默契地各自占领一片区域。她初来乍到没经验，看到的地方都被别人抢先占领了，只能一直朝更远的地方走。

跟那些人在一起的时候，她砍杀了一些丧尸，现在她已经完全适应这个世界了。下车那会儿，她在嘴里含了一块馒头，以防自己看到丧尸发出不合时宜的惊叫。这会儿她又砍倒了一个丧尸，然后把嘴里早已被含得软软的馒头咽了下去，提着刀进了一家小商店。

商店里很凌乱，看起来早被人翻过了，毕竟在这个世界丧尸病毒已暴发好几年了。但韩烟烟还是在商店里找到了一些食物、打火机和卫生巾！

尤其是卫生巾！

她之前完全没想到这个事，看到货架上的卫生巾才猛然想起来，赶紧往背包里塞了几包。虽然这东西不沉，但占地方，背包一下子就被占满了。

韩烟烟找到了几个收纳袋，折起来放进了背包，留着以后装东西。然后她在小商店里又翻了翻，在后面的仓库里找到了一些吃的，她主要拿一些生活用品，比如……内裤和文胸。

韩烟烟今天吃到了馒头。这馒头令她意识到，在南陵市，不仅那个管委会能组织生产，就连雷霆战队也能自己种麦子和水稻。所以只要想办法，她总能弄到吃的。

反倒是一些非必需品的生活用品，在南陵市很难搞到。

她空着手来到这个世界，到现在身上穿的内衣内裤还是同一套！

韩烟烟离开商店的时候，背包已经鼓起来了。她这会儿的动作比开始那会儿更加麻利，已经有了经验。

她继续朝前探索，到了光线不那么亮的时候，不仅背包已经鼓鼓囊囊，手里还拎着一个从前用来装被褥的收纳袋，也鼓鼓的。她又走进了一栋楼，打算搜完这栋楼就往回赶，不料却陷在了里面。

韩烟烟没想到楼里会有那么多丧尸。她现在的异能还不具备杀伤力，全靠一把开山刀。最后，她被堵在了楼道里，楼里的丧尸乌泱泱地伸着手臂朝她扑过来。

韩烟烟被逼到了走廊尽头，躲也没处躲，砍又砍不过来。她从二楼被丧尸堵住一直被逼到了五楼，体力已经有点跟不上了。

生死关头，韩烟烟把牙一咬，发动了自己的异能。水异能对丧尸完全无用，她的冰异能还没强到能进行攻击的程度。韩烟烟发动了冰异能，用一层薄薄的冰把自己的身体给裹住了。

逼近她的丧尸群忽然慢下来，一副失了猎物的茫然模样。韩烟烟知道，自己赌对了。

这个世界的丧尸和她从前看过的丧尸末世小说里描述的差不多。这些丧尸其实没有视力，但它们对血腥气味、人体热度和声音敏感。韩烟烟就是因为不小心把一个倒在地上的灭火器踢下了楼梯，才惊动了整栋楼的丧尸。

现在韩烟烟贴墙站着，身体大部分都被薄冰覆盖，脸上还有个口罩似的冰罩，拢住了她呼出的热气。

她不发出声音，也不发出热量，对丧尸来说，就等同于凭空消失了。丧尸们停下扑杀的动作，茫然地晃晃悠悠，渐渐散去。

身上覆盖着薄冰的韩烟烟这才蹭着墙一点点地挪动下楼，在二楼还不忘捡起自己那个收纳袋，一起带出了楼。一出楼，她就关上楼门，找了根棍子别在门把手上，把门别死。这样别人来到这里，就会猜出里面有危险。

虽然那楼门是木制的，但上面有玻璃。韩烟烟正是从玻璃的反光中看到了身后袭击她的人。

她猛地一闪，那根原本要敲她后脑勺的棍子打在了她的肩膀上。这不是在闹着玩，这是带着杀心和恶意的一棍子，韩烟烟怀疑自己的肩胛骨可能都被打裂了。那人伸手抓她，却只拉住了她的背包。韩烟烟虽甩开了背包，却失足滚下了台阶。好在那楼门外的台阶只有三级，还不算高。

那个人转眼就追了下来，他已捡起韩烟烟掉在台阶上的开山刀，举起刀就要砍下来。韩烟烟一脚踹在他的脚踝上，那人失去重心朝她跌过来。韩烟烟打个滚儿避开了，但随即她就被那人抓住衣服往回拉。

男人和女人的力气真的不可同日而语。就这一下子，韩烟烟无处借力，直接被拖了回去。韩烟烟一翻身，反手按在那个人脸上，按了他一脸冰。

男人的五官都被冰覆盖，发出一声闷叫。韩烟烟一脚蹬开他，想爬起来逃跑，但那个人已经把脸上的一层薄冰扒了下来，一伸手就捉住了她。他的另一只手已经又捡起开山刀，照着韩烟烟的脸砍了过来。

千钧一发之际，韩烟烟用自己的两只手握住了那把开山刀。好在男人和她一样半躺在地上，挥刀的路径有限，这一刀的力量并不强，没有直接削断她的手掌，但剧痛依然令韩烟烟眼前发黑。

生死关头，有股力量在她体内爆发。白色的冰从韩烟烟手掌握住的刀刃处开始蔓延，冻住了男人的两个手腕、手臂，直至肘部。

这一次的冰不是刚才仓皇中结成的薄薄一层，这一次的冰要厚得多，也结实得多。

男人仍在和她角力，韩烟烟听见了轻微的碎裂声。她咬牙输出异能，加固男人肘部的冰。此时男人的手臂被短暂地固定，只能靠着体重压迫韩烟烟，并不能再靠臂力把这一刀劈下去。

趁着这短暂的间隙，韩烟烟左手撑住开山刀，右手伸进裤兜摸出了那把水果刀……

这不是开玩笑，也不是打闹玩耍，这是生和死。

韩烟烟把那把水果刀刺入男人的脖子，然后拔出再刺，再拔，再……

颈大动脉破裂的后果不是流血，是喷血。那血是热腾腾的，咸的、腥的！这跟杀丧尸的感觉完全不一样！

韩烟烟杀了一个人！

韩烟烟一直觉得，自己大概是宅得太久了，宅成了变态。

她喜欢看各种重口味的东西，包括小说、电视剧和电影，还换着笔名在不同的网站写些重口味的文，其中不乏一些暗黑系的。

甚至刚才一路走一路杀丧尸的时候，她都带着点"终于痛快了"的兴奋感，像一个被压抑久了的人终于能彻底释放。

直到现在，韩烟烟终于确认她不变态，她其实是个正常的人类。

韩烟烟把男人的尸体从自己身上推开，脚蹬着地向后挪动，直到后腰抵住台阶。

那男人还睁着眼，死不瞑目。他大约觉得，对付她这样一个弱女子应该是手到擒来的事，没想到她原来是个异能者。虽然这异能弱到还无法进行主动攻击，却要了他的命，所以他死得不甘心。

来到这个世界后，她一直表现出来的淡定、冷静此刻全没了，什么坚强少女的人设全崩了。韩烟烟现在想叫，想哭。她的两只手在发抖，不仅因为恐惧还没消散，还因为她手心的肉都翻卷起来，露出了骨头。

韩烟烟终究还是理智的。

她疼得浑身发抖，却闭紧牙关，把尖叫都咽回了肚子里，用异能凝出水来洗掉身上的血。丧尸对声音和血腥味都很敏感，她要是现在把丧尸招来，可能就直接 game over（游戏结束）了。

皮肤上的血一冲就掉，但衣服上的血比较麻烦。韩烟烟用冰冻住手掌上的伤口，打算尽快离开这里，但她首先要拿回武器。

韩烟烟想站起来，却又摔倒在地上。她的腿已经软了，没尿裤子算不错了。肾上腺激素在短时间内大量分泌的后遗症就是，紧张过去之后，身体虚软无力。韩烟烟没办法，只能举着手掌，用手腕撑着地往尸体那里爬。她的开山刀还在尸体手里，跟尸体冻在了一起。

韩烟烟此时已经看清楚，这个男人是跟她乘同一辆卡车的人。下了车以后，雷霆战队的人给他们指派了方向，基本上一辆卡车一个方向，同一车的人朝同一个方向搜索。她记得这男的先前进了一座楼，算是抢先占了地方，所以韩烟烟才一直朝更远的地方走，找自己的"地盘"。她没想到这人会跟着她，更没想到他想杀她。

她有点想不通这是为什么，她有什么值得对方杀人害命的？

韩烟烟狼狈地爬过去想抓起开山刀，却因为手心的伤口没抓住，刀又掉了下去。她吸了口气，正准备再去抓，却忽然僵住。

有一道影子打在尸体上。韩烟烟不知道这道影子是什么时候出现的，刚才生死搏斗太激烈，她根本不可能注意到这些细节。此时太阳有点西斜，那道影子被拉得长了些，但清清楚楚是个人形。

韩烟烟倏地转头望去。

围墙上，丁尧站在那里，居高临下地看着她。

他在那儿多久了？看见了全部吗？

韩烟烟脑子里思绪繁杂，但不管怎么样，看见丁尧，她整个身体才真正放松下来。她知道，此时就算来一大群丧尸，她也不会死了。

她脑子里这根弦一松，一屁股坐在了地上，大口地喘着气。

去他的坚强少女人设！韩烟烟撑不住了。

三

丁尧身手利落地从墙上跳下来。他走到韩烟烟身前，蹲下去看了看她的两只手：掌心覆着薄薄一层半透明的冰，隐约可见红肉白骨。

丁尧颔首："没什么事。"

他说完站起来去捡那把开山刀，指尖刚碰触到刀锋，刀就消失了。韩烟烟想起来了，他除了有雷系异能，还是空间系异能者。

丁尧把那男人的背包、韩烟烟的背包和收纳袋都收进了空间里，再转身，韩烟烟已经扶着台阶旁的花坛晃悠悠地站了起来。丁尧看了她一眼："走吧。"

韩烟烟点点头。丁尧走在前面，没走两步，听见身后传来"咕咚"一声。他转头，韩烟烟又坐在了地上。

她腿软。

"第一次杀人？"丁尧问。他看她杀丧尸挺猛，一点都不胆怯，没想到杀个人会这样。

韩烟烟脸白如纸，点了点头。

"习惯了就好。"丁尧说着把手伸给了她。

韩烟烟刚伸出手就被丁尧握住，他的手像铁钳一样有力，一把就把她拉了起来。韩烟烟本想扶他一下，丁尧已经弯下身去抱住她的腿，一起身就把她扛了起来。

韩烟烟猝不及防，惊呼了一声，又立刻捂住了自己的嘴。

两个丧尸听见声音，晃悠悠地朝这边走来，随即被两道紫色雷电劈裂，碎成焦渣堆在地上。韩烟烟放下心来。

有这一位在，安全问题就不是问题了。

太阳西斜，已经快到集合的时间了。丁尧扛着韩烟烟，大步朝车队的方向赶去。韩烟烟看着地面飞快地后退，没一会儿头晕了，干脆闭上了眼睛。

她一直想着丁尧说的那句"习惯了就好"。杀人也能习惯吗？丁尧杀过很多人吗？

"丁先生，"她忽然睁开眼睛问，"那个人为什么要杀我？"

"你大包小包的，一副大有收获的样子，叫我碰见，也要截和一把。"丁尧漫不经心地说。

原来是这样，原来因为这么简单的理由就可以杀人，韩烟烟苦笑。亏她还觉得自己饱览世情，闹了半天，在这个世界里，她就是个"傻白甜"。

仿佛感受到了她的沮丧，丁尧忽然说："战斗意识挺好的。"

这一句没头没尾的，却实实在在是在夸她。这让韩烟烟明白，丁尧至少把她和那男人的搏斗看了全场。

他没出手，只是冷眼旁观。

可能是因为他有十足的把握，能在最危急的时候救下她。也可能是因为，她是死是活对他根本无所谓。当然，更大的可能是，他觉得把她当成一匹野马来驯服更加有趣。

韩烟烟更倾向于最后一种，因为这男人就在一旁，却袖手旁观，任她吃苦头。

被人扛在肩膀上并不舒服，不仅头晕，胃部还一下一下地被顶得难受。在这种颠簸中，韩烟烟第一次杀人的恐慌渐去，又找回了她的冷静。

她扭头向上看，只看到了丁尧宽宽的肩膀。

很好。虽然事情小有波折，却意外地朝好的方向发展了。丁尧一直盯着她，说明他对她的确有意思。这意外的波折也给了"倔强少女"一个服软的台阶下。

接下来，不管什么变强不变强的，自由发挥吧。她来这个世界不是为了在这里生存，而是为了攻略丁尧。不能本末倒置，她提醒自己。

只有攻略下丁尧，真正的她才能生存下去。

虽然扛着一个大活人，丁尧却一点不受影响，脚程极快，很快就回到了集合点。其他人也陆陆续续地赶了回来。

"立军，过来给她治一下。"丁尧扛着韩烟烟直接大步走到自己那辆越野车前，拉开后座的车门，把韩烟烟塞了进去。

孙立军小跑着过来，一看："哎哟，这是怎么了？谁呀，这么不开眼？"

这伤口一看就知道不是丧尸弄的，是人干的。不管是想强奸还是想打劫，这人朝丁老大看中的女人下手，估计这会儿已经上西天了。孙立军为这人默哀了一秒。

韩烟烟再一次领教了孙立军的厉害。深可见骨的伤口短短片刻就愈合如初，一点伤疤都没留下。她望着两只手掌光洁的手心，长长地呼出一口气。

丁尧坐到副驾驶位子上，扔过来两件衣服："换上。"

韩烟烟的衣服沾了血，血腥味会引来丧尸。

韩烟烟抱着衣服看着丁尧。

孙立军早就有眼色地走开了，还挥了挥手，把车旁的两个战队队员也招走了。越野车附近没人，韩烟烟躲在车后座换衣服，没人能看见。

除了丁尧。

后视镜里照出丁尧的眼睛，那双眼睛正看着韩烟烟。

韩烟烟和那双眼睛沉默地对视了一秒，然后微微侧身，抬手脱下了沾血的T恤。

丁尧从后视镜里望去，单薄的肩膀和纤细的腰肢隐在光线昏暗的车厢里，莹白的皮肤像会发光。少女眼睫低垂，表情隐忍。

她将分寸拿捏得很好，丁尧低头点了支烟。

韩烟烟快手快脚地换下了沾血的衣裤，将其团成一团："这个……"

丁尧咬着烟，反手一摸就把血衣、血裤收进了空间里。他收回手按了下喇叭，司机闻声跑了过来，拉开车门上了车。

韩烟烟欲言又止。丁尧从后视镜里看到了，手指夹住烟，侧头跟她说："你坐这辆车。"

韩烟烟就安静了。

太阳已经西斜，车队到了预定要出发的时间。

大部分搜索队队员都赶回来了，也有少部分人没回来，不知道是死在丧尸嘴里了，还是死在了同伴手下。车队又等了一会儿，等来稀稀落落几个人，后来再不见人影，车队便出发了。

也没有人再上丁尧这辆车，韩烟烟一个人占据了后座，干脆躺下休息。一场殊死搏斗，时间虽不长，却几乎耗尽了她的体力。体力还在其次，更严重的是，韩烟烟感到精神上有一种说不出的疲倦。

她躺在后座上，头在驾驶位这一侧，正好能看见丁尧的侧脸。光线太暗，她看不清细处，只看到一个剪影：鼻梁挺拔、下颌线条硬朗。丁尧偶尔会转头向她投过来一瞥，眸子幽深、精亮，令她呼吸一滞。

这个男人……她有本事让他爱上她吗？韩烟烟微感动摇。

她躺在后面，听着丁尧和司机低声说话：车队前进的目的地是沂海市郊的某某厂，大约还有多少公里，要用多少时间……韩烟烟不知不觉地睡着了。

她在车子停下来的时候惊醒，外面的天已经黑了，照明的是车队的灯光。车子都停下来了，发动机也都安静下来。她坐起来，发现车队已经出了市区。周围有建筑物，影影绰绰的，看起来都不高，像是工厂。

这地方的确是工业区。她想起路上丁尧和司机说的话，他们此行的目的，是这厂子里的机床。

"你留在车里。"丁尧对韩烟烟说完，又对司机说，"你看着她。"

司机点头，没下车。丁尧一个人下了车。

透过窗户，韩烟烟看到雷霆战队的人在集结，搜索队的人却都留在了卡车上。卡车上有铁网，可以保护他们。

"他们要干吗？"韩烟烟问。

"清场子。"司机看了她一眼，安慰她说，"别担心，老大亲自带队，不会有事。"

韩烟烟不知道这人从哪里看出来她担心了。昨天之前，她还能维持一个独立的自我，今天丁尧把她扛回来，就已经宣告了主权。可能在这些人眼里，她已经是丁尧的女人了。

她闭上嘴，默不作声地看着。

丁尧带着那些队员进入了漆黑的工厂。

工厂里很快就响起了各种各样的声音，有丧尸的嘶叫声，也有枪声和爆破声。隔着几十米的距离，隔着工厂的院墙、屋舍，那些声音隐隐约约，却又挡不住地往她耳朵里钻。

中间有一阵儿，声音特别激烈，而后沉寂下去。又过了一阵儿，工厂突然大放光明。

"看吧，没事。他们找到备用电源了。"司机说着点了根烟，并不十分担心。

韩烟烟总觉得那些丧尸的嘶吼特别可怕，跟她白天听到的好像不太一样。司机侧耳听了会儿，说："我去，这起码得有三个变异丧尸吧……不对，四个！"

司机是个相貌普通的中年人。韩烟烟看着他的后脑勺，觉得他一定有故事。

齐彤彤也有故事，赵雨萱也有。孙立军、老张都是有故事的人。她杀死的那个人肯定也有故事。每个人都有故事，所有人的故事交织在一起构成了这个世界。

韩烟烟想，她在这个世界要做的事，就是把她和丁尧的故事编好，让"电子音"满意。

整个清场过程花了两个多小时。终于有战队队员从里面出来，把工厂的大门完全打开，并打起了手势。

停在空旷处的车队一辆一辆地打着了车，有序地把车子开进厂子，搜索队队员这才下了车。有战队的人过来宣布："明天干活儿，今天就这样了，自己去宿舍楼里找地方休息。"

厂房旁边有栋四层的楼房，就是那人说的宿舍楼。由战队的人带着，搜索队的人乌泱泱地进楼找房间睡觉去了。

韩烟烟没跟着人群走，在原地站了片刻。丁尧的司机拿着对讲机小跑着过来："老大叫你。"

韩烟烟跟着他进了宿舍楼，上了四楼。这宿舍楼跟大学宿舍似的，房间里都是铁架子双层床，有的大开间能住二三十个人。

韩烟烟还看到孙立军在楼道里给别人疗伤。受伤的人龇牙咧嘴，一边喊痛一边骂娘："我去！这帮丧尸让人关在厂子里出不去，互相啃，养出了十多个变异丧尸，跟养蛊似的，真他妈活见鬼！"

这种情节韩烟烟过去在很多丧尸末世文里都看到过。如今身临其境，想起之前听到的那些嘶吼声，韩烟烟觉得后背凉凉的。

四楼的房间跟楼下的不一样。韩烟烟从开着的门朝里看，发现这层都是有席梦思床、有桌椅的正经房间，应该是工厂管理层的宿舍。

丁尧挑了走廊尽头的那一间。

"我开个会，屋里有饭，你自己吃。"丁尧说，"今天住这间。"

他说完看了她一眼，下楼去了。

韩烟烟自己进了房间，简单的单间，有张双人席梦思床，上面铺着干净的床单，应该是丁尧在空间里自己带来的。床头有张书桌，上面放着个饭盒。韩烟烟打开饭盒，里面有四个馒头。桌子上还有一罐打开的肉罐头。

韩烟烟知道，今天晚上，她要和丁尧一起睡在这个房间。

她抓起馒头，狠狠地咬了一大口。

✦　✦　✦

韩烟烟没有手表，不知道现在的确切时间。她粗粗估算，觉得这会儿大概得有晚上十点了。

她饿得厉害。她的背包里本来有食物，可被丁尧收走了。在车上等战队清场的时候，司机给了她一根香肠垫肚子。这会儿饿劲上来，她一个人干掉了两个馒头。

她关了灯站在窗户旁边，一边吃着馒头夹肉，一边望着下面的人。楼下黑乎乎的，就楼门那里有一盏灯亮着。战队队员在空地上聚拢，丁尧在讲话。韩烟烟听不清他在讲什么，大概就是他说的开会。

韩烟烟就着两个馒头干掉了一铁罐肉，吃到胃发胀。她连手指都舔干净了。

这么没出息的事，她从前绝不会干。可到了这个世界三天，她只在第一天吃过肉，昨天和今天白天都是靠碎饼干和凉馒头充饥的。

就冲这罐肉，如果此时此刻丁尧在这里，不管他提出什么要求，她大概都会答应。她这还不算真正被饿到的人，想想那些饿到面黄肌瘦、两眼发绿的人，韩烟烟这会儿是真的理解了那些为两块饼干就能卖了自己的女人。

不过，打量着这个小房间，韩烟烟对她和丁尧的第一次即将在这么简陋的条件下发生，还是感到微微失落。女人总是有些感性，哪怕她只是为了攻略丁尧这个男人，也希望条件不至于这么糟糕。

丁尧要是能等等，等回到南陵他那个豪华大套房就好了，韩烟烟有点遗憾地想。

但她知道丁尧没打算等。男人不像女人，对这种事还想要个浪漫的环境，他们更多是希望有需求的时候能立刻解决。

丁尧下楼前看她的那一眼，明白地表达了这个意思。他今天晚上就打算睡她。

不说丁尧，其实就是韩烟烟自己——她此时安安稳稳地坐在干净的床边——回想起白天生死之间的惊心动魄和先前这厂子里的变异丧尸发出的可怕嘶吼，她都想把丁尧拽到楼上来，骑在身下狠狠地干他，以排解强压在心底的恐惧。

恐惧是人的本能，性也是人的本能。有时候后者能有效地消除前者。

对于丁尧这样的人来说，对其战斗过后肾上腺激素造成的后遗症，这更是有效的缓解手段。

忽然有人敲门。丁尧的司机随即推开门，探进头来："怎么不开灯？"

韩烟烟说："招蚊子。"说着她走过去把灯打开了。

那人问："吃饭了吗？"

韩烟烟说："吃完了。"

"他们把锅炉和水箱都弄好了，可以洗澡了。"那人告诉她，"浴室在那头，公共的。他们已经去洗了，这层没女的，你等我们洗完再去吧。"

这是个好消息，起码和丁尧的第一次不用带着一身臭汗了。

那人走了。韩烟烟转身才发现床上放着条毛巾，旁边还有洗漱用品。看来都是丁尧随身带的，真是没有比空间异能更方便的异能了。叫人羡慕。

反正也没别的事，而且还得等，韩烟烟就关了灯，一直倚在窗边朝下看。下边的声音传上来，模模糊糊的，听不真切。

　　那些战队队员散了，但丁尧没走，还在跟留下来的几个人说话。男人们都点了烟。韩烟烟从上往下看，看不太清人脸，只看到橘红色的烟头一亮一灭的。

　　但她清楚地知道哪个是丁尧。隔着四层楼的高度，她都能感受到他的气场。

　　男人们洗澡其实都是冲凉。毕竟是大夏天，人人一身臭汗。而且，有人身上沾了血，不管是自己的还是别人的，冲洗干净才安全。

　　他们一个个速度都贼快。韩烟烟其实没等太久，丁尧还在楼下说话呢，司机就顶着半干的头又来敲门："行了，你可以去洗了。"

　　韩烟烟应了一声，没动。

　　楼下的男人此时忽然爆发出一阵笑声，韩烟烟隐约听见了"美女"两个字。她还看到丁尧忽然抬头，向楼上望了一眼。

　　大概所有人都知道今天晚上丁尧要睡她，所以在起哄。韩烟烟嘴角抽了抽，拿上毛巾和洗漱用品去了公共浴房。

　　浴房在走廊的另一头，两排隔间，一排六间，一共十二个隔间，中间是长木凳。隔间在膝盖以上的位置装了对开的弹簧木门，看上去很老式。

　　韩烟烟把衣服、鞋子都脱了放在长木凳上，光着脚进了隔间。所有人都知道她是丁尧的女人，没人会趁机冒犯她。

　　没人敢。

　　拧开开关，花洒里出来的是温热的水。丁尧手下好像什么人才都有。这些人能打能杀，还能修理锅炉！

　　韩烟烟想起了雷霆基地里一周收割一次的麦子和稻子。丁尧经营着一个战队，把这战队经营成了自给自足的小社会。哪怕南陵市瘫痪了，雷霆战队也能独立地活下去。

　　韩烟烟一边细细地冲洗身体，一边想着丁尧到底是个什么样的人，想着她该怎么对付这个人。

　　她面对着墙，仰头用热水冲脸的时候，听见了身后的弹簧木门被推开的刺耳吱呀声。她还没来得及反应，已经被一双有力的手臂箍在了怀里。韩烟烟在男人怀里惊惧地转身，看清是丁尧那张冷峻的脸，一瞬的紧绷才放松下来。

　　丁尧对她的反应很满意，把她推到墙上，低头咬住了她的唇。

　　很激烈，很凶猛，这男人掠夺成性。正合韩烟烟的口味。

　　韩烟烟也有积累了一天的压力要释放，她伸手攀住丁尧的脖子回应他，欲望随着白色的水汽蒸腾而上。

韩烟烟隐忍地发出一声尖叫，疼得指甲都抠进了丁尧的肉里。丁尧瞥了一眼，昏黄的灯光下，地面上有一丝鲜红顺着水流进了下水道。

"处女？"他问。

这一次的人设几乎是空白的，任她自由发挥。韩烟烟本来还挺喜欢这样，独独没想到"电子音"给她准备了一具没开过封的身体。她在心里"问候"了"电子音"的祖宗十八代，然后声音发颤、似哭非哭地呻吟："轻点，疼……"

韩烟烟白天杀人的时候像亮出了獠牙的小兽，虽算不上强，却有一股子狠绝劲。此时，她却娇弱得仿佛经历一阵雨打便会凋零的花。

丁尧想起白日里她握着一把小小的水果刀刺入那男人颈大动脉的狠厉，像那把水果刀一样刺入了韩烟烟的身体。

韩烟烟原本想要一场势均力敌的欢爱，却错估了敌情，被全面碾压。似欢愉又似痛苦的呜咽声在淋浴房哗哗的水声中隐约可闻……

丁尧这个男人，对女人没有怜惜。攀上顶峰、眼前都是白光闪动的时候，韩烟烟的脑海中闪过这个念头。

韩烟烟睡得很浅。

当又一次梦见飞沙走石、一张看不清的脸和一双冷漠得不似人类的眼睛时，她猛地醒了过来，浑身都是冷汗。

"醒了？"丁尧坐在床边，正在穿衣服。

在外面，他不会纵欲。此刻，他精力充肺、头脑清醒。他站起来提上裤子，又套上黑色作战T恤，转身看见韩烟烟坐了起来。毛巾被滑落，她雪白的身体上都是斑斑红痕。女孩的神情有些茫然，没了杀人时的狠劲儿，让他想起她昨晚的啜泣。

丁尧摸了摸她的脸，跟她说："你接着睡。下午才出发。"

楼下已经响起嘈杂的声音，搜索队的人已经开始干活儿。丁尧给韩烟烟留了一盒馒头和一罐罐头，下楼去了。

韩烟烟裹着毛巾被挪到床边，就着馒头大口吃肉。在末世，这就是一顿让人眼红的丰盛饭食了。

这宿舍不大，书桌就在窗下，床就在书桌旁，韩烟烟伸着脖子就能看到楼下的情景。丁尧的人已经拆了机床，搜索队队员这次就是来当苦力的，正像工蚁一样勤勤恳恳地搬运零件。韩烟烟敢打赌，他们中的大部分人都是饿着肚子在干活儿，都在等着中午那一个馒头。

想到这里，她突然觉得手里的馒头夹肉变得格外珍贵，闻起来也格外香。韩烟烟心想，床单都滚过了，她现在已经成了丁尧的女人。也好，起码跟着丁尧有肉吃。

她对这个男人其实还一无所知，还得蛰伏在他身边慢慢地了解他，伺机而动。

他昨天晚上似乎对她很满意。

那个缺了八辈子德的"电子音"不给她绝世美颜，却给了她一具诱人的身体。早知道这样，她一开始就可以走色诱路线，何苦辛苦挣扎、手刃人命？

那种手上沾血的感觉真的太糟糕了，就像踏上了一条完全没走过的路，不知归途。

韩烟烟把最后一口肉嚼烂咽下去，望着楼下为了一口馒头辛苦挣扎的人们发呆。

韩烟烟很有身为"老大的女人"的自觉性，不仅吃饱住好，而且不干体力活儿。她就缩在房间里，也不出去乱逛。毕竟那么多末世小说都告诉她，一个人出去乱逛，很可能会遇上漏网的丧尸，往往还是特别厉害的那种。

她不给自己找事儿。她来这个世界不是为了求生存，她是来攻略丁尧的。

她时时刻刻这样提醒自己。

★　★　★

雷霆战队如预期的那样拿到了他们想要的机床和仓库里的工业原料，在午后出发，天黑的时候安然无恙地回到了南陵古城。

搜索队的人在城门广场下车，将搜索到的物资上缴了一半，在昏暗的夜色中匆匆离去。车队回到了雷霆战队的基地，韩烟烟跟着丁尧下了车。在大堂电梯前，她犹豫了一下。

丁尧住在顶楼，她的房间在三楼。

丁尧低头点烟，一抬头，从电梯门的镜面门上看见了韩烟烟眼中的犹豫。他用手指夹住烟，转头对她说："你搬到我屋里去。"

韩烟烟点了点头。

从此，她正式拥有了"老大的女人"这个身份。

丁尧的套房宛如末世之前的，床单和毛巾都干净如新，柜子里都是食物，淋浴间里有全套的高档洗浴用品。

丁尧把韩烟烟在外面搜索到的物品还给了她。此前他有些好奇，想知道韩烟烟在外面找到了什么，塞了满满两大包，还让一个男人因此丢了性命。

即便是在末世见惯了风浪、经历了不知道多少次生与死的丁尧，看到收纳袋里塞得满满的卫生巾、内裤、文胸、护肤品，眼角也控制不住地抽了抽。

那男人死得真冤。

韩烟烟把背包还给了齐彤彤。齐彤彤听说她住进了顶楼，毫不掩饰她的羡慕嫉妒恨。

"你可要把我拉出苦海啊。"她按着韩烟烟的肩膀，满眼都是期望，"靠你了！"

"我尽力。"韩烟烟感觉压力山大，"不敢打包票。"

韩烟烟一点点地在丁尧身上施展她作为女人的魅力和手段。在外人看来，丁尧可以说很迷恋这个女人，生活上给她最好的供养，让她像活在末世之前。

韩烟烟住进他的套房之后，丁尧连续两个月没再找过别的女人。张有权终于把齐彤彤收进了自己的房间。脱离了三楼的苦海，齐彤彤简直热泪盈眶。

"他是真的很迷恋你啊，有什么绝招啊，传授两手？"她跟韩烟烟咬耳朵。

韩烟烟笑而不语。

她的"外挂"就是"电子音"给她准备的这具身体。丁尧迷恋的大约就是这个。

在这末世里，古城区经常限电或者限水。对很多人来说，晚间最大的娱乐就是滚床单了，特别是天气一天比一天更凉之后。

韩烟烟其实并不知道丁尧到底多大年纪，他看起来三十岁上下。不过，可能是因为身为异能者，他的精力和体力都很旺盛。性事于他如吃饭饮水。

韩烟烟被滋润得唇红齿白、眼波潋滟，自骨子里生出一种惰性。

她被迫来此执行任务，是因为生命悬于人手。因此，初到时，她迫不及待地给自己定人设、做计划。现在她却在想，或许这个奇异世界与她的世界时间并不同步。这个世界被简单粗暴地叫作"快穿世界"。在她从前看的那些"快穿文"里，很多女主完成任务之后甚至依然生活在任务世界里，直到过完一生、安然老死后才回到本源世界。

想到这个世界极有可能也遵从这样的规则，她初到时的那种急迫感就找不回来了。

她现在衣食住行都无忧无虑，过得甚至比从前自己写文讨生活时都轻松。但在丁尧身上，她一直没找到突破口。虽然丁尧迷恋她的美貌和身体，但似乎并没有爱上她。

韩烟烟心里懒懒的，想就这么混下去看看。说不定丁尧跟她日久生情，能找到老夫老妻的感觉呢？

她这种惰性和侥幸心理在冬日的大雪纷飞里被打得粉碎。

在生存更加困难的冬天，三楼来了几个新女人。末世里靠出卖自己活下去的女人比比皆是，能混进雷霆基地的都是美女。其中有一个尤其漂亮，论颜值，还压了韩烟烟和齐彤彤一头。

在一个大雪纷飞、人人都窝在建筑物里"猫冬"的日子里，丁尧睡了那女人。

这像一盆冷水，浇醒了被宠得懒洋洋的韩烟烟。

韩烟烟清醒地认识到，这个女人的出现威胁到了她的地位乃至生存。那女人来到这里，了解了情况，便目标明确地剑指丁尧。她和当初的齐彤彤一样，想当"老大的女人"。她的段数显然高过齐彤彤，丁尧睡了她之后，雷霆的男队员们都没敢碰她，一个个都在按兵观望。这场女人间的较量成了战队队员们冬日里的娱乐。韩烟烟听齐彤彤说，男人们甚至开了盘口，赌最后谁会赢。

也有男人私底下向她暗示，如果她"不得不"搬出丁尧的套房，他们愿意接手她，让她不至于沦落到三楼。

韩烟烟的脸被打得生疼。思前想后，她终于明白，只靠一具年轻娇嫩的身体终究无法套牢丁尧这样的男人。指望对方通过阴道发掘自己灵魂的闪光点，显然风险太高。韩烟烟终究不得不弯下腰去，捏着鼻子把被自己丢在地上的"坚强少女"人设重新捡了起来。

丁尧这天回到自己的房间，就看见韩烟烟在那里默默地收拾行李，一副要离开的样子。

"做什么？"他挑眉。

韩烟烟"淡淡"地说："让贤。"

丁尧问："让什么？"

韩烟烟垂眸："你不是已经看腻了我，想换人吗？"

男人都有劣根性，看到女人特别是漂亮女人为自己争风吃醋，总会感到愉悦。就连丁尧这样的男人也不能免俗。

他嘴角动了动，懒洋洋地说："瞎说什么。"

韩烟烟推开衣柜门整理自己的衣服，只收拾那些方便的衣裤，华而不实的衣服她都没碰。

"我不跟你吵。"她刻意避开丁尧的目光，淡然地说，"反正是迟早的事。对了，你能不能给我一把枪——"

韩烟烟话没说完，就被丁尧拦腰抱起扔在了床上。丁尧随即压了上来。

"你要枪干吗？"他问。

"防身。"韩烟烟说，"我的冰锥攻击力太弱，有把枪的话，安全系数高点。"

丁尧皱眉："你想去哪儿？"

"当然是离开你的地盘……"韩烟烟顿了顿，睁大眼说，"你总不会以为我要去三楼吧？"

丁尧挑眉："你就是去三楼，也没人会碰你。"

韩烟烟扯了扯嘴角："你太自信了。这几天……有大概六个人告诉我，你不要我了，他们可以接手我。"

丁尧眼中闪过一抹冷意。自己的女人若被别的男人觊觎，一个男人总归是有些恼怒的。

"你看上了谁？"他问。

"谁也没看上。"韩烟烟说，"我打算离开这儿。"

丁尧挑眉："想去哪儿？"

"新来的幸存者，管委会那边不是都给安置房吗？"韩烟烟平静地说。

丁尧问："那你打算靠什么活？"

这几个月以来，韩烟烟吃香喝辣都靠丁尧养着。这种安逸的生活使她产生了惰性。如之前那样疯狂锻炼异能来突破极限的事，她后来再没试过。虽然她也曾锻炼，但异能进步的速度不尽如人意。她现在也就能凝出几个冰锥，攻击力根本无法跟同为冰系异能者的张有权比。

当初她凝出一个冰球，张有权用一个钢笔粗细的冰锥就将她的冰球击得粉碎，余波甚至将她的手心炸烂。

据说张有权曾经有过用一支冰箭穿透十二个丧尸头颅的记录，在冰系异能中堪称一绝。

丁尧收拢了很多战力卓绝的同伴围在他身边，韩烟烟那点柔弱的小异能显然入不了他的眼。

韩烟烟恼怒起来，咬牙道："我去参加搜索队，总能养活自己。不就是杀丧尸吗？有什么了不起的！你别忘了，我杀过人的！"

丁尧的眸色微微地变了。

"你杀人时的狠劲儿呢？怎么没了？"他捏着她的下颌，目光中带着冷漠，"怎么变得跟别人没分别了？"

一道亮光划过韩烟烟的大脑。

韩烟烟想推开丁尧，丁尧按住她的手腕，扯她的衣服。她盯着丁尧，四个冰锥在她头部上方凝成，攻向丁尧。可那些冰锥速度不快，也没有力量，刚一动就被紫色电光融化，瞬间蒸发成一道白烟消失。

韩烟烟咬紧嘴唇，并不哭闹。她踢他，咬他，都无法阻止他。

"你看……你这么弱，走到哪儿都会这样。"

"我会变强的！"韩烟烟咬牙道。

丁尧的眸色渐深："那就变强给我看。"

韩烟烟一觉睡醒还是半夜，身体的酸疼稍稍缓解了些。她想翻个身，发现男人的手臂搭在她的腰间。她一动，丁尧就醒了。

这个男人的警觉性总是很高。

冬天这城里湿冷，韩烟烟是北方人，很不适应这种没有暖气的冬天。丁尧的身体散发着热力，像个火炉子。韩烟烟挪了挪身体，蹭进他怀里。丁尧闭上眼睛，把她紧搂在怀里，继续睡觉。

韩烟烟却一直睁着眼睛。

她已经明白自己犯了什么错。丁尧这个男人根本不会被金丝雀型的女人吸引。他或许会一时迷恋她的身体，却很快会腻，又去别人那里寻找新鲜感。要不是"电子音"给她开挂，给她准备了一具对男人极有吸引力的身体，她现在可能已经被三楼新来的女人取代了。

韩烟烟轻轻地呼出一口气，知道自己没有别的路可走，她必须变强。

那才是丁尧喜欢的。

过了几天，丁尧回到房间，没看到韩烟烟。他直觉敏锐，立刻察觉出不对。

他推开卫生间的门，看到满地冰屑，浴缸里堆满了还没融化的冰锥。

韩烟烟昏倒在地上，异能耗尽。

四

"你是怎么做到的？"丁尧问韩烟烟。

韩烟烟不解。

"谁都知道突破极限能提高异能，这不是秘密。"丁尧说，"问题是，并不是每个人都能做到。绝大多数人还没碰触到极限就已经力竭，根本使不出异能。极限不是你想突破就能突破的。"

韩烟烟愕然，才明白这也是"电子音"给她的"外挂"。她不动声色地说："我不知道，我以为大家都可以。"

丁尧没就这件事再追问，只问起效果。

韩烟烟踌躇道："感觉有提高，但是攻击力……"杀伤力很弱，攻击力不够。

"想变强吗？"丁尧问。

"想。"韩烟烟盯着他的眼睛说。

丁尧抽了根烟，看着她说："下次外出，你跟着一起去。"

战队是定期外出搜索物资的。有时候管委会也会发布任务。像上次的机床，就是管委会要的。战队以此和管委会交换大宗物资。丁尧作为南陵城最强战队的头领，同时也是南陵三大势力之一，和管委会的关系搞得不错，和另外一方势力的关系则很紧张。

那一方势力就是军队。

说是军队，其实早不是从前的军队了。管委会其实是从前的政府，军队是从前南陵附近的驻军。末世后，政府以其正统性和影响力维持着这个城市的运转，当时的军队也是支持它的。

可是末世艰难，慢慢地人心就散了。政府内部经历了几次内斗，最后胜利的一方更名为南陵管理委员会，简称管委会。这时候军队已经有了异心，内部进行了清洗，又吸收了一些后来的人。到后来，军队已经完全不听管委会的指挥了。要不是丁尧的雷霆战队崛起，大概军队早就掀翻管委会，自己当家做主了。

虽然雷霆战队的异能者厉害，但军队不仅人数多、有热武器，且绝大部分人受过军事训练，两方旗鼓相当。管委会居中调停，三方势力形成三足鼎立之势，南陵城看着一派安稳。

丁尧带韩烟烟一起外出，令战队队员颇是侧目。

这场女人间的较量，以韩烟烟获胜告终。韩烟烟依然住在顶楼的套房里，三楼那女人最终放弃了丁尧，屈就了别的男人。丁尧的人于是知道，丁尧是真的很喜欢韩烟烟，但他们没想到丁尧出门也要带着她。

南陵城出现了传染性疾病，丁尧跟管委会讨价还价之后达成协议，带人去找药。他们的目标有两个：一是医院，一是本地生产这种药的制药公司。

丁尧给了韩烟烟一把刀，就把她扔进了医院里。

韩烟烟从医院里活着出来的时候，两只手都在抖。其间，丁尧一次都没出手。韩烟烟遇到了一个变异丧尸，她靠自己活了下来。她活着走出医院的时候，眼神都变了。

看着这样的韩烟烟，丁尧笑了。

韩烟烟还是第一次看到他这样笑。这个男人笑起来会露出白白的牙齿，很好看，也很可怕。

在安全的地方宿营的时候，丁尧压着韩烟烟做爱，比以往任何时候都激烈。韩烟烟感觉自己终于摸到了丁尧的脉门。

韩烟烟跟着丁尧回到南陵的时候，齐彤彤感觉她像换了个人。

齐彤彤劝她别出去冒险："虽然有丁尧跟着，可哪次没死人？命只有一条，意外总是防不胜防。"

韩烟烟只是笑笑，反而问她："丁尧是个什么样的人？"

齐彤彤像看傻子似的看她："你问我？你才是他的女人好吧？！"

"我看不透他。"韩烟烟说。

"他要是能被你或者我看透，他就不是丁尧了。"齐彤彤说。

"全战队上上下下几百号人，个个都是强手，怎么就能都听他的命令？这里面得有多少事儿。

"要不是有他在，现在管着南陵的不会是管委会。军方那个齐团长是个心黑手狠的主儿，要没人压着他，整个南陵得多死一半的人。

"韩烟烟，你是不是到现在都没整明白丁尧到底有多厉害？"齐彤彤瞪着她。

这场对话最终以齐彤彤做梦般的呓语终结。

她说："要是有下辈子，我也想成为那么厉害的人。"

韩烟烟和齐彤彤是在基地食堂吃的饭。吃完聊完，她们起身准备回去。一个人端着热汤迎面冲她们走过来，韩烟烟眼睁睁地看着那人突然向前歪了一下身子，那碗热汤就朝她泼了过来。韩烟烟本能地闪身，热腾腾的汤眼看就要泼在紧跟在她身后的齐彤彤脸上。

齐彤彤都吓傻了。

那汤最后真的泼在了齐彤彤脸上，硬硬的、凉凉的，掉到地上摔成了碎冰碴儿。齐彤彤张大嘴，转头看韩烟烟。

韩烟烟长长地嘘了口气。

"不好意思，手滑了。"那人假模假式地道歉，"我听说你是异能者，没想到还挺厉害呀。"

对方是个很漂亮的姑娘，就是跟韩烟烟争丁尧的那个姑娘。齐彤彤脾气暴，上去就要撕她，被韩烟烟握住手腕按住了。

"你没想到的事情还多着呢。"韩烟烟微笑。

那姑娘撇撇嘴，转身又去盛汤。

韩烟烟拉着齐彤彤朝外走。齐彤彤气死了，骂韩烟烟："你放开我，让我去……"话还没说完，视野中有什么东西一闪，奔着那姑娘的脚踝去了。

那姑娘正端碗盛汤，猝不及防地向前一趴，一条胳膊戳进了汤桶里，顿时烫得嗷嗷直叫。

"走吧。"韩烟烟说。

齐彤彤的嘴合不拢了。

"你……你的异能怎么提高得这么快？！"她震惊。

"濒死时，求生的欲望能让你爆发。"丁尧坐在床边，"当然不是适用于所有人。大多数人做不到，爆发不出来，所以百分之九十九的人都真死了。"

"那我呢？"韩烟烟问，"你怎么知道我能做到？"

"你杀人的时候我看到了。"丁尧吻她的颈子，"你第一次给我展示异能的时候，用了十多秒才凝成一个冰球。可那时候，你为了活命，一瞬间就在那个人脸上凝出了冰。你冻住他手臂的冰，那种硬度是你当初展示的冰球绝对没有的。那一次，你就已经爆发了。"

"原来如此。"韩烟烟恍然大悟。

"丁尧！丁尧！"韩烟烟搂住他的脖子，趴在他肩头喘息，"我能变得像你那么强吗？"

"很想变强？"

"想！"

丁尧低声笑起来，胸膛震动。

"你知道你什么时候最勾人？"他低头咬住她的唇，"是你眼里充满求生欲的时候。"

冬天他们出任务出得少，人们大多数时间都躲在建筑物里。南陵城算是南方，没有暖气。但据本地人说，这一年的冬天比以往冷得多，还说从来没在南陵见过这么大的雪。

不外出的日子，丁尧把韩烟烟拉到了训练室。这里其实是酒店的宴客厅，被队员们改造成了训练室。跑步机这种用电的东西是没有的，但普通的锻炼器械有很多。关键是，这里有人教大家怎么用刀。

虽然雷霆的人有枪和弹药，但在物资紧缺的条件下，人们更偏爱刀这种冷兵器。一个人的异能是有限的，肉体搏斗在很多时候是必需的。战队队员都是从死里挣扎过来的人，比谁都更明白这个道理。

丁尧亲自训练韩烟烟。在训练场上，他仿佛和她有仇，下手毫不留情。韩烟烟倒在地上精疲力竭、浑身都疼的时候，逼迫她强撑着爬起来的，是丁尧冷漠的目光。

那目光让韩烟烟感到恐惧。

明明这个男人对她的宠爱众所周知，明明他迷恋她的身体到爱不释手，明明当她提出一些小小的奢侈要求时，他总是懒洋洋地答应她，几乎没让她失望过。可在训练场上，韩烟烟半点不敢违抗他。

他冷冷地命令她站起来的时候，她忍着疼痛爬也要爬起来。

她后来问他是不是有过从军的经历，却得到了否定的答案。

"白领。"他说，"做外贸的。"

韩烟烟很意外，因为丁尧身上有股与别人明显不同的铁血气质，不在军营或前线锻炼一些年是养不出来的。

她没法儿把丁尧和"白领"这个身份联系在一起。这种感觉就像她给一个角色做了人设，结果写崩了，角色的言行举止完全不符合先前给出的人设。

齐彤彤看到她身上因训练留下的青紫瘀痕，咋舌："丁老大也太狠了！"

韩烟烟捧着杯子，杯子里是少数人才能喝到的用奶粉冲泡的热牛奶。她吹散牛奶的热气，出神地道："总觉得他是那种……如果你掉队，他绝不会等你，而会把你远远地丢在身后，任你自生自灭的人。"

齐彤彤静默了一瞬，说："和玲姐当初跟我说的差不多。"

"当初我一心想跟丁尧，那时候好几个人喜欢我，玲姐劝我找个真心对我的。"齐彤彤回忆起当初，"她说，我这样的对丁尧来说永远都是玩物。如果遇到危险，丁尧会救同伴，不会救玩物。我要想好好活下去，与其找丁尧，不如找个心里有我的男人，关键时刻或许不会抛下我。可惜……我没听。"

齐彤彤拢了拢头发："我觉得玲姐说那话的时候……好像也很怕丁尧。不过谁不怕他呢？大家就是因为怕他才跟着他的呀。"

玲姐叫林玲，是治愈系异能者孙立军的妻子。末世到来，人们纷纷感染病毒，最弱的人死去，次弱的人变成丧尸，好一些的人依然是普通人，幸运的人获得异能，或强或弱。孙立军、林玲夫妻两个双双获得强大的异能，可以说非常幸运。

只是两人中，男的获得的是治愈系异能，从前是家庭主妇的林玲，反倒拥有了战斗力强悍的土系异能。

雷霆战队人多，分了好几队。丁尧亲自带一队，林玲是二队的队长。这不仅是因为她够厉害，也因为他们夫妻是最早跟着丁尧的人。

丁尧身边最信任的人谈起丁尧，都情不自禁地带着畏惧。

韩烟烟觉得，自己对丁尧的恐惧或许是正常的吧？

◆ ◆ ◆

到了春天，韩烟烟跟着丁尧出了几次任务。

有一次她和丁尧分开行动，一个人力战两个变异丧尸，救下了一个受伤的队员。从此在战队队员的心目中，她从"丁尧带在身边的女人"升级成了同伴。

大家都惊讶于她的异能和战斗力的进步速度，感叹她"不愧是丁老大看中的女人"。

虽然她的冰系异能还比不上张有权的，却已经能和普通的队员比肩了。

这种逐渐变强的感觉让韩烟烟沉溺其中。

在真实的世界中，她只是个普通人。那个世界也没有让她金戈铁马、打打杀杀的机会。每个人都生活在框架之下，一个萝卜一个坑，本本分分地做该做的事。

这个世界已经失去框架，给人一种可以恣意妄为的快感。当然，前提是你得是强者，能追着丧尸打，而不是被丧尸追得鬼哭狼嚎。

痛快地杀戮，放肆地做爱，过着自己在小说里为女主准备的生活，韩烟烟有点爱上这个世界了，几乎忘记了自己来这里是干什么的。

时间转眼又到了夏天，从南方来了大批的逃难者。南陵的人这才知道，春天的时候，沿海地区发生了海啸，海水倒灌进城市，海岸线向内陆逼近。活人朝内陆逃，丧尸也朝内陆逼近。有逃难来的人说，他们以前是某个聚居地的，那些聚居地都已灭亡在丧尸潮里。

"变异丧尸越来越强"的传言在幸存者之间流传。

同时，随着幸存者数量的激增，物资急速紧张起来。大小各方势力对物资的争夺变得越来越激烈。有好几方势力发生了严重的流血冲突。整个南陵城的形势变得越发严峻。

其中，雷霆战队和军方之间的冲突最为激烈。当军变成匪，你便无法估量他们的底线。丁尧在南陵城遭遇了狙击。

当时跟在他身边的人都不知道他是怎么躲过那颗子弹的。总之，丁尧安然无恙，但南陵城的气氛低迷到了极点。

丁尧这一段时间没有再出任务，他要留在南陵把想杀他的人揪出来。韩烟烟需要外出锻炼、打磨，她就跟着林玲的二队去搜索物资。

林玲是个面相憨实的女人，和孙立军很有夫妻相。这对夫妻过去一起经营一家小卖部，据说就在丁尧家小区外面。他们一边做小买卖，一边帮在城市里打工的闺女、女婿带外孙女。后来末世来临，闺女和女婿都死了，外孙女也死了。夫妻俩却意外地成为强者，一个能战斗，一个能疗伤。

末世到来不久，他们就遇到了丁尧。那时候他们的异能刚被激发，还不怎么会用，遇到丧尸手忙脚乱，是丁尧救了他们。

"你这战斗意识，可比我那时候的强多了。"林玲感叹，"我那时候慌里慌张的，见到丧尸自己先乱了。你可好，上去一言不发就先打，真有点老大的感觉，不愧是他亲自教出来的。"

林玲是个实在的女人。虽然她是强悍的异能者，却并没有像有些女异能者那样，看不起齐彤彤她们。

"都是花一样的闺女，和我闺女差不了多少岁。要不是这世道，谁会放下脸干这个？都不容易。"她说。

韩烟烟听齐彤彤说过，战队里男人多，难免有人会有特别的嗜好或者太过暴力。林玲替三楼的姑娘们出过好几次头。

她是个面相慈厚、土里土气的女人，连异能都是土系的，可她是真的厉害。她一巴掌拍在走廊的墙上，坚硬的水泥像橡皮泥一样听她调度，像棺材一样把跟她叫板的男异能者困住。林玲要是再狠狠心，能把人给活埋了。

她只是不这么做而已，但她有这样做的能力。

后来那些异能者都不敢对三楼的姑娘太过分。三楼的姑娘们遇到孙立军会叫声"孙哥"，跟他开一两句玩笑，但实际上所有的姑娘都自觉地远离他。谁都不去碰林玲的丈夫。

韩烟烟还挺喜欢林玲的。虽然不像喜欢齐彤彤那么喜欢，但和喜欢齐彤彤一样，也是一种莫名的喜欢，像是一种说不出来的缘分。

面对林玲的称赞，她微微一笑，没有解释。

战斗技巧可以教，战斗意识是天生的。林玲搞颠倒了因果。就是因为韩烟烟的战斗意识强，丁尧才喜欢教她。对他来说，一只乖顺的金丝雀远不如强者更有吸引力。

韩烟烟就是因为摸清了他这个脉门，才咬牙硬撑着，在他手底下一点点变强。

这一次，他们去了更远的地方搜索物资。他们遇到了很多拾荒者和更多的丧尸。

变异丧尸真的变得更强了，像在进化。林玲和她的队员们都对此表现出一定程度的震惊。韩烟烟却毫不意外。

丧尸不断进化，根本就是丧尸末世文的通用设定。

韩烟烟完全沉浸在这种生存模式中。在战斗中，她的冰锥终于进化成了冰箭，一次扎透了四个丧尸的头颅。

四个丧尸同时倒下的时候，韩烟烟长长地呼出一口气，胸臆舒畅。当她提着开山刀准备杀向另一群丧尸的时候，那些丧尸忽然定格了。

周围的一切都定格了，原本能听到的别的区域的战斗声也消失了。连虫鸣或者风声也一丝都没有。

这个世界定格了。

韩烟烟的瞳孔微缩，握着刀站在原地，全身紧绷，警戒着。

"韩烟烟！"一个声音响起。很熟悉，却是韩烟烟很不想听到的声音——"电子音"。

因为这刺耳的声音，韩烟烟那种全心全意投入其中的沉浸感突然消失。她仿佛一下子与这个世界割离开来，清醒地意识到自己不是这个世界的人。

"韩烟烟，我是来提醒你的。""电子音"的语气中带着一丝凉意，"你不要太投入，忘记自己是来干什么的。"

韩烟烟强装镇静："怎么可能？"

"哼。像你这样的新人，我见得多了，第一次进入这种世界就分不清现实和……咳咳。我还见过有些蠢货居然想在这种世界里过一辈子。""电子音"恫吓道，"这些人后来都遭受了该有的惩罚。韩烟烟，你不要犯这种蠢。"

韩烟烟面上镇定，实则背后冷汗涔涔。

要不是"电子音"今天突然出现，她可能就这么真情实感地在这个世界活下去了，完全忘记自己命悬人手，就像"电子音"说的那些"蠢货"一样。

"我不会的。"她垂眸，"你放心。"

"好吧。姑且相信你。你现在的进度还不错，不过还不够，得加大力度。"

"我会努力的，请你放心。不过……"韩烟烟说，"能不能把我的异能变得更强，这可以省去很多时间。"

"电子音"有点不自然地说："这个没必要，你该怎么做还怎么做吧。按部就班来就行。"说完又道，"还有什么问题吗？没有我就关闭通信了。"

韩烟烟问："你不在这个世界里？"

"我全程监控。"

那就是不在喽，韩烟烟想。她还真有问题要问："我想知道，如果我在这个世界里死了会怎么样？"

这个世界充满生离死别，韩烟烟其实早就想到过这个问题。

"电子音"暴跳如雷："你给我好好的！你要敢死，我就让你真的去死！"

"不，这就是一个假设。我就想知道，假——如，我在这里死了，会怎样？"韩烟烟说，"你也看到了，这里就是这么一个环境。"

"电子音"哼了一声，说："不怎么样，你上次不是就死了吗？"

韩烟烟恍然："就会回到你那里，是吗？"

"对对对！还有什么要问的没有？没有我就切断通信了！""电子音"已经有点着急了。

韩烟烟有太多太多想问的，但她知道"电子音"根本不会给她答案。所以她不会去费那个心力，直接说："没有了。"

"你好好干活儿，争取早点儿完成任务！""电子音"吓唬她，"别想偷懒，我监控着呢！"

"私密生活也监控吗？"韩烟烟突兀地问道。

眼前的一切都静止了，世界被定格，说明"电子音"是超然于这个世界的。它看这个世界和韩烟烟，应该是上帝视角。"电子音"老吓唬她，说它监控着呢，由不得韩烟烟不多问这一句。

"电子音"一噎，恼羞成怒地说："那么点破事儿，有什么好看的，我没那种癖好。"

说完，它气咻咻地切断了通信。

世界突然恢复正常，静止的一切都开始动起来。

五个丧尸朝她冲了过来。三支冰箭在韩烟烟身前凝成，疾射出去，穿爆了三个丧尸的脑袋。漏网的两个丧尸冲到了她眼前。韩烟烟当胸一脚，把前面那一个踹飞，然后用开山刀削掉了另一个丧尸的半拉脑袋，又一刀砍断了它的脖子。韩烟烟毫不停留，冲上去把先前被踹飞的那个丧尸也砍了头。

她一边在丧尸身上擦刀，一边想着刚才跟"电子音"的对话。

她想让"电子音"直接调高她的异能，它说"没必要"。是没必要，还是……它做不到？

还有，韩烟烟是去年夏天来到这个世界的，现在已经又是夏天了，差不多已经过去一年了。这么长时间以来，"电子音"从来没联系过她。通过刚才的对话，韩烟烟已经确认，"电子音"无法亲身进入这个世界。但它为什么这么久不联系她，今天突然联系她呢？

今天跟以往有什么不同吗？

韩烟烟沉浸在思考中，没注意到高高的天花板上有两个丧尸正像壁虎一样游走。

直到它们扑下来。

✦ ✦ ✦

这是一场恶斗，同伴都在别处，没人能帮她。

韩烟烟战到力竭，体能透支，异能透支，才终于将两个变异丧尸都杀死，却发现又有更多的丧尸拥了进来。韩烟烟躺在地上，过度消耗异能的后遗症就是浑身无力，连手指尖都疼，动都动不了。

她看着拥过来的丧尸，拼着最后的力量给自己造了一个宛如因纽特人的小屋的冰罩，然后昏了过去。

醒来的时候，她已经在车上了，林玲守在她身边。这是车队里的一辆房车，后面的东西拆了很多，腾出空间来装物资，不过床和椅子还在。林玲把她弄到了床上。

"你可算醒了。"她松了一大口气，"你要是死了，我可怎么跟丁老大交代？"

韩烟烟既然醒了过来，就是恢复得差不多了。再度面对"电子音"后，她挣脱了真情实感投入的状态。此时看着林玲，她有一种疏离感。

韩烟烟此时才惊觉，她可能有点爱上丁尧了。

在这么一个要生要死的世界，遇上这样一个男人，想不爱上……有点难。

"玲姐，我死了……"她问，"丁尧会在乎吗？"

林玲僵了一下。

她沉默了一会儿，叹了口气："他是心硬的男人。这世道，只有他这样的人才撑得起来。可是等你到了我这个年纪就会明白，对我们女人来说，男人心狠不是好事。"

她说完沉默了许久，又道："我跟我们家那口子，最早那会儿就跟着他了。我还记得，那时候他穿着西装，里面是白衬衣。要是在从前，他这样的人一看就是白领、坐办公室的，跟我们这样的搭不上话。可那时候他的白衬衣全被血染红了。"

"哪儿来这么多血啊？丧尸不流血的啊。"林玲喃喃地说，陷入了回忆。

"我现在也杀过人了，我们家老孙也是。我们都是手上沾过血的人，也已经习惯了。可那时候……丁老大，你看他年轻吧，他是真狠。他说我们不杀他们，那些人想抢我们的吃的，肯定会杀死我们。他逼着我们杀人。那时候，我们俩的异能还没这么强，人也慌里慌张的，没有主心骨。丁老大说，我们要不敢动手，他就自己走了。没有我们拖累，他一个人更容易活下去。"

林玲没说她害怕丁尧。可韩烟烟和齐彤彤一样，从她的话语和神情中听出了她对丁尧的畏惧。这个异能强悍的中年女人，打骨子里害怕丁尧。

韩烟烟能理解她。

丁尧的脸看起来还很年轻，不过三十岁上下的模样。可他的眼睛看起来像上了年纪的人才会有的，眸子深邃得让人看不懂。

你看不懂他，自然会心生畏惧。哪怕，他是你的枕边人。

车厢里陷入沉默。林玲和韩烟烟都不想继续深入这个话题了。

过了一会儿，韩烟烟忽然问："玲姐，我今天有什么不同吗？"

"嗯？"林玲没明白。

"就是……"韩烟烟努力想着该怎么给她解释，"我觉得今天肯定有什么地方跟以前不一样，或者是我本身，或者是今天发生了什么。总之，今天跟以前肯定有什么很不同的地方。我的这种感觉特别强烈，但我一时就是想不出来。你帮我想想，或许你能想出来呢？"

林玲明白了。她很认真地想了想，忽然失笑。

"你啊，烟烟，"她笑问，"你是不是……想丁老大了？"

"啊？"韩烟烟有点蒙。

"你还是第一次跟丁老大分开这么久吧？"林玲说。

似乎有什么东西在韩烟烟脑海里闪过。

虽然林玲畏惧丁尧，但丁尧现在是韩烟烟的男人，她当然还是希望他们能好好的。她就絮絮叨叨地讲了很多男女的相处之道。

韩烟烟完全没听进去，因为她觉得，林玲刚才很可能说出了真相。

韩烟烟一来到这个世界就遇到了丁尧，一直到这次出任务，她还是第一次跟丁尧分隔这么远。

"电子音"过去一年都不曾联系过她，独独今天出现了。

林玲的队伍这次走得很远，开车单程都要两天半的时间。回程的路他们还没走到一半，就碰上了乌泱泱的逃难者。

丧尸潮终于涌到了南陵城下。城墙防得住普通丧尸，防不住变异丧尸。变异丧尸突破了异能者设置的防线，进入了南陵古城。

上万人的聚居地土崩瓦解。这时候还谈什么派系之争、群体冲突，连物资都变得不重要了。丧尸乌泱泱的，像海潮一样。当务之急只剩下逃命。

林玲的队员都犹豫了。南陵城都崩溃了，还有必要回去吗？这个时候，林玲一个人有点压不住了。

韩烟烟说了一句："丁尧不会死的。"

众人这才惊醒。的确，以丁尧的能力，谁死他都不会死。众人互相看了一眼，最终跟着林玲逆着人潮往回走。半路上，他们就遇到了雷霆撤退出来的车队。能和大部队会合，让众人都松了一口气。

雷霆战队折了不少人手，这在大家的意料之中，但丁尧受伤就出乎众人的意料了。

异能者们比普通人更晚撤退，等他们撤完，还留在南陵没撤出来的人，大概就逃不出来了。

林玲的队员从撤出来的同伴那里听说了丧尸潮冲击南陵时的惨状。这些人都是平日里杀惯了丧尸的强者，谈起刚发生不久的事，都还心有余悸。

"……把老大都打伤了，但它自己也受伤了，后来跑了。"

"像是有智商，其他的丧尸听它指挥。否则解释不了这么多丧尸怎么能行动得这么整齐划一。"

"真是……噩梦一样……"

那个打伤了丁尧的丧尸于是被人们称呼为"尸皇"。

丁尧受伤的时候和孙立军分散了，后来在路上才又会合。孙立军已经给他治好了伤，但他失血过多，脸色有些苍白。这大约是韩烟烟认识他以来，他最虚弱的一次。

雷霆的损失其实没有人们想象中那么大。的确折损了一些人手，但战队里充当"移动仓库"的几个空间系异能者都安然无恙，这就意味着战队的大部分物资都还在。

而且，大家其实也都知道，战队最大头的物资都收藏在丁尧自己的空间里。据那几个空间系异能者私底下说，他们几个都能估测出彼此的空间容量，却都估算不出丁尧的空间容量。谁也不知道丁尧到底储备了多少物资。

可越是这样，跟着丁尧就越叫人放心。

宿营的时候，韩烟烟在营地走了一圈，回来之后问："张有权呢？"

丁尧看了她一眼："死了。"

韩烟烟不说话了。

她找了一圈，没有找到齐彤彤。虽然也有几个女人跟着逃了出来，但大多数不见了。韩烟烟原本寄希望于张有权能保护齐彤彤，若张有权自己都死了，齐彤彤只能是凶多吉少。

没有时间让韩烟烟消沉。为丧尸潮所迫，幸存者大规模北迁，大多数人并没有携带太多物资，特别是食物。

食物前所未有地紧张起来。虽然战队有物资，但在前路未知的情况下，也不能坐吃山空。物资的抢夺变得格外激烈，流血冲突时有发生。这些人逃出南陵，没死在丧尸手里，却死在了活人手里。

夜晚宿营的时候，到处都是男欢女爱的呻吟。谁也不知道明天会不会死，每个夜晚都像是最后的行乐、灭亡前的疯狂。

与别人相反，这些天丁尧都没有和韩烟烟做爱。此时对丁尧来说，韩烟烟作为异能者的价值远大于她作为女人的价值。

战队的核心人员经过几次讨论和争执，最后决定向西北方向前进。西部有一座城市被称为西京，也是一个历史悠久的城市，有着比南陵城更雄伟的古城墙。幸存的人若要寻找新的聚居地，那里是一个很好的选择。

许多普通人根本没有目标，惶惶然不知道该去哪里。听说雷霆战队要去西京，许多人都决定跟随。

军方的残部向丁尧低了头。他们那个齐团长死在了丧尸潮中，撤退的时候，他们没来得及带走太多弹药，更来不及搬走军工作坊。失去了热武器优势的军队，

69

面对普通丧尸尚可，面对变异丧尸就不行了。权衡之后，这些强壮的男人都投靠了丁尧。

这天晚上，大约五六十个变异丧尸突然夜袭了宿营地。韩烟烟从来没同时见过这么多变异丧尸。

雷霆的强悍战力在这时体现了出来。一场血战之后，变异丧尸只剩下不到十个。远处突然响起凄厉的尖啸，像一个信号，残余的变异丧尸齐刷刷地撤退。

星光下，所有人都看到了远处楼顶那个尖啸的丧尸。跟其他满身腐肉的丧尸不一样，它的身体堪称光滑、饱满，泛着青色光泽。

令异能者都胆寒的变异丧尸如狗一般供它驱使。虽然它站在遥远的楼顶，却在盯着丁尧看。

韩烟烟听说丧尸潮攻破南陵城的时候，那些丧尸的行动整齐划一。最后丁尧重伤了尸皇，才使得密密麻麻的丧尸失去统帅，重新变成一团乱麻的无头苍蝇，异能者们才得以安全撤退。

韩烟烟是第一次看到尸皇。无论她曾在末世小说里读到过多少次，或者在恐怖电影里看到过多少次，都不如此时此刻亲眼看到体会深刻，冰冷遍布她后背。

与此同时，一个念头不可抑制地在她心中形成。

她来此不是为了生存，是为了攻略丁尧。

韩烟烟心里有了一个计划，她想打动丁尧的心。

✦ ✦ ✦

西迁的队伍路经一个城市时，深入进去搜索物资。韩烟烟注意到，从进入市区，丁尧就一直朝某个方向眺望。

显然，他对这个城市很熟悉，指挥车队去了几个大商场搜集物资。之后他指挥车队来到一片住宅区。

韩烟烟跟着他进了一座楼，爬了十九层楼梯。丁尧熟门熟路地找到一户人家，门是锁着的。他下意识地摸了摸裤兜，然后顿了顿，一脚踹开了门。

两室两厅的房子，装修品位还算不错，透着些男人的气息。屋里还算整齐，可见当时屋主离开时并不算太慌乱。

丁尧在客厅里站了一会儿，然后去了卧室。他站在卧室的飘窗前点了支烟。

韩烟烟站在卧室门口看着他的背影，若有所悟："这里是……"

"我家。"丁尧说。

果然。

韩烟烟没有离开，也没有上前，给出丁尧空间。丁尧在飘窗前抽完了那支烟，把烟头丢在实木地板上，用脚踩灭，一点也不心疼地板。

"过来。"他说。

韩烟烟走过去。他指着远处说："那栋楼，最高的那栋，看见没？"

韩烟烟眯起眼睛眺望："那一栋吗？"

"对。在市区最繁华的地段，从这里开车过去不会超过半小时，算是本市最好的写字楼。"丁尧说，"办公室在31层，格子间。我那时候刚刚升职，是部门总监……"

韩烟烟还想听下文，丁尧却戛然而止。韩烟烟等了片刻，转头看他。丁尧望着远处高耸的写字楼，眸子里是韩烟烟看不懂的幽深。

她情不自禁地去碰他的手，轻声说："……怎么了？"

"是我自己的过去……"丁尧盯着远处的写字楼，沉默了许久，"说起来，总觉得像是别人的人生。"

他握住韩烟烟的手，问她："你有过这种感觉吗？"

"嗯？哪种？"韩烟烟不解。

"好像……被困住？"丁尧说。他看着她的眼睛，似乎在认真地向她寻求答案。

韩烟烟怔住。

看到韩烟烟的表情，丁尧眼中闪过失望，松开了她的手，放弃向她寻求答案。他转头望向窗外没有人气、死了一般的城市。他目光幽邃，像在眺望远方，又像在沉思，喃喃自语："感觉整个人生……一切都不对劲儿。"

丁尧说完沉默了片刻，转身准备离开。韩烟烟倏地抓住他的手。

丁尧回头看她，眉头微蹙。

韩烟烟深深地吸了一口气，说："被这个……世界困住了？"

丁尧觉得自己仿佛被困住，韩烟烟却实实在在地知道自己被困在这个世界里，不完成任务就可能会死。

她看着丁尧，忍不住想：那么丁尧呢？丁尧真的是这个世界的原住民吗？如果是的话，他又为什么会成为她的任务目标？如果不是……

韩烟烟清楚地看到丁尧的眼睛里有亮光闪过。

"为什么这么说？"他逼近她。

韩烟烟不敢说。

她命悬于人手，哪怕丁尧真的和她一样，是被困在这里的异界来客，哪怕"电子音"可能正在对他进行什么阴谋，韩烟烟也不敢说出真相。

她抿抿唇，说："我常有这样的感觉，觉得自己不属于这个世界，好像一切都是假的。可如果说是在做梦，细节又太逼真，提醒我这不是梦，这就是真实的世界。"

丁尧认真地听她说每一个字。

他摸上她的脸,低头吻她的唇:"我也是。"

自那日尸皇现身,这些天不断地有变异丧尸追杀他们。他们已经很多天没有做爱。丁尧在自己的家里忽然有了欲望,掐住韩烟烟的腰把她抱了起来……

韩烟烟跪在窗台上,手按着玻璃。人体产生的热气让玻璃蒙上了一层雾,丁尧的一下猛撞令她向前扑去,手在玻璃上划出一片清亮。

韩烟烟透过那一片清亮俯瞰这座城市。丧尸在僵硬地移动;拾荒者像老鼠一样在四处钻来钻去;强大的异能者迎着变异丧尸而上,或者房屋坍塌,或者发生爆炸;弱小者四处奔逃、躲藏。

这是个荒谬的世界。这个世界困住了她和丁尧。韩烟烟想,要想结束这一切,只有完成任务。她已经想好了该怎么做。

丁尧猛地抽身离开她。不令女人怀孕,是这个疯狂世界里男人的最后一点仁慈。韩烟烟觉得身体空了,心也空了。

她不后悔真情实感地投入这个世界,她只害怕一切都结束之后的未知。

这一路上,韩烟烟作为一个异能者,飞速地成长、变强。

这都要感谢那个尸皇对丁尧的追杀。尸皇自己没有再现身,却不断地派遣变异丧尸来袭击他们。这样高强度的战斗,不断地激发韩烟烟开了挂的异能。

树叶变黄的时候,韩烟烟已经取代从前的张有权,成了别人眼中强大的冰系异能者。

丁尧亲眼见证了她的变化。只有他知道,无论她白日里经历了怎样的苦战,只要宿营地能保障其安全,她就会拼命锻炼、耗尽异能,一次又一次地突破极限。

他亲眼看着她因为身体和大脑的疼痛不断地抽搐、痉挛,指尖发抖。他亲眼看着她面如金纸、呼吸微弱,陷入深度昏迷。他握住她的手,那手白皙、纤细、修长,却因为凝出太多的冰而失去了人体的温度。

她昏迷的时候,丁尧握着她的手,一直凝视着她。

韩烟烟第二天醒来时在丁尧的怀中,他的手还一直握着她的。她便没有动,靠在他的肩膀上,又闭上了眼睛……

变异丧尸一直在变强,而且丧尸好像源源不断、永不枯竭。不论他们杀死多少,总还会有更多。

大家都不知道是否能真的到达西京,或者到了西京,尸皇和变异丧尸是不是还会跟来。

他们在一个城市的电脑城里找到了无人机和相关的设备。无人机带着摄像头飞向他们来的方向。虽然无人机最后被摧毁了，但在被毁之前，它传来了在后方拍摄的画面。

真相令人绝望。

尸皇驱赶着丧尸潮在后面追赶他们。因为密密麻麻的普通丧尸动作僵硬，才拖慢了整体的速度。有足够多的丧尸做基数，尸皇操纵它们互相吞噬，不断地产生更强的变异丧尸。

在传来的画面中，人们看到疑似已经产生了第二个尸皇。

尸皇是追赶着丁尧来的——这传言悄悄地在人群中散播。

开始有普通人脱离迁移队伍，后来士兵和异能者也有逃离的。当这些脱离队伍的人变成丧尸回来，就没人再敢私自逃跑了。

不管这些人怎么想怎么做，韩烟烟一直在丁尧身边。这个头发乌黑、眼睛明亮的漂亮女孩似乎从没有犹豫、彷徨过。她坚定地站在丁尧身边，和他肩并肩地作战。

丁尧偶尔回头时，会看到韩烟烟长久地凝望着尸皇所在的方向。他有时候会禁不住去想，韩烟烟望着那个方向的时候到底在想什么。

从南陵到西京，路程约1100公里，从前自驾游的人们开个两三天就能到达。然而，在末世里，道路或堵塞或崩坏，队伍要一边走一边搜索物资，还要对付到处都是的丧尸。而且，汽油也不是哪里都能找得到的。这一次迁移，他们足足走了五个月。

从南陵到这里，丁尧的队伍损耗了足有三分之一的人。很多人死了，也有的变成了丧尸。

然而，不管怎样，队伍终于还是到了西京，人们看到了希望。

希望这个东西恰恰最容易破灭。西迁的人们先到，丧尸潮时隔半年也到了。西京生存根据地也崩毁了。

人们陷入绝望，有人提出不要群聚而居，认为这样更容易吸引丧尸潮。幸存者们开始分散，像一群又一群的老鼠，到处寻找藏身的角落。

即便是丁尧和他的雷霆战队，也不能长时间在固定的地方待着。尸皇总是能准确地找到他们。

这样的生活又过了一年多。韩烟烟已经成了强大的异能者。她和丁尧并肩作战的模样给人们留下了深刻的印象。他们两个几乎从不分离，仿佛就是一体的。提起丁尧，人们就会想到韩烟烟；提起韩烟烟，人们就绕不开丁尧。

韩烟烟能感受到，这两年，丁尧看她的目光在一点点地改变。但这还不够，还没达到韩烟烟的目标。韩烟烟需要一记重击，一记能直达丁尧心底的重击。

那个机会终于来了。

尸皇竟然以养蛊的方式培养出两个和它一样可怕的存在。它们带着令异能者战栗的变异丧尸队伍，突然自后方出现，如噩梦般降临。

韩烟烟早就在等这一天了。

"电子音"把她扔进这个世界，责令她一定要让丁尧爱上她。韩烟烟不小心让丁尧走进了自己的心里，却不知道自己到底有没有走进丁尧心里。自那一次突然出现警告她之后，"电子音"就再无音信。韩烟烟测度，任务的最终目标应该还没达成。

她从那时候就在想该怎么办。正巧，尸皇出现。

这个世界的很多规则和韩烟烟从前看过的或者写过的丧尸末世文很类似。韩烟烟大胆猜测，尸皇会越来越强，或者会有越来越多的尸皇。有神志的尸皇一直记恨重伤它的丁尧，势必会来报仇。韩烟烟能想到，那尸皇再度出现的时候一定强大无比。她不知道它是否能强到杀死丁尧，但绝对能强到对丁尧的生命造成威胁。

那就够了。

韩烟烟决定，为丁尧去死。

自"电子音"突然出现后，她反复回忆自己进入世界之前"电子音"给她的任务、对她的要求和限制。她发现，"电子音"仅仅要求丁尧爱上她，除此之外，几乎没有任何限定条件。

丁尧是一个太过强大又太过冷血的男人，韩烟烟没有信心通过一日日的相处令他爱上自己。她决定来点"狗血"的。

一个人最珍贵的东西是什么？不是美貌，不是能力，更不是一层处女膜。

是生命。

若一个女人爱一个男人，爱到愿意把自己的命给他，这个男人的心就算是铁水浇铸的，也总会有一刹那的震撼和感动吧？

丁尧只要爱上她哪怕一秒钟就可以。哪怕一秒钟之后就跟着她一起去死也可以。按照"电子音"的规则，只要有这一秒钟，韩烟烟就算完成了任务。

韩烟烟亦有她自己的私心。

她和丁尧一路走到这里，若不能完成任务，就会被困于这个世界，甚至真身会失去生命，面临死亡。若完成任务，不知道两个人会面对什么样的情况，还能不能再相见？能不能在一起？

凭韩烟烟对"电子音"的直觉，她觉得……大概不能。

如果是这样的话，韩烟烟想让丁尧永远记住她。

永远。

韩烟烟等的机会终于来了。

三个尸皇围攻丁尧，每一个都比第一个尸皇初遇丁尧时更强。

当其中一个尸皇突破丁尧的雷电网如箭一般扑向丁尧的时候，韩烟烟放出冰盾阻住围攻她的变异丧尸，人像箭一样冲向丁尧，冲向丁尧和那个尸皇中间，准备以自己的身体替丁尧挡住这一击，为攻略丁尧献祭自己的生命。

就在这时，第四个尸皇出现了！尸皇的智商和人类的相差无几，甚至更狡猾、更奸诈。第四个尸皇一直藏匿在普通丧尸中，就等着给丁尧致命的一击。

韩烟烟的瞳孔骤缩！

一切都完了！丁尧会死，这个"韩烟烟"会死，任务失败，真正的她……也会死！

就在韩烟烟绝望的瞬间，她感受到了周围的空间变幻。下一瞬，她已经在丁尧的身前。

第三个尸皇被雷电劈伤，仓皇后退。第四个尸皇的利爪……刺穿了韩烟烟的胸膛。

丁尧在南陵城曾经遭遇狙击，没人知道他是怎么躲开那颗子弹的。

现在韩烟烟知道了，丁尧的空间异能已经进化出了扭曲空间的能力。他把射向他的那颗子弹送到了别处，一如他此时把一段距离之外的韩烟烟……抓到了身前。

韩烟烟觉得自己听到了丁尧的呼吸，她的后颈甚至感受到了他口鼻中呼出的热气。这感觉异常熟悉，当他们的身体纠缠、他从后面亲吻她的时候，便是这种感觉。

韩烟烟此时看不到身后的丁尧，她只能看到眼前的尸皇惨绿的脸，岩石般的手臂和利爪穿透了她的胸膛，撕裂了她的心脏。

这是寒冷的冬天。

韩烟烟的胸口很冷，整个人陷入黑暗。

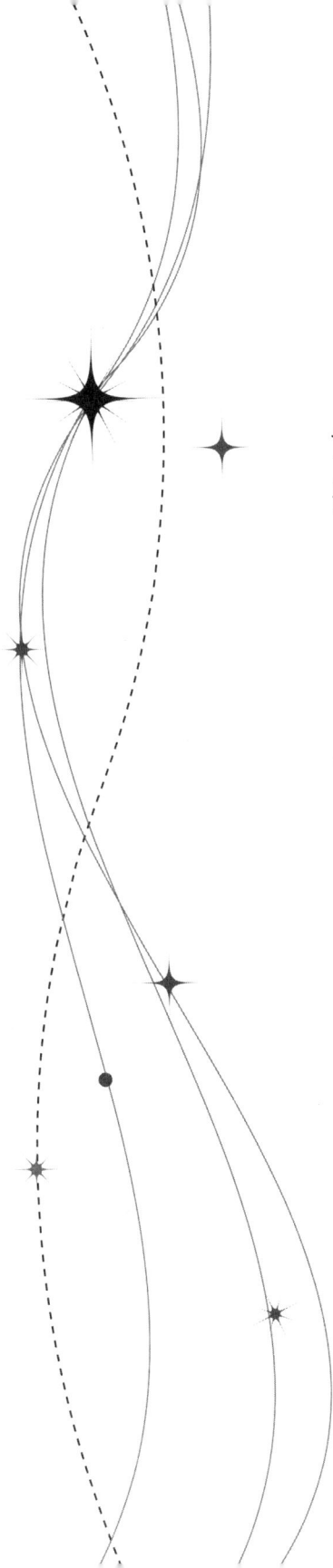

世界二:
豪门继承人

"对不起,我来到这个世界,
目标……不是你。"

一

韩烟烟睁开眼，身处一片纯白的空间中。

她的脸忽然没了血色，膝盖一软，捂着心脏跪倒在地。然而，她的胸口并没有被利爪破开的血洞，心脏也依然在胸腔里有力地跳动。在这个纯白的空间里，她身体健康且安全。

韩烟烟大口地喘气，慢慢地从地上站起来。"丁尧、丁尧……丁尧！"她念着这个名字，眼睛发红，咬牙切齿，"王！八！蛋！"

倘若此时她面前有一张桌子或是别的什么，她一定会一脚将其踹翻。但这个纯白的空间里除了地板能摸到，既没有墙壁，也没有天花板，似乎无边无垠。她身体里的怒火和恨意纠结着鞭笞她，无从发泄，直欲爆炸。

韩烟烟只能暴躁地扯着自己的头发，原地转圈。现在要是给她一个机会重返丧尸末世，她一定毫不犹豫地使用她最强的异能，力求一击将丁尧杀死！

带着任务进入，却真情实感地投入这样一个世界，爱上这样一个人，韩烟烟曾经觉得自己不会后悔。现在，她很想把那个投入真情实感的自己拖出来暴打一顿。

再没有比这更可笑的事了：她决定为他去死，他却先拿她当了肉盾。

韩烟烟觉得自己快要炸了。她站在纯白空间里握紧拳头，闭上眼睛，用尽全身的力气声嘶力竭地"啊啊"尖叫，充满愤怒！

"韩烟烟，冷静，冷静！""电子音"的声音响了起来。

这机械合成的声音令韩烟烟找回了一分理智，令她想起自己终究不是那个世界的人，她在自己的世界有自己的人生，她的命还捏在这个鬼玩意儿手里。

韩烟烟强迫自己慢慢平复呼吸，握紧拳头，等待"电子音"对她的惩罚。

她能怪谁呢？怪这个手上握着她生杀大权的不知道是什么的鬼玩意儿？还是怪丁尧太有魅力，让人无法不心动？说到底，还得怪自己傻吧。明明都说了是"快穿世界"，明明是带着任务去的，自己却还真情实感地陷了进去。

蠢！

丁尧在生死关头的举动证明他根本没有爱上她，她的任务失败了。"电子音"说过，要让她自生自灭。

韩烟烟闭上眼睛等死。

等来的却是："你冷静点，你做得不错，我果然没有看错你，果然是有潜力的构建师！"

韩烟烟愕然地睁开眼："你说什么？"

"我说你做得还不错。"韩烟烟甚至从他的夸奖里听出了一点得意。

"可丁尧没有爱上我。"韩烟烟说。

"那没关系。爱不爱上都没关系，那只是手段。只要能实现我想要的目的，爱你恨你都可以，无所谓。"

韩烟烟沉默了一会儿，问："那你的目的到底是什么？你到底想从这个世界或者任务目标身上得到什么？"

"电子音"的声音冷了下来："这个不是你该关心的事情，你还是好好想想怎么救自己吧。别忘了，你的命在我手上。"

韩烟烟于是换了个提问方式："那到底怎样才算完成任务？总得给我一个清楚的说法吧。这样稀里糊涂的，我怎么知道该怎么做？"

"电子音"噎了一下，说："这个……得看具体情况。每个世界情况都不一样，毕竟这是'快穿世界'。嗯嗯，别说这些没用的了，看在你这么辛苦的分儿上，下个世界我给你一个轻松点的任务。"

它忽然失去了感情，机械、冰冷地说："标记。"

"又是标——"韩烟烟张嘴，却没来得及阻止。

她恍惚了一下，脑袋里有一瞬又出现了那种空洞洞的感觉。

"在这个世界，你要让任务目标明白自己的错误。具体怎么做，你自己看着办。在上个世界，你做得不错，相信自己的直觉吧。这个世界的任务难度不高，算是给你度假吧。"

"世界生成。"它机械地说。

这带着人味儿的语气和机械、冰冷的无机质感自由切换，毫无间隙，韩烟烟想。

韩烟烟不知道，在她进入世界之后，"电子音"关闭了麦克风，转头向身后的人解释："她是个很有潜力的构建师，到现在为止，她是做得最好的。"

"必……必须让她放松一下……她现在的精神力阈值已经逼近警戒线。"他望着一排黑洞洞的枪口，咽了口唾沫，小心地解释，"已经死了三个构建师了，这个构建师得珍惜着点用。我给她安排个轻松点的，让她放松一下。等她休息好了，再让她干活儿。"

那些冰冷的枪口一直对准他，毫不动摇。

"电子音"背部生出冷汗，转回身来继续监控……

韩烟烟睁开眼睛，看到满满一房间的衣服。这间衣帽间比她家的客厅还要大。

韩烟烟踏前一步，伸手抚触那些衣服，精致、时尚，看得出来十分昂贵。除了数不清的衣服，还有整柜整柜的鞋子和皮包……韩烟烟停在了落地镜前，看着镜子里的自己，解锁大脑里的信息。

跟前两个"韩烟烟"的眉清目秀、书卷气浓浓不同，这一个"韩烟烟"唇红齿白，眉梢、眼角透着一股肆意，明媚、张扬。这是个不折不扣的千金大小姐，就如同最初那个崩毁的世界里的曹大小姐。

和曹大小姐的另一个共同点是，韩烟烟也有一个婚约对象，就是这个世界的任务目标——乔氏集团的继承人乔文兴。两个人的婚约被媒体捧为商界金童玉女的天作之合，但其实毫无意外，这场婚约的本质依然是商业联姻。

"小姐。"

韩烟烟忽然听到有人说话。她走出衣帽间，看到一个女佣站在外面。女佣穿着老派港剧里富豪家庭的用人制服，向韩烟烟汇报："司机已经准备好了，您什么时候出发？"

信息被激活，原来韩烟烟今天约了她的未婚夫乔文兴吃晚饭。根据预给信息，乔文兴将在今天晚上向韩烟烟摊牌，提出解除婚约。

乔文兴作为青年精英受母校邀请回校参加校庆，结识了寒门出身的小学妹白玥。在乔文兴眼里，白玥像出淤泥而不染的莲花，纯洁、干净、坚强自立，却又惹人怜爱。乔文兴觉得自己遇到了此生真爱，毅然决定跟千金大小姐韩烟烟解除婚约，想和真爱一生一世一双人。

韩烟烟的嘴角抽了抽。这情节……怎么那么像那个崩坏了的世界的翻版？韩烟烟有一种文荒扫文，扫到一篇相似度极高的套路文的感觉。

"我换件衣服就下去。"韩烟烟答复。

女佣退下了，韩烟烟转身进了衣帽间。这样一间衣帽间，简直是女人的梦。"电子音"说这个世界让她度假放松，看来没骗她。根据脑海里的预给信息，韩烟烟已经了解这个世界的自己过着什么样的奢华生活。那是真正的她想都想不到的，因为贫穷真的会限制人的想象力。

生为"白富美"，圆了人生一个梦，韩烟烟深吸一口气，努力把那些残留的怒意和恨意压下去，走进衣帽间挑衣服。

衣服太多，真一件件地挑会挑瞎眼。韩烟烟直接闭着眼睛拽了一件出来，睁开眼一看，完全是心仪的款式。这令她的心情愉快了一些。她将衣服从衣架上摘下来，正准备换上，目光却在扫到商标时忽然凝住。她盯着那商标看了一会儿，然后把衣服丢在地上，扒拉着衣橱里的衣服一件件地查看商标。

韩烟烟站在衣帽间中间，沉默地看着这满满一房间的衣服、鞋子和包包。她沉默了很久，最终还是捡起了刚才那件衣服换上……

这城市临江，乔文兴订的餐厅能看到江景。

韩烟烟自觉已经出来得有些晚了，结果居然比乔文兴到得还早，足足等了他十分钟。

乔文兴不是一个人来的，他身边带着一个女孩，俏生生的，眉间带着些学生气，给人一种干干净净的感觉。这个女生就是白玥，大学刚毕业。乔文兴把她安排进了自家的公司，就在他眼皮子底下。其实，这个世界的"韩烟烟"以前曾在乔文兴的办公室见过她。那时候这姑娘低眉顺眼，一口一个"韩小姐"，看着无害得很。

作为开了天眼的任务者，韩烟烟心里门儿清，却挑挑眉，故意扬起下巴说："怎么吃饭还带着秘书？"

白玥的头垂得低了一分。乔文兴有所察觉，伸手握住她的手，拉她在韩烟烟对面坐下。

"这是白玥，你见过的。"他说，"我今天带她来，就是想介绍给你。"

"烟烟，我喜欢白玥，我想和她在一起。"他严肃地对韩烟烟说。白玥受他感染，也鼓起勇气抬起头，直面这个骄傲跋扈的大小姐。

韩大小姐丝毫不在意，无所谓地说："喜欢就买套房子养起来，不用带到我跟前来。"

白玥的脸这下真的白了，眸中浮现屈辱的神色，想挣脱乔文兴的手。乔文兴不放，反而握得更紧。

他看着韩烟烟平静地说："你误会我的意思了。烟烟，我想跟你解除婚约，我想跟白玥结婚。只有感情的事是无法自欺欺人的，我爱的人是她，不是你。对不起。"

韩烟烟做惊讶状："你是认真的？"

"是的，非常认真。"乔文兴点头。

他还转头看了白玥一眼。白玥脸上泛起红晕，仿佛又从他那里获得了勇气，再一次挺起胸膛，直面韩大小姐。无论这个跋扈的大小姐说出什么恶毒的辱骂她的话，她都要坚强地面对，白玥想。

然而，跋扈的韩大小姐只是撇撇嘴，然后点点头、耸耸肩膀，说："OK。"

乔文兴和白玥同时怔住。

✦ ✦ ✦

乔文兴和白玥面面相觑。

"你……你不生气？"乔文兴有点呆。虽然被媒体吹捧为"贵公子""青年精英"，但实际上乔文兴才二十四岁，在家里被母亲娇惯得还有几分天真。不过，因为他十分自律、上进，从没有过酗酒、泡夜店、玩女人或是吸毒、飙车、赌博之类的纨绔之行，在长辈眼里是很被看好的年轻人。

白玥眼中一闪而过的亮光显示出她对韩烟烟这种淡然态度的高度怀疑。

对韩烟烟来说，她被丁尧甩出去当替死鬼也就是一个多小时之前的事，她的情绪现在还非常糟糕。看着眼前这一对恨不得在脸上刺上"我们是真爱"的男女，她露出讽刺的笑："生什么气？你和我又不是因为相爱才订婚的，这本来就是联姻，散伙了再找合适的就是了。"

虽然韩烟烟说的是大实话，可被自己的前未婚妻这样直接否定，乔文兴内心还是微微地有点不舒服。他问："那你回去怎么交代？"

韩烟烟诧异："我交代什么？"

"跟韩叔叔交代我们解除婚约的事。"乔文兴说。

"我有什么要交代的？要退婚的人是你又不是我。"韩烟烟说，"当然是你回家跟你爸交代，你搞定你爸，然后你爸来跟我爸交代……"

她的话音戛然而止，用看智障的目光看着乔文兴说："……你不会以为，解除婚约这么大的事，就凭你和我两个人就可以决定吧？"

乔文兴脸上闪过一丝狼狈。白玥则愕然道："为什么不可以？"

韩烟烟根本当她不存在，只看着乔文兴："你有时间跟我在这里浪费工夫，还不如早点回家找你爸。这件事情的关键在你爸和我爸，不在于你和我。你只要把他们两个人搞定，我都OK的。"

乔文兴垂下眼。韩烟烟说的他何尝不知道，但比起面对自己的父亲，面对韩烟烟，他反而更轻松一些。

白玥转头，看到他的神色后握住他的手，温柔又坚定地说："文兴，你是个成年人了，你可以决定自己的人生。"

她的目光中带着信任和崇拜，乔文兴像是被她灌注了勇气一般，不自觉地将胸膛挺了起来。

"还有你，韩小姐。"白玥转过头，感情真挚地看着韩烟烟说，"你也是一个成年人了，请你勇敢一点。这种没有爱情的婚姻有什么存在的意义？"

这义正词严的发言终于令韩烟烟纤尊降贵地把目光投向这个女孩。

韩大小姐的人设是个骄傲的千金大小姐，大小姐自然有大小姐的脾气。以前和乔文兴关系未定的时候，见到韩烟烟，白玥完全没有底气。现在乔文兴不仅承认她了，还跟韩烟烟坦白并要求解除婚约，白玥顿时觉得有了底气，不仅觉得自己可以和韩烟烟站在平等的地位上，内心甚至还有一点胜利者的快感。她说话时一改从前低眉顺眼的模样，挺起胸直视这位大小姐。

一个多小时前，韩烟烟还身在末世，和丁尧一起对抗四个尸皇、近百个变异丧尸，而后被自己爱的男人拉去当替死鬼。一身的杀意和怒火一直压抑在心底还没散去，听到白玥这可笑的话，她投过去一瞥。

韩烟烟这一眼淡淡地瞥过去，在生死之间练出的气势就将白玥那点暗艳艳的快感压灭了。她一激灵打了个冷战，情不自禁地收紧肩膀，微微含起胸，内心重又惶恐起来。

"意义？意义大了。"韩烟烟嘲讽地一笑，问，"你知道什么是商业联姻吗？"

"商业联姻，是一对能代表两个家族的男女，以婚姻的形式进行资金和技术的整合、人脉和资源的互通。这是强与强的联合。

"这是结婚，不是结仇。乔文兴不愿意与我们家联合，可以，我可以接受。生意嘛，谈得拢就谈，谈不拢就散，大家和和气气的，以后有钱还一起赚。

"但是，"韩烟烟看着白玥微微眯起眼睛，"我跟乔文兴好聚好散，不代表你这个'捞女'可以对我指手画脚。"

白玥被'捞女'这个称呼气得嘴唇发抖："你怎么可以这样侮辱我……"

"我说错了吗？"韩烟烟上下打量了她一番，"你长得不差，学校应该有不少男生追你吧？可你选了乔文兴，图什么？不就图他有钱吗？追求你的男生里不可能没有寒门出身的优秀学子，你选一个这样的人，踏踏实实地陪对方打拼，过个十年二十年总能熬出头。可你没选，你选了个现成的。你想省略中间共苦的过程，直接同甘，所以你选择直接嫁入豪门。"

白玥气得脸色发白。她咬住唇，倔强地看着韩烟烟："我喜欢文兴，因为他是个心地善良的人。我父亲患了重病，是文兴向我伸出援手，无私地帮助我，让我和我的家人渡过了难关。你根本不了解他，他……"

韩烟烟讥笑道："他拿来救济你的钱，是他爸爸的，不是他的。你要是因为这个喜欢他，就喜欢错人了，你应该去喜欢乔董事长。"

白玥顿时噎住。

"所以，除了有钱和有钱造成的光环，你还爱他什么？"韩烟烟嘲笑道。

白玥气得眼泪在眼眶里打转。乔文兴心疼白玥，语气严厉地说："烟烟，别胡说！玥玥不是那样的女孩。"

韩烟烟嗤笑一声，说："她可能不明白。别说她还不是乔家少奶奶，她就是真成了乔家少奶奶，也没资格对我指手画脚。"她说完拉开椅子起身，"行了，吃饭的兴致都让你的女人败坏了，你们自己吃吧。"

乔文兴站了起来，白玥见状也跟着站起来。

韩烟烟拎起自己的包，看了乔文兴一眼，说："看在从小就认识的分儿上，给你个忠告。这婚事是你爸和我爸亲自定下来的，尤其是你爸，决心很大……你知道他为什么这样做。你们家你爸说了算，我劝你不要忤逆他。你毕竟……不是他唯一的儿子。"

白玥显然不知情，吃惊地转向乔文兴，问："你……你不是独生子吗？"

乔文兴却不以为意，说："私生子而已，我爸要在乎他，早把他领回家了。"

韩烟烟笑笑。

从前乔家有让人放心的继承人，把私生子领回家只会造成利益冲突，不利于家庭和集团的稳定。可现在，这继承人突然脑子进水，追求真爱至上，一路朝不靠谱的方向狂奔。她要是大家长，也会重新考虑继承人的事。更何况，乔家这两年一直在走下坡路，能跟韩家联姻是乔父大力推动才取得的成果。让这场联姻因为一个琼瑶式"小白花"而失败，是乔父决不允许的。

更何况，虽然私生子没被正式承认过，却也是从小上名校、出国留学，接受精英教育长大的。

韩烟烟嘴角扯出一抹笑："那就祝你好运。"

她转身，高跟鞋铿锵有声地踩着地板，帅气地离去。

白玥咬着唇望着她的背影，垂头低声说："我……我不喜欢她……"

"她就是被惯得脾气大了点。我跟她从小就认识，很了解她，她其实是个很好很单纯的女孩，人不坏。"乔文兴安慰她。

这不是白玥想听的。她希望乔文兴能跟她统一战线，一起批判他的前未婚妻，可乔文兴没有。白玥很失望。

她抬起头来，微笑："那她一定是因为婚约的事生气了。虽然她嘴上说无所谓，心里可能还是介意的吧。毕竟，她还能上哪儿再找一个你，你这么好……"

她一贯温柔，服从中带着崇拜，令常常被母亲当作孩子宠的乔文兴有一种自己顶天立地的感觉。

她又说："我本来对她很愧疚，但现在看来她只是生气的成分占多，跟你倒没什么感情。解除这个婚约对她来说未尝不是一件好事。希望她也能像我一样，找到一个真心相爱的人。一个人张口闭口只知道谈钱、谈交易，真的太可悲了。"

乔文兴握住她的手说："别管她了，她向来脾气来得快去得也快，没心没肺的。饿了吗，想吃什么？"

白玥翻开菜单，点的都是乔文兴爱吃的菜。

高跟鞋踩在地板上铿锵作响，韩烟烟一身气势地走出大楼。与她迎面的人都下意识地斜迈两步，避开她。

台阶下，私家车司机拉开车门，体贴地将手贴在车顶，以防大小姐上车时碰到头。待司机关上门，摸上方向盘，身后的大小姐懒洋洋地说："撑人真是痛快，能有效地缓解不良情绪。"

司机笑了："谁这么不开眼惹着您了？"

韩烟烟叹气说："两个脑残。"

她又问："陈叔，附近有什么吃饭的地方？我还饿着呢。"

司机微感意外，他知道韩烟烟是来赴乔家公子之约的，怎么会没吃饭就出来？不过，这些事已超出他的工作范围。他没多问，只报了一家韩烟烟常去的餐厅的名字，问："可以吗？"

"可以。"韩烟烟欣然道，"心情不好的时候就得去吃顿好的。一顿不够就吃两顿。"

司机忍不住从后视镜里看了韩烟烟一眼。这个大小姐看着厉害，其实对家里的工作人员都挺好的。但今天，司机觉得大小姐跟以往有些不同。她坐在后座，目光穿透玻璃，像是在望外面黄昏的景色，又好像什么都没看，只是在发呆。

司机注意到她嘴角绷紧，漂亮、明艳的面孔不知为何生出一股戾气。

司机刚把目光收回，就听见韩烟烟说："陈叔，帮我订张明天的机票，还有酒店。"

司机问："您想去哪儿？"

"你看着办，要有阳光、沙滩和帅哥的地方。"韩烟烟靠在椅背上懒懒地说，"我要放松一下，度个假。"

司机含笑："交给我。"

韩烟烟第二天就飞到国外去了。头等舱、豪华度假酒店、阳光、海滩、肤色各异的各国帅哥……

"电子音"说了，这个世界让她度假放松。

虽然她在这个世界不是腰缠万贯之人，却有个腰缠万贯的大爸爸。韩烟烟有种重新投了次胎的感觉。

当"白富美"的感觉真爽！

◆　◆　◆

在雪白的私享沙滩上悠闲度日的韩烟烟，在第四天等来了她的客人。

这青年相貌英俊，眉眼和乔文兴很有几分相似，却没有乔文兴在富贵环境中娇宠出来的天真。

虽然两人是带血缘的亲兄弟，但境遇截然不同。一个是镁光灯下被人追捧的大少爷，和门当户对的富家千金订婚，明明什么成绩都没有，却被吹嘘为青年精英；另一个则不被承认，背负着私生子的名声，直面别人或明或暗的嘲笑和鄙视，从小过着虽衣食无忧、父亲却永远缺席的生活。

和乔文兴比起来，刘成宇的目光更沉稳，眉目间透出几分坚毅。这都是乔文兴比不了的。

是的，他姓刘，跟他母亲的姓。他的生父慷慨地给他提供优渥的生活，却吝啬得连姓氏都不给他。他只比血缘上的哥哥乔文兴小几个月，是乔父在乔文兴的母亲怀孕期间制造的意外产物。

他的到来不受期盼，却茁壮地成长为一个比他父亲心爱的那个儿子更优秀的青年。

韩烟烟出国前就向他发出了邀请，现在他如约而至。

韩烟烟穿着比基尼躺在沙滩椅上，皮肤雪白，曲线玲珑，性感诱人。她摘下太阳镜打量刘成宇的时候，眼睛眯起，红润润的唇角上扬，慵懒得像一只猫。她没有一丝不安，浑身上下透出从小就浸润在骨子里的千金大小姐的自信。

刘成宇手插在裤兜里，淡然地任她打量。

在韩烟烟打量刘成宇的时候，他也同样在打量韩烟烟。他这位名义上的准大嫂是个明艳、张扬的美人，更是个名副其实的千金大小姐。

他心里不由得生出无法克制的不甘心。虽然他的生父给了他很好的生活，却永远不会给他和乔文兴同样的资源。就如眼前这位名媛，对他来说，就属于"今生娶不到"的人物。

"你邀请我来这里见你，有什么事？"他对她的邀请感到奇怪。虽然他和乔文兴是血缘兄弟，但他注定没有资格收到乔文兴的婚礼请柬，自觉自己跟乔文兴的未婚妻不该有交集。接到韩烟烟的电话后，他犹豫过，最终还是抵不住好奇来了。

韩烟烟含笑说："没什么，就是想见见乔家未来的继承人。"

"你喊我来就是为了羞辱我吗？"他眉头皱起，讥讽地喊了她一声，"大嫂。"

"哎！"韩烟烟手指一晃，止住他，"别这么叫我。虽然我很可能会成为乔家的儿媳妇，但未必是你大嫂。"

刘成宇看着她："你什么意思？"

韩烟烟笑笑，站起来重新戴上太阳镜。

"你的同胞兄长乔文兴爱上了一朵贫寒出身的'小白花'，想跟我解除婚约。乔家和韩家这场联姻意味着什么，他根本没看明白。一个又蠢又脑残的儿子，我很怀疑你们的父亲是否还会继续为他保留继承人的位置。毕竟，乔文兴不是他唯一的选择，乔家……还有一个你，"她看着这个英俊又理性的年轻男人，"乔成宇。"

"我姓刘。"刘成宇淡淡地说，"他连姓氏都不肯给我，怎么可能让我做继承人？"

韩烟烟耸耸肩，说："我叫人查过了，你从小学习成绩优异，一路跳级，22岁就在M国拿到了工商管理硕士学位。回国后，你一直在乔家集团下面的一家分公司工作，从基层干起，今年已经是部门经理，独立运作的两个项目都非常成功。不过，别人都只知道你叫刘成宇，没人知道你真正的身份。作为这么优秀的刘成宇，你毕业回国，大把的offer（工作邀请）供你挑选，你却偏偏挑了乔家的公司。你说你爸爸不愿意让你做继承人，可是……你并没说你不想做继承人。"

韩烟烟最擅观察，她注意到刘成宇的嘴唇不易察觉地抿了抿。她其实没找人查他，她说的那些都是"电子音"输入她脑子里的预给信息。根据这些信息不难推测，刘成宇这么优秀的一个人，因为私生子的身份被父亲这样无情地压制，不可能甘心。

他冷静果断，个人能力很强，他缺的只是助力。韩烟烟很乐意做这个助力。

"你父亲对你有偏见，你就是再努力，他顶多把预先给你准备的遗产多加一点点。你真正想要的身份和地位，想从他手里拿到，很难。"她说，"但是，如果你和韩氏集团的唯一继承人——也就是我——结婚，成为我爸爸的女婿的话……我想你爸爸会很乐意给你一个姓氏，接纳你进入乔家。就是成为继承人，也并非不可想之事。"

刘成宇的眼神终于变了。他盯着这个漂亮、张扬的女人，眸中有异样的光芒闪过，问："你想要什么？"

韩烟烟嫣然一笑："我去换件衣服，晚饭时再谈。"

晚饭是烛光晚餐。

这海岛是度假天堂，四季如春，沙滩上的沙雪白、细腻，星空璀璨。刘成宇看得出来，韩家大小姐是真的很享受这一顿晚餐。她将鲜嫩的龙虾肉放入口中咀嚼时，微眯的眼睛和上扬的嘴角无一不显示出她此时此刻的惬意和愉悦。

刘成宇很有耐心，安静又不失礼貌地陪她用餐。直到韩烟烟端起高脚杯抿了一口白葡萄酒，他才放下刀叉，用餐巾按按嘴角，放在一边，开启了这场改变他人生的对话。

"所有的交易都是等价交换，我需要知道，你想从我这里获取什么作为报酬？"他问。

"呃——"韩烟烟拖长鼻音，轻轻晃着高脚杯，"一个靠谱的老公怎么样？"

刘成宇的神情没有变化。

韩烟烟笑了："我说的是真的。"

"乔家这两年有点走下坡路，可依然是我爸爸心目中最好的联姻对象。他不愿意退而取其次。我呢，也不愿意。"韩烟烟撇了下嘴，"可是很不幸，你那个哥哥脑子进水了。我估计我爸也不愿意要个脑残的女婿，当然了，我也不想。谁会想要个傻子做老公？"

韩烟烟冷笑。

她露出这样的神情，反而令刘成宇放松下来。他问："你对这场婚姻有什么要求？"

韩烟烟说："我想过自由自在的生活。"

她是指性方面吗？刘成宇抿了抿嘴角，说："你对婚姻的这种态度，我不能认同。"

韩烟烟微讶，说："我以为以你的人生经历，不会对婚姻太在意。"

刘成宇嘴唇紧抿，周围的气息都变冷了。但他没想到的是，对面的韩大小姐立刻道歉说："对不起，我过线了。"

刘成宇松开握紧的手，沉思片刻，说："在有孩子之前，我可以不干涉你的生活方式。但如果你和我有了共同的孩子，我希望孩子能有一个完整、正常的家。"

韩烟烟有些惊异，问："你难道没想过，这可能会导致我和你的事情谈崩，我退而取其次吗？你得知道，想娶我的人很多，不在乎我继续玩的人也很多。"

刘成宇说："做人总得有底线。"

韩烟烟收起戏谑的神情，真正对眼前这个年轻男人产生了兴趣。她的眼神认真起来。

刘成宇说："我不知道你想要的婚姻是什么样的，但我会努力给你。前提是，在底线之上。如果你不能接受我的底线，这件事可以不用谈了。"

韩烟烟放下酒杯，微微向后靠在椅背上，打量刘成宇。相似的英俊面孔，却有着认真的眼神，比起被宠坏的乔文兴，韩烟烟觉得他看起来顺眼多了。她思考了一会儿，说："可以，这底线不难接受。"

"不过我还有一个要求。"她说。

刘成宇微微倾身。

韩烟烟说："我韩烟烟从出生到现在，遇到的最大羞辱就是被人把'退婚'两个字甩到我脸上。我要让你那个蠢哥哥受到教训。"

刘成宇面色微变。韩烟烟微哂："放心，不会危及生命，也不会让他断手断脚。他不是爱美人不爱江山吗？既然这样，我们两个一起拿走他的江山，看看他的美人能不能跟他共患难。"

刘成宇略一思索，对韩烟烟伸出手："成交。"

韩烟烟润泽的红唇笑得张扬，伸手握住了他的手。

刘成宇回国后，韩烟烟也离开了海岛。她去了另一国的雪山，愉快地滑雪度假，而后又飞到另一国闻名世界的大峡谷……她在世界各地玩了足足四个月，直到接到父亲的召唤，才收拾行李尽兴地回国。

国内已经是冬天。来接机的陈叔明显地感觉到，比起四个月前送机的时候，韩烟烟身上那股莫名的戾气消失了，整个人看起来轻松多了。但想到最近闹出的新闻，陈叔不敢多嘴，一路安静地将韩烟烟载回家。

韩烟烟在国外旅游、购物，过足了生为"白富美"的瘾。回到家，迎接她的是她在这个世界的大爸爸阴沉的脸。

"是爸爸看走眼了，本来觉得他虽闯劲不足，但至少能做到守成。没想到是这么个蠢货。"韩父将一张报纸摔到书桌上。

韩烟烟拿起来看了一眼，险些喷笑。这几个月，她在世界各地玩得开心，乔文兴却在跟自己的爸爸搞"革命"。显然，他搞不过他爸爸，想退婚的要求被镇压了。乔文兴一怒之下，公然登报声明和韩烟烟解除婚约，同时打了韩、乔两家的脸。

"他还真干得出来。"韩烟烟嗤笑。

"你不吃惊？"韩父看着她，"你事先知道了？"

韩烟烟把报纸扔下："他带着他的真爱来找我，口口声声要退婚。我懒得理他。"

"所以你才跑出去玩？"想到女儿是受了这样的气才出国散心，韩父心下恚怒，原本的一丝犹豫也没有了，在心底彻底地给乔文兴打了个大大的红叉。

他试探地问女儿："烟烟，你对他……"

"无所谓的。"韩烟烟摆手，"不过就是从小一起长大、互相知根知底，觉得合适罢了。没想到他现在脑残成这样。既然不合适，早散早好。"

韩父心底微松，虽是商业联姻，他仍希望唯一的女儿能过得好。乔文兴难成大器，但韩父觉得他至少能做个好丈夫，没想到自己也有看走眼的时候。他定定神，拉开抽屉，取出一个文件夹推给韩烟烟。

韩烟烟打开一看，一上来就是刘成宇的照片。他在跟客户握手，面孔英俊，仪态肃然，眉间有股认真劲儿。

韩烟烟挑挑眉，问："这个帅哥是谁？"

✦ ✦ ✦

"你乔叔叔的另一个儿子。"韩父说，"外面生的，一直没正式承认。但这小伙子不错，比起乔文兴，只输在出身上。"

韩烟烟假装一无所知地翻了翻，刘成宇的求学经历和职场成绩全在资料里，和她脑海中的预给信息完全一样。她颔首："挺不错啊，像是个知道上进的。"

韩父手指轻扣桌面："你乔叔叔对乔文兴完全失望了，把这个儿子认回来了。后天有个酒会，你乔叔叔希望你也能去。"

韩烟烟抬眸看着她这位大爸爸。

大爸爸说："我和你乔叔叔，都希望你们两个年轻人能认识一下。"

酒会是什么名目不重要，重要的是两位大爸爸安排的这场相亲。一进入大宅，韩烟烟就感受到了来自周围人的算不上善意的目光。乔文兴的退婚把韩烟烟推上了娱乐新闻的头条。褪去皮草，韩烟烟身着一袭露背晚装，踩着高跟鞋，挽着自家大爸爸的手臂，袅袅婷婷，仪态万千，毫不在乎那些目光。

"电子音"给的预给信息十分有用，不仅能让作为任务者的韩烟烟预先掌握相关人员的资料、前情动态，还能让她直接接收任务世界里的"韩烟烟"的一切。比如现在，她往那里一站，自然而然便知道该摆出何种姿态才符合名媛的身份。

韩烟烟刚含笑陪父亲应付完一个过来说话的人，抬眸就看见刘成宇跟在自家大爸爸身后朝这边走来。两个大爸爸相识多年，极为熟稔，也都是看着对方的孩子长大的，可以称得上是通家之好。

面对韩烟烟，乔父笑得格外慈祥，给她介绍刘成宇："烟烟，来，这是成宇。成宇比你大一岁，一直在国外求学，才回来。"

刘成宇向韩烟烟伸出手，说："你好，乔成宇。"

韩烟烟含笑跟他握手："韩烟烟。"

两个人仿佛从未见过。

乔家的大爸爸拉着韩家的大爸爸去谈事情，热情地嘱咐乔成宇："照顾好烟烟。"

乔成宇颔首。等爸爸们走了，他转头向韩烟烟看去。奢华的水晶灯下，她自信张扬的气场压住了在场的所有名媛，艳光四射。

乔成宇过去只在报纸和娱乐杂志上见过她。上一次会面，他心事重重，并不能沉下心来欣赏她。此时，他和她并肩站在水晶灯下，一起承受别人好奇、猜疑的目光，周围衣香鬓影、觥筹交错。乔成宇知道，韩烟烟会成为他人生的拐点。

"拿回自己的姓了？"韩烟烟红唇微翘。

"烟幕弹而已。"乔成宇说。他招手叫侍者过来，拿了杯酒给韩烟烟，两个人缓步向人少的地方走去。

韩烟烟问："怎么说？"

"表面上是认回了我，实际上他拿我当磨刀石，给那一位施加压力。"乔成宇说，"就是想逼那一位回来而已。"

"回来？他去哪儿了？我这段时间都在外面玩，有什么功课需要我补一下的吗？"韩烟烟问。

乔成宇面无表情地说："离家出走了。"

韩烟烟用了很大的力气才把那一口红酒强咽下去，没有喷出来。乔成宇站在外侧，用自己的身体挡住旁人的视线，给她拍了两下背，帮她顺下去。

她身穿深V大露背晚礼服，弧线妖娆，肌肤滑腻，蝴蝶骨撩动男人的心弦。

乔成宇收回手，问她："接下来有什么安排？"

韩烟烟抚着胸口，摆手道："先不说这个。离家出走是什么鬼？"乔文兴又不是中学生，为何做的事听起来如此叫人匪夷所思。

乔成宇冷淡地说："他回家跟我父亲提出要和你解除婚约，谈崩了。我父亲大发雷霆，坚决不许。乔太太也很生气，还专程跑去找了那个女人，想用五百万打发她。那女人当着乔太太的面把支票撕了。乔太太被激怒，当场扇了她一耳光。正好那一位赶过去，亲眼看到，就跟自己的母亲也闹翻了。乔太太表示，有那女人没她，有她没那女人，让那一位自己选。那一位选了那女人，两个人一起离开，随即登报声明和你解除婚约。乔太太气得住了院，现在还在调养……"

韩烟烟抚额："为什么这个年代还有成年男人长着这样的恋爱脑？"

她无力吐槽的表情太有趣，乔成宇终于露出一丝笑意。严肃又冷淡的男人唇角勾起，整个人像破了冰，阳光了好几分。然而，只是那么一下下，乔成宇随即收回那一分属于年轻人的阳光，语气淡漠地说："人生太顺畅、太完美，生活太无忧无虑，难免就会天真吧。"

韩烟烟一双波光潋滟的眸子斜睨着他。

"怎么了？"乔成宇微怔。

"笑起来这么好看，干吗总绷着脸？"韩烟烟挑眉，红红的唇角向一侧斜翘。

乔成宇的脸这回真的绷了起来，紧紧地。

"你有什么打算？"他说话时表情特别严肃，宛如在会议室里讨论重大的企划案。

"打算吗……"韩烟烟微微扬起下巴，"既然你家爸爸打算用你做戏，那我们就给他假戏真做、弄假成真咯。"

"具体的计划呢？"乔成宇追问。

韩烟烟无语——他还真当这是在讨论企划案啊？

"具体，当然是你来追求我啊。"她翻了个白眼。

乔成宇呆了一下。

"我堂堂韩家大小姐，你说跟你结婚就跟你结婚啊？"韩烟烟白了他一眼，轻提裙摆翩然转身，给了他一个完美的背影，"等你啊——"

说完，她腰肢款摆，走向自己熟识的几位名媛。

如果以花来喻人，乔成宇觉得韩烟烟应该是一朵饱满绽放的牡丹花，枝叶葳蕤、富贵尊荣、国色天香。不知怎的，他觉得耳根和心里都有些热。

"烟烟，你和文兴真的解除婚约了？"

"我听说他为了那个女人离家出走，要跟父母断绝关系，所以乔家才把外面的那个认回来。"

"烟烟，乔伯伯这么热络，不会是想让乔成宇和你……吧？"

熟识的千金们将韩烟烟团团围住，七嘴八舌，想探听更多消息，以满足她们早已熊熊燃烧的八卦之魂。这些都是跟韩烟烟关系比较好的。当然，现场也不缺跟她看不对眼的，难免有不和谐的声音。

"说不定就是这个意思啊。"有人笑道，"想想古时候，有些穷乡僻壤不就有哥哥死后弟弟娶兄嫂的习俗吗？"

大家的眼神都变了。其实，刚才她们暗黜黜地窥视韩烟烟和乔成宇时，就猜测过这种可能，只不过这人说得有点太难听了。

韩烟烟饱满的红唇微微勾起，漫不经心地说："如果换成乔成宇的话，我没什么意见。"

闺密们惊叹："哇……烟烟你……"

韩烟烟无所谓地说："虽然我跟文兴是从小一起穿开裆裤长大的，但要说感情，也就那么回事。兄弟情比爱情还重得多呢。跟他结婚或者跟乔成宇结婚，都差不多。不过呢，文兴我看都看腻了，要换成乔成宇的话，也不错啊。"

韩烟烟竖起一根手指："首先，他长得帅、身材好。"

大家的目光都随着她这个"首先"飘向乔成宇那边，发现韩烟烟说的是大实话。看惯了圈子里的男人嬉皮笑脸的纨绔样，突然来这么一个一脸严肃的，还真是新鲜感十足。

韩烟烟竖起第二根手指："然后，他够优秀。根据过往的履历，他足可以称得上精英。不是我们那种吹捧出来的，是实实在在的。"

大家都点点头。自乔成宇出现在圈子里，大家早已将他的履历了解得差不多了。虽然乔文兴一直以来被媒体尬吹为"青年精英"，但他实际上怎么样，大家心里都有数。他们这个圈子里的男人，不吸毒、不赌博、不滥交，头上基本就可以套个"精英"的光环了。

"最重要的一点，"韩烟烟竖起第三根手指，"跟谁结婚无所谓，只要这个人是乔家的继承人，我都OK啊。"

大家呼吸一滞。在第三条面前，前两条根本就是浮云！乔家和韩家都是数一数二的大财阀。想到这两家雄厚的财力强强联合，大家的心都热了起来。有羡慕，嫉妒也不少。

挑衅者还不甘心，说："你怎么就确定他能当继承人啊？乔伯伯多疼文兴，你又不是不知道？这个乔成宇的妈妈就是个'外围女'，乔伯伯根本就看不上。要不然你以为他这么多年为什么都不承认乔成宇？乔伯伯以前连'乔'这个姓都不给他，听说他是跟着他妈妈姓刘的。我劝你啊，别跟这个乔成宇打得太火热，要不然到时候乔伯伯把文兴喊回来，你怎么办？"

不料韩烟烟笑得张狂："回不回来都没关系，反正不管是谁，谁跟我结婚，谁就是乔家的继承人。"

此话一出，场中静了一瞬。而后大家纷纷移开视线看向别的地方，故意转移话题，你赞我的裙子，我赞你的耳环。

韩烟烟招招手，服务生过来接过空酒杯，为她递上新酒。韩烟烟含笑嚼了一口酒，看众人羡慕，看挑衅者被气成河豚，嫉妒到脸变形。人啊，要是投胎投好了，有个腰缠万贯的大爸爸真是爽。

韩烟烟远远地看到乔成宇，向他遥遥举杯。

没几日，乔家刚认祖归宗的二公子开始追求韩家的独女继承人。豪门婚变，兄弟争产，娱乐版的狗仔如同打了鸡血。

二

"拍到了！拍到了！"小报记者举着照相机兴奋地说。

镜头里，乔家二公子和韩家大小姐并排而坐，乔二公子的一条手臂搭在韩大小姐的椅背上，看起来像是环着她。而且，小报记者刚才的拍摄角度非常好，一眼看过去，两个人的头部交叠，像是在接吻。虽然明知道不是事实，却不妨碍他给这照片配上"金童玉女激情热吻""叔嫂秒变情侣"的旁白来吸引眼球。

"收工了，收工了。"记者吹声口哨，和同伴一起收起器材。

"走了吗？"乔成宇问。他背对着那边，看不到情形如何。

韩烟烟早已看到狗仔收工撤退，但她瞥了一眼看似跟她贴得很近、实际保持着距离的乔成宇，说："没呢，还在拍。可能不满意吧。"

"你别这么僵硬，太不自然了。"她微微扬起面颊，对他说，"再亲密一点，撩我一缕头发，用手指绕。对，就是这样……绕……"

乔成宇认真地照她说的去做，身体微倾，自然而然地向她贴近，鼻端嗅到了她身上的馨香。

乔成宇对女人和香水都研究不深，不像这个圈子里的某些贵公子，可以闻香识女人。他只觉得韩烟烟身上的香气十分诱人。她是个才二十三岁的年轻女孩，这诱人的香味比她的年纪更显成熟。

她的皮肤倒是比她的年纪更年轻，紧致、有弹性，能感受到年轻的活力在跳跃。

而她的眼睛……眼睛……乔成宇看到那眼睛里有戏谑的神色，微微一顿。他回头一看，远处哪里还有狗仔的影子，早收工回家了。

被耍了。

乔成宇抿了抿唇，想收回自己的手。可韩烟烟的一缕长发还卷在他的手指上，他这一拉，韩烟烟"哎哟"一声轻轻地叫痛。乔成宇的手顿住，说了声"对不起"，俯身低头，贴近韩烟烟，一圈圈地把头发绕开。

最后一圈头发被解开，卷曲的长发即将从他指缝间滑脱的时候，韩烟烟忽然抬眸，仰起脸在乔成宇唇上印下一吻。

那缕长发便没有滑脱，发梢被乔成宇捏在了手中。两个人四目相对，鼻尖相距不过几厘米。乔成宇眸色幽暗，韩烟烟挑了挑眉。

并没有霸道总裁式的强横回吻发生。乔成宇和韩烟烟对峙了几秒，松开手指，任她的长发自指间滑落，并坐直了身体。

"无趣。"韩烟烟皱鼻子。乔成宇斜了她一眼。韩烟烟嗤他："你像个老头子。"

她忽然顿住，有些惊疑地问："你……你不会还是处男吧？"不应该啊，根据她脑中的预给信息，这个乔成宇在国外求学时有过不止一个女朋友。

乔成宇默默地顺下胸口的一口气，平静地说："不是。"

"那你是gay（男同性恋）？"韩烟烟皱眉。也不应该啊，预给信息完全没提示这一点。

乔成宇胸口堵的这一口气再也顺不下去了。

"不然怎么解释？你对我一点反应都没有。"韩烟烟撑腮抱怨。

乔成宇转头看她，眸子幽幽，又黑又深。

"你是我想娶的人，"他说，"我想对你更认真一点。"

这一次换韩烟烟的目光凝住。过了一会儿，她红润润的唇勾起一个微冷的弧度。

"给你个忠告，在这个世界别太投入真情实感。谁投入真情实感……谁就是傻子。"她笑得拒人于千里之外，冷艳。

慵懒的韩烟烟、性感的韩烟烟、骄傲的韩烟烟、自信的韩烟烟……或许，都没有此时此刻的韩烟烟更真实，乔成宇想。

因这一段小插曲，晚饭两个人吃得格外安静。吃完饭后，韩烟烟没让乔成宇送她回家，叫司机送她去别处。

"晚上去玩，一起吗？"韩烟烟问。

"不了。"乔成宇看看表，婉拒，"还有个报告要赶。"

"好啊，努力吧，继承人。"韩烟烟揶揄。

"继承人"三个字触碰了乔成宇的神经。司机拉开车门，韩烟烟转身要踏上车，忽然被乔成宇捉住手腕拉了回去。

虽然冬天就要过去，风却还是冷的。乔成宇的唇很热，舌尖发烫。他的吻技很好，果然不是处男。

陈叔面带职业微笑，扶着车门转向车头的方向，只把后背留给这一对激吻的男女。

乔成宇放开韩烟烟，拇指轻轻抹去唇上的口红，松开她的手说："玩得开心点。"说完，他退后半步，手插在裤兜里，黑色大衣敞着，衣角在晚风中拂动。

韩烟烟似笑非笑地看了他一眼，弯腰钻进了车里，扬长而去。

在车里，韩烟烟点了一支烟。

韩烟烟本人并不会抽烟，但这个世界的"韩烟烟"会。

脑中的预给信息一旦被激活，韩烟烟便能接收她在这个世界里的一切，包括言行仪态、起居习惯、甚至性格。

在最初崩毁的那个世界里，"韩烟烟"是个性格纯善、心思简单的小白领，这种性格可以说是弱势性格。接收之后，韩烟烟自己的性格便占据了主控地位。末世世界的"韩烟烟"，人设是空白的，直接由韩烟烟本尊填补。所以，在那两个世界里，韩烟烟都没有感受到什么异常。

然而，这个世界的"韩大小姐"天生富贵命，性格热情、张扬、强势。虽然韩烟烟依然主控，却会不可避免地受到影响。譬如现在，她情绪微有波动就会抽一支烟。这是"韩大小姐"的习惯，不是韩烟烟本尊的习惯。

来到这个世界，韩烟烟觉得自己恐怕要"精分"。

她在昏暗的车厢里抽着烟，思考着这个世界的进程。

在这个世界里，她的"金手指"就是身份。韩家富贵已有三代，资本雄厚。在"韩氏女继承人"的身份面前，美貌只不过是锦上添花而已。她在这个世界的任务，是让乔文兴明白自己的错误。说白了，不就是让他后悔吗？

这任务不难，难的是一个活生生的人怎么在与别的活生生的人交往时管住自己的心，约束自己的情感。

"快穿世界"啊，谁投入真情实感，谁就是傻子。

韩烟烟深深地吸了一口烟，让尼古丁深入肺里，毒害自己的细胞。

来到这个世界已经半年，韩烟烟感觉现在自己已经好多了。她记得很清楚，刚到这里时，她去环游世界，每个白天都过得很快活、很肆意。可到了晚上，她总是一次又一次地从梦中惊醒，一身冷汗地摸着自己的胸口，确认那里没有血洞，没有利爪撕裂自己的心脏。

然后她会忍不住回头，看看背后有没有心狠手辣的男人。她真的想知道，那个时候丁尧是什么表情，又是什么心情。她后半夜睡不着的时候就会诅咒他，希望他在她死后也跟着死在尸皇手里，然后在这种愤怒中沉沉睡去。

半年时间过去，这种愤怒渐渐很少爆发。但韩烟烟知道，它并没有消散，只是被压在了心底。

大概恨总比爱持续得更长久。

手机响了，今晚的玩伴们打电话催促她了。

她轻笑："快到了，晚上和成宇一起吃晚餐了，出来得有点晚。"电话那端的人调笑了她一番，问她和乔成宇是不是来真的。韩烟烟笑得肆意："过段时间你就知道咯。"

她把烟掐灭，反问对方："晚上有没有帅哥呀？"

对方笑道："当然啦，都是我们家旗下的，个个都是当红'小鲜肉'，你看上哪个尽管说。"

富人纸醉金迷的生活，过去韩烟烟写过很多，毕竟霸道总裁文是言情文的主流。她写的那些纸醉金迷一部分来源于娱乐新闻，一部分来源于论坛里偶有人透露的一鳞半爪，剩下的大部分靠自己臆想。那时候她也会忍不住意淫，想着自己哪天要是能过上这样的生活该多好。

没想到真有这么一天。要是把"快穿"看作一份工作的话，这个可以算是公司福利了。

韩烟烟度过了一个愉快的晚上。

第二天，她在夜店里与两个当红"小鲜肉"左拥右抱的模糊照片就登上了娱乐新闻头条。那份报纸在早餐时间摆在了她大爸爸的手边。

韩父只瞥了一眼，淡淡地嘱咐她别熬夜伤身。乔文兴登报声明退婚，伤了韩家的脸面。虽然韩烟烟目前在和乔成宇交往，但稍微给他点颜色，韩父觉得无伤大雅。

有这样"你捅破天，他都给你顶着"的大爸爸，韩烟烟的心情格外舒畅。

她心情一好就给乔成宇打了个电话："追我两个月了，乔二公子打算什么时候求婚？"

乔成宇说："那得大小姐你说了算。"

韩烟烟望着落地窗外阔大的庭院，寒意渐消，阳光暖和。

"那就今天吧。"她懒懒地说。

隔日两人出现在公众面前，狗仔眼尖地发现韩烟烟手指上戴着鸽子蛋大的钻戒。当被追问两人是否打算订婚的时候，韩烟烟和乔成宇十指交握，一脸甜蜜。

一个说："你猜？"另一个则以手臂圈住爱人，挡住狗仔的过分逼近，说："过段时间，你们自然就知道了。"

两人已情定终身的新闻上了娱乐版头条，迅速发酵扩散。

韩父看到之后瞥了眼韩烟烟手上的钻戒，问："什么时候办订婚典礼？"

韩烟烟在爸爸面前只喝健康的鲜榨果汁，她举着杯子理所当然地说："这种事当然要由男方主动来提。"

另一边，住在自己公寓里的乔成宇接到乔父秘书的电话："成宇少爷，董事长今天晚上想见您，请您回一趟家。"

与此同时，白玥也看到了报纸。

她的爱人是乔家的正牌大少爷，韩家这个趾高气扬的大小姐却要嫁给一个"外围女"生出来的私生子。而且，他们之间全是虚情假意，根本是可悲的商业联姻。这样想着，白玥心里隐隐有种胜利者的快感。

✦　✦　✦

白玥把那份报纸扔进垃圾桶里，拎着刚买的咖啡回到了公司。她没有敲门，直接推开了乔文兴的办公室。

这家公司是乔文兴开的。当初乔母想拿钱打发白玥，被她坚定地拒绝。乔母气急之下打了她一耳光，还出言羞辱她。但她在赴约之前就给乔文兴打了电话，匆匆赶来的乔文兴刚好撞到这个场面，直接跟素来最溺爱他的母亲闹翻。

虽然如此，当他忤逆父母离家出走、被乔父冻结了所有账户之后，乔母还是忍不住心疼他，悄悄地给他钱。乔文兴就办起了这家公司。

乔父不只冻结了他所有的资金，还撤去了他在分公司的总经理职位，把他一撸到底。

乔文兴自幼要什么有什么，一直过得顺心顺意。他自己也没做过什么出格的事，在圈子里是有名的乖乖仔，一直受到长辈们的赞许。虽然现在已经二十四岁，但他实际上并没有经历过叛逆期。

应该说，他从前过得太顺了，根本没机会叛逆。这一次，对包办婚姻的反抗和对爱情的追求终于使他和宠爱他的父母产生了不可调和的矛盾，迟到的叛逆期终于来了。

他想自己正好可以趁这个机会脱离父亲的掌控，独自做出点成绩给他看，好好地证明自己。

父亲把那个私生子领回家，他是知道的。但他不在乎，因为这无非是父亲逼他就范的手段而已。父亲要是真的喜欢那个私生子，早可以把他领回家，或者像锻炼自己一样，也给他一家分公司，让他打理、练手。

但父亲没有，父亲打心底不喜欢这个计划之外的私生子。他的妈妈身份低贱，人品更是烂得一塌糊涂。对于她不经自己同意擅自生出孩子一事，父亲一直未曾原谅。

乔文兴根本不在乎乔成宇，他现在心情烦躁是因为别的事。

门忽然开了，乔文兴皱眉，想呵斥这个不敲门的人。见是白玥，他的神情才柔和下来："去哪儿了？"

白玥带着甜美的笑把热乎乎的咖啡送到他手上："你最爱喝的。"

"……谢谢。"乔文兴伸手接过来。

其实，他根本不爱喝这个。他爱喝的咖啡，咖啡豆产自热带群岛的高山山尖，口感甘醇，香味浓郁，是咖啡中的极品。它们会经过十二道烘焙程序，价格昂贵，大多数人都喝不起。这些连锁咖啡店里打着同样名称的咖啡，其实都是仿品。

不过，他不会跟白玥计较这个。白玥根本不在乎这些，她只在乎他。

"干吗自己跑出去买，叫个外送不就行了？"他责备她。

白玥皱皱鼻子："外送要送好几个地方，太慢。送到这儿有时候都凉了，口感不好。我想让你喝热的。"

她歪头，俏皮地笑起来，眼里流淌的全是情意。她是个为了他会把别人送到眼前的支票直接撕掉的女孩，哪怕那支票上的钱是她一辈子都挣不到的，她的眼睛依然眨都不眨。

她对他的感情，是最真最纯的。

不像韩烟烟。他跟韩烟烟从小一起长大，已经太熟悉彼此了。他们在一起的时候，很少有这种情意流动，谈的通常都是资金流和项目。虽然他们订了婚，但那不过是遵从各自家长指示的行为。

而且，韩烟烟太强势了。

乔文兴嘴上责备白玥，内心其实很享受白玥这样把他放在第一位，满心都是他。他握住白玥的手，那小手被风吹得冰冰凉。他不免有些心疼，拉她坐在自己怀里："手都冰了……下次叫别人去。"

白玥被爱人的关心暖到，在他脸上亲了一下，甜甜地说："下次我戴手套。不喜欢你喝别人买的咖啡。"

她转头看见摊在办公桌上的文件夹，微顿，小心地问："情况怎么样？"

乔文兴的眼神变暗，说："不顺利。所有人都认识我，没人敢跟我打交道。我爸就是存心想把我逼回去，他们都怕我爸。"

白玥温柔地抚平他眉间的"川"字，试探地问："文兴，你有没有想过离开这里，去别处发展？"

乔文兴一愣，反问："去哪里？"

"我家那里怎么样？"她补充道，"当然，不是我家所在的城市，那就是个十八线小城市。我是说我家那边的省会城市。到那边就没人认识你了，你爸爸的能力再大，也鞭长莫及吧？"

乔文兴犹豫了。毕竟乔家的根基深扎在这里，而且自古就有强龙不压地头蛇的说法……

白玥脸上却带着甜美的微笑，眼中都是憧憬："我有时会忍不住想象，离开这里，离开束缚你的这些人、这些事，海阔凭鱼跃，天高任鸟飞，自由自在的感觉该有多棒！"

乔文兴觉得心底什么地方被击中了，他也想要那种感觉，更想跟白玥一起分享那种感觉。

"那就去。"他握紧她的手，坚定地说。

乔家大宅。

天黑之后，这里迎来了顶着二少爷身份的乔成宇。这个大宅乔成宇来过几次，都是最近的事，他并不住在这里，因为这里不是他的家。

门厅里礼貌地接过他外套的女管家对他十分冷漠，眼中带着不喜。这女管家是乔母用了二十多年的老人，更是看着乔文兴长大的。虽然她对他的登堂入室沉默不语，但乔成宇能感受到那沉默里的排斥。

他不喜欢来这个地方。

脱下外套，乔成宇径直去了二楼的书房。敲门得到允许后，他推门而入，走到那人的书桌前，微微低头，喊了声："爸爸。"

乔父抬起头，看着这个养在外面的儿子，内心很是复杂。

他把乔成宇认回家来，的确就如乔成宇所认知的那样，是为了给乔文兴施压。

他也放任乔成宇去接触韩烟烟。韩烟烟是含着金汤匙出生的，父家是巨富，母家是政坛大佬，她的眼睛从来都是朝着天上长的。他从来没想过韩烟烟会看上这个"外围女"生出来的私生子，即便……这个儿子真的很优秀，十足十地继承了他的基因。

结果他们居然订婚了，乔父一下子被动起来。

"和烟烟……商量好什么时候办订婚仪式了吗？"沉默许久之后，乔父问。

"还没有。这事总得长辈们先碰一下才好做决定。我们做晚辈的，听从安排就是。"乔成宇淡然地回答。

乔父点点头："明天我就去跟老韩商量，你不用担心。"

乔成宇抬眸，黑黝黝的眸子凝视着自己的父亲："您办事，我从没担心过。"

他那个贪婪的妈妈曾肆意挥霍他的抚养费，他这位生父就把抚养费都折成实物——直接缴清幼儿园、小学学费，生活方面则直接给他准备各种生活用品，从衣服鞋袜到专车和司机。

"外围女"一分钱也摸不到，气得暴跳如雷。

但生父给他准备的生活用品都太好了，一度被"外围女"偷去，卖掉换钱。乔父发现后立刻把他送进寄宿学校，把母子俩分隔开。他在寄宿学校从小学一直上到初中，开始还能一两个月见到生母一次，后来渐渐就见不到了。

等他初中毕业，生母已经不知道去哪儿了。他明白，她很有可能是见他身上无利可图，又跟哪个男人跑了。随后他被送出国，在国外接受最好的精英教育，一路拿到硕士学位后归国。

回国后，生父给了他一处房产和一笔钱，从此不再管他。

他安顿下来后想了很久，在几份工作里选择了生父集团下的公司。反正没人认识他，更没人知道他和集团董事长的关系，他可以默默地努力。他希望有一天自己能站到父亲面前，让他正视自己。

虽然从乔成宇出生起父亲就没想过认他，但他的确给了乔成宇优渥的生活和良好的教育条件，保证了他的人身安全和权利。

父子两人，两双形状相似的眼睛无声地对视。

过了片刻，年老的那个微微叹了口气，拉开抽屉取出几个文件夹："这个回去好好看看，别在下面瞎混了，明天十点总部有个会，你列席旁听一下……"

乔成宇终于等来了这一天，他的父亲终于正视了他的存在，并且……肯给他机会。

他拿着文件夹带上了书房的门。站在走廊上，他感觉手有些颤抖。他深深地吸了一口气，下了楼。穿过挑空的大厅时，他忽然感觉到了异样，抬头看见一个雍容华贵的中年女人正倚着三楼的栏杆冷冷地睥睨他。

这是他生父的原配，出身显贵。

韩烟烟的母亲也出身显贵。

乔成宇非常渴望能有一位像她们这样的母亲，走在哪里都被人簇拥、恭维。

可他的母亲只是个出卖色相的女人。她总是带不同的男人回家，或者好几天夜不归宿。她还吸毒。他最近一次见她，还是回国后乔父叫人给他的消息。她在戒毒所里，瘦得不成人样，看着他的时候目光呆滞。

长年的吸毒经历损伤了她的大脑。

他这一生注定不会有出身显贵的母亲了，但他可以有一个出身显贵的妻子。这是他的梦想，曾经遥不可及，如痴心妄想般可笑。可现在，它即将实现。

乔成宇开着车，觉得心里有一团火。

韩烟烟今天没有出去玩儿，接到乔成宇的电话时，她正懒懒地待在家里"刷"这个世界的电视剧。

他说："我在你家大门外。"

他想见她。韩烟烟没觉得奇怪，或许他有什么重要的事要当面告诉她。她套上大衣就出去了。她穿过庭院，走出大门，一下就看见了乔成宇的车。乔成宇看到铁艺大门打开的时候就下了车，大步朝她走来。

他走路的姿态让她更加觉得他有重要的事，要立刻跟她说。她快步迎了上去。

一个"什"字还没说出口，乔成宇忽然大步跨前，捧住了她的脸，猛地低头咬住了她的唇。

✦ ✦ ✦

这个年轻男人心里有一团火，浑身的热力无法宣泄，只能经由唇齿口舌传递给韩烟烟。

什么逢场作戏，什么合作伙伴，爱情……说来就来！

到这时候，乔成宇没办法再否认了，他从一开始就被韩烟烟吸引了。甚至可能更早，可能在他还只是一个公司小职员，她还是乔文兴的未婚妻时，各种报刊新闻里报道的她就已经是他的憧憬了。

她家世傲人，活得那么恣意、张扬、自信，有他缺失又渴望的一切。

韩烟烟猝不及防，被乔成宇带动着陷入这热吻中。男人的舌尖烫人，那热力像火一样侵略，直至她身体深处。沉寂了半年之久的欲望被挑逗得复苏，荷尔蒙澎湃起来。

当四片唇终于分开，韩烟烟睁开眼，她想跟乔成宇做爱。

乔成宇却捧着她的脸，热切地凝视着她的眼睛，无比认真地请求："烟烟……请你嫁给我。"

韩烟烟愕然。

她连订婚戒指都戴在手指上了，鸽子蛋大的钻石能闪瞎人眼。娱乐报刊的头条都在大肆叫嚷，说他们已经订了婚。乔成宇这么说是什么意思？

韩烟烟看着乔成宇。他不复往日的冷静和疏离，眼中全是热切的期盼和渴望。韩烟烟忽然懂了。

这不是合作和联姻，乔成宇在认真地向她求婚。作为一个男人，请求他爱的女人许诺他一生一世。

韩烟烟沉默了。在她的沉默中，乔成宇发热的脑袋一点点地凉下来。他的心也一点点地凉下来。

他放开韩烟烟，沉默地望着她。

冬末春初已经回暖，可此时他才觉出这风依然冷。

韩烟烟看着乔成宇，他的脸庞不再发光，眸子也不再闪耀光芒。他沉默又冷静，恢复成了平时的他，眼底甚至有一丝深藏的黯然。

"对不起。"他忽然开口，为自己的一厢情愿和单方面的逾线向合作伙伴道歉。

"我……"他有些茫然，不知道该怎么解释自己刚才的冲动。他一贯过分沉稳、严肃，此时此刻韩烟烟才觉出他是真的年轻。

韩烟烟心底响起一声叹息。

她终究无法无动于衷。

倘若这是一个写在纸上的故事，她或许还能游离在故事之外，以上帝的视角俯瞰一切，超离于一切。可她是个活生生、有血有肉有感情的人，面对的是另一个活生生、有血有肉有感情的人。他年轻、美好，当爱情来临时爆发出炽烈的情感。

韩烟烟……无法不被触动，无法不被打动，无法不被感动。

她向前半步，踮起脚又吻上了她刚刚吻过的温热的唇。

"傻瓜。"她含笑，眼波潋滟，红唇如火。

这回应像投入将熄的火堆中的火星，重新点亮了乔成宇眸中的火焰，让他的脸庞重新焕发光芒。

乔成宇狂喜地将韩烟烟抱在怀里，紧紧地搂住她。他的手臂箍得太紧，个子又太高，以至于韩烟烟的脚尖都离开了地面。他狂热地亲她，有些迷乱，亲她的面孔、五官，亲她纤细优雅的脖颈和圆润饱满的耳垂。

韩烟烟被他亲得咯咯笑，搂住了他的脖子，在他耳边用能腻出水的声音哼鸣："带我走。"

乔成宇浑身都热，都烫。他说："好。"

韩烟烟和乔成宇在他的公寓里做爱。

从玄关到客厅的地板上，从餐桌到卧室的大床上，韩烟烟像一尾跃入溪流的鱼，尽情游弋，肆意摆尾，时而高高跃起，攀上不可能的高峰，酣畅淋漓。

在事后的温存爱抚中，她描画着男人深邃的五官，吻着他微薄、温热的唇，在他的臂弯中慵懒地翻身，餍足地睡去。

半夜醒来，韩烟烟身边却没有人。韩烟烟一时茫然，裹着被单赤脚下了床。客厅昏暗，书房的门虚掩着，门缝里透出明亮的光。韩烟烟悄悄地走过去。

地板下盘着地暖，韩烟烟足心温热。她站在书房外，从窄窄的门缝里向里望。眉目清朗的男人在一团温暖的灯光里聚精会神地读着资料，时不时拿笔做下标记。他太专心致志，根本没发现门口悄然伫立的人影，眉宇间全是认真。

韩烟烟抱胸看了一会儿，嘴角浮起淡淡的微笑。她要是能一直留在这个世界，遇到这么一个人，未尝不是一段美好的人生。

可她随即想起在上一个世界的遭遇，嘴角的笑意淡去，眸中泛起凉意，松开双臂，重回卧室入睡。

睡梦中似乎有人从身后抱住了她。清晨的时候，他再次亲吻了她的面颊。韩烟烟勉强睁开眼，模模糊糊地看到他已经穿戴整齐。

"你睡。"他在她耳边轻轻地说，吻了吻她雪白的耳垂，留恋不舍地离开。韩烟烟翻了个身，在满是他气息的被褥中又沉沉睡去。

直到睡足了，韩烟烟才懒懒地起身，洗澡、穿衣，然后从冰箱里找了些东西吃。她打量着他的公寓，装修风格简约，线条有些冷。客厅有些凌乱，都是他们昨晚放肆的痕迹。韩烟烟吃饱了，顺手把凌乱的地方都整理了。

"大小姐韩烟烟"不会做这些事，真正的韩烟烟会。收拾完，她望着整齐的客厅有些茫然，不知道自己是谁。

韩、乔两家很快就举行了盛大的订婚仪式，宾客如云。在记者的报道里，他们又是一对新的金童玉女。

更令人吃惊的是，一向高调、贪玩的韩大小姐，第二次订婚后竟意外地收敛了往昔的恣意与轻狂，变得沉稳起来。无论是韩父还是乔父，都备感欣慰。

至于乔成宇，有记者抓拍到他和未婚妻独处的照片。照片里，他凝望着她，目光温柔，唇边是不知何时溢出的笑意……

乔文兴跟着白玥离开了自己出生、长大的D市，离开了父亲的地盘，去往陌生的地方。

住了几天酒店后，他租了一套公寓，环境差强人意。现在他手上的资金有限，要用于创业赚钱，暂时无法考虑买房子的事。在全然陌生的地方白手起家并不是一件容易的事，为了节省成本，许多琐碎的事情都需要他亲力亲为。

离开了熟悉的环境，他才发现想要做事、做成事，真的很难。

乔文兴在租用办公室的事情上就先栽了个跟头。合同签了，钱都交了，搬进去才发现各种问题。在D市，没有中介敢这么坑他，除非他们不想混了。在这里，没人认识他，争吵和协调都无用，他只能闷头吃下这个哑巴亏。

公司磕磕绊绊地建立起来了，白玥还是给他做秘书，像从前在D市那样，给他端茶倒水，对他嘘寒问暖。在工作上，她并不能帮上他什么忙——她并不是个能力很强的职业女性。她甚至还出了几次纰漏，惹出些不大不小的麻烦。

乔文兴无奈，又聘用了一个利落能干的女孩，让她挂了个"助理"的头衔。实际上，她几乎包揽了白玥的工作。

在新的地方拓展业务，没有人脉可以借用，乔文兴很是经历了一段难受又难忘的适应期。

这里没人认识他，乔氏太子爷的光环没有作用，他不得不学会如何放下身段，恭维乃至奉承他人。

这些都让他感到难受。可他离开D市，离开乔父的掌控，就是为了证明自己。他更得对他和白玥的未来负责，他得给她一个令人满意的未来。

慢慢地，乔文兴开始意识到，自己其实没有自己过去以为的那么优秀。什么"青年精英""商界未来"，原来都是吹捧。乔文兴开始有些后悔，但事情已经走到这一步，他不可能再夹着尾巴逃回D市乞怜。他必须做出点成绩来才有脸回家。

韩烟烟和乔成宇订婚的消息，乔文兴和白玥差不多是同时知道的。他们各自在D市的朋友，都热衷于向他们传递韩烟烟的消息。这些所谓的朋友，看戏从来不怕台高。他们恨不得平地搅起风云。

"玥玥啊，我跟你说啊，韩大小姐那个订婚仪式啊，我跟你说，你想不到有多豪华！"从前的女同事兴奋地跟白玥讲。

白玥问："你去了？"

女同事说："我哪有资格去，梁总去了，拍了照片发到群里，我待会儿把照片发给你。哇，像幻境一样！"

白玥故作轻松地说："肯定的，文兴退了她的婚，对她伤害蛮大的。这次订婚，乔家肯定要补偿她一下，不然她怪可怜的。"

女同事噎了一下，一时竟不知道说什么好。

韩家大小姐过着她们做梦都过不上的日子，手上的订婚戒指有鸽子蛋那么大，订婚仪式更是超豪华、超浪漫，嘉宾如云，个个都是有头有脸的人物，好多明星都以能受到邀请为荣。女同事想破头也没想出来人家有什么好可怜的，只能转换话题，问："你呢？你现在怎么样啊？你和乔总什么时候结婚啊？"

白玥的语气顿时甜蜜起来，说："不急呢，我才二十二。而且文兴刚刚摆脱他父亲的控制，要自己做一番事业。我现在只想着怎么能更好地帮助他，结婚的事以后再说。"

白玥不知道，女同事在电话另一边撇了撇嘴。从前在公司，白玥的学历最普通，工作量最少，干活儿却是最慢、最没效率的。但所有人都知道，她是乔文兴破格录用的小学妹，乔大少爷对她另眼相看。于是所有人都心照不宣，睁一只眼闭一只眼，不仅常常在工作上帮她，还时时恭维她。

看来她现在还没拎清状况，真以为自己是男人背后的贤内助呢。

挂了电话，白玥翻看同事发过来的照片。就一个订婚仪式而已，却盛大得超乎她的想象。她越看眼睛睁得越大。

白玥最终还是忍不住拿那些照片给乔文兴看，乔文兴却说："看过了。"

白玥叹道："是我们对不起她，希望她也能获得幸福。"

乔文兴揽住她的肩膀，笑道："不用担心她，谁过得不好，她都不会过得不好。"

白玥松了口气，说："这样就太好了，我就不用那么内疚了。"她翻着那些照片，感叹："好盛大啊，办这样一场仪式，至少得二十万吧？"

"怎么可能？"乔文兴被逗得喷笑，"光烟烟那条裙子就不止二十万。"

白玥忽然有点窒息。

她这才发现，自己到现在什么都没有。

乔文兴以前倒是经常送她一些东西，都是她自己买不起的奢侈品。她一直觉得那些东西好昂贵，但现在她才发现，"昂贵"是一个主观性非常强的词。她眼中的昂贵不一定是别人眼中的昂贵。

至少，肯定不是韩烟烟眼中的昂贵。

她盯着那些照片看了好久，尤其是韩烟烟手指上鸽子蛋大的钻戒。她最终忍不住悄悄在网上查询了那枚戒指的价格。

那一串长长的数字又一次让白玥感到窒息。

三

白玥一边告诉自己不要着急，等度过这段时期，韩烟烟有的她都能有，同时又不可避免地失落起来。

她过去过得节俭，直到毕业被乔文兴调到身边，才稍稍接触一些奢侈品。乔文兴买那些东西给她也并非总裁的花式炫富。他非常欣赏白玥的淡泊、安然，她的朴素在他眼里也是一种美。

他买那些东西纯粹是因为看到后觉得喜欢，觉得适合她，才买给她的，每一样都带着情意，并没有太多金钱的铜臭。

在和韩烟烟摊牌之前，乔文兴和白玥十分低调。他从没带她出席过任何重要的场合。白玥还没有机会真正接触上流社会的多姿多彩。在她想来，那些人，比如韩烟烟，也就是钱比她们这种普通人多一些而已，没什么了不起的。

她和乔文兴在一起后，过的生活已经比她的同事和同学们的好多了。要知道，她的同学很多都在毕业后和别人合租房子。在班级群里，经常可以看到她们抱怨各种极品室友、奇葩房东。而她呢，不说在D市，就是在M市，乔文兴租的也是她从前想都不敢想的高档公寓。她一直觉得生活已经很美好了。

直到看到韩烟烟和乔成宇的订婚仪式。

订婚而已，甚至还不是结婚，就已经盛大、华丽到让她窒息。想保持从前的淡然、不失落，几乎是不可能的。但白玥并不会将自己的这种情绪直白地表露出来，她希望乔文兴能主动发现。

然而，乔文兴现在无暇顾及她那些莫名其妙、突如其来的小情绪。他的生意好不容易才有了点进展，他忙得分不出精力来哄她。

每当遇到资金周转困难，他就只能给他妈妈打电话。

虽然当时大闹了一场，可他是独子，那是他亲妈，亲母子终究没有隔夜仇。一直以来都是乔母违背乔父的意志，悄悄地在资助他。

乔文兴也只能给妈妈打电话，因为他发现从过去那些"朋友"那儿都借不出钱来。他们不借钱给他的原因五花八门，但都让他无法反驳。

"烟烟也是我朋友啊，你这么甩了她，我借钱给你，多对不起烟烟啊。"有人这么说。

"可不敢，你爸可把话放出来了，谁敢借你一笔钱，给你一单生意，就是跟他过不去。我爸给我打预防针了，叫我不许借。你可别怪我啊，要怪就怪你爸。"有人这么说。

乔文兴只能不情愿地给乔母打电话。

他想要钱，就得忍受乔母的哭泣和唠叨，还有她对白玥的刻薄咒骂。来到M市，乔文兴让白玥换了手机号码，使乔母联系不上她，全方位地保护她。作为男人，他见不得白玥因为他而受委屈。

她现在跟着他住在这么一套小破公寓里，已经很委屈了。可她从来不抱怨，还一副只要跟他在一起，就很快乐、很幸福的样子。乔文兴每每看到她在厨房忙碌的模样，心就会变得柔软。

所以，当白玥说她父母要过来看他们的时候，他没觉得有什么不妥的。

他没想到的是，白玥父母过来后直接住进了公寓。虽然他感到别扭，却也没说什么，毕竟他白天都不在家，晚上通常也回来得很晚。更何况白玥的父母对他非常亲热，对他之前的帮助感恩戴德。他就是不习惯他们在这里住，也没法儿说出口。他觉得大男人家计较这些忒小气。

不过，公寓里多出来的杂物和凌乱还是让他觉得不舒服。他便回家回得更晚了。好在白玥似是有所察觉，劝说自己的父母回家去了。他们在这里只住了一个星期。他们的离开让乔文兴大大地松了口气。

乔文兴和白玥都想不到的是，白家父母对他们住的公寓感到何等震惊。他们从没见过这么"高大上"的寓所，装修奢华，家具看起来也都非常有档次。而且，那么大一套房子，就只住了乔文兴和白玥两个人！

所以当睡眼惺忪的白玥接到公寓保安的电话，说有个自称是她弟弟的人到访的时候，她傻眼了。

白弟弟是拖着行李箱来的，见到乔文兴就喊"姐夫"，特别亲热。白玥有些无措地问他来做什么。白弟弟说："爸妈说这里房子大，就你们俩住怪冷清的，叫我来陪你们。"

白玥感到头晕。

白弟弟又说："姐夫，爸妈说，你自己开了家公司当老板。你给我安排个活儿吧，不用太好，给我个经理当就行。"

乔文兴皱起眉头。他知道白玥这个弟弟只有中专学历。这样的人去他的公司能干什么？还张口就要当经理？看到白玥难堪又惶恐的神情，他忍下了。

乔文兴告诉白玥："公司的情况你也知道，你弟弟我顶多让他跟着跑业务，经理什么的以后再说，看成绩。让他暂时在这儿住几天，等他稳定了再说。"

白玥心里明白自家的情况，也不敢提更多要求。她就愁乔文兴这个"暂时在这儿住几天"。她去跟弟弟商量，白弟弟听说只当个业务员，就鼻子不是鼻子、眼睛不是眼睛的："公司不是姐夫开的吗？我当经理还不是他一句话的事？！"

白玥耐心地解释："开公司是为了赚钱的，你什么都不懂，怎么当经理？怎么服众？这样任人唯亲，你姐夫还怎么管理？你看我，我也只当个秘书而已。你从基层干起，干得好了，自然能升上去。"

虽然白弟弟被迫接受了，但是心里非常不痛快。他脾气大，白玥没敢提让他搬出去自己住的事。

白弟弟去公司上班，第一天就将自己"国舅爷"的身份昭告天下。同事们纷纷侧目。他的经理去请示乔文兴，乔文兴皱眉说："该干吗干吗，我花钱请他是让他来干活儿的。"

要是从前，有偌大的乔氏集团，乔文兴不在乎养几个闲人关系户。但现在什么都没有，在这个办公室里，乔文兴只能容忍白玥一个人不干活儿，别的人没资格踏在他的努力上吸他的血。

白弟弟在家一贯好吃懒做。他以前也找过几份工作，都干不长久。这次本来以为来投靠有钱的姐夫能过舒坦日子，不料不开眼的经理真敢指派他干活儿。他成天抱怨，牢骚满腹。

白玥因此私下找经理谈了话。虽然她柔声细语，说出来的话却和乔文兴的意思背道而驰，希望经理对她弟弟睁只眼闭只眼，多多包涵。经理心里雪亮，从此对白弟弟不闻不问，只派些闲散事给他做。

即便这样，白弟弟仍不满意。他的头衔是业务员，本来就不是坐班的，他的同事们在外面奔波的时候，他却舒服地缩在乔文兴和白玥的公寓里打游戏。

时间长了，乔文兴问白玥她弟弟的房子租好没有。白玥支支吾吾。再问，她就可怜兮兮地说："我弟弟没怎么离开过家，他单独出去住，我实在不放心。你让他再住一段时间好不好？"

白弟弟成天躲在房间里打游戏，不见人影，倒没有白家父母那么碍眼。乔文兴心里不舒服了一阵，看在白玥的面子上也就算了。

这时候，他离开D市已经六七个月，生意渐渐步入正轨，稍有起色。他每天忙得不可开交，也的确没有多余的精力去管这个小舅子。

就在这个时候，他母亲突然打电话来，通知他要切断对他的经济支援。乔文兴愕然："为什么？"

这一次，乔母的态度格外坚定："我从一开始就错了。我就不该给你钱，你没钱早就回来了，就不会让那个私生子乘虚而入！你知道不知道，再这么下去，他会夺走你继承人的身份？！"

乔文兴不信："怎么可能？爸根本就不喜欢他，爸就是想逼我就范。"

乔母说："喜不喜欢，那也是他的亲生儿子！跟你一样！而且他……"

乔母说不下去了，让一个母亲亲口承认，丈夫的私生子真的比自己的亲生儿子优秀，实在是一件太困难的事。

她咬牙切齿："你爸已经让他接触集团的核心管理了！这个人很可怕，他特别会收买人心！"

这个母亲用"特别会收买人心"来描述别人对乔家私生子能力的认可。乔文兴是她的儿子，他领会到了这里面微妙的含义，内心隐隐开始不安。

继承人只能有一个。一个家族的传承，资产和权力都不能过度分散。顶着"继承人"头衔的人继承绝大部分，其他的人只能喝汤。

"难道父亲真的会放弃我？"乔文兴想。

一天，乔文兴问白玥："如果我继承不了乔氏，你会怎么样？"

"我能怎么样？"白玥很惊奇，理所当然地说，"当然是继续陪着你啊。"

乔文兴心下稍安。

白玥说："我爸妈从小就教我'好女不穿嫁时衣'，每个人都应该靠自己。我大学的时候就不再跟父母要生活费了，都是自己打工赚生活费的。我都能这样，何况是你？你那么厉害……"

白玥对乔文兴的这种崇拜，从前他习以为常。现在，他只是微微地苦笑。但"我没你想的那么厉害"这句话，他终究说不出口。

因为这件事，他跟母亲又发生了一场激烈的争吵，最终他摔了电话，并且拒绝再接她的电话。两人的关系再度跌入冰点。

乔文兴非常庆幸乔母是在他的公司开始赢利之后才切断资金支持的。虽然他的资金紧张了些，却也不至于干不下去。对这家自己一手操办起来的小公司，他是真的产生了感情。毕竟这里的一点一滴，都是他付出的心血。

一个月后，他家里的电脑突然染上了病毒，好几份重要的文件都损毁了。追究起来，发现是白弟弟趁他不知道的时候用他的高配置电脑玩游戏，结果染了病毒。

乔文兴非常生气。他的东西从来没有被人私自动过，特别是电脑这么私密且重要的东西。加之白弟弟在这里也住了快两个月了，乔文兴对他的忍耐已到了极限。

他勒令白玥立刻让她弟弟搬出去。白玥脸色苍白，无奈地答应了。她给弟弟租了个小房子，把他赶走了。白弟弟也烦了乔文兴对他的态度，乐得自己搬出去独自生活，没人管。

何况还是白玥给他出房租。

然而，白父白母还是非常生气地打电话痛骂了白玥："明明公寓那么大，怎么就容不下一个男孩子了？！"

况且白玥给弟弟租的房子可不是什么高级公寓，甚至不是商品房，是个"老破小"！白父白母最生气的是，白玥作为姐姐自己吃香喝辣，让弟弟受委屈。

白玥说不过父母，挂掉电话哭了一通。但这份委屈的起因是她弟弟，她不敢跟乔文兴说，只能自己憋着、自己难受，整日情绪低落。乔文兴现在比从前更忙，没有精力像从前那样哄她、逗她开心，令白玥备感失落。

就在这样的忙碌中，公司遭了窃，丢失了好几台笔记本电脑。乔文兴报了警。警察毫不费力就抓住了犯人。

白弟弟在警局痛哭流涕："这是我姐的公司，我拿几台笔记本她不会在意的。你们快把我姐找来说清楚！"

门外，听着这一切的白玥险些晕过去。乔文兴的脸色难看极了。

原来，白弟弟玩游戏充大款，想当现实币玩家。奈何现实币不够，他就打起了公司的主意。他小拿小摸已不是第一次了。从前他拿的都是些不值钱的小玩意儿，同事们都睁一只眼闭一只眼。反正公司是老板的，这是老板的小舅子，是家事。

谁想他竟敢一口气偷了四五台笔记本电脑，里面都是公司的重要文件。

乔文兴此时看到了财务给他的报表。他把白玥叫到办公室，手指点着公司为白弟弟报销的房租，对白玥下了死命令："从哪儿来，叫他滚回哪儿去！"

大少爷到底是有脾气的。

白玥的眼泪唰一下就流了出来。

❖ ❖ ❖

乔文兴最终撤了案子，但白弟弟也灰溜溜地卷着铺盖回家了。白玥的父母大发雷霆，在电话里把白玥骂得狗血淋头，还顺带表达了对乔文兴的高度不满。

"文兴也是！他做姐夫的，跟小舅子计较这么多干什么？不就是几台电脑吗？！至于报警吗？"他们非常生气。

白玥只要试图解释是弟弟做得不对，就会遭到痛骂。最后，她只能含着眼泪沉默地听父母指责。

最后，父母问："你们到底什么时候结婚？"

白玥抹抹眼泪，说："他还在创业阶段，我也还年轻，我们……"

"什么？！他不会根本不想跟你结婚吧？！你告诉他，我们家的女儿不是让人白玩的！"

白玥期期艾艾地解释，但她跟父母说不通。白母恨铁不成钢："你也是真蠢，怎么就让人家睡了？！既然都这样了，你赶紧想办法怀孕。有了孩子，看他还怎么拖？！"

白父白母又追问乔文兴到底有多少钱。他们其实并不知道乔文兴的真正身家，也不清楚他的家世。早先白父重病、家里乱成一团，乔文兴出手相助的时候，他们只是听白玥说乔文兴是她学校的学长、公司的上司，家庭条件很好。

对父母，白玥本能地有所保留，就连她自己都没有意识到。

不过，白玥真的开始考虑结婚的事情了。

从前两人甜甜蜜蜜，她每天都像生活在童话里。乔文兴是光彩耀人的白马王子，她是被拯救的灰姑娘。她以为她和他会从此过着幸福快乐的日子。经历了父母和弟弟的事情，她才有了脚踏实地的现实感。现实不是童话，现实骨感得多。

乔文兴这次对她发了很大的脾气，他是第一次这么对她。白玥感到恐惧和惶然，她的幸福似乎有了裂缝，未来有了阴霾。

她试着跟乔文兴提结婚的事，乔文兴皱眉："现在这种状态，我什么都给不了你，结什么婚？"说完，看到白玥失落的眼神，他心软了。他把她搂进怀里，亲吻她："别着急，慢慢来，等我爸妈肯接受你……"

可乔家父母会接受她吗？如果他们一直不接受她呢？白玥茫然。

白玥由于思虑过重晚上失眠了，早上起不来。乔文兴早上喊了她两声，最后无奈地说："算了，你就在家休息吧。"然后自己去了公司。

要是在从前，白玥会娇嗔两句，心安理得地继续睡觉。但这次，白玥总觉得乔文兴那话音里透着一股失望和不喜。乔文兴走了，她反而睡不着了。她爬起来，自己打车去了公司。

到了公司，她没进办公室，先去了洗手间。刚坐下，她就听见有人进来。很快，熟悉的声音就响了起来。

"老板娘今天又没来啊？"

"乔总说她身体不舒服。"

"什么不舒服，就是在家睡美容觉呢吧？"

"哎，人家命好呗。"

"那可难说。虽然咱们提起她都'老板娘、老板娘'地叫，可她毕竟不是真老板娘啊。而且，我瞅着啊，乔总对她那态度，远不如公司刚成立那时候了。"

"哎，是吗？我来得晚，不知道，你给我说说啊。"

"那时候啊，乔总才真是把她当眼珠子看呢，天天呵护着，小心得不行。现在呢，你看，也就那么回事了。"

"唉，谈恋爱不都那样吗？新鲜劲儿过去了，没激情了，能赶紧结婚就赶紧结婚，要不结婚的话……有激情的时候人家都没娶你，激情没了还指望他能娶你？我看乔总像是出身很好，能感觉得出来。咱这老板娘……感觉可一般。"

"就是啊，成天在办公室里一会儿调个咖啡，一会儿泡个花茶，觉得自己特有情调。就她弄的那些东西，乔总根本不爱喝，她都看不出来。"

"就是啊，明眼人都看得出来，乔总是真懂咖啡的人。她弄的那些，乔总喝的时候眉头都是皱着的。"

"她这人啊，没活明白……也不看看现在公司多艰难，乔总背后的资金支持断了，现在资金周转可紧张了。她倒好，弟弟租个房子都挂公司的账。真到干活儿，干什么什么不行。乔总让她出份数据，她磨磨叽叽，做出的那是什么表格啊。乔总当时那表情，真是忍了又忍，把难听的话都咽下去了……"

两个女同事一边说，一边离开了。

白玥坐在马桶上，脸色苍白。

乔文兴可能注意不到白玥那些有点矫情的小情绪，但他注意到了白玥的变化。白玥忽然一改从前娇弱、懒散的模样，对公司的事上起心来。她也不再搞那些让乔文兴头疼又无法拒绝的小情调，踏踏实实、认认真真地干起活儿来。

乔文兴感到很欣慰。

一个人奋战真的很累。另一个人总是躺在那里坐享其成，实在让人疲惫。虽然他并不指望她能做出什么成绩，但内心实在很希望她至少能看清眼前的状况，不要每天一副无忧无虑的样子。

白玥认真起来之后才认清自己跟别人的差距。

她其实不是个懒惰的姑娘。从小父母就对她念叨"好女不穿嫁时衣"，念叨她是长女，要自力更生，要照顾弟弟。她从小就很勤快，大学的学费、生活费都是自己勤工俭学赚来的。

但她一毕业就被乔文兴调到身边去了。每天的生活都是"宠宠宠、甜甜甜、买买买"，身边的姑娘们都恭维她、奉承她。不知不觉，她就找不到从前那个勤快、能吃苦的自己了。她总觉得什么事情都有乔文兴呢，天塌了也有他顶着。

现在她才知道，原来她的白马王子也是凡人，也有疲倦和厌烦的时候。

真上心后，她去财务那边打听情况。因为她是"老板娘"，财务就如实告诉她了。她才知道，乔文兴之前一直从乔母那里得到资助，现在这资助断了，乔文兴全得靠自己。

不知怎的，白玥心里对乔文兴隐隐有些失望。他好像没有自己想的那么了不起。白马王子披荆斩棘、无所不能的光环渐渐淡去。

同时，白玥也终于弄明白了乔文兴经济上的现状，多少明白了他的压力。她痛改前非，一心一意想给乔文兴做贤内助。她这一段时间表现得很好。眼瞅着乔文兴看她时脸上的笑容都柔和了很多，她觉得自己做对了。

乔文兴最近遇到一个大客户，经常出去应酬。有几次，他回来时身上带着明显的香水味。白玥多问了几句，乔文兴感觉身心俱疲，随便解释了几句就把她打发了。白玥想问又不敢多问，心里郁闷。

过了段时间，乔文兴要带公司的人去客户那里。因为白玥这段时间一直积极参与工作，也跟着去了。一切进行得还算顺利，就是客户总时不时地盯着白玥看。那客户是个大腹便便的油腻中年，白玥被他看得浑身不舒服，但她知道这一单生意对乔文兴十分重要，心里暗自忍耐。

生意谈得差不多后，乔文兴邀请客户吃饭，客户一口答应，还非要乔文兴的人都跟着去。乔文兴的助理、业务经理和白玥就跟着去了。

在饭桌上，得知白玥和乔文兴是情侣关系，胖老板笑得眼睛眯成了缝，满口直夸白玥是"贤内助"。白玥这才觉得他的话听着顺耳了点。吃完饭，客户兴致未尽，又去唱歌。这次有乔文兴的助理和白玥两个女孩子，他们没叫包房"公主"作陪，只是喝酒喝得凶。

乔文兴在饭桌上就被这胖老板灌了不少酒，在包房里又喝了很多。他过去是个贵公子，喝酒都是斯斯文文的。这种凶猛的喝法，他还是来到M市之后才学会的。喝到最后，他跑去卫生间吐，吐完洗了把脸才清醒点。回包房时，他看到助理站在包房外面，有点尴尬无措。

"小冯，怎么了？"乔文兴问。

小冯神情尴尬，支吾着不知道该怎么说。她是个特别能干的姑娘，乔文兴一直觉得自己给她开的工资委屈了她，对她特别器重。见到她这少有的神情，乔文兴忽然意识到了什么，猛地推开了包房的门。

油腻兮兮的胖老板正紧贴着白玥，一只大猪蹄子搂着她的肩膀，另一只大猪蹄子握着她白白嫩嫩的小手，又捏又揉。虽然白玥笑得勉强，却没有挣扎。客户的人都笑得暧昧，乔文兴的人则表情尴尬。

怪不得冯助理一个女孩子会躲到外面去！

乔文兴胃里本就不舒服，看到这一幕险些吐出来。怒火噌地就蹿上头顶，他大步走过去，一把把白玥拽起来甩到一边。胖老板还没反应过来，乔文兴的拳头就抢了过去。

场面一度鸡飞狗跳。

最后他们被拉开，会所经理过来调解。双方都觉得丢人，都没报警。被打得鼻青脸肿的胖老板临走时撂下狠话，这张大单算是飞走了，之前两个多月的努力全都白费了。

白玥哭得梨花带雨，因为乔文兴吼她："小冯都知道躲出去，你怎么这么不知自爱？！"

"他……他是大客户，我……我也是为了公司……"白玥哭着说。

她被揩油也恶心得不行，可看到乔文兴这么重视这个客户，为了他和他们的公司，她才咬着牙忍耐、牺牲的。结果鸡飞蛋打，还惹来乔文兴这么大的怒火。他喝醉后发怒的样子很吓人。

乔文兴闻言，气得眼前阵阵发黑。他乔大少爷什么时候需要自己的女人去牺牲色相了？！他感觉跟白玥简直无法沟通。

"我……我是为了帮你……"白玥流着眼泪说。

乔文兴的人早就尴尬得退到包房外面去了，房间里只有他和白玥。但他怒吼的声音还是从门缝里传了出去，清清楚楚。

"帮我？你这是帮我？你看看你干的什么事？！"他吼道，"你要想帮我，学学人家小冯！不要成天做份数据都出错，就是帮我了！"

包房里静了一瞬，随即响起白玥的呜咽声。冯助理和经理尴尬地对望了一眼，都假装没听见。

事情发生不到半个小时，韩烟烟就知道了。

接到电话的时候，她正和乔成宇在钢琴餐厅吃烛光晚餐，环境高雅，气氛浪漫。她和乔成宇各接了一个电话，一个来自胖老板，一个来自冯助理。

"照您要求的做了，他果然不能忍，爆发了。"胖老板一改在乔文兴面前的趾高气扬，在电话里用讨好的口吻向韩烟烟汇报。

"辛苦你了。"韩烟烟说。

"不辛苦，不辛苦，还要感谢大小姐给我机会。这个订单您放心，我绝对保质保量。"胖老板说。

"好的，你只要能保证质量，我可以让你做我们的合约供应商。"韩烟烟承诺。

乔成宇接到的是冯助理的电话。这个姑娘是他送到乔文兴身边的。以乔文兴开出的那点微薄工资，不可能留住这么能干的人。

挂了电话，他没说话，直直地盯着韩烟烟。

韩烟烟抬眸看见他这眼神，奇怪地问："怎么了？"

乔成宇不说话，沉默地看着她。

韩烟烟忽然懂了，失笑："吃醋了？"

她笑着握住他的手，抛了个媚眼："小傻瓜。"

乔成宇非常清楚，韩烟烟对乔文兴没什么感情，也就是吃个飞醋。韩烟烟笑得又傲又妩媚，他那点不开心也就散了。

"你要拆散他们吗？"他问。

"不啊。"韩烟烟抿了口红酒，无所谓地说，"只是好玩而已。生活太平淡了不好，接下来我还要给他们俩的生活增加点趣味。"

乔成宇说："别忘了你说过的。"

韩烟烟微怔："什么？"

乔成宇说："底线。"

韩烟烟无力地翻了个白眼，吐槽道："你放心啦，你这个哥哥，就算在那边破产了，也不会走绝路。他呀，要真破产了，只会做一件事，就是乖乖回家。"

她正说着，上菜的服务生不知怎的手一滑，一整份牛尾汤全洒了。万幸没烫着人，只是韩烟烟的包毁了。

服务生在这高级餐厅里见过不少奢侈品，大概知道那个包的价格，即便是清洗的费用，也赶上她一个月的工资了。

年轻小姑娘吓得脸都白了。

✦　✦　✦

经理闻讯过来处理，小姑娘已经吓得流眼泪了。

谈及赔偿，韩大小姐无所谓地挥挥手："算了，下次小心点。"经理和小姑娘连连鞠躬道谢，说了一堆好话才离开。

虽然这个包已经用纸巾和湿布清理过，但显然没法儿拎了。韩烟烟打电话给陈叔，叫他送一个包过来。挂了电话，韩烟烟一抬眼，发现乔成宇正望着她，眼中都是温柔的笑意。

"又怎么了？"韩烟烟问。

乔成宇含笑说："忽然想让那些背地里说韩家大小姐骄傲跋扈的人看看我们大小姐有多好说话。"

韩烟烟白了他一眼。

自从跟她求婚成功，这个人就破了冰，在她面前再不复从前的一脸肃穆。当然，在外面，他依然是那个高冷的乔家精英、呼声很高的继承人人选。

韩烟烟喜欢这样。他温柔浅笑的样子只属于她，他狂野放肆的样子也只有她知道。

陈叔很快就送来了一只手袋，一模一样的款式，只颜色不同。脏了的那只被陈叔拿走，送去清洗。

在车上时，乔成宇看着她放在腿上的手袋，随口问了句："为什么女人都爱这个牌子？"

韩烟烟的手指摸上手袋的金属扣："因为经典吧。"

这个话题被一句带过。到了红绿灯路口，乔成宇无意中一瞥，看到韩烟烟垂着眼睑，手指还在无意识地描绘那个金属扣的形状，像在出神。

"怎么了？"他问，"突然发呆？"

韩烟烟回神，"哦"了一声，过了一会儿问："你了解过这些牌子的历史吗？"

乔成宇顺着她的目光向外看去。这条街十分繁华，道路两边都是大牌专卖店，印刷着巨大品牌LOGO（商标）的标牌都亮着灯，闪瞎人眼。他说："没关注过。"

"每一个都历史悠久，每个品牌背后都有故事。"韩烟烟轻声感叹，"每个牌子……我都熟悉。"

韩烟烟是豪门千金，这些品牌对普通女人来说都是昂贵的奢侈品，对她来说则是日常物品，她当然熟悉。这一句感叹来得莫名其妙，令乔成宇摸不着头脑。

在下一个红绿灯处，他又看向她，发现她的手依然在轻轻抚摸手袋的金属扣。那金属扣被做成了品牌LOGO的形状。

乔成宇的目光移到韩烟烟的脸上，昏暗的车中，她的目光没有焦点，嘴角没有笑意。她望着那些专卖店巨大的LOGO，带着令人不解的疏离和冷漠。

不知怎的，乔成宇忽然觉得此时此刻的韩烟烟异常的陌生，仿佛她不是他了解并深爱的那个韩大小姐，而是另外一个完全不一样的女人。

这一定是错觉，他想。

白玥怀孕了。

这件事说起来其实是韩烟烟的手笔。

白玥和乔文兴根本连婚都没结，更不可能打算现在要孩子。对乔文兴来说，现在最重要的是独立做出点能拿得出手的成绩，向乔父、乔母证明自己。

韩烟烟让人与成天泡在网吧的白弟弟搭讪结识，成为一起打游戏的哥们儿，然后不经意地指着一个娱乐新闻网站的页面对白弟弟说："哎，人活成这样才算没白活啊。"

那个新闻页面讲的就是韩烟烟和乔成宇的订婚。白弟弟本来只是想看看美女千金，谁知随着网页向上走，他竟然看见了他"姐夫"的照片。乔文兴的家世在白家人面前曝光，白父白母立刻打电话向白玥质询，从白玥那里得到了证实。

"因为我，他跟他父母闹翻了，所以现在回不了家。"白玥情绪低落地说。

白父白母忽然改变了态度。虽然他们从前也提过结婚的事，但那只是为了敲打白玥，并没有逼迫之意。因为他们觉得乔文兴还在创业阶段，怕他失败，想等乔文兴挣出更多资产，再把女儿嫁给他。

现在知道他竟然是大富人家的少爷，白父白母就想让白玥赶紧和乔文兴结婚。他们觉得，乔文兴不过就是个和父母赌气闹独立的孩子，迟早得回家。等他真回了家，谁还看得上这么一家小破公司哟。白家父母和白弟弟在网上查询过，乔氏企业是大集团，那个钱哟，多得一辈子都花不完！

白母开始反复在白玥耳边念叨。

"时间长了没有新鲜感，他就不想结婚了。

"什么婚礼不婚礼，谁在乎那个？先把结婚证领了再说。

"他不想？那怎么行！这样，你先把孩子怀上！哪怕不结婚，有个孩子，他们家怎么也得给孙子抚养费吧？！那么有钱！"

自打之前她主动"牺牲自我"害得乔文兴动手暴打客户、流失大单之后，乔文兴对她比从前冷淡了许多。这半个月以来，白玥一直提心吊胆，做小伏低。她本就不是个有主见的人，又赶上对她和乔文兴的未来感到迷茫、惶恐的阶段，白母念咒般的劝说终于给她洗了脑。

"那……我试试。"她说。

两个月后，她用验孕试纸测出了两条红线。

乔文兴每天辛苦奔波，白玥却突然怀孕了。对乔文兴来说，这实在不是一个好消息。他实在想不通，明明每次都采取了安全措施，怎么还会怀上。虽然说使用安全套有3%的失败概率，但哪个男人都不觉得自己会碰上那倒霉的3%。

他当然更想不到白玥干得出在安全套上扎孔这样的事。总之，白玥怀孕了，乔文兴很烦闷，措手不及。

然而，在白玥反复表示不在乎婚礼、不在乎形式之后，乔文兴还是和白玥领了结婚证，悄无声息地做了夫妻。想起韩烟烟和乔成宇那盛大的订婚仪式，白玥心中像吞下了一枚苦果。但这苦果是自己亲手种的，她只能默默咽下，让它烂在肚子里。

韩烟烟接到汇报电话，潋滟红唇勾起一抹弧度。

"还不够，还得加点料。"挂了电话后她说，涂着鲜红指甲油的细长脚趾挑逗着乔成宇结实的胸膛。

乔成宇笑着摇头，握住她纤细的脚踝，将她拖到身前。

"什么时候能成为继承人？"韩烟烟问。

"快了。"乔成宇承诺。

"快了。"乔文兴对白玥说，"拿下这单生意，我先腾出资金给你买套公寓。"

随着白玥有孕，上次的事件算是过去了。白玥跟他结婚，没有婚礼酒席，也没见到公婆，只白家父母和弟弟过来一起吃了顿饭，简陋、寒酸得让人落泪。乔文兴本就是随和、柔软的性子，这会儿不由得心疼起白玥来，总想给她点补偿。

白玥听妈妈的话努力怀上了孩子，不仅挽回了乔文兴的心，还顺利地跟他结了婚。她内心原有的那点愧疚被甜蜜的喜悦压了下去。

然而，乔文兴的大生意还没谈成，白玥的父母先来了。

"我……我最近吐得厉害，做不了饭了。所以，爸爸妈妈专程过来照顾我。"白玥有点忐忑地说。

乔文兴不喜欢白玥的父母，但白玥这样说，他就心软了，点头同意白父白母住在这里照顾白玥。他哪知道这是韩烟烟让白弟弟那个"哥们儿"买通了白家的亲戚朋友，给白父白母各种"吹风"，才一路推动白玥用手段怀孕，又推动白父白母亲自过来照顾。

这一次，白家父母对他的态度比上一次更热络，小心翼翼中还带着点期盼和谄媚。这种态度，乔文兴从小到大见多了。时间一长，他不可避免地又开始感到公寓拥挤、心情不快。但白玥怀着孕，又向来多愁善感，乔文兴只能尽量按时回家陪她。

白父白母一开始还小心翼翼的，慢慢放松下来后话就多了起来，话里话外都在劝乔文兴回家。

"这亲父子哪有隔夜仇，回去给你爸认个错，咱们和和气气的一家人多好啊。"

"这婚都结了，还没见过公婆，实在不像话。不如让玥玥陪你一起回去，兴许亲家看到你们小夫妻和和美美的就同意了。

"毕竟孩子都有了，婚也结了，再不同意又能怎么样啊，还不是得认？"

白父白母想得很简单，也想得很美。

他们毕竟是自己的岳父岳母，说一次两次，乔文兴也就忍了。但次数多了，乔文兴就忍不了了。

他捏着筷子，吃不下饭了。白母毫无眼色，还絮絮叨叨地说个没完。白玥几次拉她的袖子阻止，她还烦了，不仅甩开了白玥的手，还打了她手背一下。

乔文兴"啪"地放下筷子。白母吓了一跳，絮叨戛然而止。

"我现在回去，我父母不仅会让白玥打胎，还会让我和她离婚。然后，从此以后，你们大概再也见不到我了。"他冷冷地说。

白母不信："不至于吧？这可是亲儿媳、亲孙子。"

乔文兴看了她一眼："我同父异母的弟弟，小学就被送进寄宿学校，中学被送到国外，再没见过他的生母。"

白母惊呆了，不敢再说话。

乔文兴又变得不爱回家了。有几次他回去晚了，发现白玥明显哭过，追问她缘由，她却什么也不说。乔文兴知道，肯定跟她父母有关。白玥一心维护自己的父母，乔文兴问了几次问不出来，也懒得管了。

乔文兴的生意最近一直不太顺利，不但流失了几个客户，之前寄予厚望的那单大生意也没谈下来。这时已经临近过年，他本想拿下这单生意好好过个年，谁知却是凄风苦雨的趋势。公司的运营资金又紧张起来，给白玥买房子的许诺泡汤了。但面对白玥那期盼的目光，他又怎么都说不出口。

更重的一击来自D市的朋友们争先恐后转发过来的新闻——乔董事长宣布不再兼任，由乔成宇接任集团总裁。

乔文兴脸色苍白，不敢相信。这意味着乔父选了乔成宇做接班人，放弃了他。他感到大脑晕眩，好几分钟之后才缓过来，拨了电话给自己的母亲。接电话的却是乔父。

"你妈妈高血压犯了，晕倒了，现在在医院里。你要还是我儿子，现在就回来，或者，永远别回来。"乔父说完挂断了电话。

乔文兴失魂落魄地回到公寓。在大门外，他就听到了里面的争吵。他可算知道白玥为什么经常眼睛红红的了——白父白母在逼她向他要钱要房子。

他们从小教她独立、自立，是唯恐这"赔钱货"长大了伸手管娘家要钱。不想"赔钱货"做得比他们预期的还好，居然套住了一个有钱人家的少爷。

他们原本做着母凭子贵的梦，想让白玥成为豪门少奶奶，现在却发现有点困难。于是他们就想立刻变现白玥的价值。毕竟比起虚无缥缈的豪门少奶奶，钱和房子才是实实在在的让人心里踏实的东西。他们也就这么点眼界。

乔文兴在门口听着这对父母的贪婪、无耻，听着白玥无力的哭泣和微弱的反抗，他一点也不想进去，不想去当那个拯救白玥于水火的英雄。因为白玥渴望的拯救并不是他冲进去将她护在身后，斥退她的父母。她期盼的拯救，是乔文兴……能给她父母他们想要的。

乔文兴已经看得很明白了。

他转身离开。

四

乔文兴走在寒风里。路过街边便利店时，他进去买了一包烟。站在便利店门口点烟时，他一抬头看见了镜面玻璃中的自己。

头发被夜风吹得有点乱，加之因太忙忘了刮胡子，他看起来有点邋遢。更糟的是，他胖了。

这一年里，他在M市辛苦打拼，喝酒应酬、加班熬夜，从前坚持了很多年的健身习惯也被打乱了，三天打鱼两天晒网。不知不觉他就胖了，不仅身材走形，脸也走形了，整个人有点颓靡，甚至油腻，很像写字楼里那些背负着房贷和孩子学费、成日疲惫不堪的中年白领。

乔文兴被镜子中的自己惊呆了。

他怎么会变成这个样子？

一年半之前，他还是玉树临风的乔家大少爷，和韩烟烟一起被媒体追捧为金童玉女、商界精英。他怎么就……变成了这样？

乔文兴有一瞬甚至不知道自己是谁、为什么在这里。为什么堂堂的乔大少爷要每天为了几十万或一百万的小生意追在别人后面讨好、奉承？这些钱甚至不够支付他从前的一辆跑车，或者一次旅行。

乔文兴呆呆地站在那里，叼着的烟从嘴里掉落到地上。店员察觉出不对，走过来捡起烟，轻轻叫他："先生？先生？您还好吗，先生？"

乔文兴被店员惊醒，茫然地看着她。店员有点害怕这个看起来不太正常的人，悄悄退后一步，小声问："您没事吧？"

"我……"乔文兴下意识地说，然后顿住。

"我要回家。"乔文兴突然有种大梦初醒的感觉。这场梦做得够长了，是时候醒了！他盯着店员突兀地开口："我要回家！"

他说完猛地推开便利店的门，冲了出去。外面的冷风灌进来，店员打了个寒战，咕哝一声："神经病吧？"

乔文兴回家了。

他什么都没带，包括他的衣物、他的车子、他的公司，甚至他的妻子、孩子。他什么都没拿，谁都没叫，自己一个人直奔机场，买了最近的航班，飞回了家。

他进门的时候已经是半夜。乔母白天被刺激得高血压犯了，住进了医院，乔父也不在家。偌大的豪宅空荡荡的，只有女管家拉着他的手喜极而泣："你可算回来了。"

这女管家从前是他的保姆，一手把他带大，对他很有感情。

乔文兴见到她才真有了回家的感觉，眼眶一下就红了。他追问父亲、母亲在哪儿，才知道母亲还在医院，父亲在陪她。他当即赶去了医院，但父亲、母亲都已经睡下。他坐在走廊的椅子上，一直等到天亮。

乔父看见他的时候，这个曾经他最爱的儿子眼窝深陷、胡子拉碴，像一个鬼。才一年，他就把自己搞成了这副样子。乔父对他感到了深深的失望。好在，他还有另一个成器的儿子。

乔文兴深感羞愧。他想去看母亲，乔父拦住他，斥责道："你看看你这是什么样子，想叫你妈更担心吗？去洗澡、换衣服！"

这是高级的私人医院，设施齐全。乔文兴在医院里洗了澡，刮了胡子，家里有人送来了他的衣服。他收拾干净后去见母亲，母亲见到他又欢喜又失望。

"你现在还回来做什么？！"她怒道。

她亲生的儿子已经失去了成为继承人的资格，以后都要仰仗私生子的鼻息过活了。一想到这一点，乔母的血压又急剧升高，医护人员又是一通手忙脚乱。

好不容易稳定下来，乔母表示暂时不想看见乔文兴。病房外，乔父对他说："别让你妈生气，你先回家去。"

乔文兴失魂落魄地转身，乔父又叫住他："晚上我叫成宇也回家，你们两兄弟也该见一见了。"

一直到回到家里，乔文兴都恍恍惚惚的。因此，他丝毫没有察觉到，他一夜未归到现在，白玥竟然一个电话都没有打给他。

他回到了自家的豪宅里，一切如故。那个只比他小几个月的弟弟并没有搬进来住，这房子似乎毫无变化。他回到自己的房间，发现每一样小东西的摆设都没有变过。可是乔文兴能感受到，一切都变了。

他躺在床上回想这一年的经历，犹如一场大梦，心里难受得要死。他闭上眼睛，手紧抓着胸口的衬衫。

韩烟烟此时正在自家的办公室里。韩大小姐也是要工作的，毕竟她是要继承整个韩氏集团的女人。

她突然觉得不太对劲儿，快步从办公室里跑了出去，却见外面秘书间里的几个秘书都安安稳稳地坐在各自的办公桌前，诧异地看着她。

"韩总，怎么了？"她们问。

"是不是地震了？"韩烟烟惊诧，"我刚才感觉好像地震了，你们都没感觉到吗？"

大家一致摇头。韩烟烟不信，她刚才的感觉很明显，怎么会搞错。她又叫来保洁员询问，保洁员也摇头说没有一点感觉。

韩烟烟满腹狐疑地回到自己的办公室，给乔成宇打电话："刚才你有没有感觉到地震？"

乔成宇莫名其妙："地震？没有啊。"

韩烟烟听见他好像走出了自己的办公室去询问别人，过了一会儿，他身边又安静下来。他笑着说："是不是昨天睡太晚了，出现错觉了？今天不折腾你了，让你好好补觉。"

韩烟烟不搭理他。他忽然又说："那一位昨天晚上回来了。"

韩烟烟挑挑眉："哦？我没有收到一点消息，怎么这么突然？"

乔成宇说："我也没收到消息，我爸叫我晚上回家跟他正式见面。他应该是临时起意回来的。"

"怪不得。"韩烟烟懂了。毕竟昨天乔成宇接任集团总裁的新闻公开发布了。

"皇长子回来了呀，太子爷，你怕了吗？"韩烟烟调侃。

隔着电话，她听见了乔成宇的低笑。他说："有些事，并不是谁先出生谁赢。"

这个男人现在意气风发，正处在人生巅峰，浑身都散发着自信的魅力。韩烟烟喜欢他这样。

挂了乔成宇的电话没多久，她就接到了M市那边的电话。她安排在白弟弟身边的人向她汇报了紧急情况。

"什么，白玥？"韩烟烟没想到白玥会出这样的事，很意外，"现在怎么样？没危险了？怎么发生的？"

"这个还不知道。但白小弟说他姐夫不见了，他们现在也不敢联系他。"对方说。

哦，有趣了，这些人还不知道乔文兴已经回家了。

"那就别管他们了。"韩烟烟说，"看他们能瞒乔文兴到什么时候。"

傍晚的时候，乔文兴终于在父亲的书房见到了一直以来都知道对方存在的同父异母的弟弟。他在新闻上看过乔成宇的照片，早知道他们面孔相似。

这个弟弟的气质偏冷一些。若是以前，乔文兴气质温润，兄弟俩可以说不分伯仲。现在，他明显发胖发福了，哪怕是洗了澡、刮了胡子，和精神抖擞、锋芒外露的乔成宇站在一起，还是高低立现。乔文兴有种说不出的挫败、气馁。

乔成宇客气地喊他："大哥。"

乔文兴勉强扯动嘴角："二弟。"

"以后，好好帮你弟弟。"乔父一句话定了天下，谁为君、谁为臣显而易见。

乔成宇说："阿姨身体不好，先不着急，大哥先照顾阿姨。等阿姨身体好了，再说这些。"

乔父只点点头，他已经把做主的权力移交给了乔成宇。

大势已去，以后，他只能仰人鼻息。想到这些，乔文兴感到茫然、无力。

好在乔文兴还要去医院看望母亲，乔父没硬要三个人一起吃饭。

走出书房，乔文兴只想快点离开这里。乔成宇却叫住了他："大哥。"

乔成宇追上两步，说："烟烟一直很记挂大哥。等阿姨好一些，大哥带大嫂一起回家，我们四个人一起吃顿便饭吧。"

乔文兴此时才想起韩烟烟这个前未婚妻，又想起了白玥这个现任妻子，有点尴尬地点头答应了。他在外漂泊了一年多，从前的大少爷傲气都被消磨了。在锐气逼人的异母兄弟面前，他被稳稳地压制住。

去医院的路上，他终于想起了白玥。一日一夜了，他没回家，白玥竟然一个电话也没给他打。他微感奇怪。他调出白玥的电话号码，犹豫了一下又关了手机屏幕。就让他……清静清静吧。

亲母子到底没有隔夜仇。乔母对乔文兴再失望再生气，看到他沮丧、低落的模样，到底还是心疼了。她痛哭了一场，原谅了他。可她无法原谅白玥，这个狐狸精勾走了她好好的儿子，害他失去了继承人的资格。

她不停地骂着白玥，乔文兴便不敢说他已经和白玥结婚的事，更不敢说白玥已经怀了孩子。他想等过一段时间，母亲情绪平静点再跟她说。

他消失了一天，冯助理倒是给他打了电话。但乔文兴既然已经回家，便不再在乎那家勉强生存的小公司了。他决定结束那边的公司。

他顺口问了白玥的情况。冯助理表示，白玥并没有打电话到公司找过他。乔文兴心里隐隐有些不安，但他突然这样跑回来，内心其实很不想面对白玥。于是他就自欺欺人，也没有给白玥打电话。

等他知道白玥失去了孩子，还差点大出血死掉，已经是三天后的事了。打电话给他的人是他小舅子。小舅子怒气冲冲地质问他跑到哪里去了，他姐躺在医院里，他却在外面鬼混。

乔文兴这时候刚刚从医院接了母亲回到家，得知消息后整个人都呆住了。

他跟乔母说要回M市处理点事。乔母察觉出异样，逼问出了他们结婚、白玥怀孕又流产的事。乔母气得脸都白了。但她看他那副着急的模样，也不像能被她拦住的样子。乔母破罐子破摔，干脆赌气不管乔文兴了。

说不管，到底还是亲儿子。乔文兴临出门时，乔母喊住了他："你带几个人去。"

乔文兴再次回到M市，已经不是几天前那个汲汲营营的私企小老板了。他已经找回了他乔家大少爷的身份。哪怕失去了继承人的身份，"乔家大少爷"依然是普通人高不可攀的。

乔文兴见到白玥的时候，虽然她已经脱离危险，但脸白得没有血色，躺在那里双目无神，虚弱得像没了灵魂。看到他，白玥呆滞了一会儿，眼泪唰地就流了出来。

在他任性离开的时候，白玥发生了这样的事，乔文兴又愧疚又心疼。他把白玥搂在怀里，反复地说："对不起，对不起！"

白玥哭得上气不接下气，却一直摇头。

乔文兴问："到底发生了什么？"

白玥低下头，流着泪说："我自己脚滑，摔了一跤。"

乔文兴皱眉，抬头看见站在一旁的白家父母神情异样、目光闪烁。

✦ ✦ ✦

乔文兴不管白玥怎么说、白家父母怎么狡辩，直接找来了当时接诊的医生。他从医生那里得知，白玥被送来的时候，脸上有明显的耳光印，头部也磕得起了包。根据医生分析，应该是有人扇了白玥耳光，导致她摔倒并磕伤头部，同时造成了流产。

乔文兴想起那晚在门外听到的争吵声，只觉得心累无比。

白弟弟这个时候赶到了医院，对着乔文兴就要挥拳头："我姐的孩子都没了，你跑哪儿去了？！"

但这次乔文兴不是一个人来的，就像从前那样，他身边带了四个保镖。体形彪悍的保镖们像拎小鸡仔一样把白弟弟拎了起来。

白父白母慌得赶忙向乔文兴求情："他小，他不懂事！他就是担心他姐姐！"

白玥之所以会被打耳光，以至摔倒流产，是因为她无意间说出了当初乔母想拿五百万打发她，她撕了支票的事。

五百万！白父白母一辈子也挣不到这么多钱！有了这笔钱，他们不仅可以给白弟弟在家乡买套大房子，给他娶老婆的彩礼钱也不愁了！

白玥竟然拒绝了这么一大笔钱！她还拒绝了他们让她去找乔文兴要五百万的要求！白父怒不可遏，打了白玥一耳光。白玥挺着肚子，失去平衡摔倒在地，磕破了头，还失去了孩子。

白父白母本来想借白玥流产的事向乔文兴敲一笔钱，没想到从D市回来的乔文兴已经不是他们认识的那个女婿，像变了个人。他身后跟着四个穿黑西服的保镖，看着就很吓人。

白父白母见到保镖后腿就软了，更怕乔文兴知道白玥流产的真相，哪还敢开口讹钱。

乔文兴说："让我跟白玥单独谈谈。"

白父白母没办法，在四个保镖的"搀扶"下离开了病房。离开前，他们使劲地给白玥使眼色。白玥躺在床上闭目流泪，不去看他们。

人都离开后，病房安静下来。

乔文兴没再逼问事情的真相。打断骨头连着筋，对于她父母和弟弟，白玥无论怎样都会咬牙维护，即便他们这样伤害她。

他只问："出了这样的事，怎么不打电话给我？"

白玥流泪："他们把我的手机收走了。"

白父白母怕她向乔文兴告状，收走了她的手机，不叫她与乔文兴联系。直到他们又一次压制并说服了白玥，让白玥跟他们统一战线，白弟弟联系了乔文兴。至于乔文兴这几天去了哪里，白父白母非但不担心，还很庆幸他不在现场。

乔文兴沉默了太久，令白玥不安。她虚弱地问："这几天你去哪儿了？怎么现在才来？"

乔文兴看着她说："我回家了。"

白玥初时不懂，微感迷惑，而后忽然明白了。乔文兴说的家，不是他们在M市租住的公寓，他说的是D市的乔家。

"你！"白玥惊惧、恐慌。可对上乔文兴的目光，她又哑了。乔文兴回自己的家，到底有什么不对？她又能以什么立场阻止他呢？

"你……还回来吗？"最后，白玥颤颤地问。

"不回来了。"乔文兴说，"这边的事情我去了结一下，然后就回去，再不回来了。"

白玥嘴唇发抖："我……我呢？我怎么办？"

乔文兴又沉默了。过了许久，他说："你是我妻子，应该跟我一起回家。但是……"

"你要想做乔太太，就必须跟你父母断绝关系，再不往来。"乔文兴开出了他的条件。

这个条件，白玥做不到。她流泪："我不能……他们是我爸爸、妈妈和弟弟……"

病房里又陷入一片寂静。

许久，乔文兴轻轻地说："我们离婚吧。"

白玥闭上眼睛，泪水滚落脸颊。她说："对不起……"

白玥已经从白弟弟那里听说了乔家的新闻，已经知道乔文兴彻底失去了乔氏集团继承人的资格。

她已经不是从前那个以为王子和灰姑娘会从此过上幸福生活，以为可以有情饮水饱的天真女孩了。她已明白，因为她，乔文兴失去了什么。

乔文兴结束了M市的生意，和白玥离了婚。他在M市给白玥买了一套公寓，就像他从前承诺的那样。他还给了白玥一笔不菲的赡养费。她只要能拿住自己的钱，就能舒舒服服地过一辈子。

只要她能拿住。

处理完所有这一切，再回到D市，乔文兴才觉得梦是真的醒了。他以前是个被宠坏的大少爷，这个梦让他脱胎换骨般地成熟了起来。

乔成宇说的那顿四人便饭一直没吃成，倒是韩烟烟和乔文兴单独吃了顿饭。虽然两人之间没有爱情，但他们从小一起长大，甚至订过婚，有着还算不错的交情。当初乔文兴悔婚，韩烟烟甚至一点都没为难他。乔文兴因此对韩烟烟心怀愧疚。

然而，一见面，他就被韩烟烟光彩照人的样子镇住了。

乔文兴甚至有点困惑，这真的是他认识的那个韩烟烟吗？她为什么看起来更美丽、更自信、更有神采了？甚至更性感、更迷人？跟他在一起的时候，她明明不是这个样子的。

只是一顿叙旧的饭，乔文兴却感受到了韩烟烟跟白玥的不同，眼界谈吐、礼仪风度，相差何止一星半点。

乔文兴很茫然，难道是因为他跟她认识太久，过去才对她熟视无睹，才没有看到她的风采？可一个女人这样夺目，作为男人，他怎么可能忽视她？

"以后有什么打算？"韩烟烟问他。

乔文兴苦笑，回答："爸爸给了我两家公司，让我打理。"以后他就是给乔成宇打工的人了。

这一次重归交际圈，他已经发现别人待他的态度和从前不一样了。从前他是身份贵重的乔氏继承人，现在他只是乔家大少爷而已，跟他们没什么差别。他再也不能像从前那样，被朋友众星拱月。

现在被人簇拥的总是乔成宇。

晚上躺在床上，乔文兴翻来覆去无法入睡。他强迫自己闭上眼，可过去一年多的经历历历在目，回归后的变化更是在脑海里甩不出去。

乔文兴觉得心脏难受。

韩烟烟霍然起身，赤着脚跑下了楼。韩父正坐在楼下起居室里看报纸，被她吓了一跳。

"爸！快跑！地震了！"韩烟烟急得直拽他。

"瞎说，哪里有地震？"韩父无语，"我一直坐在这里，怎么没感觉到？"

韩烟烟呼哧呼哧地喘着气，惊魂未定地看着天花板，真的没有晃动，一点地震的迹象也没有。可是……

"刚才晃得好厉害！我房间的墙都裂开了！"她心有余悸。任谁躺得好好的，突然地动山摇，墙壁出现大裂缝，都得受惊吓。

韩父不信，跟她上楼查看。房间墙壁完好无损，墙上是漂亮、华丽的墙纸，平平整整。

韩烟烟不敢相信自己的眼睛。

"可是，真的，我真的看见……"她语无伦次。

"你做梦了吧？"韩父无语，"是不是最近太累了？并购的事的确琐碎，那你也得好好盯着。等这个案子结束，你去国外找你妈妈，让她陪你逛街，好好放松放松。对了，回来的时候记得把她也捎回来，一年到头不着家。哼。"

哀怨的大爸爸走了，韩烟烟一个人坐在房间里发蒙。她怎么会出现幻觉？

过了一会儿，韩烟烟的眼神变了。

她关好门，回到房间正中央。她的房间很大，衣帽间相当于普通人家的卧室那么大。她在房间中央转了几圈，然后抬头盯着天花板喊："喂！你在吗？喂！·那个谁？！那个……电子合成音！"

"电子音"并没有回应她。韩烟烟又喊了几嗓子，房间里没有任何异状，她看起来仿佛一个傻子。

韩烟烟把心一横，从抽屉里翻出一把小刀，对着自己的腕静脉割了一刀。她在末世三年，丧尸杀过，人也杀过，下手毫不犹豫，深红色的血一下子就流了出来。

韩烟烟在心里默数：十，九，八……

"韩烟烟！你干什么？！"

她才数了三个数，就听到了"电子音"气急败坏的刺耳声音。

韩烟烟眼中闪过一抹亮光，她立刻按住伤口给自己止血。她在末世常受伤，止血的手法异常纯熟。除了没有异能，她在末世学的那些，都被带到了这里。

改天找个搏击馆试试身手吧，韩烟烟想，怎么从前自己没想到这一茬呢？

"大小姐韩烟烟"还具备"末世韩烟烟"的身手吗？

"喂，你把我叫出来干吗？"见她没有危险，"电子音"不满地说。"电子音"没有脸和身体，只有飘荡在空中的声音。

"你一直在？"韩烟烟问。

"说过了，我全程监控。"

韩烟烟嘴角微撇："那我刚才喊你，你为什么不出来？"

"电子音"的声音有点不自然："你在这个世界做得很好啊，我没事出来干什么？"

"我刚才感觉地震了，我还亲眼看到墙壁裂开了。可别人全都感觉不到，我看到的东西也都消失了。"韩烟烟说，"我刚想起来，以前也有一次这样的情况：我一个人在办公室感觉到了地震，可别人都没感觉到。这是怎么回事？"

"这个世界……难道也要崩了？"经历过一次世界崩塌的韩烟烟望着天花板问。

"咳，也不算崩……""电子音"语焉不详。

"说清楚！"韩烟烟喝道。她接收了"韩大小姐"的全部设定，当了一年多的千金小姐、集团继承人，气势已经从骨子里面养成。

"电子音"竟然忍不住一哆嗦，下意识地回答："不是崩了，是快结束了。"

"结束？"韩烟烟愕然。

说都说出来了，"电子音"于是破罐破摔。

"对，快结束了。我也很吃惊。虽然这次的任务难度小，但你是个新手，我也没想到会这么快。"

韩烟烟垂眸，又抬头问："这跟乔文兴有关系？"

"是的。他是目标人物啊，他是最关键的。""电子音"的声音中透着高兴，"你让我刮目相看啊，你的确是个优秀的构建师。"

"韩烟烟！你加把劲儿，就差一点了！"它说，"就差一点，你在这个世界的任务就完成了！来来来，使出你的真本事，再给乔文兴来点刺激试试。来点重的啊！你要是做得好，我真的会给你奖励的！"

韩烟烟垂眸思考。过了一会儿，她抬眸问："任务完成，世界就会消失吗？"

"对。"

"那这世界存在的意义是什么？"韩烟烟咬牙。

"你问这个干什么？你只要好好干活儿就行了。""电子音"敷衍地回答。

"倘若没有任务，世界能独自存在吗？"韩烟烟追问。

"电子音"没有立刻回答她。韩烟烟明白了，这些世界……为任务而生。

"电子音"忽然不耐烦起来，有点粗暴地说："你想那么多干什么？你忘了你是因为什么做任务的吗？你的命还在我手里呢！你给我好好干活儿，赶紧把这个任务完成！还有正经任务等着你呢！别成天想东想西的！你想再多，也没法儿离开这里！"

它说的全是大实话。韩烟烟命悬人手，有什么资格诘问？

"好了好了，还有没有别的事？没有的话，我关通信了！""电子音"急吼吼地说。

"等一下。"韩烟烟喊住它，"你总该有个名字吧？我该叫你什么，总不能就叫你'喂'吧？"

"哦。我叫利奥。"

"利奥，"韩烟烟微笑，"你年纪比我小吧？"

"胡说！"利奥下意识地反驳，"我的年龄是你的三倍。"

"你……"利奥说完惊觉上当，但他瞥了一眼身后黑洞洞的枪口，不敢说破自己被韩烟烟套话的真相，硬着头皮说，"别这么多废话，好好干活儿去！"

关闭通信后，他转身对枪口后的人讨好地笑："她在这边养得不错，再等一会儿，马上就结束了。等她养好了，我就让她干正事……"

房间里再没了利奥的声音，韩烟烟按着手腕上的伤口，嘴角露出一丝冷笑。

果然是躲在话筒背后的……人啊。

✦　✦　✦

乔文兴这次回来受到了公司一些元老的称赞。这些看着乔文兴长大的元老都觉得他"终于长大了，成熟了"，不过紧接着就是摇头叹息："可惜……"

可惜乔成宇珠玉在前，乔文兴此时纵然发出莹莹之光，也没法儿与乔成宇相提并论。

人与人因利益而结合，比起好不容易才成熟起来的乔文兴，这些元老更愿意公司的领头羊是沉稳踏实、做事果决的乔成宇。

乔文兴没有回应那些带着各种心思试探或者看热闹的人。他踏踏实实地经营乔父让他管理的两家公司。他要是做得好，即便拿不到继承人的位子，乔父也会放手给他更多权力和利益。

走到这一步，他能为自己做的也就这么多了。

从前他意气风发，并不把这些经营事务放在眼里，只空顶着"青年俊杰""商界精英"的高帽，很多事务实际上都甩给了职业经理人。现在，他不这样做了。经历了独立创业，饱尝了其中的艰辛，再来经营、管理背靠集团的公司，各方面的高效支持、流畅的资金运转，让他有种说不出的舒畅之感。

此时的乔文兴已摆脱了从前那些情情爱爱的东西，渐渐像个成年男人，心思都放在了事业上。

三个月后，韩家的那个并购案圆满完成，乔文兴受邀参加庆祝酒会。

这个酒会的主角是韩烟烟。虽然韩大小姐有些骄傲跋扈，但在韩父手底下，她是个踏踏实实学习、勤勤恳恳干活儿的好孩子。这个并购案，韩父只在幕后坐镇，台前一直是韩烟烟主持大局。在这个庆祝酒会上，她这个大功臣自然是当之无愧的主角。

乔文兴隔着人群看她，很有些怔忡。

他们认识很多年了，很早之前乔文兴就对将来两人大概会结婚这件事心知肚明。他们的关系可谓"友达以上，恋人未满"。两个人彼此都没约束对方，就这么不咸不淡地相处着，即便订婚之后也没什么变化。

乔文兴一直觉得韩烟烟有点太厉害了，她对生意的兴趣甚至比对他这个未婚夫都强烈。有这样一个强势、张扬的未婚妻，遇到柔弱小花般的小学妹白玥，乔文兴无法控制地陷了进去。他真的爱过白玥，也真想过和她走完一辈子。可他们终究不是一个世界的人，硬往一起凑，只会互相在彼此身上留下伤痕。

乔文兴在这富丽堂皇的宴会厅里远远地看着韩烟烟，她神采飞扬、光芒照人——他忽然明白了自己到底该娶一个什么样的妻子。

可他真正该娶的那个人，身边忽然出现了别人。那人沉稳端肃、气势压人。然而，一站到她身边，他眸中便泛起温柔的笑意。乔文兴向韩烟烟迈去的脚步就此止住，望着乔成宇和韩烟烟，他感到茫然。

在乔文兴茫然时，人们忽然感到晕眩。天花板上的水晶吊灯摇晃起来，有人没站稳直接摔倒。

乔成宇的身体晃了一下，他手疾眼快地扶住了柱子。身体站稳后，他的第一反应是拉住韩烟烟的手腕，因为地震了，他要拉韩烟烟一起往外跑。

可他没拉动。

韩烟烟的身体也晃了一下。她平衡性极好，靠自己就站稳了。乔成宇抓住她手腕拉她的时候，她反握住他的手，拽住了他。

"地震了！快离开这里！"乔成宇低喊。

韩烟烟没动。她非但不惊慌，甚至还露出了微笑。这次她终于不再是独自一人，终于有人和她一起经历了这世界的震动。

她将目光投向人群中的乔文兴。

乔成宇察觉出她的异样，顺着她的目光看过去，看到乔文兴站在七倒八歪的慌乱人群中，如同鹤立鸡群，格外显眼。

乔成宇心里生出异样之感。

乔文兴丝毫没有受到这震动的影响，仿佛神游物外，是韩烟烟的目光让他清醒过来。他看着周围慌乱的人们，一时怔住。他不过恍惚了一下，发生了什么事？

随着他的清醒，突如其来的震动随即消失。人们还没来得及逃命避难，一切就已恢复平静。刚刚举着托盘从外面进来的几个侍者愕然："发生了什么事？先生，先生，您还好吗？"

宾客心有余悸地说："地震了啊，你没感觉到吗？"

几个侍者面面相觑。他们刚才不在宴会厅，在准备间里，一点也没有感觉到。

因这场意外，酒宴提前结束了。在场的媒体人当晚回去写稿，有人提及宴会中的地震。然而，那稿子第二天一大早就被主编打了回来："放屁，昨天哪来的地震？"

但地震的事，不止一个人在谈论。出席酒宴的宾客都是名流，他们都声称那天发生了地震。不可能这么多人同时说谎，更何况他们个个都是有身份的人。于是这件事成了一次灵异事件，热度维持了足足一个星期。

那天宾客们都离去后，韩烟烟没有立刻离开，她对乔成宇说："我去补个妆。"她说完去了女宾的休息室。

女宾室空无一人，只有一圈沙发和一排四五张梳妆台。韩烟烟关上门，双手撑着梳妆台，看着镜子里的自己。

"利奥，出来！"她对着镜子说。

几秒钟之后，女宾室里……静如幽谷。

韩烟烟淡定地从手包里摸出一把蝴蝶刀，唰一下打开——这开刀的手法还是丁尧教她的。韩烟烟看着镜子，直接把刀锋贴在了自己的颈大动脉上。

"喂！"利奥气急败坏，"喂喂喂喂喂！你这个人怎么回事？！"

在这个世界里，一叫就能被叫出来啊。韩烟烟掩住嘴角的冷笑，放下刀："叫你没反应，我只好用别的方法了。"

"不是进行得很顺利吗？你又叫我出来干什么？"利奥怒气冲冲地问。

"找你确认一下刚才的情况。"韩烟烟把刀收起放回包里，"刚才的情况，是不是任务要完成了？"

"对，就差一点点了！"利奥说，"就差那么一点点了，再给他点刺激，你就能功成身退了。"

韩烟烟盯着空气。

"就……离开这个世界了，是吗？"她问。

"是啊，任务完成，这个世界就结束了。"利奥说。

"那别人呢？我爸爸妈妈呢？我未婚夫呢？"韩烟烟抬眼，盯着天花板问。

利奥"嗤"地笑了。"他们？你不会对他们……嗯——"话说到一半，他像是意识到了什么，突然收住，只说，"他们不重要，任务目标才重要。除了任务目标，其他任何人都不用在意。"

乔成宇在外面等了一会儿，韩烟烟就从女宾室出来了。比起先前酒会中的神采飞扬，她此时看起来有些疲惫，脚步有些虚。

"烟烟，"乔成宇迎上去问，"累了？"

韩烟烟停下脚步，抬头看他。她的神情有一丝茫然，片刻后便被掩去。她看着乔成宇，忽然踮起脚吻了他一下。

"今天去你那儿。"她微笑。

乔成宇觉得，她一定是累了。虽然她在笑，可那笑容里没有平时的明媚，看着很疲倦。

这天晚上韩烟烟格外热情，格外黏人。欢爱过后，她也不放他去书房，趴在他胸口一直跟他说话。

她向来风风火火，无论是生意上，还是情感上，都来去潇洒。这样黏人的她，让乔成宇心里一片柔软。他喜欢她这样。

他将她圈在怀里，听她絮絮地说一些莫名的话。

"你知道我喜欢你什么吗？"韩烟烟撑起头看着他。

"什么？"他问。

韩烟烟的眼睛中氤氲着说不清的情意，又带着不能说的伤感。

"我喜欢你的脸帅。

"喜欢你身材好，有腹肌。

"喜欢你个子高，头发又黑又密。

"我喜欢你穿着西装、衬衫，一脸禁欲的样子。

"我喜欢你工作起来全神贯注，心无旁骛。

"我喜欢你这么认真。

"我喜欢你对自己想要的东西执着，不放弃。

"积极夺取，但是有底线。

"哎呀，我还喜欢你的手，也喜欢你的锁骨和喉结的形状。"

乔成宇一开始还含笑听着，慢慢地，他的眼神变了。

"烟烟。"他的声音在欢爱后有些沙哑，比平时更低沉，他看着韩烟烟问，"……你怎么了？"

"没怎么呀。"韩烟烟撑着下巴，笑嘻嘻地回答，"就想让你知道我喜欢你。"

乔成宇沉默了。

他和韩烟烟从初见到结成同盟，到订婚，到相恋至今，已有快两年的时间了。他是何等聪明、敏锐的一个人，早有个疑问盘桓在心头。

他真的很想问韩烟烟："是谁……伤过你？"

肯定不是乔文兴，乔文兴没这个本事。

乔成宇非常确信，在韩烟烟过去的人生中，必然存在那么一个男人，伤她至深，伤口至今未愈合。

因为这个男人的存在，他不得不花更大的力气去焐热她的心。

但他最终什么都没问。她若不想说，他绝不会强求。他只是摸着她的脸，认真地对她说："我也爱你。"

爱和喜欢，有多大区别？

韩烟烟有些贪心地看着她未婚夫英俊的脸，微笑，撑起身去吻他。

"天长地久和朝朝暮暮，更想要哪个？"她望着他的眼睛问。

"算了，只争朝暮吧……"她的呢喃听起来像叹息。

她想，她是不是忘了告诉他，她还喜欢他这么知情识趣。他眸中有太多想说的话，却总能克制地把那些不该说的话都咽下去。

为什么她不选天长地久，乔成宇想。

再有两个月，他们就可以天长地久地在一起了。

再有两个月，韩氏集团的继承人韩烟烟和乔氏集团的继承人乔成宇将迎来盛大、华美、浪漫的婚礼。

◆　◆　◆

婚前的最后两个月里，韩烟烟变成了黏人精。只要有时间，她就会和乔成宇黏在一起。所有人都知道，高冷、精英范儿的乔家二公子只要遇到自己的未婚妻，就会变身宠妻狂魔。两个人狂撒"狗粮"，常常把别人撑到肚胀。

好在金童玉女盛大的婚礼终于如期来临。

婚礼地址选在了国外某座历史悠久的古堡里。乔家大手笔地包下了整座古堡，婚礼、宴席和宾客下榻地都在这里。

婚礼前夜，按照习俗，两个新人是不能见面的，但韩烟烟还是悄悄地摸到了乔成宇的房间。

乔成宇听到敲门声就猜到是她，开门一把将她拉了进去，压在门后吻住。明明是马上要做合法夫妻的人，却像一对偷欢的情人，乐在其中。

欢愉至极致，乔成宇的手用力地按在门板上，一层薄薄的鸡皮疙瘩从后背爬上他的肩膀。韩烟烟紧搂着他的脖子，指间感受到了那微小的凹凸不平，像有无数电流由指尖蹿进身体，跳跃、奔腾。

"乔成宇，乔成宇。"韩烟烟叫着他的名字。

战栗的余韵犹在，乔成宇此时无法成言，只能含糊、沙哑地"嗯"了一声，以示回应。

"我喜欢你……"韩烟烟低低地呢喃，"喜欢你所有……"

乔成宇终于从战栗中挣出，抬眸看她。两人鼻尖交错，唇几乎贴着唇，她的声音如呓语一般细弱，也只有这样的距离才能听得清。

她说："你简直像为我量身定做……"

后面的话语被乔成宇温热的唇舌封住。韩烟烟深陷温柔泥泞中，不愿自拔。

第二日婚礼前，他还担心她，贿赂了一众伴娘，顺利地进入准备室看她。

高深、阔大的古堡房室，巨石垒成墙壁，彩色的玻璃折射着阳光，投下一片光晕，带着宗教般的肃穆、庄严。就在这片朦胧的光晕里，韩烟烟坐在古朴、繁丽的木椅中照镜自观。婚纱雪白的裙尾铺了一地，泛着圣洁的荧光。

她就是他梦中的新娘。有一瞬，乔成宇甚至屏住了呼吸，不敢惊动她。

韩烟烟看到了镜中的乔成宇，在镜中对他嫣然一笑："怎么过来了？不是说仪式前不许见面吗？"她说这话毫不羞愧，仿佛昨夜潜去他房里偷欢的不是她。

乔成宇这才缓缓呼出一口气。他站得远远的，静静地凝视他的新娘。

韩烟烟转过身来："怎么了？"

她脸上带着温柔的笑，可乔成宇想起自己刚刚推开门看到她第一眼时，她望着镜中的自己，脸上……并没有笑容。他因此踟蹰。在婚礼的前一刻，他心中竟生出几分彷徨。

可韩烟烟笑着对他伸出手："过来呀。"

乔成宇走过去握住她的手。韩烟烟的手柔软、温暖，乔成宇的心不知怎的突然平静下来。

他望着自己的新娘，忽然弯下腰去，在她手背上轻轻一吻。然后，他单膝点地，在她面前跪下。

韩烟烟惊奇又好笑："这是要再跟我求一次婚吗？"

可乔成宇表情严肃，眼神认真。他单膝跪在她身前，握着她的一只手，仿佛骑士向公主宣誓效忠。

"烟烟，"他说，"能娶你，是我的幸运。我感谢上天能给我这份幸运。我乔成宇向你发誓——"

"我会尽我所能，成为你想要的丈夫，给你你想要的婚姻。

"我会一生忠诚，对你，对我们的婚姻和家庭。

"我会做一个好丈夫、一个好父亲。

"将来我们有了孩子，不论是男孩还是女孩，我都会全心全意地爱他们和你。

"家长会、运动会、登台表演、朗读比赛、全省竞赛……我向你保证，我不会缺席孩子生命中的任何重要时刻……

"烟烟，烟烟……"乔成宇凝视着他的新娘，轻轻地问，"……为什么哭？"

泪痕滑过韩烟烟微笑的脸庞，她握紧他的手，回答："因为开心。"

她的喉头微微颤动，有三个字哽在那里说不出口。

说不出口。

乔成宇凝视了她片刻，选择相信她。他起身吻她的脸颊和眼睛，吻干她的泪水，告诉她："你不会比我更开心。"

"因为，"他微笑，"我马上就要成为世界上最幸福的人了。"

他松开她的手，退出了房间。

刚才为给新人留出空间而退出去的伴娘团、化妆师、造型师、服装师和工作人员一拥而入，乔成宇的身影消失在这些人身后。韩烟烟一直盯着门口，却再也没能看到他。

"哎呀，别看了，还有十五分钟就能见到了。"有伴娘打趣她。

一群千金哄笑："十五分钟都等不了啊？哎呀，好大一碗'狗粮'！"

韩烟烟收起自己情不自禁流露出的情感，微微抬起下巴，露出"韩大小姐"的笑容。

十五分钟后，她准时地站在了巨大木门的外面。巨门在音乐声中缓缓开启，满堂的宾客都在座椅上转过身来，望着今天的新娘。韩烟烟像个战士，露出骄傲又矜持的微笑，挽着父亲的手臂踏上了红色的地毯。

红毯的那一端，乔成宇身姿挺拔，眉间全是幸福的期盼。他在红毯的那一端等她，等着接过她的手，为她戴上婚戒，听她亲口说一声"我愿意"。从此，她便是他的妻。

他的期盼是那样浓、那样烈。即使隔着很远的距离，韩烟烟也能感受得到。

韩父感觉到女儿挽着他的手忽然紧了紧，他含笑拍拍她的手背，示意她不要紧张。结婚又如何，她就是做了别人的妻子，也永远是他的女儿，永远是韩氏集团的继承人，有什么可怕的？

韩烟烟领会了父亲的意思。她微笑着转头，凑过去在父亲颊边轻轻一吻。

这两年她在这里过得如此开心，全因为背后有这位商界强者。

"谢谢您。"

音乐变换，父女两人对视一眼，挽着手臂迈开步子。

这段红毯颇长，前面有花童开道，韩烟烟挽着父亲的手臂，曳着长长的裙尾，缓缓地走向她的新郎。她离他越近，越能看清他平静表情之下隐藏的欢喜和激动。

忽然，韩烟烟的目光从未婚夫的身上移开，射向宾客中。

因为种种前缘，乔文兴没有做乔成宇的伴郎，但他的位置依然很靠前。

从坐在这里，看到同父异母的弟弟身着礼服，挺拔如松地站在那里等他的新娘时，乔文兴就有一种怪怪的感觉。他仿佛……又在做梦。

当沉重的巨门缓缓被打开，高贵、骄傲又美丽的新娘一步步踏着红毯越走越近的时候，那脚步就像踩在他心头，一下一下，像一面大鼓在他耳边敲响。

就在这时，那本来含笑望着新郎的新娘，突然投过来一瞥。

地震突如其来。很多人毫无防备，一下子摔倒在地上。原本肃穆又华丽的婚礼突然乱套了。

乔文兴猛地回神。

他在想什么呢？！这是别人的婚礼，这是韩烟烟和乔成宇的婚礼。他们两个，一个即将成为他的弟媳，一个已经成为乔氏家族的继承人。乔文兴想，事已至此，他不该再胡思乱想。

可是，好奇怪。

这些明明都应该是他的，为什么全变了？

虽然地面的晃动停止，但场面已经乱了。已经有人夺门而逃，毕竟天灾面前，还是生命重要。

"烟烟！"

韩烟烟听见两个人在喊她，一个是她的父亲，一个是她的新郎。他们都在喊她的名字，想叫她赶紧离开这栋建筑物。

韩烟烟充耳不闻。刚才震动那几下，韩父已经摔倒在地，两人的手臂分开。韩烟烟没了束缚，提着裙子向前走了两步。没有走向她的新郎，而是走向了她的前未婚夫乔文兴——她在这个世界的攻略目标。

刚站稳的乔成宇喊着韩烟烟的名字，却见他的新娘对他不理不睬，径直走向了乔文兴。乔成宇愣住了。

韩烟烟两步走到乔文兴面前，两人四目相交。

韩烟烟从乔文兴的眼睛中看到了迷茫。她笑了，问："后悔了吗？"

乔文兴如同做梦，回答："后悔了。"

随着这一问一答，才平静了几秒的世界又剧烈地震动起来。窗户迸裂，屋梁倒塌，一根粗大的柱子轰然倒下。

那柱子正是倒向乔成宇的方向，乔成宇疾步后退才躲开，但他眼睁睁地看到断柱压住了一片人，包括刚站起来想拉女儿一起逃命的韩父。

他看到衣着光鲜的宾客惊叫、奔逃，一窝蜂地拥向大门。

他更看到他的新娘对这一切充耳不闻，他的兄长对这一切视而不见。他和她仿佛全然在另一个世界。

韩烟烟知道身边在发生什么，知道她的"父亲"也许已经殒命。她连头都没有回。

"他们不重要，任务目标才重要。除了任务目标，其他任何人都不用在意。"

那刺耳的电子音仿佛就在她耳边。韩烟烟不理会周围的慌乱场面，她只看着乔文兴。

乔文兴望着她的眼睛陷入茫然。

为什么会这样？为什么他会失去一切？好像……是因为一个女人。但乔文兴发现，他想不起这个女人的脸或是名字，也想不起自己为她放弃这一切的初衷。

在这种茫然中，一个声音轻飘飘地飘进他的耳朵。

韩烟烟说："既然后悔了，就赶紧结束吧。"

像有一声闷雷在耳边炸开，乔文兴喃喃地说："对，结束吧……这不是我……想要的……"

世界摇晃、震动，轰隆作响。人们的尖叫和哭泣声都被压了下去，听起来一片模糊。墙壁倒塌，地板裂开巨大的缝隙，有白光从那缝隙中透出。

人们用远超出平常的速度向大门处奔逃，却有刺目的白光从大门外和窗外涌入。

白光淹没了世界，融化了世界，包括这世界的每一个人。

"他们不重要，任务目标才重要。除了任务目标，其他任何人都不用在意。"

不用在意吗？在最后的时刻，韩烟烟终是忍不住转头。

乔成宇没有逃，他还站在那里，隔着横亘在他们之间的倒伏的巨柱，紧抿着嘴唇看着她。他直觉正在发生的一切都跟她有关系，他以为她会给他一个解释。

　　但韩烟烟看了他最后一眼，嘴唇翕动，终究无法给他解释。

　　"对不起，我来到这个世界，目标……不是你。"

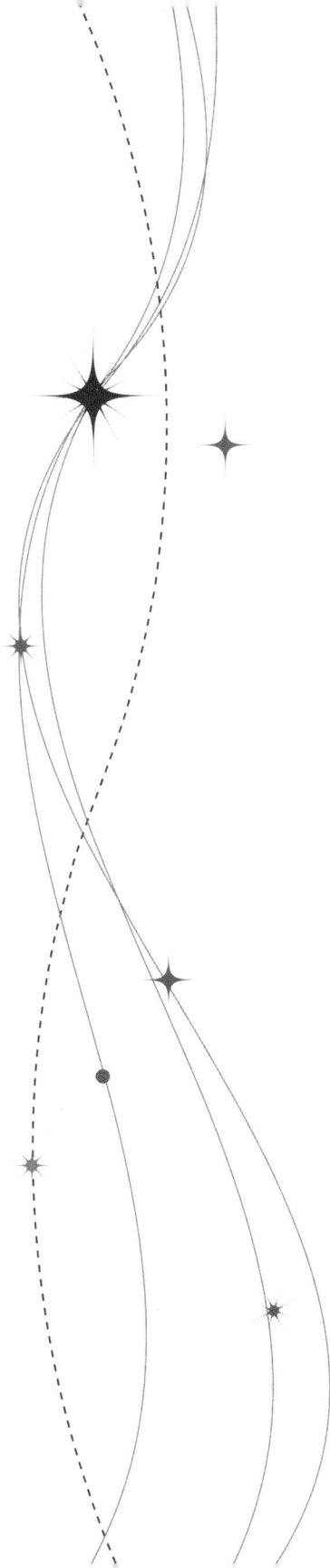

世界三：地下王者

攻心的关键在于让对方心动。

心动情动，这人，你便拿下了。

一

　　白光淹没了一切，韩烟烟闭上了眼睛。再睁开眼，又是熟悉的纯白空间。

　　乔文兴、乔成宇、有钱的大爸爸、上流社会衣着光鲜的宾客……统统都不见了。一个世界结束了，那些人如泡沫般随着那个世界一起消失了。就像指缝间流走的沙，抓也抓不住。

　　利奥管这个世界叫"快穿世界"。

　　韩烟烟安静地站在那里，手握成拳。

　　"哦嗬，我果然没看走眼啊，这么快就解决了这个世界。怎么样，对你来说很容易吧？"利奥那难听的电子合成音听起来好像很开心。

　　这个家伙在开心什么呢？

　　"好啦，好啦，你现在的数值非常平稳，我们赶紧进入下一个世界吧。"他说。

　　原来如此。

　　"我之前专门给你挑了一个简单的任务，就是想让你放松一下。这个世界的任务完成得很好，末世那个其实也不错。你不要这么紧绷，你很有天赋……"

　　"利奥，你能得到什么？"韩烟烟突兀地问道。

　　"啊？"利奥的絮絮叨叨戛然而止，像是脑子一瞬间卡壳了。

　　韩烟烟是个靠写故事为生的人，联想力和画面感都很强。利奥卡壳这一瞬，她脑海里已栩栩如生地勾勒出阴暗房间里一个躲在监视器和话筒后面的人张着嘴巴、脑子一瞬间短路的模样。

　　真喜感。

　　可惜她笑不出来。

　　"我在'快穿世界'里攻略任务目标，你能得到什么？"韩烟烟问。

　　几秒之后，利奥才语气很不好地说："这个不用你操心。"

　　"我被你当成劳工使唤，好歹该搞明白自己的薪资和奖金福利吧？"韩烟烟说，"就算这些都没有，最起码，我想知道我什么时候才能离开这里？"

　　"离开？"利奥忍不住嘲讽，"你凭什么跟我谈这个？我告诉你，你想都不要想。行了，你也休息够了，正经干活儿吧。"

利奥的声音忽然失去感情，冷冰冰地说："标记。"

利奥从一开始就用这声音伪装成诸如"系统"一类的东西。经过之前的试探，韩烟烟不难猜出，大概这一声"标记"才是电脑系统一类的东西发出的指令，所以才那么冰冷，没有感情。

韩烟烟的嘴角勾起一丝冷笑。

那一声"标记"之后，又是一阵熟悉的恍惚感，韩烟烟仿佛忘记了什么，缺失了一段记忆，但她并不迷茫、惶惑。因为在被标记之前，她就已经有了对策。

"这一次的任务要求是什么？"她问。

最初，利奥说任务是让攻略目标爱上她。结果，末世里她被丁尧拉去做了替死鬼，利奥反而说她干得不错。在上一个世界，任务要求又变成了让乔文兴后悔。虽然这任务简单明了，却和之前的失去了统一性。毕竟韩烟烟所了解的"快穿"都有明确又统一的目的。

所以，她才会提出这个问题。

"呃……"这一次竟然换成利奥犹豫了。他迟疑了一会儿，说："这个，还是像对丁尧那样吧，那次你做得挺好的。"

"但那次我失败了。"韩烟烟在上一个世界待了两年，再提起丁尧已经情绪平静，也不讳言自己的失败，"他并没有爱上我。"

"这个……可难说。"利奥说。他的语气里带着一种很想"八卦"的跃跃欲试、心痒难挠，却似乎又有些畏缩，最后只能这么简单地说一句，含含糊糊、模棱两可。

韩烟烟原本平静的心像被狠狠地揪了一下。

倒不是说她还爱着丁尧。她跟乔成宇在一起两年，一直被宠、被爱、被信任、被倚靠、被尊重，她没那么贱，还对丁尧念念不忘。

只是这口气不出，终究意难平。

"好了好了，干活儿啦！"

利奥将自己的声音切换成真正的系统电子音，冷冰冰地说："世界生成。"

韩烟烟嘴角勾起一丝冷笑，进入下一个世界。

一眨眼，她已在一间狭小的房间里，手里握着一瓶红酒，身前有一辆小推车。她低头一看，自己身上穿着白衬衫、黑马甲和配套的小裙子。裙子又紧又窄，裹着她的臀部和腰，白衬衫的领子上则挂着领结——一副标准的服务生打扮。

"烟烟，烟烟，准备好了吗？"她耳朵里的隐形耳麦发出声音。

预给信息被激活。

这个世界的"韩烟烟"是一名警察，潜入这个会所假扮侍者卧底。现在，她要推着这辆餐车去812房间，给那里的客人送酒。毫无意外，那个房间的客人就是她在这个世界的攻略目标——K市地下世界的大佬姚琛。

这位大佬横跨黑白两道，既有明面上的合法生意，也有如贩毒、色情和赌博等见不得光的产业。其中地下产业是他收入的大头，而明面上的生意，更大的作用是为这些黑色产业洗钱。

韩烟烟浏览过全部预给信息后清楚明白地给姚琛下了定义。

坏人。

是的，他是一个坏人。

不管他有什么过往，有什么苦衷，对朋友如何讲义气，只凭他做的这些事，足以下十八层地狱了。

攻略目标是这样的人设，简直棒极了！

韩烟烟心情愉快，微微低头，对藏在衣领里的窃听器说："我现在就过去。"

她翘起嘴角哼着小曲，摇晃着玲珑的腰身，推着餐车出了准备间，往812房间走去。她此时的心情简直好极了，看到房间门口站着的两个保镖，还给其中长得比较帅的那个飞了个媚眼。

飞媚眼这技能是韩烟烟从"韩大小姐"那里继承来的。

虽然两个保镖穿着整齐的黑西装，但显然不是什么斯文人。让韩烟烟一勾，眼神暧昧地给她拉开了包间的门。

门一开，韩烟烟小曲也不哼了，媚眼也不飞了，挂着一脸职业微笑，规规矩矩地推着餐车进去了。

虽然包间里光线昏暗，却没有什么声色犬马的场景，里面有十来个男人，一个女人都没有。这些男人泾渭分明，显然是两拨人。有几个站着的，身体绷得很紧。也有一些坐着的，装得很轻松，实则目光锋利地盯着对方。

真正放松的只有两个人：姚琛和他的交易对象。其中一人是个肤色很深、五官立体的男人，看着像外国人。因为对比太鲜明，韩烟烟根本不用去看另一个人，也知道他是姚琛。

实际上，她一走进房间，就知道他是她的攻略对象。这又是一个气场强到让人无法忽略的男人。韩烟烟推着车走进去的时候，他抬头瞥了她一眼。韩烟烟感觉像有刀片划过背脊，身心发凉。

韩烟烟老老实实、本本分分，目光微垂，看都没看姚琛一眼。她停下车，很职业地从冰桶里取出红酒，然后面带微笑地掀开旁边的餐巾，像拿开瓶器那样自然地拿起了那把事先藏好的枪。

她抬手就给了姚琛一枪。

啊，一个彻彻底底的坏人人设，真是太让人愉快了！

下手没有一点心理负担。不像对乔成宇那样，知道自己迟早会辜负他，分分秒秒都在和那个世界的时间赛跑，只争朝暮。

杀姚琛，韩烟烟一直保持着微笑。

杀人不难，只要你在末世走过一遭。韩烟烟此时有着在末世练出来的杀伐果决，也有这个世界的"女警察韩烟烟"的高超枪法。她这一枪，子弹直奔姚琛眉心而去，是必杀的一枪。

没人能反应过来。包间里的时间仿佛凝滞，陷入特技电影里的"子弹时间"。

韩烟烟看着那颗子弹飞出枪膛，缓缓地撕裂空气，拉起气流，奔向姚琛的眉心。所有人都静止不动，成了烘托这"子弹时间"的背景。

随着子弹飞出枪膛、划破气流，韩烟烟的心情变得非常愉悦。

被扔进这"快穿世界"，她什么也做不了。被迫和乔成宇分离，她什么也做不了。

现在，她终于能主动做点什么去反抗利奥这个大变态了！这怎能不叫人高兴？！

韩烟烟的目光追着那子弹投向姚琛。她还没来得及仔细看这个人的长相，也根本没兴趣去看。她的目光是从枪口直接滑到姚琛的眉心的，那里是子弹预计要射中的地方。这样近距离的枪击，姚琛这头颅怕是要整颗炸开了。

好吧，就算不整颗炸开，至少也能炸裂半颗。现实的枪伤并不像电影里那样是一个小小的血洞，现实里的枪伤要恐怖得多。

越是这样，越令韩烟烟愉快。

在这愉快的情绪中，她看到姚琛撩起了眼皮。

在所有人都凝滞不动的"子弹时间"中，攻略目标姚琛抬起了眼。他的目光落在呼啸而至的子弹上，那子弹便像碰触到了看不见的壁垒，前方的空气再无法被撕裂，反而像柔软却坚韧的护罩，兜住了那颗子弹，使它再无法前进半分！

韩烟烟的呼吸滞住了。

此时，姚琛的目光越过那颗子弹看向韩烟烟。

✦　✦　✦

她仿佛看到了无数的人、无数的事、无数的画面碎片。

韩烟烟不知道自己是怎么被弹出那个世界的。她回到了纯白的空间中，第一次以横躺的姿态出现在这里。空间不复明亮，光线一明一灭，刺耳的警报声顽强又规律地响着。这警报是那种老式的，震得人耳膜疼。它跟利奥一直以来充满高科技玄幻感的格调特别不搭，更像韩烟烟过往看过的那些老电影里的警报声。

143

韩烟烟躺在地板上，四肢抽搐，每个细胞都在叫疼。你若非要分辨是哪里疼，又分辨不出来，可又仿佛连头发丝都疼。

一明一灭的光线中，韩烟烟还停留在对那双眼睛的恐惧中。

分明形状不一样，可韩烟烟对上姚琛的眼睛时，一瞬间想到的却是另一双眼睛。在飞沙走石中，那双眼睛曾冷漠地注视着世界崩毁。

丁尧、乔文兴尚在世界之中，那双眼睛的主人却超离于那个世界。现在，姚琛亦然。

"韩烟烟！你疯了？！你想干吗？！"

利奥气急败坏的大吼拉回了韩烟烟的神志。她想笑，奈何剧烈的疼痛让笑变得像在龇牙咧嘴。

"这下……有……资格跟……你谈……谈了……吗？"她话不成声，发出来的是硬逼出来的一点气声。虽然声音极度虚弱，却透着破釜沉舟的勇气。

"谈个屁！你就要死了你知道吗？！"利奥抓狂，"要不是我及时切断，你现在已经死了！"

"哈……哈……"韩烟烟拼尽全身力气，终于挤出一点比哭还难看的笑，"死了就……再找一……个构……构建师……呗！"

"你用这个来威胁我？我呸！"利奥阴恻恻地说，"你以为你是谁，你以为你很重要吗？不就是构建师吗？你说得没错，大不了我再找一个，又没多高成本。你这么想死，那就去死吧！"

这个利奥绝不是什么善类。韩烟烟的心沉了下去。她失去意识，陷入黑暗中。

利奥关闭通信，气得跳脚："我要换一个人！再找一个构建师！这个死女人！"

可他身后的人并不同意。

"这是第几个了？到现在只有她有点作用。换人，你能保证还能找到像她这样的吗？"他冷冷地问。

利奥语塞。为了那一位，他已经死了三个构建师了。迫不得已，他才去那种鸟不拉屎的荒僻之地寻找新人。那种地方落后归落后，可也正是因为落后，往往隐藏着璞玉，比如韩烟烟。

不过，这种事也要靠运气。他失去韩烟烟，短时间内未必能找到第二个韩烟烟。那一位更是块难啃的硬骨头，不是随便哪个构建师能解决得了的。

"可……可她现在的情况糟透了，离死不远了。"利奥争辩说。

"给她治。"对方说，"不是还没死吗？给她救回来。这对你来说不是什么难事吧？"

说着，对方还晃了晃手中的枪。

韩烟烟的命在利奥手上，利奥的命在这个人的手上。刚撂下狠话让韩烟烟去死的人，只好忍气吞声，自打自脸，转身对韩烟烟进行救治。

身体和精神都脆弱到了这种程度，还得给她强化基因才能救活！这个蠢女人！利奥愤愤地想。

韩烟烟醒来时并不知道到底过去了多长时间。在这里，她的时间感完全失效了。但这次醒来，她非但没感到疼痛，还有种奇异的"精力充沛"的感觉。

这种感觉并非单单只是体力或者精神层面的，非要类比的话，更接近于韩烟烟在末世里感到身体里异能充沛的那种感觉。很奇异。

"喂，蠢货！"利奥没好气地叫她，"活过来没有？快点说话。"

"好像没死。抱歉，让您失望了。"韩烟烟拢拢头发。

利奥"哼"了一声。

"那现在，能谈谈了吗？"韩烟烟慢条斯理地问。

利奥炸毛："谈个屁！你想谈什么？我告诉你，事情没结束，别说你，我都没法儿离开！"

利奥情绪激动，可这种情况下脱口而出的话往往都是实话。这句话里透露出的信息令韩烟烟心惊。

沉默了一会儿，她换了个问题："那么我想知道，已经结束的世界里的人，还能再见到吗？"

"丁尧吗？这个……"利奥回答到一半戛然而止，突然反应过来，"不，你指的难道是乔成宇？"

韩烟烟沉默。

"哈哈哈哈哈哈哈哈哈哈！"利奥像是听到了什么超级好笑的事，"笑死我了，你……咳咳，咳咳，你别胡思乱想了，世界结束了就是结束了。"

韩烟烟想起乔成宇最后凝望她的画面，想起他的神情、他的目光。她想起他握着她的手单膝跪下，向她发誓一定会经营好一段幸福的婚姻、一个美满的家庭，他的眼里满是憧憬。

韩烟烟的手握成了拳。

"不过呢，"峰回路转般的，利奥卖起了关子，"你要是真喜欢哪个人，也不是不能再见。前提是你得给我好好干活儿，让我满意。"

韩烟烟骤然抬眸。

"我想见谁就能见谁？"她问，"包括丁尧？"

利奥噎了一下，说："那一位不在讨论范围之内。"

韩烟烟垂眸，眼神幽深莫测。

"少胡思乱想，多认真干活儿。我跟你说，我再给你一次机会，你给我好好的，别胡来。"想起她先前干的事，利奥就脑壳疼。

"我告诉你，我已经死了三个构建师了，其中两个都是因为像你这样试图在世界里弄死……任务目标。这个方法本来就是被禁止的，我的构建师铤而走险试了一下，已经证明不行了。"他嗤之以鼻，"更何况那一位……根本不是你动得了的。你上来就想杀他，直接触发他……那个什么，反正等同于自杀。"

触发他什么？超能力吗？不……曾经有过异能的韩烟烟觉得，比起异能，姚琛那时展现出来的力量更接近于郑曜崩毁世界的那种能力。

可恨的是，在关键的地方，利奥这家伙及时管住了自己的舌头。

"可别再这么干了！听见没有，蠢货？！"利奥想起这个事就一点好气都没有，"倒是你之前对丁尧的方法还有点作用。接下来这个姚琛，你就照着那个路线走吧。"

韩烟烟瞳孔微缩："姚琛？他没死？"

"你想得美，他是那么容易死的人吗？"利奥又生起气来，"都是因为你胡来，不仅耽误了这么多时间，我还得重启这个世界！我告诉你啊，这次别胡来了！"

韩烟烟想起了那颗子弹被看不见的屏障阻挡的画面，时间都凝滞了，唯独姚琛超离于时间之外。在利奥强行切断世界的前一刹那，韩烟烟的确生出了一种将死的预感。

利奥要是下手再慢点，她可能就直接死在那个世界了。最可怕的是，韩烟烟隐隐感觉到，这一次的死跟最初被郑曜沙化的死不一样。

虽然郑曜崩毁了那个世界，但他不曾将她看进眼里。那一次她只是随着世界一起灰飞烟灭而已。

这一次，姚琛看到了她。姚琛眼中的毁灭之意不是针对那个世界的，是针对她的。利奥若是手慢一点，她可能已经真的死亡了，再不会醒来，再不会复活。

韩烟烟的脑子里充满了猜测和问题。利奥这时说："标记。"韩烟烟又一次被"标记"。

"标记"完成之后，利奥说："我也不给你定硬性任务了，总之，你就把他当成丁尧，跟着直觉走吧。"

"世界生成。"

随着这一声电子合成音指令，韩烟烟再一次被送进了"快穿世界"。睁开眼，她已在狭小的房间里，手里握着红酒，身上穿着带领结的马甲和小短裙，身前有一辆餐车。

韩烟烟一睁开眼就掀开了冰桶旁的餐巾，一个开瓶器静静地躺在那里，并没有枪。她的耳朵里没有隐形耳麦，衣领里也没有窃听器。

准备间的门忽然被打开，一个女服务生走进来，说："烟烟，812房间的酒我送过去吧。"

预给信息被激活。

世界重启，设定被修正。这一次，韩烟烟没有警察的身份，她只是一个在这个会所打工赚钱的普通服务生。后进来的女服务生才是真的警察。

韩烟烟知道，她身上藏着枪，领子里有窃听器，耳朵里有隐形耳麦。有一支队伍正埋伏在会所外面，等待她给出信号。他们打算连人带赃现场抓捕姚琛。

这个女警顶替了上一回合中的"女警韩烟烟"。很显然，利奥怕她再胡来，剥夺了她的女警察人设，企图弱化她。

这有用吗？韩烟烟也很想知道。

"那不行。"韩烟烟直接拒绝，"812里面可是姚总。姚总出手可大方了，上次给了小美两千块小费呢。"

在女警察的印象里，这个来打工赚外快的女孩蛮好说话的，万没想到关键时刻会为了小费拒绝她。她暗暗着急，恳求韩烟烟："烟烟，我最近手头紧，你把这个机会让给我好不好，以后姐姐手头宽裕了，一定还你。"

韩烟烟假装为难地说："不行，我也很缺钱。我弟弟的医药费……"

韩烟烟家里有个病号，她这么辛苦兼职就是为了赚钱。女警察哑了，眼睁睁地看着韩烟烟推着餐车就要出去。她着急起来，一咬牙，在韩烟烟跟她擦身而过时，一记手刀向她后颈劈去。

韩烟烟仿佛背后长了眼睛，忽然弯下腰去。女警察这一记手刀直接劈空。

韩烟烟整理好餐车，直起身直接拉开门，冲外面叫道："阿森，阿森。"外面有个男孩子跑着过来，问："叫我？"

女警察原本想再补一记的手只好收了回来。

韩烟烟说："这个酒架子上没几瓶酒了，得赶紧补货吧？"

阿森说："哎呀，领班刚才说过了，我一忙忘记了。"

女警察眼睁睁地看着韩烟烟推着餐车走出准备间，朝812房间走去。

812房间门口还是站着两个保镖，其中一个更帅一点。这一次韩烟烟没有飞什么媚眼，规规矩矩地把车推到了门口。保镖看了看，给她打开了门。

屋里的两拨人显然已经将生意谈成，所以叫了酒。除了韩烟烟不再是警察，其他一切都跟上一回合一模一样。

她把车停下，从冰桶里抽出红酒，然后掀开旁边的餐巾——这一次，餐巾下面是真的开瓶器。韩烟烟熟练地打开红酒，俯身为包间里最重要的两个男人倒酒。

姚琛向前倾身，很自然地瞥了韩烟烟一眼。

女孩很年轻，垂着眼睑，鼻梁秀挺、俏丽，淡淡的工作妆将她的面孔修饰得柔和、妩媚，看着就让人觉得舒服。

姚琛的指尖碰到高脚杯时，女孩白生生的面孔距离他不到二十公分，忽然轻声说："服务生里有个女人是警察，外面也有警察埋伏，准备抓你。"

她的声音很轻，语速很快。别人只看到她俯身倒酒，只有离她最近的姚琛能听到她说的话。

男人刀子般锋利的目光倏地射到了她脸上。

✦　✦　✦

全副武装的警察冲进来的时候，姚琛的几个手下都在走廊里，直接被制服——警察有枪，且他们自称是良民。

包间门被踹开，里面光线幽暗，男人将女人压在沙发上，小裙子被褪到大腿根，连内裤都能隐约看到。

江烨看到包间里只有一男一女，再无他人，心里骂了一句"shit"。

任务失败了！姚琛一定提前知道了！消息是怎么走漏的？！

"江队，好久不见。"姚琛从容地起身，慢慢地将衬衫的扣子一颗颗地扣上，掩住精实的胸膛，"这么大阵势，是警方在搞团建吗？"

面对几十个黑洞洞的枪口，他谈笑自若，上挑的嘴角透着有恃无恐和一丝嘲弄。

江烨没搭理他。进门后，他的视觉神经曾被女人漂亮的腿刺激了短暂的一秒，他随即打出手势，警员们端着枪搜索起来。姚琛慢条斯理地说完两句话的工夫，警员们已经把包间搜了一圈，当然……一无所获。

姚琛给自己点了支烟，将打火机扔回桌上，向后一靠，一只脚的脚踝搭在了另一条腿的膝盖上。他夹着烟，微笑地看着警员们白忙一场："江队也是老熟人了，要来我们这儿搞团建的话，酒水我给你打六折。"

江烨咬了咬后槽牙，咬了又咬，颊边的肌肉凸起、变形了好几次，才把已经冒到舌尖的脏话强行咽回去。

"姚总。"江烨的话声里能听出磨牙的声音，"我们接到线报，说你这里有非法交易，请你跟我们回警局协助调查。"

"没问题，一定配合。"姚琛掐灭烟，平静地站起来，一副"我是良民"的斯义模样。

江烨的目光投向他旁边的女孩。自从姚琛放开她，女孩就蜷缩在沙发里，一声没吭。江烨的目光扫向她，虽然她的马甲和衬衫的扣子都被扯掉了，领口露出一片雪白的皮肤，但看得出来，她穿的是服务生的制服。女孩此时蜷曲着身体，抱着膝盖缩在沙发里，脸色苍白。

"她是怎么回事？"江烨问。

姚琛瞥了韩烟烟一眼，说："男欢女爱，你情我愿。"

"你情我愿？"江烨冷笑，"我没看出她的情愿来。"

江烨招了下手，乔装成服务生的女警察从后面钻出来。江烨对她低语了两句，女警察快步走到沙发前，俯身："烟烟？烟烟？"

韩烟烟抬头看她。江烨看到那女孩苍白的脸上有一对漆黑如墨的眸子。

"烟烟，你没事吧？"女警察温柔地问韩烟烟，"你别怕，我其实是警察，你跟我回局里，什么事都不用怕。"

韩烟烟看着她，沉默地点点头。

江烨的人在包间里搜了一通，什么证据都没找到。江烨心知这场抓捕行动已失败，但他部署这么久，就等着收网这一天，叫姚琛这么轻易地脱网，他怎么都不甘心。

他给女警察使眼色，让她扶着韩烟烟先离开，心想哪怕别的证据都没有，这女孩要肯配合，也能先给姚琛定一个强奸……未遂。

遗憾的是，女服务生并不配合。不管女警察怎么循循诱导、谆谆保证，女服务生只是沉默。被问及是否被强迫，她只回答："没有。"至于包间里的监控……那是姚琛用来谈生意的专用包房，监控当然及时地"出故障"了。

最后，韩烟烟小声地问："警官，我什么时候可以离开？我……我明天还有课……"

江烨愕然。

这时，女警察递给他一个文件夹："江队。"

江烨翻了翻，女警察把韩烟烟的档案调了出来。他抬头看她："S大？学生？"

韩烟烟点点头。"大三。"顿了顿，她又说，"我只是在会所里兼职做服务生……而已。"

江烨说："是不是姚琛威胁你了？小妹妹，你别怕，你如果肯出面作证，他一定会被判刑的。"

韩烟烟只是沉默。

江烨没办法。遇到这种事，大多数女性本来就会选择沉默，何况一个还没毕业的年轻女孩。他只能让她先离开，但他给了她一张卡片："这是我的电话，有事打给我。"

韩烟烟看了江烨一眼，接过了那张卡片。

江烨对她的眼睛印象特别深刻，漆黑如墨，有一种知性美。真是个漂亮的女孩。江烨望着那女孩纤细的背影，点了支烟。

女警察过来把烟掐掉："江队，办公室不许抽烟，领导说了——罚款！"

江烨无奈，低头又翻了翻韩烟烟的档案，说："你再去跟这女生接触接触。怎么就那么巧，那时候她刚好在那儿？她肯定能看到点什么，或者知道点什么。"

女警察说："我也有点怀疑。我是亲眼看到那些人进去的，而且我想打昏她的时候，她躲开的那一下也太巧了。"

有人过来说："江队，姚琛的律师来了。"

江烨磨磨牙："知道了。"

韩烟烟没有立刻离开警察局，她去洗手间洗了把脸。她今天晚上遭遇了一场惊吓，脸色到现在才恢复一些。

抬起头，她在镜子里看到一张漂亮的脸。

每个"韩烟烟"都漂亮，仿佛漂亮是一个基本条件。就好像现在的网络小说，读者基本都接受不了不美的女主。

韩烟烟抹了把脸。清水卸不了妆，好在她的妆淡，口红已经被姚琛那流氓啃掉了，睫毛膏防水，不至于洗个大花脸。她打量了一下镜中这张脸，虽然漂亮，却也和之前的一样，称不上绝世美颜。

韩烟烟对绝世美颜有一种执念。她写过不少拥有绝世美颜的女主，她们什么也不用干，凭脸就可以"躺赢"。她一直期望自己哪辈子也能过下绝世美颜的瘾。

也不知道命里犯什么太岁，叫她落在利奥手里。好吧，逃也没处逃，也不知道怎么才能逃，那就苦中作乐吧。所以，她跟利奥要绝世美颜，但到现在他一次也没有给她。

她拍掉脸上的水，打量这张脸：眼睛和鼻子都很漂亮；脸虽然瘦，但不是网红锥子脸，腮边有肉，脸颊的线条因此比较柔和，看上去温婉知性，属于养眼、舒服的类型。

等脸上的水干后，韩烟烟离开了警局。一走出大门，她就想骂娘。

虽然她在会所里穿的是小裙子，但实际上这个世界现在是深秋。被从会所揪出来的时候，那个女警察并没有把自己的马甲给她——她的马甲和衬衫的扣子都被姚琛扯掉了，容易走光。韩烟烟穿着薄薄的衬衫和马甲，一双光腿在冰冷的晚风里瑟瑟发抖。再一摸兜，别说钱包，连手机都没有。

警察把他们一伙人直接铐到了局子里，哪有时间给他们穿外套、拿钱包？至于她的手机，原本放在马甲的兜里，应该是落在了812包间里。

韩烟烟正犹豫要不要回去找刚才那个江队长借点钱打车，随即想到，在这个世界里，她跟警察打交道太多恐怕会妨碍她攻略姚琛。韩烟烟决定先打车回姚琛的金豪会所，拿了钱包再付车资。

孰料警察局门口根本打不到车。大晚上出入警察局的能是什么人？出租车司机都不愿意拉！

韩烟烟只好抱着手臂朝远处走一段，看能不能打到车。警察局所在的地段并不繁华，她等了一会儿，一辆出租车也没看见，却有一辆黑色加长豪车停在她身前。韩烟烟眼神微凝。

副驾驶位上有人下来给她拉开了车门。韩烟烟微微弯腰，对上了姚琛的眼睛。她打了个寒战，听见姚琛说："上车。"

韩烟烟没犹豫，钻进了车里，坐在了姚琛的对面。车里暖烘烘的，在冷热的交替刺激之下，韩烟烟没扛住，连打了两个喷嚏。

姚琛看了她一眼，咬住烟，脱下西服扔给她。韩烟烟连忙套在身上，吸了吸鼻子，说："谢谢。"

姚琛用手夹住烟，吐了口白烟。

虽然这是加长车，但也是封闭空间，韩烟烟顿时觉得无法呼吸。

姚琛这个人大概根本不知道什么叫绅士。虽然他穿着高定西装，实则却是连高中都没毕业的混混儿出身，从街头一路混到现在这个地位。在 K 市的地下世界，他已经是无冕王者。你指望这么一个人彬彬有礼、在女士面前主动掐灭香烟是不太可能的。

即便在车里，他也是一只脚搭在另一条腿的膝盖上。这种坐姿显示出了一个人骨子里的强势。

好在这车子有两排相向的座椅，空间够大。韩烟烟背靠着车头坐在姚琛的斜对面，倒也不会碰到他的膝盖。

后车厢亮着灯，光线柔和，并不十分晃眼。姚琛从头到脚打量了韩烟烟一番，问："叫什么名字？"

韩烟烟说："韩烟烟。"

姚琛点点头，掀开扶手箱，取出两沓钞票丢过去："你的。"

一沓落在了座椅上，一沓落在了韩烟烟腿上。白生生的腿、粉红的钞票，一眼望去，谁都会有一种钱色交易的既视感。

❀　❀　❀

虽然她曾开玩笑说"真希望有土豪用厚厚的钞票抽我的脸"，但实际上这是韩烟烟这辈子第一次被人扔钱。她心里在骂街，脸上却没有表情，把两沓钞票一边一沓装进马甲的左右两个兜里——她身上只有马甲上有兜。

然后，她说了句："谢谢姚总。"

姚琛点点头："你应得的。"

他说完又吐了口烟。

上一个世界的韩大小姐也抽烟，可此时的韩烟烟对二手烟的接受度很低，她被呛了一下，咳嗽了几声。

全新的世界，她有了全新的身体。

姚琛精亮的眼睛在不算明亮的灯光中打量韩烟烟，诘问："之前太匆忙，还没问你，你是怎么知道的？"

韩烟烟抬眸看向自己在这个世界的攻略目标。

完全不一样的脸，但气场……一样强大。比这种压人的气场更令韩烟烟惊疑不定的，是他把她压在沙发上做戏时给她的熟悉感。

说是做戏，实际上姚琛就是来真的。如果警察的动作慢点，韩烟烟觉得姚琛搞不好会假戏真做。

那时候她给姚琛通风报信，姚琛只看了她一眼，没问一句多余的话，直接选择了相信她，立刻转移了交易者和货。然后，他拉着韩烟烟的胳膊把她拽进自己怀里，扯开自己的衣领，对她说："配合我，不会亏待你。"

那时候，韩烟烟已经做好了会出现任何情况的心理准备。姚琛把她压在沙发上，扯开她的衣服，真刀真枪地跟她亲热。他经验丰富，三两下就找到了她的敏感区。被碰触到舒服的地方，被给予快感，韩烟烟下意识地回应了他。两个人很快便找到了契合的状态。

等韩烟烟反应过来，刹那间汗毛直立。

她想她当时一定冷汗都吓出来了。

男欢女爱久了，总是会给彼此的身体留下难以磨灭的习惯。虽然是完全不同的脸、完全不同的男人，但姚琛与她纠缠之时，给了她一种说不出的熟悉感。

丁尧！

一瞬间，她感觉脑子像炸开了。就在那个时候，警察冲了进来，姚琛放开了她。她那时候并不知道自己的脸色有多白。

直到被带到警局的审讯室，在女警察颠来倒去的反复劝导中，她才慢慢恢复平静。

现在，她看着姚琛想，她换了全新的身体和面孔，丁尧是否也一样？如果姚琛是丁尧，那时候他有认出她吗？如同她通过身体和爱抚的习惯辨认出他。

韩烟烟望向姚琛，思绪万千。但姚琛并无异状，他只是微微眯起眼，等着韩烟烟的回答。

姚琛觉得女孩望向他的目光有些异样，一双点漆般的眸子太过幽邃，与她年轻的面孔比起来显得太过成熟。

不过，会跑去会所那地方打夜工的女孩，想来经济条件必然不好。相对于同龄人，她们都会早熟一些。只不过，这个女孩成熟到在那种形势下依然敢给他通风报信，还敢配合他演戏给警察看，还演得相当逼真。

"我碰巧听到的。"韩烟烟不躲避，直视姚琛，"我本来有点不舒服，想在准备间稍微休息一下，就搬着圆凳坐在了墙角。因为有架子挡着，那个女警察进来的时候没看到我。她以为没人，就用身上的通信设备跟外面的警察联络，我全听见了。"

情节合情合理，她还顺手给自己描了笔"当机立断"的人设。

姚琛觉得女孩很有趣，因为韩烟烟长了一张相当良善的脸，让人下意识地觉得她是那种捡到一分钱会交给警察叔叔、看到小偷会报警的人。结果，她选择给他通风报信。

"因为我需要钱。"韩烟烟回答了他的疑问。

姚琛点点头，问："在金豪做多久了？"

"两个月。"韩烟烟回答，"同学介绍过来的，说赚小费比做家教赚钱快。"

又是女大学生。

姚琛又看了韩烟烟两眼。那时候在包间，他的心思其实没在她身上。虽然他把她压在沙发上，耳朵却听着门外的响动，心里惦记的是生意伙伴有没有及时离开，两箱货有没有被安全转移。

现在姚琛的目光扫过韩烟烟莹白、优美的脖颈和颇为诱人的双腿，忽然想起在警察破门而入前，有那么短短几秒，这女孩柔软的身体跟他有种说不出来的契合。

"很缺钱？"他问她。

韩烟烟垂下眼："家里有病人……"

"做'公主'比做服务生更赚钱。"姚琛吸了口烟，"你这脸蛋，我捧你，包你红。"

韩烟烟抬眸看他，嘴唇紧抿，不说话。

姚琛看着她漂亮的面孔："不想干？"

"不想。"韩烟烟说。

"那不如跟着我？"姚琛说，"就不用那么辛苦了。"

先开出一个最差的条件，再抛出一个稍好点的，于被迫选择的人来说，对比之下，后者似乎就更容易接受了。韩烟烟缩在袖子里的手握紧，恍惚间又有了熟悉的感觉。

她动了动嘴唇，险些叫出那个名字。她在袖子里掐了自己一下，脑子清醒过来，低声拒绝："对不起，姚总，我有男朋友。"

姚琛"嗤"了一声，微微扬了扬下巴，表示无所谓。又问她："住在哪儿？送你回去。"

韩烟烟说："我得回会所去，东西都还在那里。"

姚琛按下车内的对讲器，对前面的司机说："回金豪。"

韩烟烟在金豪门口下了车，向姚琛道谢后把西服还给了他，抱着手臂一溜烟跑了进去。

金豪被警察折腾了一通，今晚已经暂时歇业，不过工作人员还没散。领班看见她，还把她拉到一边嘀嘀咕咕问了一通。

韩烟烟说："正好我进去送酒，赶上了。"

韩烟烟换了衣服、拿了东西，打了个车回家。到了地方付车资的时候，她打开钱包，里面只有薄薄的几张钞票。钱包也不是什么名牌，就是普通学生用的人造革材质，是小商品市场里能买到的那种廉价货。

都道由奢入俭难，韩烟烟突然从坐拥上亿资产的韩大小姐沦落到在会所打工的服务生，落差太大，很是有点不适应。

到了家门口，她掏出钥匙拧开门，因为没开灯，她进门后差点被箱子绊倒。这时有人打开了里屋的灯，光线射过来，她才看清地上有好几个大箱子。

一个男声传来："回来了？怎么不接电话？"说着，一个穿睡衣的年轻男孩从里屋走了出来。

男孩长得眉清目秀，算是个帅哥。他是"服务生韩烟烟"的男朋友，之前韩烟烟跟姚琛提过，但此时她脑海中的信息被激活，关于这个人的所有感受和记忆才变得真实、立体起来。

韩烟烟闻言摸了摸兜，才想起忘去812包间找手机了，说："手机掉了，打工的地方出了点事，一乱，我就忘了找。"顿了顿，又说，"都收拾好了？"

男朋友"嗯"了一声，说："你妈联系不上你，给我打了电话。"

"说什么事了吗？"韩烟烟问。

男朋友迟疑了一下，说："她说急用钱。"

韩烟烟问："你给她了？"

男朋友说："没有，你说过让我别给。我跟她说，等你回来让你给她回电话。"

韩烟烟颔首："知道了。"

她摘下包，脱下外套挂在衣架上。

男朋友总觉得有什么地方不对劲。这种事发生过不止一次了，每次韩烟烟的妈妈企图从他这里"借"钱，韩烟烟总是会感到紧张、羞耻、难过又生气。今天的韩烟烟却没有这些情绪，她似乎格外平静，与往日很是不同。

男朋友问："打工的地方出了什么事？"

韩烟烟说："不清楚，来了一群警察，把我们一帮人带去了警察局。"

男朋友皱眉："你也去了？"

韩烟烟"嗯"了一声，说："没我什么事，问了两句话就让我走了。"

男朋友的眉头皱得更紧了，但他忍了忍，没就这个话题再多说，只问她："不给你妈回电话？"

韩烟烟看了眼墙上的挂钟，说："太晚了，明天吧，我洗个澡。"

男朋友独自一人站在狭小的客厅里，望着几个收拾好的箱子发了会儿呆。

韩烟烟洗完澡吹干头发后上床，男朋友已经躺下了，背对着她。韩烟烟钻进被窝里，不可避免地碰到了男孩子的身体。男孩没动，但韩烟烟听他的呼吸，知道他没睡着。

"明天几点？定闹钟送你。"她说。

男孩翻身抱住了她，脸埋进她的颈窝。

这男孩拿到了国外大学的录取通知书，已经办好了签证，再有半个月就要走了。最后这半个月，他要回家再陪陪父母。他的东西已经收拾好，明天就要回家了。

韩烟烟轻轻地拍了拍男孩子的背，脑子里却在梳理所有的信息。

"服务生韩烟烟"还只是个大三的学生，家里父母双全，还有个小她几岁的弟弟。本来是个普普通通的工薪阶层家庭，父亲是职工，母亲早几年已经买断退休，现在是家庭主妇。因为是小城市，生活成本低，倒也还能达到温饱的生活水平。

谁知道还在上高中的弟弟为了买新手机，在网上被人引诱，卖了自己一个肾。

理论上说，只有一个肾，人也能健康地活着，但有句古话叫"屋漏偏逢连夜雨"，她弟弟剩下的这个肾就这么不巧地出了问题，现在靠做透析活命。医保只能报销一部分费用，家里每个月还要额外负担几千块。弟弟本就不爱学习，好逸恶劳，便趁机退学"家里蹲"了。

除了负担他的治疗费，父母还各种给他补身体。她父母本就重男轻女，从那以后不仅不再给她学费、生活费，还要她辛苦打工给家里钱。

不仅如此，他们知道韩烟烟有了男朋友，还好几次跟她男朋友"借"钱。男朋友一开始不清楚状况，借了几次，后来察觉不对，才跟韩烟烟说。

韩烟烟闻言又羞又气，自己拿钱还给了男朋友。

这男孩子长得帅，人也温柔，对"服务生韩烟烟"来说，大概就是她年轻生命中最想抓住的美好了。可他要去异国求学了。

对于他的离去，虽是和平分手，但"服务生韩烟烟"内心深处其实是有怨的。

不过，韩烟烟本尊没有。

这男孩子自己也是个没有独立经济能力的年轻人，家里不过是普通的中产家庭，根本扛不起韩家这么大一个坑。韩烟烟本尊脱离这身份，以第三方的视角看，这样的和平分手已经是这两个年轻人最好的结局了。

让她无语的是，"服务生韩烟烟"简直就是上个世界里白玥的翻版，都出生于重男轻女的家庭，父母都想吸女儿的血。这个"韩烟烟"的悲惨度甚至还要翻倍。她和白玥最大的共同点就是，她们都是"包子"，都受困于血缘亲情和原生家庭。

这个"韩烟烟"比白玥强一点的是，她没指望谁来拯救，而是自己低头咬牙强撑，小小年纪一个人打好几份工。

可光这样不行，再能忍，再能吃苦耐劳，如果不能从精神上自救，一辈子都摆脱不了这命运。

韩烟烟心中生出这种感叹。男孩子撑起身体，亲了亲她的脸，吻住了她的唇。

二

一个吻没什么，她挺放松。

当男孩子想进一步的时候，韩烟烟按住了他的手，说："睡吧。累了。"

男孩有些失望，但韩烟烟对"分手炮"没兴趣。以她对时间的认知来说，她跟心爱的人被迫分离不过是几个小时之前的事。她现在不想跟任何男人恋爱或者做爱。

虽然几个小时不算长，她却过得惊悚又紧张。韩烟烟躺在床上，脑子里思绪纷沓。

且不管姚琛是不是丁尧，这男人有钱、有势、有胆子、有手腕，绝对是个难搞的人。搞笑的是，对于怎么攻略他，利奥竟然连个明确的指示都没有。

要让韩烟烟说，最好的方法莫过于用枪指着他的脑袋，让他回忆一下这辈子犯下的罪孽，然后赏他一颗子弹。多好！

她一上来就这么干了，结果她自己差点"挂"了。

韩烟烟现在平静下来，仔细回忆、梳理。这个世界显然是个"正常"的世界，并不像末世世界那样，存在什么"异能"。那种毁灭的能力是否属于姚琛还未可知，韩烟烟觉得，当时发生的事更像是触发了某种自卫机制。

她这几个小时跟姚琛打交道，已经确信他完全没有第一回合的记忆。再就是她怎么看，他也只像是一个普通的黑道老大，不像拥有什么超能力的样子。

这样一个男人，到底该怎么攻略他？

韩烟烟闭上眼睛，静静思考。

世上没有完人，看起来再强大的人也必然有其弱点。每个人都有诉求，都有想要的或者喜欢的东西，哪怕他自己都不一定清楚。

譬如丁尧，他就喜欢驯服野马。

…………

如果，如果姚琛就是丁尧……

韩烟烟睁开了眼，凶狠地盯着天花板。

身边的男孩遭到了拒绝，翻来覆去，许久才沉沉睡去。第二天两个人都起了个大早，男孩要去赶飞机。

韩烟烟帮他把箱子拖到楼下，看着他把行李都放进出租车后备厢、扣下车盖，然后男孩转过身看着她。

"那个，房租我又续了一个月……"他嗫嚅。

这房子是他租的，韩烟烟和他成为恋人后才搬进来。他并没让女朋友分担房租。他走了，她自己肯定无法负担，只能搬回学校宿舍，这样晚间的打工就会变得不方便。可他尚未独立，还在花父母的钱，能为她做的也只有多交一个月的房租。

而后，两人便无话可说。

走到这一步，两人已不知道还能说什么。能说的，在谈分手的时候都已经说了。譬如，他曾劝她不要去会所那种声色犬马的场所打工，可她需要钱。譬如，她曾流着泪问他能不能不走，可他不。

有情不能饮水饱，人生辽阔，只靠爱情填不满。

在父母的安排和自己的努力下，他的前程清晰可见。可她的人生呢？他喜欢的这个女孩子未来该何去何从？

他感到迷茫又担忧，还无力。

最后他说："对不起……"

韩烟烟微微一笑。她轻轻地帮他拉紧外套，说："不用……"

不用说"对不起"。

在她的"记忆"中，这男孩是很美好的存在。他的存在于"韩烟烟"来讲全是幸福和甜蜜。最后的分手能这样平和，已经很好。

男孩子眼眶微红。他看着她，总觉得她什么地方不一样了。可不知怎的，她平静的眼神叫人很放心。

韩烟烟目送出租车远去。在晨风中，她开始思考这男孩的存在对她本尊的意义。

她已经经历过不止一个世界，每个世界的她都叫"韩烟烟"。这个世界甚至已经是第二回合，而且重启之后她还换了身份，名字却依然没变。可见利奥对这些"世界"有一定的掌控力。虽然他不能让她在世界里直接跳级变强，却显然能在世界生成之始做出一些改变和调整。

那么在这个世界，"男朋友"存在的意义究竟为何？

仅仅是一个拒绝姚琛的借口吗？

今天是周末。从前周末的时候，韩烟烟一天做四份家教，后来在金豪做服务生，她才能喘口气，周末一天只接两份家教。

这才清晨六点，时间还早。韩烟烟从容地回去睡了个回笼觉，睡到八点才起床，用座机给家里打了个电话。

"你怎么才给我回电话，昨天怎么一晚上不接电话？"韩母抱怨。

"手机掉了。"韩烟烟言简意赅，"找我什么事？"

韩母唉声叹气，半天才说："你弟弟啊……他不开心，他想要个游戏本。"

"可以。"韩烟烟说。

韩母还来不及高兴，就听到女儿说："一个月不做透析，一个游戏本的钱就省出来了。"

"你……你怎么说话呢，他怎么能不做透析？你这是想要你弟弟的命啊！"韩母愕然，而后指责韩烟烟。

韩烟烟冷冷地说："既然知道命重要，就好好地留着钱做透析。要不然就自己出去工作，想买什么自己挣钱买。"

之前女儿从未这样说过话，韩母惊呆，随即哭了起来："你怎么能这么说？！你弟弟这个身体是好不了了。他得做透析呀，他天天在家里憋着，他不开心呀。他以后肯定不能长寿了，他就这么些年，你做姐姐的，就不能让他开心一下吗？就几千块，你挤一挤呀。你跟男朋友一起生活又不用花钱。"

"首先，不是做透析的就什么都干不了。你去网上看看，很多病友都没有放弃正常的生活，努力学习，努力工作，努力赚钱给自己治疗。他窝在家里是因为他想窝在家里，什么都不干，靠别人养。他做透析的钱，医保只能报销一半，剩下的一半都是我出的。花我的钱，就得听我的话。不上学、不工作，我不逼他，但游戏本这种梦就别做了。"韩烟烟说。

"还有，我和小许分手了，如你所愿。但我不会回去和你们介绍的那个包工头相亲。我要在这边上学、打工，我可以继续支付你那宝贝儿子的医疗费，但你若再骗我回去相亲，就别想再从我手里拿到一分钱。"

韩烟烟不管女人在电话里如何惊怒、哭泣，直接撂下电话，坐在沙发上沉思。

只见了一个晚上就离开的男朋友、不能直视的"极品"家人……这个世界的安排为什么这么好？她可以无牵无挂，不用像上个世界那样，那根柱子倒下压住了那位全心全意疼爱她、保护她的爸爸，她连回头看一眼都不敢。

牵绊，越少越好。

韩烟烟看了眼挂钟，准备出门去做家教，但她忽然想起她还没拿回手机。现代人没有手机，出门浑身都难受。

她用座机拨了个电话过去，响了好几声才被人接起。

一个声音略沙哑、像是才起床不久的男人说："喂？"

姚琛从警察局里被放出来的时候，被归还了当时被警察搜去的物品。他把韩烟烟放在金豪门口后，在路上拆开牛皮纸袋，将零碎的东西倒了出来，才发现多了一部手机。

他按亮手机屏幕，壁纸是一对青春靓丽到让人嫉妒的年轻男女的甜蜜自拍。女的漂亮，男的帅，最关键的是年轻，隔着屏幕都能感受到两人脸上的胶原蛋白。

尽管姚琛自诩年富力强、正在男人的黄金年龄，被这对年轻人一衬，仍不由自主地觉得自己老了。

姚琛用舌尖顶了顶腮肉，随手滑开屏幕。他没理一堆未接来电，直接打开了相册。

照片里都是女孩子甜美的脸，也有从幸福视角拍下的年轻男孩。有一些照片是在家里拍的，虽然不暴露、不色情，但很私密。姚琛仿佛窥视到了一个女孩的生活。柴米油盐佐以浓情蜜意，平淡的幸福、廉价的快乐。

照片里的女孩看着很知足。

姚琛嘴角微扯，随手将手机放进兜里。

第二天早晨醒来，他下楼到厨房找吃的，听见了手机震动的声音。昨晚被他随手扔到茶几上的电话在震动，来电显示是"家"，头像是两张贴在一起的年轻的脸，带着一脸幸福的蠢笑。

姚琛无语地拿起手机："喂？"

韩烟烟沉默一下，问："姚总？"

韩烟烟跟任务目标之间似乎有些特殊的联系，总是一眼就能分辨，一见面就能认出对方。此时隔着电波信号，她一下就听出对方是姚琛。她还在思索怎么攻略姚琛，他就自己送上门了。反正不管怎么样，都要先跟他打打交道，才能摸清他的脉门。

韩烟烟解释："姚总，我是韩烟烟。这是我的电话，昨天可能掉在您那里了。"

姚琛"嗯"了一声，一边给自己倒咖啡，一边漫不经心地说："你过来拿。"

韩烟烟思考了一下，拒绝说："对不起姚总，我白天还有工作。您方便的话，给我留在金豪就行，我晚上过去上班。"

嗬。姚琛说："知道了。"挂了电话。

屏幕上是女孩甜美的脸，纯洁、无辜得像只小羊羔。

韩烟烟白天去做了家教，结束后向那两家请辞。只要能拒绝"极品"家人的无理要求，她在金豪打工的工资加小费，足以支付自己的学费、生活费和弟弟每个月的治疗费，没必要把时间和精力花在打工这件事上。

晚上她准时去了金豪，换好工装后她准备去问问自己的手机回来没有。姚琛平时若是无事，晚间都在金豪消遣、打发时间。

一问，时间还早，姚琛还没来。

等到会所渐渐来了客人，她开始忙碌起来的时候，领班叫她："姚总叫你去812。"

韩烟烟放下手头的事去了812。她敲门进去，发现屋里都是男人，姚琛坐在沙发中间，其他人簇拥着他。

韩烟烟突兀地出现，男人们都转头看她。在这种夜店里，男人看女人的目光总是带着情色暧昧。

韩烟烟站在那里，被这样一群男人打量，这场面……真是似曾相识。

可是，这一回韩烟烟不打算为中间那个男人去死了。要想戳中一个男人的心，让他永远记住自己，其实不一定要靠这种"献祭"。

毕竟，恨比爱更长久。

✦ ✦ ✦

"姚总。"韩烟烟走到茶几前停下，双手在身前交叠，很标准，很职业，也很……温顺。

"什么事？"姚琛仿佛得了失忆症，仿佛不是他叫韩烟烟来812似的。

有意思吗？韩烟烟心里在骂街，脸上却很平静，说："您叫我过来取手机。"

"哦。"姚琛仿佛想起来了，转头对一个光头说，"三虎，手机呢？"

虽然那光头穿着价格不菲的西装，可文身从脖领子里爬出来，一直爬到后脑勺，就差把"社会"两个字文在脸上了。这一屋子西装男，没几个真有人样。要是脱了西装、衬衫，韩烟烟猜测，很可能出现一屋子大花臂。

姚琛是从底层起来的，他的亲信自然也一样。现在有钱了，个个都穿得人模狗样的。

这其中，以一身一线大牌的姚琛为最。不了解他背景的人，还以为这是哪个行业的精英呢。

三虎笑嘻嘻地摸摸兜，掏出了韩烟烟的手机。这手机原本落在了姚琛手里，现在却在这个叫三虎的光头手里，这中间不知道经了几个男人的手，不知道"韩烟烟"的相册被多少人翻看过。指望这些连高中都没读完的人懂得什么叫尊重别人的隐私、尊重女性，那是根本不可能的。

刚刚经历过两年上流社会生活的韩烟烟望着这一群男人，完全没有局促感。她从容地从三虎手里接过自己的手机，对姚琛说："谢谢姚总，给您添麻烦了。"

姚琛抬了抬下巴。

韩烟烟说："姚总没事的话，我回去工作了。"

"哎哎哎，妹妹别走啊。来来来，今天姚爷高兴，你陪着喝几杯呀。"三虎上手就要拉韩烟烟。其他人也跟着起哄。

韩烟烟身体一晃就躲开了那只"大猪蹄子"。

韩烟烟在上个世界里意识到自己可能还具有"末世韩烟烟"的身手后，便给自己请了正儿八经的搏击教练，把在丁尧那里训练出来的野路子拉回了正途。现在的韩烟烟甚至还有这个世界第一回合中的"女警察韩烟烟"的人设技能，要躲开这一下轻而易举。

她站定，看向姚琛："姚总？"

姚琛刚才一直在看戏，这会儿才发话，对三虎说："别闹，她又不是'公主'。"

三虎笑嘻嘻地说："就让她一起喝几杯，又不让她干什么，没什么的。"

姚琛还没说话，韩烟烟突然抬眸，反驳说："您说得不对。"

她突兀地开口，屋里几道目光唰地都落在了她身上。"韩大小姐"见多了大阵仗，这些目光于她不过是毛毛雨。

她用一种学生特有的天真傻气很认真地说："我是金豪的员工，姚总发我工资，我就应该认真工作。每个包房区都有配定的服务生，数量有限。今天还是周末，是一周里最忙的时候。我在这儿耽误时间，别的同事就得加倍地忙，忙中若再出错，最后导致的只会是客人的不满，影响的是姚总的生意。"

三虎笑得见牙不见眼："对对对，你是姚总的员工。可我们也是姚爷的兄弟呀！你这个员工陪我们兄弟喝个酒，不是正正好吗？！"

韩烟烟没笑："企业要想做大，最忌讳公私不分、责权不明、角色不清晰。以私人身份干预专业人员的管理，是导致整个管理体系崩坏的重要原因。"

她本想装出学生的耿直来，却无意识地流露出几分"韩大小姐"在会议室里的气势。

她明明是个还没出校园的年轻女孩，却总在不经意间露出几分不符合年龄的成熟。姚琛的目光投到韩烟烟脸上，想起昨晚这张面孔曾和他相距不到二十公分，简略、冷静地向他通风报信。后来在车里，他向她抛出金钱的诱惑，年轻女孩也平静地拒绝。

她脑子清醒，意志坚定。

"哟哟，她还给我讲起大道理来了。"三虎拍着大腿笑。

男人们都哄笑起来。这些人都没什么文化，韩烟烟说的这些，他们都是左耳朵进右耳朵出。他们喜欢看的，是这漂亮女孩一本正经地跟流氓讲道理的模样，有趣。

只有姚琛望着韩烟烟的目光带着探究。

这一屋子流氓里，只有这个最大的流氓把韩烟烟的话听进去了，因为屁股决定脑袋。

"行了，三虎。"姚琛终于发话了，"这会儿店里忙，让她干活儿去。"

他又对韩烟烟说："把艾米丽、阿May、樱樱她们喊过来。"

这几个都是金豪的"头牌"，个个美艳、性感，"嗲"起来能让人的骨头都酥了。三虎立刻放过了一身马甲和衬衫工装、戴着领结、只化淡妆的韩烟烟。

虽然韩烟烟挺漂亮，可在这种夜场里就显得有点"清汤寡水"了。

韩烟烟退出812，喊了几个当红的姑娘过去。知道是姚爷召唤，姑娘们都开开心心地去了。姚爷不仅多金，脸长得也很耐看，还是这里的老板，谁要是能搭上他，谁就能直接飞升。

韩烟烟目送姑娘们欢欢喜喜地进了812，转身回了自己负责的区域。

姚琛手腕强硬，身家丰厚，在道上的地位也无人可动摇，这样的男人想要什么呢？

明明是一群靠打架收保护费起家的地痞流氓，干吗个个穿得跟职场"白骨精"似的？韩烟烟不相信他们有这种衣品和审美。

这一群人里，别人都是绿叶，姚琛才是红花。他们穿着与自身气质格格不入的西装，只是为了跟姚琛搭调。这是姚琛的衣品，是姚琛的自我定位和对外诉求。

姚琛今年已经三十三岁，即将步入三十四，正处在由青年向中年转化的阶段。他已经过了拿着一把西瓜刀从街头砍到街尾、跟人争地盘、血里来火里去的年龄。他有身家，有资产，便开始追求身份和社会地位。

韩烟烟没弄错的话，姚琛其实更喜欢别人称呼他"姚总"，而不是"姚爷"。后者带着太浓太重的混混儿气息，而那气息正是他企图通过大牌西装、精英范儿掩饰的过去。

韩烟烟刚刚小小地试探了一下，隐约摸到了姚琛的一点脉门。

这个男人大约到了已挣够黑钱、想洗白上岸的阶段。

虽然韩烟烟这份服务生工作是在晚上，但依然分早晚班。她今天上的是早班，凌晨下班。她换好衣服、乘员工电梯到一楼的时候，正好碰到姚琛、三虎一群人搂着女人从客梯里出来。一楼的门童们齐刷刷地鞠躬："姚总再见。"

韩烟烟没往前凑，溜墙站着。等这一群一看就不是善茬儿的男人都走过去，她才悄没声息地跟在后面走出大门。

门外不仅有豪车在候着姚琛，还有好几个鞍前马后的马仔。这几个是没资格跟着进包厢，只能在外边混的。

韩烟烟的目光在其中一个年轻男孩的身上转了一圈，嘴角勾起。

那年轻人是今年才进刑警队的小杨。在上一回合里，"女警韩烟烟"在包间内，他在外。这个回合里，韩烟烟变成了年轻的女大学生，小杨却依然是卧底。江烨还会一直盯着姚琛。

想洗白，有那么容易吗？若人人干尽坏事、赚够钱就洗白上岸，还要法律干什么？

趁着这群人上车乱哄哄的，韩烟烟溜着墙边小跑着去停车场。这个时间只能打车回家，而要打车就得走出停车场，到外面的马路边上。

她试过了，这个世界没有网约车。利奥真不知道与时俱进啊！

姚琛让女人先上车，他扶着车门正要跨上去，目光扫到一个窈窕的身影从人群后面溜过去，轻盈地跑向停车场的大门。

上班的时候长发女服务生的头发都要盘在脑后，这会儿下班了，她长发微卷，披在肩头，随着跑动一荡一荡的。

几辆车子缓缓开出院子。隔着贴着深黑色玻璃膜的车窗，姚琛夹着烟注视着路边向出租车挥手的女孩。深秋夜寒，她已经穿上了薄羽绒服，细长、笔直的腿裹在牛仔裤里。

她身上的衣服看起来都很廉价，远不如车里的女人们穿得精致。不过，女孩胜在年轻，一身便宜的衣服盖不住那股年轻的感觉。

姚琛觉得自己可能真的开始老了。

三虎坐在姚琛对面的座椅上，已经和女人缠成一团。他活得荒唐、浪荡，挣钱就花，端酒就喝，有女人就睡。

姚琛也曾这样，但他已经过了这个阶段。有钱到一定程度后，人的思维方式就会变得不同。他抽了口烟，看了眼三虎，微哂。

再转头，路边的女孩已经离他们远了些。凌晨并不好打车，姚琛还能看到她纤细的身影孤零零地站在那里。

姚琛把烟气从肺里吐出来，推开黏在他身上的女人，掏出手机拨了个电话。

三虎听见后从女人胸前挣扎着起来，回头问："是那个小妞吗？给我讲大道理那个？"

姚琛漫不经心地"嗯"了一声。

三虎笑起来："哥，你真上心了啊？"

姚琛嗤笑，不再搭理他。

韩烟烟站了好一会儿也没看见空车。她正想着要不要再往前走一段，一辆车忽然停在了她面前。

车窗被放下，露出来的竟然是小杨的脸。韩烟烟目光微凝。

小杨抻着脖子问："韩烟烟是吗？哎，我是小杨。你认得我吧？我是姚总身边的人。姚总让我捎你回去。"

✦　✦　✦

得不到的女人总会让男人一直惦记。

见开车的是小杨，韩烟烟弯下腰，对车里的年轻人摆手："不用了，我打个车就行，不用麻烦了。谢谢你。"

小杨说："这个时间可不好打车，你上来吧。姚总让我送你的，你不上来，我不好跟姚总交代呀。"

韩烟烟想了一下，还是上了车。"麻烦你了。"她说。

小杨呲牙一乐："麻烦什么，烧的又不是我的油。要谢，谢姚总啊。你住哪儿？"

韩烟烟报了地址。小杨方向盘一打、油门一踩就出发了。路上，小杨有一搭没一搭地跟韩烟烟聊天。

"你是学生啊？

"S大的？牛掰啊！你学霸啊！

"干吗来这儿打工啊，学校门禁呢？

"我就随口问问，我哪知道啊，我又没上过大学。随便一说。

"透析啊，那个费用挺高的吧？那你可挺辛苦的。"

不知道是姚琛授意，还是卧底的小杨自己有心探听，反正韩烟烟趁这个机会把自己的底儿透了出去。不管主使者是姚琛还是江烨，她都不在乎。

勤工俭学，努力赚钱，不仅自己付学费和生活费，还给弟弟治病的坚强、自立的女大学生人设就此立了起来。

小杨听了都心疼。

虽然他努力装出一副混混儿的样子，说话也吊儿郎当的，可他骨子里仍是个刚从警校毕业的热血小警察，套着话最后竟变成了规劝。

"虽然赚钱多，但会所到底不是个正经地方，鱼龙混杂，什么人都有。你一个漂亮女孩，在这种地方很容易吃亏的。要遇到个把人渣对你怎么着了，你哭都没地方哭。别人会觉得都是因为你自己先不正经，跑到这种地方赚这种钱，才会遇到这种事。你有嘴都说不清。哥跟你说啊，赚钱有好多路子，不一定非得在这种地方。"

他苦口婆心地劝韩烟烟不要在这种乌烟瘴气的地方打工。

韩烟烟在第一回合接收的"女警韩烟烟"的记忆里，小杨张口闭口地管她叫"韩姐""烟烟姐"。这一回合，她比他还年轻，他张口闭口开始自称起"哥"来了。

韩烟烟差点笑场。

她忍住了，"淡淡"地说："瞧你满身正气，我要不知道你是姚总的人，还以为自己在接受片区民警的再教育呢。"

小杨一惊，赶紧收口，嬉皮笑脸地说："哥不是看你漂亮，心疼了吗？"

"你说你要不漂亮，谁管你呀？你要不漂亮，姚总能半路打电话让我捎你？这社会啊，都看脸。"他不正经地说，"哎，姚总这明显是对你有意思啊。你呢，你怎么个意思？"

韩烟烟撑住这副"淡淡"的口吻，说："我没意思。"

等把韩烟烟送回住处，小杨给姚琛发了语音，把韩烟烟的信息总结了一下，给姚琛做了汇报。

给姚琛汇报完，他用另一个号码给江烨也做了汇报："姚琛今天让我开车送那个韩烟烟回家。就是昨天被你们带回去的那个女服务生。姚琛像是对她有意思，还让我查查她的情况。"

江烨说："那你就查。"

小杨说："应该没什么情况，她还是学生呢。就是缺钱出来打工的，家里有病人。"

江烨说："没什么就更不怕查了。"

小杨犹豫了一下，问："那……那姚琛要对这女孩下手怎么办？"

江烨这才明白过来，没好气地说："关你屁事！人家姑娘要想傍大款，你拦也拦不住。杨啊，这是别人的人生选择，你干涉不了的。"

可韩烟烟漂亮干净、谈吐斯文，就算是为了挣钱，也是在为家里人牺牲。小杨总归不忍心。

江烨无语，说："你放下你那心。虽然姚琛这个渣滓干的坏事很多，不过还真没有过强奸的案底。他顶多骗奸。"

小杨不干："骗奸也不行啊。"

"那怎么着？我还能改变这世界啊？这个世界就是看脸的。"江烨慢悠悠地说，"姚琛没成势以前，好几次都是靠女人翻身、脱险的。他对女人很有一套。我跟你说，他要真看上这姑娘，你就别操那心了，操不动。"

辞了周日的家教工作，韩烟烟就能舒服地休个周末了。上午起床，她习惯性地看了眼手机。睡觉时她调了静音，手机上有好几个未接来电，都是家里打来的。她冷笑一下，根本懒得理，扔下手机不管。

打开衣柜，一柜子的便宜衣服让她郁闷。无论是上一世的大小姐韩烟烟，还是她本尊，都已经过了穿这种衣服的阶段。她有心把这些衣服都扔了重买，想了想又忍住了。行头也是人设的一部分，这些行头很符合勤俭大学生的人设。

她刚洗完澡，电话响了起来，还是家里打来的。这次韩烟烟接了，电话那头是她家那位大家长父亲。这位爸爸诘问她昨天跟自己妈妈都说了什么，把妈妈气得一直哭，把弟弟气得又躺下了。

"你知不知道你弟弟有病？！你还气他？！他那身体能生气吗？！啊！"他愤怒地指责韩烟烟。

韩烟烟问："那您想让我怎么做呢？"

韩父说："我不想让你怎么样！我还能让你怎样？！我天天都累死了，你弟弟生病，你妈照顾你弟弟，全家就你最轻松！你该怎么做，自己不知道吗？！"

韩烟烟耿直地回答："不知道。"

韩父暴跳如雷："就叫你给你弟买个游戏本，你就推三阻四的！你少买两件衣服，钱不就有了吗？！"

"有不了。"韩烟烟说，"我的衣服都是在批发市场买的，一年的衣服全加起来也不够一个游戏本呀。何况我今年都没怎么买衣服，穿的都还是去年的。我两年的衣服加起来也不够呀。"

韩父一噎，吼："怎么说话呢？！"然后怒斥她的不孝不悌、不友不恭。

韩烟烟挂了电话，直接关机。很快座机就响了，韩烟烟直接拔了线。世界清静了。

韩烟烟把自己收拾漂亮后出了门。虽然衣服暂时不能淘汰更新，但内衣可以换新，不能亏待自己。韩烟烟在商场里逛了一圈，给自己买了好几套新内衣，又去专卖店买了新的笔记本——当然不是给她弟弟的，是给她自己的。她以前用电脑都是上学校机房，在男朋友这里就蹭男朋友的笔记本。现在男朋友走了，笔记本是学习用的，也被带走了。生活哪离得开电脑？韩烟烟就给自己买了一台新的。

然后，她吃了顿精致的午饭，在有情调的咖啡店消磨了一下午。

这才是生活啊，姑娘——如果"女学生韩烟烟"有灵魂的话，韩烟烟真想对她这么说。

晚上她去上班时，领班说："你去负责八区。"八区含812房间。

韩烟烟不觉得有异。她们的负责区域本就会随着排班调换，她以前也负责过八区。

晚上姚琛出现了，身后跟着他那一伙弟兄。韩烟烟侧身靠着墙壁让路，抱着托盘微微躬身："姚总。"姚琛经过她时脚步停了一下。

韩烟烟抬头，一双眸子黑黢黢的："昨天晚上谢谢姚总。"

姚琛颔首，连声"嗯"都没有，直接走过去了。

上一秒关心到派小弟接送，下一秒就将对方视若路人。这要是霸道总裁恋爱文，女主此时内心该失落了吧？

欲擒故纵，重拿轻放，看这一份收放自如，这男人怕不是修过"PUA"[1]课程？

想想也是，从街头混混儿到一方大佬，光靠能打能杀是不行的，掌控人心是基本能力。

韩烟烟抱着托盘转身去干活儿。

不急，这男人昨天做的事已经表明他对她有意思。他就算现在不动，迟早也会动的。在这件事上，她不能主动，要不然人设就崩了。

周一、周二不打工，她哪儿也没乱跑，老老实实地上学上课。"女学生韩烟烟"忙于打工赚钱，跟学校里的同学处得都一般，没什么特别要好的朋友。韩烟烟也无意发展社交。

一个任务者不需要交朋友。

她那生身父亲又接二连三给她打过好几回电话痛骂她。他只要开口骂，韩烟烟就挂电话。这个男人明明生活在现代，却一脑子封建大家长思想，觉得"你是我生的，你这一辈子就该给我做牛做马。你弟弟是我们老韩家唯一的根，你做姐姐的就该一辈子以拉扯弟弟为己任"。

"我谢谢你生我哟，再见。"她挂电话，拉黑对方。

---

1 全称为"Pick-up Artist"（搭讪艺术家），原指男性接受系统化学习、实践，并不断提升、自我完善情商的行为，后泛指很会吸引异性、让异性着迷的人和其相关行为。

僵持了快一个星期，那边终于明白这女儿长大了、翅膀硬了，不像从前那样骂几句就乖乖掏钱了。韩爸爸消停了，改由韩妈妈上阵，嘤嘤嘤地哭个没完。

韩烟烟说："这个月我手头有点紧，先不往家里打钱了。"

她挂电话，拉黑对方。

世界清静了。

韩烟烟连着快一周都没看见姚琛。他不出现，自然也看不到卧底小杨。

韩烟烟白天上学，晚上上班，没有社交，深居简出。

这工作底薪不高，但有酒水提成，小费也很可观。韩烟烟这一周推销酒水推销得很是不错，领班都夸她："跟突然开了窍似的。"

傻不愣登的学生跟在社会上混过几年的老油条，到底不一样。韩烟烟就能忽悠着土豪们大把地掏钞票买酒，还能巧妙地躲开咸猪手。这些都是"女学生韩烟烟"做不到的。

不过，常在河边走，哪有不湿鞋的？韩烟烟还是遇上了打发不了的人。

有个胖胖的刘部长看上了她，连着三天都出现在金豪，还点名要她跟房。

为了躲开他，韩烟烟特地换了男同事进去招待他。这死胖子居然不干，追到走廊里堵韩烟烟，还故意在韩烟烟用手臂挡他的咸猪手时把手里的酒浇在自己的西服上，然后声称那西服两万块，要韩烟烟赔偿。

"不赔钱也行，你进来陪我喝几杯，喝高兴了，这事就算了。"胖子说。

韩烟烟在这会所里听同事们讲了不少故事，心知这"喝几杯"大有玄机。酒里不知道会加什么料，很可能就给自己喝倒，叫人给逞了去。

她盯着这胖子。胖子眼袋浮肿，下盘不稳，她估摸着自己应该能撂倒他。

她是要完成任务，但没打算委曲求全到这种地步。她想了想，"耿直女学生怒打土豪色狼"的人设也挺带感，说不定还能意外地让姚琛刮目相看呢？真要赔钱的话，她还可以低头找姚琛借钱，也可以趁机试试能否套牢他。

韩烟烟脑子里的套路一套一套的。她握拳，身体暗暗蓄力，预备等这胖子的"大猪蹄子"再伸过来时撂倒他。

"大猪蹄子"果然伸过来了。韩烟烟的目光扫向胖子的下体，脚跟微抬，膝盖微屈，准备给他断子绝孙的一击。

这时有人横插一手，挡住了"大猪蹄子"。

霸道总裁救美的戏码上演了。

◆　◆　◆

"这不是刘局吗？稀客，稀客！"姚琛握住那只"大猪蹄子"，皮笑肉不笑地跟胖子打招呼，"听说您这次调回来升任部长了？还没恭喜您呢！"

"小姚啊，哎，不用不用。"刘胖子看着被姚琛挡在身后的漂亮女孩，"小姚，我跟你说，你这服务生不像话啊。你看看，你看看我这衣服……"

姚琛"啧"了一声，说："小丫头片子没经验，见着贵人紧张。我给您赔礼道歉。您这衣服今天留下，洗好了我派人给您送去。"

姚琛把那女孩挡在身后，严严实实的，显然是要护着了。虽然他脸上带着笑，嘴上说辞也谦卑，实则是个心黑手狠的主。刘部长"哼"了一声，见好就收："那多麻烦，算了，你叫她过来陪我喝一杯，这事就算了。"他给自己和姚琛都找了个台阶下。

姚琛出现的时机太寸，韩烟烟甚至怀疑他一直在旁观，关键时刻才现身。毕竟这里就是八区，812包房就在不远处。

虽然她有这样的怀疑，可你别说，男人这样往女孩身前一挡，还真特别有男人味。要不然为什么千百年来的文学作品里，英雄救美的桥段一直经典不衰，到现在还反复被人使用。韩烟烟微哂。

她以为姚琛这样出面护她，会把那杯酒也替她挡了去，可她实在错估了姚琛。

姚琛闻言，非但没替她挡下，反而饶有兴味地说："一杯怎么够？怎么也得罚她三杯。"

韩烟烟的呼吸一顿。

姚琛转身，沉下脸来说："看看你干的什么事？！好在刘部长大人有大量，不跟你计较。韩烟烟，你要还想继续在这儿干，就去给刘部长认个错，罚酒三杯。"

他特别咬重了"要还想继续在这儿干"。这是……从小杨那里了解了她的情况，笃定她不能丢掉这份工作吗？

韩烟烟思考了一秒钟，觉得在"露出学生式的一脸屈辱"和"淡定地接受"之间，以自己的演技完成前者有点困难，后者则是本色演出，比较容易。

她将双手交叠在身前，摆出服务生最标准的姿势，向刘胖子低头："对不起，刘部长，是我太不小心了，请您原谅。"

刘胖子没想到姚琛这么给他面子，心情好了很多，哼唧了一声，说："一点小事，你自罚三杯，这事就算过去了。"

韩烟烟抬起头来，不等她说话，姚琛就拉着刘胖子的手臂拖他进了包房。把刘胖子推进包房后，姚琛回头扫了韩烟烟一眼。

"进来"的意思明明白白。

韩烟烟翻着眼睛看了一秒天花板，跟着进去了。

在包房里顶替她的服务生是阿森。她看到姚琛坐在沙发上冲阿森勾了勾手指，阿森俯身将耳朵贴了过去。听完姚琛的指示，阿森转头看了她一眼，眼神有点一言难尽。他很快就出去了。

姚琛和刘胖子坐在沙发上把酒言欢，互相吹捧、恭维。没人看韩烟烟一眼，好像把她遗忘了似的。

韩烟烟也不去刷存在感，她顶了阿森刚才的位置，假装自己不存在。

没多久，阿森就回来了，托盘上放着三杯酒。韩烟烟一看，在心中骂街。姚琛想干什么？

那酒是一种特调，极烈，男人喝下去都很容易断片，何况她一个年轻女孩。她这个新身体对二手烟都没什么抵抗力，对酒精恐怕更不行。

"烟烟，过来。"姚琛咬着烟，笑得似乎很开心，"这是给你准备的。刘部长胸襟宽广，你自罚三杯给刘部长道歉，今天这事就过去了。"

刘部长和包房里的其他男人显然都知道这是什么酒，都露出一副看好戏的神情。阿森和两个跟韩烟烟相熟的"公主"倒是露出了担忧的神情。

"烟烟啊——"刘部长叫她。韩烟烟的胸牌上写的名字就是"烟烟"。刘部长"猪蹄子"一挥，说："来来来，你把这酒喝了，咱们就没事了！"

这三杯酒一下肚，她肯定喝断片。

韩烟烟抬眸看了姚琛一眼。她倒没有生气，她只是不解。

刘胖子看上她，意图染指，怕是不达目的不罢休。姚琛肯出面拦住，等于承认韩烟烟是他罩着的人。虽然大家嘴上没说，但心里都明白，这"和解"里最重要的一层意思就是刘胖子以后不能再对韩烟烟出手。

就像雄兽划分地盘，他已把她置于他的保护之下，别的雄兽不能轻易逾界。

相对于这一层，替她挡下一杯酒则轻而易举。可姚琛非但没有这样做，反而生怕三杯酒不够，把这酒升了级。他都肯替她扛事了，却在这里为难她，他图什么呢？

韩烟烟抬眸看去，却看到姚琛嘴里咬着烟，眼里全是对她的恶意——倔丫头、烈女人，都得先打折脊梁骨，再踩在脚下蹦碎，如此她们才懂得温顺。

韩烟烟恍悟。

原来如此，他在等她向他服软啊！

数日前，她拒绝了他包养她的提议。所以，这就开始调教她了吗？恩威并施，双管齐下，一个巴掌、一个甜枣？

她现在要是肯落泪服软，他肯定会特别爷们儿地替她挡了这三杯酒吧？这样一来，从此在心理上，她就会下意识地向他屈从！

这男人不必修"PUA"，他是天生的"PUA"高手！这个世界不知道有没有"PUA"，要没有，他怕要成为"PUA"鼻祖了！

三杯酒下肚，她必定断片，然后呢？

韩烟烟又看了一眼满脸看好戏神情的刘胖子。男人对还没吃到嘴里的肉总是惦记的。既然姚琛在这里，他就不会轻易地把她让给别的男人。

好啊，那就赌一把。

韩烟烟平静地上前，举起一个杯子："刘总，给您道歉了，您大人有大量，别跟我一般见识。"

韩烟烟刚拿起杯子，姚琛的眉毛就挑了挑。韩烟烟没看他，仰头一饮而尽。火辣辣的感觉烧痛了她的喉咙，一股热力才进入胃里，就腾地一下蹿上了脑子。

来啊，赌一把！

韩烟烟的手有点晃，举起第二杯酒一饮而尽。这一次她得使劲捂着嘴，才没有把酒吐出来。

男人女人这点事，她写过那么多，套路也就这么多！

韩烟烟眼前出现重影，她的身体晃了一下，勉强举起了第三杯酒。

她赌的是，明天早上在姚琛的床上醒来，自己是衣衫完整还是一丝不挂！

韩烟烟断片了，直接朝着刘胖子的方向栽过去。刘胖子有了面子，满脸是笑，还张开手臂想接。

在韩烟烟晃了两下要栽倒之前，姚琛就已经起身，手疾眼快地拦腰将她抄进怀里，让刘胖子接了个空。刘胖子伸着两只"猪蹄子"啥也没接住，咂咂嘴，又在腿上搓了搓手，尴尬地收了回去。

"就是一黄毛丫头，一点酒量都没有，您别跟她一般见识。"姚琛挟住韩烟烟，对刘部长说，"您慢慢喝，我先安置了她。"

刘部长眼睁睁地看着姚琛挟着那漂亮小妞走了，啧道："倒便宜他了。"

女人喝断片，可不就是任男人予取予求、肆意妄为吗？这会儿可是春宵一刻值千金啊！

"啧！"

刘部长委实冤枉了姚琛。没办法，他和姚琛之间差着一张高颜值的脸呢。

姚琛长得好，年轻的时候又帅又狠，可谓獠牙锋利的狼狗少年。下到十八岁少女，上到四十岁熟妇，没有他拿不下的女人。他对女人还真有点挑嘴。

韩烟烟已经完全没了意识，整个人都靠在姚琛身上，被他挟着走。姚琛把她挟出包房后，觉得不方便，弯腰将她打横抱了起来。

领班迎上来，看了眼姚琛怀里的韩烟烟，惴惴地说："姚总……"

"没你事儿。"姚琛说，"叫人把楼上套房给我打开。"

领班缩缩脖子，眼睁睁地看着姚琛抱着韩烟烟进了电梯。

电梯上了一层，在五楼停下。姚琛把韩烟烟抱进房间，弯腰把她放在床上，自己也跟着压了上去。他用手臂撑着身体，打量起韩烟烟来。

平时看着斯文、温婉的女孩，这会儿躺在大床上，软绵绵的，两颊晕染着不正常的绯红色，很有几分诱人犯罪的艳丽。

他想起韩烟烟举起酒杯前看他的那一眼，黑黢黢的淡定眸子中似有了悟。不知道是不是他看错了，她的眸子里竟好像还有一丝嘲弄和笑意。

之前他只是觉得她漂亮，直到刚才那一眼，才觉得她是真勾人。

姚琛捏着她的下颌把她的脸扳过来仔细打量。他干过很多趁男人之危的事，倒还没干过趁女人之危的事。但姚琛觉得，也不是不可以开个先例。

姚琛的道德底线就是这么低。

韩烟烟忽然睁开了眼。

平时漆黑如墨的眸子此时笼上了一层水雾，她有点迷蒙地看着姚琛："……丁尧？"

她伸出手掐住了姚琛的咽喉！

第二天醒来，韩烟烟头痛欲裂。她呻吟了一声，翻了个身，贴上一具滚热、结实的身体。

记忆刹那恢复，头一天晚上发生的事历历在目。捂着额头的韩烟烟睁开眼，发现自己的手臂光溜溜的，皮肤直接贴着被褥和另一具赤裸的身体。

欸？她赌输了吗？

三

韩烟烟又翻了个身，想看一眼身后的男人，却把那人惊动了。男人在被子里踢了她一下："醒了去洗澡，熏了我一晚上。"

果然是姚琛。

烈酒宿醉的余劲不是那么容易过去的。韩烟烟的身体绵软无力，她用力撑着身体坐起，看了眼身边的姚琛。男人被她吵醒后皱眉揉眼，发出呓语般的呻吟，与平时那个笑里藏刀的姚总、姚爷大不相同。

韩烟烟低头掀开被子看了眼自己，被污浊的酒气熏了一下，差点又吐了。

姚琛终于睁开眼，偏头看见了韩烟烟单薄的背和细腰。

昨天晚上这女人醉眼蒙眬，嘴里呢喃着"不要"，手却软绵绵地摸上他的喉结。看着是个冷清的小仙子，实际是个披着仙子外衣的小妖精，要人命的那种！

姚琛的喉结才耸动一下，就看见小妖精忽然双目圆睁。姚琛知道不好，一把将韩烟烟拽起来，挟着她往卫生间去。就差一步的距离，小妖精在卫生间门口吐了自己一身。

姚爷只能自认倒霉，还得给她收拾。

这会儿姚琛一偏头，看见小妖精的小细腰，想起昨天晚上自己跟她玩得很开心，伸手就在她腰上摸了一把。

韩烟烟霍然转头。

"跟你没杀父之仇，别这么瞪我。"姚琛坐了起来，被褥滑脱，露出他精实的胸膛，腹肌清晰。

他点了一根烟，吸了一口。

"行了行了，赶紧去洗澡吧。放心，你的贞操还在呢。"姚琛笑得恶劣，"没睡你。"

的确，韩烟烟的身体没什么感觉。而且，姚琛没给她全脱光，底裤还给她留着。

韩烟烟也不知道自己算输算赢。她赌的其实是有些自诩有魅力的男人不止想要女人的身体，还想要女人的心。你以为必然失身的情况，醒来一看，这男人没碰你？松了口气的同时，感激和信任感油然而生。其实对男人来说，不过是早点睡、晚点睡的区别。

他们玩的就是让你怦然心动。

但韩烟烟总觉得，她可能有点高看姚琛了。姚琛这次没睡她，很可能是因为……

"赶紧去洗洗，熏死人了。"这男人嫌弃地说。

让他这么一说，韩烟烟又想吐了。

床尾凳上放着一条用过的浴巾，韩烟烟只能先抓起来裹住身体，跌跌撞撞地跑进卫生间。她干呕了半天才缓过劲来。她洗了个澡，吹头发的时候，发现她的工装和文胸都被姚琛扔进了垃圾桶，臭气熏人。好在卫生间里有浴袍，她裹了件浴袍出来。

姚琛正靠在床头打电话处理事情，见她出来，打了个手势示意她别说话。韩烟烟停下，站在那里看着他。

姚琛很快挂了电话，对她说："过来。"

前进代表顺从，后退代表畏惧，韩烟烟没动。

"谢谢您替我解围。昨晚是个意外，好在也没发生什么，我……啊！"

她的套路台词还没说完，姚琛掀开被子站了起来，一把将她拽进怀里，坐在了床边。

韩烟烟本能地挣扎了一下，可姚琛的手臂箍着她，她根本动不了。韩烟烟刚想说话，姚琛从后面咬着她的耳朵说："行了，别装了。"

韩烟烟顿住，转头看他。

姚琛的鼻尖几乎贴上她的。他嘴角扯出一抹了然的微笑："你是什么样的人你自己心里明白，在我面前就别装了。"昨天晚上她和他的较劲，只有两个人心里明白。

韩烟烟微微心惊，面无表情地说："你什么意思？"

结果，姚琛嗤笑："你呀，看着挺正经的，骨子里其实是个小妖精。"

韩烟烟心里松了一口气。

姚琛问："是不是和男朋友分手了？"

韩烟烟倏地抬眸。

姚琛抄起床头柜上的手机扔在她腿上："傻啦吧唧秀恩爱的照片都被删了，分手了吧？"

小许离开后，韩烟烟就把"女学生韩烟烟"的相册删空了，不让这个人在她的生活中留下任何痕迹。姚琛又翻她的相册！

"这不关您的事。"她说。

韩烟烟想挣开，可姚琛的手臂跟铁箍似的箍在她腰间，把她锁在了自己腿上。

"别动，如果来真的你别哭啊。"姚琛冲她脸上喷了口烟。

韩烟烟被呛得咳嗽，可屁股底下能感觉到姚琛已经有反应了，她不再乱动。

姚琛单手箍着她，弹弹烟灰，说："我先前开的条件还有效，还是那句话，跟着我，不用你为钱操心。你弟弟的治疗费，小事一桩。这回没男朋友了吧？好好考虑考虑。"

这流氓说着摁灭了烟，手顺着浴袍的下摆探进去，往上摸。

韩烟烟夹住姚琛的手，抬眸看着他说："姚总，你想听实话吗？"

姚琛挑挑眉："说。"

"我现在确实经济上有困难，一方面是因为我弟弟的治疗费，但更重要的，是因为我还是学生，没有正式的工作，没有固定的经济来源。虽然我现在在您这里打工，机缘巧合碰上您的事赚了点'外快'，但以后我毕业了，拿了正正经经的学历，会有正正经经的工作和正正经经的生活，能正正经经地交男朋友。"韩烟烟一连用了四个"正正经经"加强语气，"我的人生就是这么一本正经、按部就班的，我不能接受不以结婚为目的的恋爱，更不能接受非正式恋爱的男女关系。"

姚琛用舌头顶顶腮帮，有点牙疼。

"让你说的，我就不正经了？"他问。

韩烟烟黑眸深邃。

"您？您可是'姚爷'。"她平静地陈述，"虽然我在金豪做的时间不长，但听说过不少您的事迹。姚总，我跟您就不是一国的，您想给我的和我想要的生活南辕北辙。我就想过简单的日子，请您放开我，好吗？"

姚琛和她四目相接，磨了磨牙，松开了手。

韩烟烟站起来，整理了一下有些松开的浴袍，问："这是哪儿？"

姚琛懒懒地说："金豪，这是五楼。"

韩烟烟问："您这儿还有衣服吗？"

姚琛恶劣地说："没有。"

韩烟烟憋住一口气，说："谢谢，那我先走了。"她说着弯腰拾起了自己的柜子钥匙。

姚琛问："干吗去？"

韩烟烟无语："我是学生，我得上学去。"

姚琛"噢"了一声，仿佛恍然大悟。

知道这里还是金豪，韩烟烟就穿着浴袍直接离开了。她离开后，姚琛又点了支烟，吸了几口，冲着天花板吐出白烟，嗤笑："良家。"

这会儿还是上午，金豪不营业，但内部有几个值班的人。韩烟烟顶着他们异样的目光去了员工更衣室，换回了自己的衣服，不在乎丢人。

丢人又有什么大不了的？在这些世界里，就连爱人或者恨人都没意义，何况丢人？

她还没走出金豪的停车场，一辆跑车就漂移过来拦住了她。车子几乎是贴着她的衣角停下的，司机要是手滑一下，都能把她撞飞。

车窗放下，姚琛抬了抬下巴，命令道："上车。"

韩烟烟没动。姚琛挑了挑眉，韩烟烟放弃跟他对抗，拉开车门上了副驾。

"您还有什么事？"她问。

"没事。送你上学。"姚琛说，"S大是吧？系好安全带。"

"不用麻……"韩烟烟才说半句，车子就轰鸣着如箭一样窜出停车场。她只好系上安全带。

"你要真想正正经经地生活，就别在金豪混了。"路上，姚琛说，"你这样的女孩我见多了，仗着漂亮想赚点小费，结果发现辛苦一个月没有做'公主'的一晚上赚得多。天天看着别人纸醉金迷，再遇上一两个土豪、富二代献献殷勤，就脑子不清醒了。最后让人玩够了甩了，不到一年你就能在'公主'里看见熟面孔。

各个当初都信誓旦旦，觉得自己能出淤泥而不染。"

"您要辞退我吗？"韩烟烟问。

"是让你换份工作。"姚琛说。

"我还是学生，只能打工。这是我能找到的赚得最多的工作。"韩烟烟说，"您放心。我脑子很清醒。"

"就喜欢你脑子清醒。"姚琛嘴角扯起，"我这儿还有份工作，你要不要做？"

"……什么工作？"韩烟烟问。

姚琛回答："我女朋友。"

"正经的。你不是要正经地谈恋爱吗？这可是有名分的。"姚琛一本正经地说。

S大不算远，他们说着话就看到了高大的图书馆。韩烟烟揉揉额角，直接说："麻烦您把我放在北门。"

车在北门停下，韩烟烟推开车门下车。姚琛叫住她："晚上几点下课？"

韩烟烟问："您又想做什么？"

姚琛笑："追你啊，不是想谈恋爱吗？我接你上班。"

韩烟烟无语："您别折腾了，好吗？"

姚琛说："不好。"

韩烟烟只能说："我放学自己坐公交车去上班。您来了也找不到我。"

姚琛含笑："别着急，话别说太满。"说完，他踩着油门扬长而去。

韩烟烟望着跑车的影子，翘起嘴角。

这一天的进度还算不错。她对他的各种拒绝全都是欲擒故纵，以退为进。他自己就是"风月主人"，她就给他一个"正经良家"。姚琛显然蛮上钩的。

韩烟烟白天上课时还在琢磨，等晚上姚琛来接她，她该怎么控制局面、怎么推进进度。她忘了姚琛是个流氓，他根本不按照普通霸道总裁的套路走。

放学的时候姚琛发了条信息过来："北门等你。"

随着信息，附了张韩烟烟的裸照。

这个世界的任务目标是个彻头彻尾的渣滓，韩烟烟笑得开心极了。

◆ ◆ ◆

因为是被"胁迫"的，所以韩烟烟是绷着脸坐上姚琛的车的。

姚琛倒是嘴角含笑，把自己的手机递了过来："都在里面，自己删吧。"

韩烟烟打开他相册一看，嗬，还不少，他拍了得有三四十张。那些照片其实都没露点，或者是后背照，或者是姚琛将她搂在怀里，用手臂挡住她的胸。但任谁一看都知道，照片里的她是赤裸着的。也足以看得出，姚琛昨天晚上玩得相当开心。

"别生气了，没别人看到，就是逗你玩的。"姚琛用舌尖顶着腮肉，忍笑。

韩烟烟侧头看他。

这男人长得帅，身材好，有钱有势，偶尔给你用个强，偶尔又给你点霸道温柔，要搁在言情小说里，妥妥的男主。最后的结局肯定是他金盆洗手退出黑道，和女主圆满收场。

可搁在眼前……如果韩烟烟是真正的"女学生韩烟烟"，这些照片能逼死她。

她转头看着前方："姚总，你到底想干吗？"

姚琛平稳地开着车，说："追你啊。"

韩烟烟自嘲地说："第一次有人用裸照追我。"

"噢？"姚琛问，"那别人都是怎么追你的？给我说说。"

"不用追。"韩烟烟说，"两个人互相喜欢，自然而然就在一起了。"

"女学生韩烟烟"和小许就是这样，自然的、平淡的、幸福的。这才是生活和爱情应该有的样子。

姚琛对此嗤之以鼻。

他把韩烟烟放在了金豪门口，在她下车前拉住她："我这几天有事，不在这边。我跟老林打过招呼了，他会关照你。有什么事别怕，尽管找他，有我呢。"

霸道的温柔说来就来。

韩烟烟眨眨眼，只能说："谢谢。"

姚琛在金豪换了他的加长豪车，小杨接过跑车去泊车。他泊完车回来，看到韩烟烟还站在台阶上目送姚琛的车远去。

"烟烟，你……"他走过去，有点吞吐地问，"你和姚总在一起啦？"

韩烟烟不想跟他多接触，甩了一句"别瞎说"，转身进去了。

什么瞎说，都从人家的跑车上下来了？！听说她白天还曾穿着浴袍从五楼下来。姚琛有间套房就在五楼！啊啊啊啊，说好的对姚琛"没意思"呢？漂亮女生都是骗子！

韩烟烟连着好几天没看见姚琛，看不到姚琛，她的生活就十分平静。

这天，学校系主任把她叫了去："你父母打电话到学校，说你把他们都拉黑了，指控你不孝，希望校方能管管你。这是怎么回事？"

韩烟烟凄然一笑，说："我兼好几份职，负担自己的学费、生活费和我弟弟做透析的治疗费。我弟想要个游戏本，他们逼着我出钱，我掏不出来，他们就说我不孝。我实在没办法，只能拉黑他们。"

系主任气得脸都青了。以他的眼光，也能看出来韩烟烟穿的衣服都是极其廉价的地摊货。这年头，像韩烟烟这样勤工俭学的，简直就是上个世纪的人。

系主任说："你别怕，你就安心学习，他们再敢打电话到学校，我挡着。"又说，"我看你没有申请助学金，要不要我帮你申请？"

韩烟烟摇头："我家的收入其实不低的，就是弟弟的病拖累的。我现在打工的收入可以支撑这些基本费用，只要他们不乱花。助学金还是留给真正需要的同学吧。"

系主任被感动得不行，激励她一通才放她走。

韩烟烟出了教学楼就掏出手机，把家里的电话从黑名单里拉出来，拨了过去。

"用点脑子行吗？以为这样我就会赶紧掏钱给你们？省省吧，我明确告诉你们，这个月没钱！"

说完，她挂断电话，拉黑。

等着吧，等他们发现她真的不给钱了，自然会服软。花她的钱还想骑在她头上拉屎，还有没有天理了？！

韩烟烟刚放学，姚琛的电话就打了进来："北门。"言简意赅。

韩烟烟上了车，姚琛说："明天不用去金豪了，我有个酒会，需要个女伴，你陪我出席一下。别这表情，我让老林给你算加班，给你加班费。"

"对了，你有没有……"他看了一眼韩烟烟身上的地摊货，改口，"算了，肯定没有。走，给你买衣服去。"

姚琛带韩烟烟去了一家商场，里面全是一线大牌。

姚琛选了一家店，给她置办了酒会上穿的小礼服和配套的鞋子。韩烟烟从更衣室里出来的时候，惊艳了他。

"果然人要衣装。"他啧道。

"还得买一件外套，我只有两百块一件的羽绒服，套在礼服外面，会把你的脸丢到南极去。"韩烟烟淡淡地说。

姚琛眼睛里全是笑意："就喜欢你的爽快。"

姚总有的是钱，更加不怕给女人花钱。要不然他刀头舔血挣那么多钱干什么用？

扫完店出来，除了置办整齐酒会的行头，姚琛还给韩烟烟置办了一堆日常衣物。

"该扔的就扔了，以后有的是新的穿。"姚琛说。

韩烟烟试衣服的时候，姚琛让店员悄悄地把她自己的衣服都扔了。韩烟烟只能直接穿着新衣服和新鞋。

这样一来，一个破破的旧包就很扎眼了。姚琛又把她的包也扔了，给她买了两个新包。

霸道温柔之后，又来金钱攻势。

韩烟烟冷着脸接受，其实心里开心得不行。

他们还一起吃了晚饭，搞得宛如一场约会。

晚上把韩烟烟送到住处楼下，姚琛问："不请我上去坐坐？"

韩烟烟说："这房子是我男朋友租的，他肯定不会喜欢我带别的男的上去。"

"哟。"姚琛问，"那他人呢？"

"出国留学了。"韩烟烟面无表情。

姚琛笑得特别开心。

韩烟烟伸手去开车门。姚琛拽着她的胳膊把她拽了回来，把她压在座椅背上哄："行了，别生气。他都把你扔下不管了，就别惦记他了。珍惜下眼前人行不行？"

车子里的空间太小，两个人贴得太近。韩烟烟故意让呼吸乱了几分。

姚琛察觉，哧哧地笑了，很满意自己散发的荷尔蒙起作用了。他压过去亲她。韩烟烟侧头，他只亲到了耳朵，不满意，上牙齿咬了一口。

韩烟烟浑身一颤，推开他，拉开车门跑上了楼。

姚琛看着她消失，摸着方向盘，对进度很满意。

韩烟烟回到家把纸袋子随地一扔，然后把自己扔进沙发里，仰头休息。她对进度也很满意。

是时候一点点地被姚琛"征服"了，她想。只是他这咬耳朵的力度……真熟悉。

"如果姚琛真的是丁尧，那么……成宇，你又在哪儿？"

她用力地搓了搓脸。

翌日傍晚，姚琛坐着他的加长豪车来接她。虽然他头一晚已经看过她穿小礼服的样子，可韩烟烟这时绾了头发，换了妆容，整个人看起来像变了个人。

明明是个出身寒门的小家碧玉，看起来却像大家闺秀。

姚琛着实被惊艳到了。

酒会是正经的商务酒会，与会的都是正经的商界人士。韩烟烟这一个月被束缚在"女学生"的壳子里，来到这里呼吸到熟悉的气息，有种复活的感觉。

她端着酒杯慢慢地抿着酒，心想：姚琛会混迹于这种场合，足以说明他有想洗白上岸的心思。

这很好，她微笑。

姚琛跟人交谈时，间或会向韩烟烟投去一瞥。有人过去搭讪，她谈笑自若，应对得体。

昨天他还曾担心她来到这里会露怯，没出席过这种场合的人，特别容易显得小里小气。可现在她看起来就像个出身富贵的名媛，谁能想到昨天她的一身衣服和包加在一起不超过五百块？

姚琛困惑，这难道是因为她受过高等教育吗？不不不，这场合里的人几乎都受过高等教育，像他这样连高中都没读完的才是另类。可这些人并不比她更夺人眼目。

姚琛抽了支烟，静静地观察了韩烟烟一会儿。在她又拒绝了一个搭讪者之后，他才走了过去。

"这个不错。"他递给她一杯酒。

"不忙了？"韩烟烟接过酒。

"谈得差不多了。"姚琛说着把领带稍微拉松了些。

韩烟烟放下酒杯，给他重新整理好。"别这样，还没结束，不合商务礼仪，别人会觉得被轻慢。"她说。

姚琛任她给他打理，说："你懂得还挺多。"

"基本的商务礼仪嘛，在学校里听过讲座。"韩烟烟说。

这一晚她故意多喝了两杯。跟姚琛斗法这么多天，是时候该"交交心"了。酒精是最好的媒介。

她这身体果然不胜酒力，在回去的路上就头晕得厉害，不知不觉睡了过去。

醒过来时，她正被姚琛压在椅背上亲。

这男人西装革履的时候还像个人，现在领带早摘了，衬衫的扣子也解开了好几颗，没了人性，只剩下狼性。

韩烟烟咬了他一口，想用力推开他。可现在的她远远比不上末世里身体被异能强化过的"韩烟烟"，甚至比不上天天去健身房练搏击的"韩大小姐"。她还微醺着，手推过去，力道软绵绵的。

倒是咬那一下，把姚琛的嘴唇咬出了血。姚琛抹了下嘴，按住韩烟烟的两只手腕，压住她狠狠地亲，舌头和手都很放肆。

韩烟烟今晚艳光四射，不仅大气，而且一看就是正经女孩。

姚琛这会儿精虫上脑，欲火焚身。

✦　✦　✦

韩烟烟趁机撒酒疯，大哭起来："浑蛋！都欺负我！你们都欺负我！"

女人要是尖叫挣扎或是哭得梨花带雨，还能刺激一下男人的荷尔蒙。唯独这种号啕大哭着实破坏气氛。姚琛脑里的精虫都让她哭退潮了。

"别哭了，别哭了！"他恼怒地放开了她。

韩烟烟的鞋子掉了，抱着腿缩在座椅上，哭得一抽一抽的，跟她平时镇静、淡然的模样反差巨大。有种醉后露真相，终于揭开了平时的坚强表象、露出掩藏的脆弱的感觉。

姚琛也不哄她，大马金刀地坐在她对面，衬衫敞开着，点了支烟看着她哭。他抽了大半根烟，韩烟烟才消停点，把脸埋在膝盖里轻轻啜泣。

这样哭才惹人怜。

姚琛抽了几张纸扔给她："擦擦。"

韩烟烟把脸擦干净才抬起头来。她的眼睛、鼻子都红红的，嘴唇微肿，但她已经冷静下来，恢复了平时的模样，仿佛刚才崩溃大哭的不是她。

姚琛觉得有趣，弹弹烟灰，说："说说，谁欺负你了？"她的情绪崩溃，显然不止因为刚才他想强要她，而是已积压了很长一段时间。

韩烟烟冷淡地说："你。"

姚琛视她为囊中物，根本不觉得自己对她做的事算是欺负。他乐了一下，说："我问的是别人。"

韩烟烟绷着嘴角，冷漠地说："与你无关。"

姚琛盯着她看了一会儿，掐了烟，拽着她的胳膊把她扯到自己怀里，钳住她下颌，告诉她："我是不是说过，要让你当我的正经女朋友？你的事都跟我有关。让我听听，谁这么大胆子，敢欺负我的人？以后有这种事你就跟我说，我给你解决。"

韩烟烟盯着他说："你以为你是万能的，什么都能解决？这是我自家的事，你解决不了！"

姚琛挑挑眉："自家？"

"是我亲爹亲妈！"韩烟烟仿佛赌气般地说了出来，"是把我生下来的人！你怎么解决？姚琛，你要是能解决，我二话不说，以后都跟着你！"

姚琛挑挑眉，饶有兴味地问："你爹妈怎么了？说说我听听。"

韩烟烟垂下眼，把家里的破事都跟他坦白了。

金豪消费水平高，服务生赚得不少，就算负担弟弟的治疗费，也还有富余，可韩烟烟穿的都是地摊货。姚琛早就觉得有点奇怪了，现在全明白了。摊上这样的父母，真是投胎技术不好。

姚琛冷笑一声，说："血缘这东西，没你想的那么重要。等你挣脱出来，就会发现，他们不值得你这么付出。"

韩烟烟仿佛很痛苦地说："你说得容易……"

"没关系，你自己切不断，我来帮你切断。"姚琛说。

韩烟烟睁大眼睛："你……"

姚琛慢条斯理地把刚才被他扯下肩头的裙领和内衣肩带都给她拉了回去，拍拍她的脸说："交给我，三个月足矣。你只要记得，说话算数。"

韩烟烟看着他的眼睛，确认他没在开玩笑。她沉默了一下，抬眸说："好。但在那之前，你不许再骚扰我。"

姚琛笑了，痛快地答应："好。"

姚琛说到做到，真的没再骚扰韩烟烟。他偶尔会顺路接她下学上班，或者下班送她回住处。

两人的关系并没有公开，金豪里的同事都不知道。韩烟烟被领班通知专门负责八区，端着托盘遇到姚琛时，她会低头喊一声"姚总"，侧身让路。

她去包间里送酒，姚琛会抱着樱樱或者艾米丽咬着烟看着她笑，韩烟烟只当作看不见。给他倒酒时，咸猪手伸过来，她总能灵敏地避开，不叫他得逞。

她用之前从姚琛那里得到的两万"外快"续了房租，继续住在那个小房子里。这个月她真的没给父母钱。他们打电话到她的座机上漫骂、斥责她，她拔了电话线。过了一段时间，他们用别的号码打了她的手机，终于服软。

谁出钱，谁说话声音大。只有"包子"才会出钱出力出血汗，还被人骑在头上。

韩烟烟非但不是"包子"，在这个世界，她无所顾忌。

韩烟烟拿捏住了父母，同意看他们的表现再决定下个月是否继续出弟弟的治疗费。从父母的反应中，她没看出姚琛采取了什么行动。不过姚琛说需要三个月，这才一个月，倒是不着急。

韩烟烟就是好奇，用流氓对付无赖，不知道效果怎么样。

这三个月里，姚琛对她的追求终于正常了点，像个正常男人在追求女人了。他们偶尔约会、吃饭、买东西，身体接触被韩烟烟控制在接吻的程度。姚琛偶有冲动，韩烟烟就拿他自己的承诺挤对他。

姚琛恨得牙痒痒，掐着她的小蛮腰，磨着牙说："小妖精，你等着！"

转眼新年到来，学校放假了，同学们纷纷回家准备过年。韩烟烟这两年都没回家过年。比起跟家人团聚，对父母来说，她好好在K市给他们打工赚钱比较实惠。韩烟烟今年更不打算回去，她白天窝在出租屋里，晚上出门去金豪打工。

姚琛对她这种深居简出、缺乏社交的生活略有所知，很是奇怪："你白天都干吗？"

"看书啊。"韩烟烟说，"以前我接了好几份家教，太忙了。现在能安安静静、不受打扰地看书学习，真是太幸福了。"

高中就辍学的真学渣姚琛，头一回不知道该说什么。

三个月的期限转瞬就到了。韩烟烟估摸着，姚琛也该给她一个答复了。

这天，姚琛傍晚来接她，提前给她打了电话："穿漂亮点，尤其是内衣。"他的声音里透着股懒洋洋的调子，像在对着盘中的小羊羔说："躺好了，我准备开吃了。"

韩烟烟明白，这件事要有个结果了。她果真打扮得很漂亮下了楼。现在她的衣柜里已经没了地摊货，从内衣到外套，到鞋子、包包，都是姚琛给置办的。

"人要衣装"不是虚言。穿地摊货的韩烟烟已经很漂亮了，穿着昂贵衣衫的韩烟烟更是妩媚中透着沉静，充满知性美。

姚琛很满意，既满意韩烟烟，也满意自己的眼光。

"今天不用上班？"她问。

"今天不用，以后也不用了。"姚琛说。

韩烟烟盯着他。姚琛翻了个白眼："我女朋友还上什么班？"

韩烟烟问："事情解决了？"

"别着急，先吃饭。"姚琛吐了个烟圈，看着盘子里的"小羊羔"笑。

晚餐是牛排和红酒，餐厅格调高雅，食物精致可口。姚琛的西餐礼仪居然相当不错，他的商务礼仪其实也不错。结合他高中辍学、黑道背景的大流氓身份，韩烟烟猜他肯定特意请老师培训过。

用完餐，韩烟烟把餐巾放到一旁，问："现在能说了吗？"

姚琛喝了口红酒，晃着杯子说："西餐礼仪不错。"

韩烟烟说："在学校里听过讲座。"

其实，那些所谓的讲座也只是告诉你理论性的东西。诸如用刀叉切割食物时要端肩夹肘这些细节，就算知道，不经过一段时间的训练，也很难做到位。从前国外的贵族小姐，甚至从小就在肩膀、胸口勒着带子练习控制手肘张开的角度。

姚琛的确请专门的老师教过，但韩烟烟做得比他还到位。因为韩烟烟接收过上流社会大小姐的全部人设。

姚琛微觉有疑，但这不过是小事，他没往心里去。

等餐盘撤下，姚琛说："给你父母打电话试试。"

韩烟烟狐疑地打过去，结果发现自己被拉黑了。不是她拉黑了父母，是父母拉黑了她。

韩烟烟惊讶。

姚琛含笑给了韩烟烟一个牛皮纸袋。韩烟烟打开文件袋，取出了一叠签字文件。她仔细看了看，愕然："套路贷？"

三个月前，姚琛的人不断地往韩烟烟弟弟的手机上发推广短信。韩弟弟是为了买部手机能卖掉一个肾的货，看到短信立即就跟对方取得了联系。因为什么门槛都没有，韩弟弟直接签了2万的贷款合同，到手5000元现金，欢欢喜喜地买了心心念念的游戏本。

等到期还不上钱，他又被忽悠着签了6万的欠条，然后到期又还不上……三个月的时间，5000元的贷款滚成了70万。

等韩烟烟的父母知道的时候，天都要塌了。

"一般5000块三个月也就能滚成20万。能滚成70万，你弟弟的智商……"真是一言难尽啊。不过，好在韩烟烟的智商显然在线，姚琛想想就放心了。

韩烟烟没回应他，她在看最后一张纸，手写的。

贷款滚成70万之后，什么电话恐吓、上门泼油漆、单位堵人的戏码就纷纷登场了。韩烟烟一家人要崩溃了，他们根本没这么多钱。把家里仅有的不到10万块积蓄都还给借贷公司后，韩家面临着必须卖掉房子的局面。这个时候，借贷公司的人说："听说你家还有个女儿，是大学生，很漂亮？"

韩家父母于是在借贷公司的人的诱导下，写下了这份保证书，保证所有欠款由其在K市读书的女儿韩烟烟偿还。

要是在古代，这就是卖女偿债。怪不得他们把她拉黑了。

韩烟烟看完，把所有的文件扔在桌上，向后靠在椅背上，神情凄凉——不管内心的真实感受怎样，她的人设是一个"内心坚强、不甘于受父母剥削，却被血缘束缚，痛苦纠结"的女儿，她就得有相应的表现。

她放在桌面上的一只手紧紧握成了拳，用力到指节发白，可以说很注重细节了。

"他们以为我们会把你绑去卖身。嗯，大概是这样，我的人就是这么暗示他们的。"姚琛说。

他看她低垂着眼睑，眼圈红红的，叹了口气，伸手覆住她放在桌上的那只手，安慰她说："别难过，血缘这东西没那么重要。他们也不是为了给你生命才生你的。这么想会好受点吧？"

他拍了拍她的手，然后握住。

他握得很用力。虽然他嘴上在安慰她，但她知道他今晚最终的目的是她。

势在必得。

韩烟烟抬眼看着这个男人。

✦ ✦ ✦

在姚琛心里，韩烟烟是个表面坚强、内心柔软的女孩，否则也不会这样被父母踩在脚底剥削。被父母当成货物卖了，她肯定会伤心难过。

他本想在饭桌上和路上好好安慰安慰她，让她缓缓情绪，然后把她带到他的住处。

这安排原本不错，结果却被韩烟烟整个打乱了节奏。

看完那些签字的合同、借条和保证书，她再没说过一句话，沉默得可怕。

姚琛先前准备好的那些劝慰说辞都没了用武之地。在车上，她坐在他对面，一直没有表情地望着窗外的夜景。姚琛真有点怕她把自己憋坏。有些过于强烈的情绪如果不发泄出来，很容易把人憋坏的。

他忍不住开口，说："其实血缘这个东西，你真切断它以后就会发现，很轻松，并没有你想的那么痛苦……"

韩烟烟转过头，昏暗的车厢里，她黑黢黢的眸子目光幽邃。

姚琛一怔间，她已经起身，一步跨坐到姚琛腿上，直接堵住了他的嘴。

姚琛猝不及防，呆了一瞬。等他傻傻张开的两手终于反应过来，握住她的腰时，她放开了他的唇。

"能闭嘴了吗？"她问。

她看起来冷感极了，可是姚琛的血都热了。

"能啊。"他含笑。

他按着她的后脑压下来，含住了她的唇。

车在红绿灯路口停下，司机和副驾上的小弟都感受到了车身的晃动。加长豪车的后车厢是全封闭的，中间有隔离挡板，既看不见情况，也听不到声音。

但晃动太明显，两个人对视一眼。

"我天！"小弟说。

司机哧哧地笑。

红灯变绿灯，司机松刹车、踩油门起步。小弟说："开慢点，开慢点。"

于是车子慢悠悠地开在慢车道上。好在晚上车少，也不碍别人事。

后车厢里潮湿昏暗，玻璃上弥漫着因人体发散的热力而凝结的雾气。

韩烟烟有很多在车厢里的回忆。丁尧喜欢用性爱来缓解肾上腺激素短时间内大量分泌给身体留下的后遗症。

战队并不是每次都能找到合适的宿营地，很多时候，车队只能停在野外，大家都睡在车里。

狭小的空间，潮气弥漫，车身吱呀摇晃，总会吸引两三个丧尸趴在玻璃窗上。韩烟烟语不成声地让丁尧放雷劈碎窥视的丧尸。丁尧只是笑，就不。

恶趣味。

那个时候多无聊啊，没有电视、广播，没有手机、电脑，晚上就这么点乐子，大家都乐此不疲。不知道什么时候就死了，快活一次少一次。

其实，韩烟烟后来想过很多次她到底怎么就爱上了丁尧。你看姚琛，姚琛对她使的种种手腕，足以俘获一个普通女人，让她死心塌地爱上他。可她对姚琛就半分没动心。

韩烟烟想，果然还是因为环境吧？

末世的环境太特殊了，死亡的压力每天都悬在头顶，肾上腺激素分泌得比荷尔蒙还频繁，人的内心却因为看不到未来而变得麻木、空洞。一点点温存，一点点可以依靠的感觉，就被无限地放大。

她其实没有她以为的那么爱丁尧，她最难受的是这口气不出，她意难平。

至于姚琛，他是丁尧吗？是吗？

姚琛一直觉得在男女的事上，"凶狠"这个词只能用在他身上。他没想到有一天这个认知会被韩烟烟颠覆。

她剥去仙子的外皮，果真是个噬人的妖精，又凶又狠，像是要榨干他的骨髓、精血，好让她成仙。

可就在这至欢至愉的时刻，在如此安静的密闭空间里，姚琛清清楚楚地听见她呢喃出一个名字："丁尧。"

是个男人名，肯定是个男人的名字！

姚琛不在乎什么真心不真心、贞操不贞操。唯独这一次，他是真不能忍！那一瞬他甚至想掐死韩烟烟！

就……舍不得。

姚琛此时的怒火和妒火燃烧得比欲火旺盛得多！

他满腔怒火，却又舍不得打骂韩烟烟，只好化怒火为欲火，烧死她！

司机打着哈欠把车停在了姚琛家门口。下车时，韩烟烟的腿酸得发颤，衣服又湿又黏，难受极了。这个身体比起前两个世界的身体，太不给力。

"卧室在哪儿？我要洗澡。"进了门，她疲倦地说。

姚琛"哼"了一声，摔上门，一拽就把她摁在了门上。

"丁尧是你前男友？"他按着门板问。

以前提起韩烟烟的男朋友，他都笑嘻嘻地称"男朋友"，这一次改口称"前

186

男友"了，还特别咬重了"前"这个音。

韩烟烟幽幽地看了他一眼。姚琛对"丁尧"这个名字没有任何反应，哪怕他真的是丁尧，也没有丁尧对上个世界的记忆。

她有点冷淡地否认："不知道你在说什么。我要洗澡。"说完就想推开他上楼。

这女人翻脸不认人。姚琛简直给气笑了。

他把她按回门上，双臂撑在门上把她锁定在身前狭小的空间里，盯了她一会儿，舌尖顶了顶腮肉，说："这回就算了，以后再让我听见这人的名字，我让他在人间消失。告诉你，清河湾里，想找我索命的水鬼多得得排队。"

他说这话的时候眼睛里有凶光，是认真的。一条人命对他来说不算什么。他满腔怒火，又舍不得朝韩烟烟发，只能把那男人切碎了抛尸。

清河湾……

韩烟烟记住了。她垂眼，轻轻地说："一辈子见不着的人，有什么好介意的。你带艾米丽她们出台，我介意过吗？"

倒还真没有。

姚琛喜欢用樱樱她们逗她，但韩烟烟即便看见他带她们出台过夜，也只是淡淡地投去一瞥。姚琛以前喜欢看她这种仿佛没有情绪的样子，觉得有趣。可现在他想起来，她投过来的淡淡一瞥中真没有多少在意。

他心里忽然不是滋味起来。

就连艾米丽、阿May和樱樱几个，还为了他带谁出台的次数多一些争风吃醋呢。

韩烟烟的身体放松下来，软软地靠在门后，语气软软地说："别瞎发脾气了，我腿都抖了，赶紧洗澡睡觉。你还是不是人啊，快把我弄死了。"

听似抱怨的话语里隐藏着让男人得意的夸赞，姚琛觉得顺耳，看到她疲累的模样，心就软了。他哼了一声，弯腰把她抱了起来——抱小孩那种抱法。

韩烟烟惊呼一声，随即轻笑，抱住了他的脖颈。

底层出身而后发达的男人，常常比含着金汤匙出生的人更重物质享受。姚琛浴室里的大浴缸简直穷奢极欲。

韩烟烟泡到手脚发软，像没了骨头。

可姚琛没打算放过她。虽然他喜欢她凶狠地压榨他的模样，可让别人占上风不是他的习惯。对女人，他习惯于征服得彻底。

韩烟烟像飘在云端，每一个细胞都被电流击穿，每一个毛孔都张开了。她的身体好像先蒸发又凝固，最后重重掉落，穿透层层云雾，坠落在柔软的大床上。

她的脚趾绷紧、轻颤，意识都放空了。她本能地搂紧压着她的男人，手心摸到的都是汗。汗水顺着肌肉凸起凹陷的走势滑落，两人皮肤相贴的地方黏腻腻的，澡都白洗了。

姚琛抱着她翻了个身，让她趴在自己胸口上。她的目光没有焦距，完全失神的模样让他心情很好。

他的手摸向床头柜，点了支烟，吞吐了一会儿，轻轻抚着她的背问："心情好点了吗？"

韩烟烟"嗯"了一声。

过了很久，姚琛一支事后烟都快抽完了，韩烟烟忽然轻轻地说："感觉好像在做梦……"

姚琛夹着烟："嗯？"

"总感觉以前的人生像是别人的。感觉……整个世界都不对劲，像假的。"韩烟烟轻轻地说。

"姚琛……"她抬起头看着姚琛，轻声问，"你会不会有这种感觉，觉得……被这个世界困住了？"

韩烟烟的眼睛盯着这个男人，眨都不眨，唯恐错过一丝神情变化。

四

"小可怜。"姚琛咬着烟含混不清地说。他用手指夹着烟，另一只手捏着韩烟烟的脸，怜惜地说："以后跟着我，让你翻身做世界的主人。"

他的回答打破了韩烟烟对"姚琛可能就是丁尧"的笃定。她不由得感到茫然。

是她想错了吗？

说起来，他们其实很不同。丁尧上过大学，受过高等教育。他对雷霆战队的管理都隐隐带着企业管理的风格。他本人处处透着一股精英范儿。

姚琛不一样。他纯是野路子，身上的很多小细节都显示出他是从底层打拼上来的。他有些小习惯，比如说脏话、用舌尖顶腮肉，都痞里痞气的。

韩烟烟其实没有证据证明姚琛就是丁尧。她会产生这个想法，无非因为两人偶尔亲密时的一些契合。那些瞬间令她心惊心悸，可要一样样地拎出来讲证据，又很难成立。

如果他不是丁尧……

韩烟烟忽然失了兴趣，失了一直以来那股子蠢蠢欲动、蓄势待发的势头。她勉强笑笑，趴在姚琛胸口，懒懒的不再说话。

姚琛让韩烟烟搬进了他的住处。他有间大书房，卧室套间里还有间小书房，他把小书房给了韩烟烟使用，让她有独立的学习空间。

可以说，他对她很体贴。

韩烟烟是他正正经经的女朋友，第一个。他从前的那些女人只能叫妞头。区别在于，他睡她们的时候，就是为了睡她们而睡她们。他睡韩烟烟的时候，却是为了让韩烟烟跟他在一起。

姚琛有时候注视她时，自己也在揣摩这中间的区别。

最后，他归结为这是因为他老了。人一旦上了年纪，哪怕曾经再癫狂再放浪，都会开始产生想安定下来的想法。这种想法中最重要的一个就是娶老婆。

姚琛之所以会正正经经地找一个女朋友，就是因为当初韩烟烟严肃地告诉他，她不能接受不正经的关系时，他脑中不期然地冒出一个念头——可娶。

同居之后，姚琛近距离地感受了韩烟烟生活的单调性。

"你不闷吗？"他很费解地问她。

在他看来，她的生活真的太单调了。

韩烟烟自从做了他的女朋友，便不再打工。姚琛身为男朋友，怎么会让她再为钱操心？她搬进来当天，他就给了她一张卡，并告诉她："小书房的保险箱里有现金。"

小书房里有一个小号保险箱，姚琛告诉了她密码。韩烟烟不客气地打开看过，里面放了几十万现金。

只有现金。

韩烟烟知道，自己必须有耐心。她对姚琛的攻克计划这才进行了第一步，而她想获得的那些东西，需要先获得他的信任或者信重，才能慢慢获取。

别急，在这些世界里，时间大概是最不重要的。她就算老死在这世界里，到下一个世界，她仍会是年轻貌美的女人，不是吗？

只要利奥不蹦出来催她。

正是因为对时间有着这样的认知，韩烟烟才能从容地过她想过的生活。

"女学生韩烟烟"没有"末世韩烟烟"强悍的身体素质，也没有"大小姐韩烟烟"受过的精英教育和从商经验。"女学生韩烟烟"还没离开校园，但她脑子清醒，学习能力很强，是个真正的学霸。

韩烟烟曾好多次产生过给自己充充电、再学点东西的想法，但总会因为生活中的种种，或者因为自身的惰性，今天拖明天，一拖二拖，时间就蹉跎过去了。

现在她无须为生活操劳、奔波，有时间，有精力，还有脑子，再好不过了。

"不会呀。"韩烟烟坐在书桌前，转着笔回答他，"最近刚办了一张健身卡，以后还要腾出时间健身呢。"

书桌上铺着书，还摆了好几本。韩烟烟一手托着下巴，一手转着笔。她搬到这边之后置办了几套家居服，颜色素淡、清雅，不性感，但看起来特别干净、特别舒服。

她整个人都干净、舒服。

家里有这么一个女人，连屋子都变得舒适了几分。

韩烟烟成天不出门，也没社交，生活极其单调。姚琛完全无法理解这种生活。他是个不喧哗就浑身不舒服的人，他早已习惯了灯红酒绿的热闹。

韩烟烟活得太静了。姚琛觉得这样不行，就拉着她出门。

跟姚琛在一起，不可避免地要跟三虎他们打交道。姚琛很快发现，韩烟烟和三虎这群兄弟玩不到一起。

韩烟烟毕竟不是艾米丽、樱樱，不可能坐到三虎腿上跟他喝交杯酒，被他揩油也只笑嗔着拍他。韩烟烟从气质上就和这些人融不到一块去。

因为姚琛明白地说过韩烟烟是自己的正经女朋友，三虎他们倒也一口一个"嫂子"地叫她。韩烟烟也不会对他们摆冷脸。实际上，她的回应都很礼貌、温和。只是姚琛能感受到那温和之下的冷淡和疏离。

三虎他们跟"公主们"混惯了，根本不懂什么叫尊重女性。开玩笑的时候根本想不起顾及韩烟烟还在场，同样不可能因为韩烟烟在场就不叫"公主"作陪。

看着韩烟烟垂眸啜酒、目光淡淡的疏离样子，姚琛意识到自己做错了。

原来正经的女朋友，你是不愿意让她在其他男人粗俗的玩笑里尴尬的。

正经的女朋友和一些不正经的女人混在一起，别说她自己，就连他心里都微妙地不舒服起来。

他后来跟韩烟烟说："不喜欢跟三虎他们一起，以后就不用去了。"

其实，他有点不愿意看到韩烟烟露出如释重负的模样。如果她露出这种态度，就说明她打骨子里看不上三虎那些人。而他，不管承认不承认，他和三虎这些弟兄是完全一样的出身。

他不愿意韩烟烟看不起他。

幸而，韩烟烟没有。她只漫不经心地应了一声，好像那是一桩再小不过的小事。姚琛松了一口气。

"看什么呢，这么专注？"他过去掀她的书，看了两眼就觉得脑壳疼。

姚琛可是真学渣。

韩烟烟被他逗得咯咯笑。

三虎曾背地里嘲笑韩烟烟这小嫂子"又闷又无趣"，姚琛知道后狠踹了他两脚。但姚琛不会跟他解释，韩烟烟和他单独在一起的时候，一点也不闷，跟"无趣"两个字更是不沾边。

这妖精在床上撒起野来，只有他能降服得了。

"其实也不是非让你跟他们玩到一块去，我就是看你成天在家里看书，总怕你会闷坏了。"姚琛抱着韩烟烟在大皮椅上坐下，跟她解释。

"可我要是住在学校里，这个时间就是待在图书馆学习的呀。"韩烟烟用细细的手指戳他的脑袋，"傻，我是学生啊。我住校的同学从早到晚不出校门，除了看书就是看书啊。我们做学生的，不看书还干吗？跟你似的灯红酒绿？"

这倒是。姚琛也想通了。

再说，韩烟烟这么老实本分地在家待着，也挺让人放心的。

这妖精平日里不显山不露水的，看着特别"良家"。可她要想勾男人，绝对是分分钟的事。她愿意老老实实地上学，老老实实地待在家里，也挺好。

他正这么想着，就听见韩烟烟问他："姚琛，我们要是分手了，你会给我一笔丰——厚的分手费吗？"她还特别咬重了"丰——厚"这个词。

姚琛有点心累。

韩烟烟这思维跳跃得让他情不自禁地生出"难道我真的老了"的自我怀疑。跟不上！

"想什么呢？"他拧她两边的脸蛋，"你咋不盼咱俩点好？"

韩烟烟把自己的脸蛋解救出来，心疼地揉着，说："我有点担心。"

姚琛问："担心什么？"

"担心我被你养娇。"韩烟烟说，"你以前说过，成天看别人灯红酒绿、纸醉金迷，慢慢地脑子就会不清醒。我跟你在一起之后，穿名牌、用名牌，吃好的、喝好的。我觉得我现在已经回不到从前了，迟早我的脑子也会不清醒。所以呢，要是分手的话，我希望你能给我一笔很——丰厚的分手费。这样我就能继续维持生活，不至于为了钱和虚荣的生活沦落到自己不能接受的程度。"

她说"很——丰厚"的时候，两只手还比画了一下，张开的程度挺夸张。

其实，她的眼神清澈，里面并没有贪婪。

姚琛嗑了下嘴唇，说："我看你的脑子挺清醒的，不过呢……"

他把她放在书桌上，开始解皮带，狞笑："你要是非想要呢，我现在就给你，一次就给你两亿……"

流氓在书桌上跟韩烟烟沟通起了价值两个亿的项目。与此同时，他在想，把她养娇，让她变得离不开他，这倒是个不错的路子。

体力运动结束，姚琛抱着韩烟烟，两个人挤在大皮椅里，韩烟烟才跟他说正经事。

"其实是开学之后开始有校招了，我同学都开始找工作了。"她说，"我就在考虑，你要是肯一直养着我，我就先不找工作了，我想考研。"

姚琛立刻表示支持："考。别成天瞎想，我肯定养你。你就踏踏实实地好好上学，找什么工作，我的女人还需要工作啊？"

虽然姚琛自己是真学渣，却很支持韩烟烟求学。他说："你就好好学习，一路学到博士。"

韩烟烟知道，姚琛的脉门，她已摸得八九不离十了。

姚琛是个非常警惕、戒心重的男人。韩烟烟跟他在一起几个月了，一丁点真正有用的东西都没摸到。对于攻克姚琛，韩烟烟做好了长期作战的思想准备。

首先，她要给自己增加砝码，把自己打造成知性女神。

✦ ✦ ✦

"不过话说回来，这些书……你都看过了吗？"韩烟烟问。

他们现在待在姚琛的书房里。姚琛的书房不仅书桌宽大，还有一整面墙的书架，放满了书，看着相当唬人，所以韩烟烟才会有此一问。

姚琛面不改色地说："看了——"

在韩烟烟狐疑的目光下，他的眼神飘了一下，"了"字拖了个长长的尾音，最后说："……一部分。"

这还差不多。

"好吧好吧，上面那些大部头都是充门面的。"姚琛磨牙承认，但是依然嘴硬地说，"但是下面这一块和这一块的书，我是真的看了！"

韩烟烟望着那些密集的书脊，神情慢慢变得有些莫测。

"怎么了？嘿！"姚琛在她脸前晃手。

韩烟烟捉住他的手，说："帮我个忙。"

"嗯？"

"帮我随便拿两本书。"

姚琛狐疑地说："干吗？"

"去嘛。"韩烟烟推他。

姚琛疑心她是要考自己，故意拿了两本自己熟读的。

韩烟烟摩挲着书皮，跟他说："你知道怎么确定此时此刻到底是现实还是梦境吗？"

"啊？"姚琛语调上挑，又跟不上韩烟烟的脑回路了。

"你怎么知道现在你跟我在一起是真的呀？说不定，你其实是隔壁班十五岁的初中生，中午吃完饭看见我从窗外走过去，趴在桌子上午睡时梦见自己是牛轰轰的黑道大哥，把我变成了你的女朋友。"韩烟烟很认真地说。

姚琛笑得不行，说："那这个梦还挺不错的，可以说是一场春梦了。"

他又问："那你现在是要干吗？"

韩烟烟沉默了一会儿，说："我在一部电影里看到过一个方法，据说可以鉴别自己是在梦境里还是在现实中。"

她拍拍两本书，说："随便选两本书，随便翻开一页。如果这是梦，你的大脑在不清醒的情况下能提供的有效信息有限，所以你打开不同的书，看到的始终是相同的内容。"

"姚琛，你帮我试试这个方法。"她说。

姚琛问："你怎么不试？你不是天天都看书吗？"

韩烟烟笑笑，说："因为我清楚地知道我不是在做梦，但我不知道你是不是在做梦。"

她把一本书塞到姚琛手里："快点。"

姚琛不满："凭什么我就是在做梦？"嘴里说着，他的手还是翻开了那本书。

"念第一段给我听。"韩烟烟要求。

姚琛上一次念书给别人听还是高中时候的事呢。他清清嗓子，念道："这时候帮派中有人对他的做法感到不满。这些人私下串联，密谋将他从这位子上拉下来。"

"换这本。"韩烟烟把另一本塞给他。

姚琛随意翻开一页，看了一眼就乐了，念道："这一次创业的失败，如一盆冷水将他浇醒，使他从之前成功的狂热中清醒过来。但幸好，失败带给他的不只是巨额的债务，还有深刻的反省和宝贵的经验……看看，看看，谁在做梦，谁在做梦？"

姚琛拿书敲她的头。

韩烟烟捉住他的手臂，用笑来掩饰心中复杂的思绪，转移话题说："你这都是什么书？"

两本都是人物传记。一本书的主人公一路从"草根"到大亨，这人现在还活着，是某财富排行榜上的首富。另一本书的主人公则是从黑道大哥变身为国会议员，七十年前就死了，称得上是传奇历史人物了。

韩烟烟翻了翻后一本，"哇哦"一声，抬眼看了姚琛一眼。

姚琛被她气得发笑，从她手里把书抽出来，又敲她的头："哇哦什么哇哦？！"

他噘了噘嘴唇，解释："他是所有混黑道的人的偶像。我以前给人当小弟的时候就把这本书翻烂了。这已经不知道是我买的第几版了。"

"你想走他的路子？"韩烟烟问。

"谁不想？我不信只有他一个人能做到，凭什么他能我就不能？"姚琛反问，又说，"议员有什么大不了的？K市的议员我打过交道，不是什么好鸟，他的手不一定就比我的干净。这样的人都能坐上那种位子，凭什么我不能？"

"我倒不在乎你能不能成为那种电视新闻里的大人物。"韩烟烟拢拢他的额发说，"我就是希望你能断了现在那些……生意。"

她背靠着书桌。姚琛两手按着桌沿把她锁在身前，低头看她："你不喜欢？"

韩烟烟轻轻地说："无关我喜欢不喜欢，你做这种生意，警察天天盯着你，我害怕。"

她其实无须害怕，姚琛做的事情她一不清楚、二不经手，姚琛就是哪天栽在警察手里，也连累不到她。

那她害怕什么呢？

怕他出事吗？

姚琛觉得这样很不好。

他本来自由自在的，没有任何牵挂。所以，他比别人凶，比别人狠。可现在这小妖精给他的心头套上了一道枷锁。他有种做事情束手束脚、伸展不开的感觉。

姚琛心知这样很不好，很不对。

他低头看着韩烟烟，她漆黑清亮的眼睛里倒映着他的影子。她的情绪不强烈，总是淡淡的，连对他的担忧都是淡淡的。

可这淡淡的担忧让他的心又软又悸动。

姚琛情不自禁地低头含住她淡粉色的唇，芬芳、柔软，而且温暖。她的舌尖灵巧又调皮，她的身体娇小玲珑得让人想把她揉进自己的血肉里。

这个吻没有那么多迫不及待的占有、急不可耐的入侵。这个吻温柔而舒服，甚至带着一丝初恋般的试探和胆怯。

姚琛是第一次这样吻她。是他的人变了，还是他的心变了？

不管是哪一样，都是她的小进步。

"你就好好地上你的学，读你的书，别胡思乱想。"姚琛放开她，手在她纤细的颈后摩挲，跟她说，"你好好考个硕士、博士什么的，给我长长面子。我的事，你别担心。"

他顿了顿，用自信又嚣张的语气对她说："警察，搞不倒我的。"

韩烟烟"嗯"了一声，将头靠在这男人的胸前。

韩烟烟的日常消费大部分是刷卡的，只偶尔用现金。姚琛反倒用现金更多。

小书房那个小保险柜里的现金，韩烟烟可以随便用。

她在学校的机房里凭着"女警察韩烟烟"的记忆找到了一个论坛。"女警察韩烟烟"曾经参与过一起调查在网络上非法出售专业级别的窃听器的案件。

江烨带着他们抓了几个在 K 市销售的交差。至于货源，因为要跨省，他们就没再深追。

这种生意，通常过段时间就会又冒出一茬。

韩烟烟在那个论坛里潜伏了一段时间，果然找到了卖家。那东西相当于专业级别，价格不菲。不过，韩烟烟有钱。她拿保险柜里的现金直接给对方汇了款。

走现金，没有一点痕迹。东西则被寄到了学校的代收点。

韩烟烟拿到后，在她认为需要的地方都装了窃听器。

她又买了一个不记名的手机号，给自己的旧手机里装了变声软件，打电话给江烨："要是对姚琛感兴趣，不妨在清水湾里捞一捞，说不定会有收获。"

江烨问："你是什么人？"

韩烟烟说："跟你一样，想把他绳之以法的人。"

她又提醒他："不管捞不捞得着东西，都别让姚琛察觉到我的存在。"说完，她挂了电话。

江烨查了一下这个号码，不记名的，没有线索。但这人指名道姓提到了姚琛，而姚琛一直是扎在江烨心头的一根刺。江烨心心念念的，就是要从 K 市拔除姚琛这个毒瘤。

他申请了经费，请了专业的潜水员在清水湾打捞。

清水湾是片野河湾，面积不小。潜水员捞了三天，在江烨快要放弃的时候，有了发现。

潜水员从水底捞出来十多个麻袋，里面都装着铅球，保证麻袋不上浮。尸体的腐烂程度不一，经法医鉴定，最近的有一年之内才死的，远的则有死了十年以上的。

幸而国家十年前启动了基因档案项目。他们对比了基因库，确定了大多数死者的身份。

意外的是，这些人都不在"失踪人口"名单上。他们消失了，却没有人为他们报案。因为这些人都不是什么正经人，大多数曾是黑道混混儿。他们不见了，就如同老鼠消失在下水道，没人在意，在意的人也不会惊动警察。

因为目标明确，江烨很快就梳理出这些人和姚琛的关系。他们大多曾是姚琛的对头，也有个别曾是他的手下，可能是被清理的叛徒。其中还有这么多年来江烨一直在找的好朋友——他是个警察，曾经去卧底，后来消失在人间。

他就是江烨死咬着姚琛不放的原因。

江烨遵守约定，没有暴露韩烟烟的存在。新闻报道里称，尸体是潜水爱好者野潜时偶然发现的。

姚琛搂着韩烟烟靠在沙发里时看到了这条新闻，他"啧"了一声。

韩烟烟从他怀里抬头看他。

这男人嘴角噙着嘲弄的、恶意的笑。

或许有些女人会觉得这很吸引人吧。的确，男人的无情、冷酷、残忍，乃至阴险、邪恶，有时候带有性吸引力。这种吸引力会令被吸引的女人弱化，乃至于无视这男人所作所为的非正义性。

韩烟烟只看了一眼那新闻，就兴致缺缺地低下头，半躺在姚琛怀里继续看她的书。

她正抱着的就是姚琛曾经翻烂过好几本的那位传奇人物的传记。

这位了不起的历史人物是脚夫出身，后来混迹黑道，成为一方响当当的势力的头目。他曾经带头抵制国外毒品对国家、国民的侵蚀，也曾在世道飘摇之际振臂高呼，率领三千青衫抵御外侮，其传奇般的一生在议员位上绚烂收官，去世于七十年前。

那个时代的黑道，义字当头。那个时代的大哥，满腔热血。

现在，时过境迁，人心不古。

✦　✦　✦

从清水湾打捞出来的尸体只能证明姚琛的罪恶，不能证明他的罪——没有证据。

对姚琛来说，这件事没有任何影响，不过是日后处理尸体要另寻个地方罢了。警方在清水湾一带装了不少摄像头，把清水湾纳入了城市监控的范围。

江烨将好友的遗体安葬，并在他的墓前发誓一定将姚琛绳之以法。

他给那个神秘人打过电话，对方总是关机。他心知那人若是不主动联系，他是没办法找到他的。他只期盼能再接到那人的电话，获得更多的消息，让他能找到有力的证据。

可惜一直没有。那个号码静静地躺在他的通讯录里，不曾再响过。

韩烟烟在姚琛身边的生活非常平静、安宁。

她上学学习，放学也学习。同学们大多在找工作，少部分和她一样，为了考研在用功。同学们隐隐知道，韩烟烟今年交了个有钱的男朋友，上下学都车接车送，有时候是跑车，有时候是加长豪车。有时候那人不能亲自来，也会有司机开车来接。

韩烟烟的穿着打扮和气场也跟从前不一样了。曾经的朴素女孩，现在变得高贵、冷艳，晋升到了女神的级别。

男生们都感叹，临近毕业，女生们的变化可真大。

虽然韩烟烟与三虎那些人玩不到一起，却在另一个场合如鱼得水。

若有正式的商务性场合，姚琛总会叫韩烟烟做自己的女伴。他原本只是想让她做个陪衬的花瓶，她貌美质华，带出去特别有面子。谁想韩烟烟像是天生就适合这种场合。在金豪包房里只淡淡垂眸、不声不响的人，在这些场合里却专注倾听，偶尔插话，而且总是切入得巧妙，又言之有物，让人不得不认同。

她不像还没真正进入社会的学生，倒像有多年从商经验的老手。

毕竟韩大小姐自小接受精英教育，十四五岁的时候她就被大爸爸带到会议室里旁听，十八岁的时候已经在集团的各基层部门摸爬滚打了一遍。

姚琛颇是惊艳和惊喜。

在这个迫切要转型上岸的阶段遇到韩烟烟，他总觉得这是上天在眷顾他。他跟韩烟烟说："要不然你就过来帮我做事吧？"

韩烟烟的心微跳了一下。她沉了沉心，拒绝了："现在复习太累了，等考研结束吧。"

倘若这是在第一个世界，她肯定会迫不及待地去他身边，迫不及待地完成任务。但经历了两个世界后，韩烟烟觉得，这些世界磨炼了她。

她的心不再那么躁了，情绪也不再那么激烈。

有时候她甚至觉得，她和姚琛在一起，像是在追一篇缓慢连载的文。情节没多少进展，作者很无良，每天都在絮絮叨叨地写平淡的日常。

在这些日常里，她学习，姚琛赚钱。她每天都会腾出时间去健身房锻炼身体。她在健身房里常常会注视搏击区的动静，看那些人挥舞拳头的轨迹，在脑海中一遍又一遍地把他们打倒。

但她一次都没走进去过。在这个世界里，"女学生韩烟烟"不应当有任何武力值。

她顶多玩玩飞刀。姚琛的地下室里有个标靶，他的那些飞刀一把比一把锋利。闲的时候，他会花几个小时去打磨那些刀的刀锋。

飞刀的威力比一般人想象中的大得多。

韩烟烟收着力气扔出去，刀也能稳稳地扎在标靶上，并不会掉下来。姚琛的飞刀玩得很厉害，总是扎在红心，一刀不落。

他手把手地教她。许是末世里练过如何用刀的缘故，韩烟烟上手很快。

姚琛总觉得韩烟烟像是专门为他准备的女人。他稍稍打磨她，总能一次又一次地在她身上发现新的光彩。

年底的时候，韩烟烟参加了紧张的考试。

姚琛说："这下可松快了。"

韩烟烟笑着说："只是暂时的。落榜了才是真松快，要不然的话，还得准备复试。"

背书、考试这种东西，从来只会让姚琛感到头疼。难得能看到姚琛这种表情，韩烟烟笑得不行。

"不过，元旦之后才会公布成绩，到复试，至少还有三个月的时间呢。我可以稍微放松一下。"她说。

"那就行。"姚琛说。

姚琛带她去国外旅行，游历山巅海底，如同真正的情侣。

不过，他们并没有拍多少照片。姚琛从来都避免照相，韩烟烟则根本没想过给两人留影。

那些山巅海底的欢笑和欢爱，只在姚琛的心底留下了影子。

他们回国时元旦已经过去了。一月份成绩出来，韩烟烟考过了，三月底她要参加复试。

"又要埋头苦学了。"她哀叹。

姚琛很高兴，要摆酒席为她庆祝。韩烟烟抚额，强行制止了他："还有复试呢！"

"好好，那就复试过了再庆祝。"虽然姚琛嘴上这么说，却还是买了昂贵的珠宝奖励她。

韩烟烟把那珠宝收进了首饰匣，很少佩戴。姚琛注意到后觉得老大没意思。

他一贯给她买衣服买包买鞋买化妆品，这都是对付女人的套路，虽然俗了点，可百分之九十九的女人都扛不住这么俗的"买买买"。此时姚琛才突然发现，自己好像一直没摸清楚韩烟烟到底喜欢什么。

回家时，姚琛经常看到韩烟烟坐在书桌前复习，耳朵里还塞着耳机。有一次，他拿起她的耳机听了听，都是听不懂的外文，像鸟语一样。

姚琛头昏脑涨地去洗澡，韩烟烟这才打开屏幕，切了外语的音频，把监听的软件关闭。

监听内容绝大部分是无用的信息，但偶尔也会收集到一些有用的信息。

江烨等了半年多没等到任何消息，就在他几乎要忘记那个电话号码时，它又在他的手机上亮起。

这一次，警方精准地打掉了姚琛的一个地下赌场。

人在江湖，本来就有起有伏。姚琛不是输不起，但这一仗警方打得太漂亮，让他和他的弟兄都非常恼火。

寻常男人灌几杯黄汤都容易撒疯，何况这些手上有血的男人？三虎把一个"公主"拖到沙发上肆意折磨。

姚琛原本正抽着烟思索警方是怎么得到的消息，后来那"公主"叫得太惨，扰乱了他的思绪。他转头看了眼沙发上不堪的场面，忽然心生厌恶。

这天晚上姚琛半夜才回家，家里亮着灯。

关门的声音惊醒了在沙发上睡着的韩烟烟，她迷迷糊糊地起身，身上的书本掉落在地上。她马上就要复试了，最近正在紧锣密鼓地复习。

她揉着眼睛，趿着拖鞋过去迎他。她的头发有些蓬乱，睡衣看起来软软的，好像很舒服。

姚琛觉得，回家前和回家后，他简直像在两个世界。

他也说不清他该属于哪一个，或者更喜欢哪一个。

"回来了？"韩烟烟微微打了个哈欠，声音软软的，带着困倦状态下特有的无力感。

她上前帮他脱衣服。

姚琛的西服领子上有半个口红印。姚琛看得清清楚楚，韩烟烟却像没看到似的。

另外半个，姚琛猜应该在衬衫领子上。他看不到，但韩烟烟一定看得到。

然而，韩烟烟仿佛什么都没看见，手掩着口，打着哈欠说："困死了，我去睡了，你也早点睡。"说完，她转身就要走。

不知道是因为赌场的事，还是因为喝多了酒，姚琛忽然恼怒起来。

他一把拽住韩烟烟，把她拉了回来。韩烟烟猝不及防地打了一个趔趄。

"韩烟烟，你是不是瞎了，这你都看不到吗？"姚琛指着自己衬衫领子上应该有口红印的位置。

韩烟烟先是愕然，然后表情淡去，无所谓地说："看到了又怎么样，你不是一直都这样吗？"

姚琛觉得，他已受够韩烟烟这种"淡淡"的态度了。

"一直都这样，你都不问一句？"姚琛更加恼怒，"你心里根本就不在乎我是吧？"

韩烟烟漆黑的眸子望着他，轻轻地问："我多问一句，你就能不这样了吗？"

姚琛哑然。

即便已经跟韩烟烟在一起了，姚琛也一直有他灯红酒绿的生活。他的背上偶尔会出现别的女人动情时留下的抓痕，韩烟烟从来没多问过一句。

姚琛以前觉得轻松。

可他现在觉得恼怒。他受够了她那些"淡淡"的情绪，又腻烦又厌恶。

他想看她大笑，大哭，大怒。他记得，从前有一次他想强要她，她哭得跟什么似的，对他又踢又咬。最早的时候，她对他还有愤怒和反抗。

后来一切都没了。从她跟了他之后，一切都没了。

韩烟烟甩脱他的手，淡淡地说："你喝醉了，早点睡吧。"转身上楼。

姚琛盯着她单薄的背影，心里涌出恶意。三虎就是带着这样的恶意去伤害那个"公主"的。

姚琛骨子里终究是和三虎一样的人。他们毕竟曾经刀里来血里去，有过命的交情。气味不相投，怎么做过命的兄弟？

姚琛扯开衬衫扣子，追上了楼。

韩烟烟被他拦腰抱起来，扔了大床上。

他不顾她的挣扎强行进入她没准备好的身体时，韩烟烟发出了尖叫，因为很痛。

那一声尖叫之后，韩烟烟仿佛被禁了声，再没有声音。

"你怎么不哭？不叫？你叫啊！"姚琛喘息着说。他揉搓她身体的力度已经超出爱抚，近乎凌虐。

韩烟烟疼得抽气，但她不哭。

"哭有什么用？"她的声音断断续续的，"反正你只是想伤害我。"

她的声音中带着叹息，仿佛很早就在等这一天了。

姚琛僵住，而后兵败如山倒地泄了气，感觉很可耻。

◆　◆　◆

姚琛第二天醒过来时睡在一楼的沙发上。

虽然他这会儿头还有点晕，也不记得自己是怎么睡到沙发上的，却忽然想起昨天晚上他是怎么对待韩烟烟的。他感到一阵心慌，赶紧上了楼。

卧室里没人，卫生间有水声。姚琛推门进去，淋浴房里，韩烟烟正闭着眼睛冲头发。姚琛看了她一会儿。她冲洗完拉开淋浴房的门拿浴巾，正对上姚琛宿醉后有些泛红的眼睛。

韩烟烟的动作顿了顿，拿起浴巾擦干身体，穿上浴袍，到镜子前抹护肤品。

她做这些的时候，姚琛一直盯着她的身体。她抹完护肤霜抬眼，看到姚琛站在她身后。她从镜子里看着他。

姚琛的手探过去，把浴袍解开，褪到她的肘间，镜子清晰地映照出她的身体。她胸口有大片的青紫，可以想象昨晚他用了多大的力气，又是如何对待她的。

姚琛盯着那些伤痕，问："韩烟烟，你为什么跟我在一起？"

韩烟烟说："实话？"

姚琛咬牙："实话！"

韩烟烟无奈地笑笑："因为我根本逃不开你。"

姚琛像被人捆了一耳光。

韩烟烟在K市读书，不过是个没背景的女学生。她甚至连钱都没有，捉襟见肘地勤工俭学。姚琛看上了她，对她露出势在必得的意图，韩烟烟怎么可能逃得出他的手掌心？

她跟他在一起不是因为被他感动或者打动，是因为她识时务，顺势而为地从了他，以避免更多的羞辱和伤害。

这么简单的事，姚琛想，自己怎么就看不明白呢。

所以，她的情绪总是淡淡的。因为不喜，所以无悲。善察人心如他，是怎么忽略她这一层保护壳的？

那么她即便选择顺从他，做了他的女人，心底一直认为他迟早会伤害她吗？

姚琛觉得心中愤懑，却又无从辩解。

因为他昨天晚上的确是带着恶意去伤害她的。他想看她哭泣、挣扎、反抗，想逼出她心底真实的情绪。他从没想过，原来她心底真实的情绪他承受不了。

姚琛狼狈得不敢在镜中与她对视。

"姚琛，你会打我吗？"韩烟烟轻轻地问。

姚琛霍然抬眼。

镜子里的韩烟烟瘦弱、单薄。褪去了保护壳，她原来这么柔弱。她让他对她欲罢不能，不知不觉间就绊住了他。可这样的她，一直在恐惧、担忧他的伤害。

姚琛恨得低头咬住了她的肩膀。

韩烟烟脸上现出痛苦之色。姚琛咬得狠，把她咬出了血。鲜红的血顺着她的肩膀流到胸间，和青紫的瘀痕交会，一片狰狞。

韩烟烟从镜子里看着伏在她肩头、宛如被血族簇拥的男人，她心知此时对姚琛、对她都十分重要，闭紧牙关强忍。

攻心的关键在于让对方心动。心动情动，这人，你便拿下了。

姚琛抬起头，唇上还沾着她的血。一个很男人的男人，竟然也可以用"艳丽"来形容。

他的眼神变得清明。他想清楚了。

他拉起她的浴袍帮她按住伤口，白色的浴袍被洇成红色，像盛开的朵朵红梅。

姚琛承诺："这是最后一次。以后，我不碰你一根头发丝。"

"我绝不会打女人，你放心。"他把她紧搂在怀里，在她耳边低声说，"我爸把我妈活活打死了，你猜他现在在哪儿？"

韩烟烟生出很不好的感觉，问："在哪儿？"

"清河湾。"姚琛在她耳边吐出她熟悉的地名。他的气息拂过她的耳垂、脸颊，让人背后生寒。

"哦，对了，现在在警局的停尸房里。"姚琛忽然想起来了，"他死得早，没入基因库，身份查不出来，无人认领。"

…………

"利奥，你这是给了我一个什么攻略目标？"

韩烟烟刚见心生寒念，便听见姚琛说："烟烟，我们结婚吧。"

姚琛从来不是那种"我爱你，所以你别怕我"的类型。

连韩烟烟都明白，自己逃脱不了他的手掌心。姚琛既然下决心夺取，就会夺取到底。韩烟烟是他活了三十多年以来第一个柔软地绕在他心上，让他放不开的女人。

既然如此，他决定娶了她。

他这辈子做了太多违法的事，这一次，他决定合法地结婚。

韩烟烟曾经准备过一次婚礼，乔成宇把每一个细节都拿出来跟她商榷，力求给她一个完美的梦幻般的婚礼。跟姚琛的婚礼，则根本不用她操心。姚琛花大价钱把婚礼委托给了高端婚庆公司，叫她有什么要求尽管提。

韩烟烟自然是什么要求也没有。但她想了想，故意为难了一下婚庆公司，然后又跑到姚琛面前抱怨了几句。姚琛很高兴，大笔追加预算，让婚庆公司无论如何都要满足她的要求。

姚琛的价值观是，一个女人哪怕当初是不情不愿地跟了他，但只要他把她抓在手心里好好疼她、宠她，给她一切她想要的，她总会真心顺从他。

他相信韩烟烟也会这样。

进度跨了一大步，韩烟烟很高兴。

考研复试时，她的心态非常轻松。她之所以决定在这个世界认真学习，继续深造，是因为经过这几个世界后，她发现自己能继承她在这些世界里所拥有的记忆和知识。

她未曾经商，却有韩大小姐的从商经验；她未摸过枪，却因"女警韩烟烟"而掌握了枪支的工作原理和射击技巧；而她在末世学到的拳脚功夫和用刀的技巧，在上一个世界她就已经验证过了，她全继承了下来。

唯一不能继承的是身体，每换一个新世界，她就会换一具新的身体。女学生韩烟烟从前因为缺乏锻炼，身体素质比之前那些人差得多。不过，她通过锻炼逐渐把这身体也练了出来。

因此，韩烟烟在"快穿世界"里无论学什么，都带着十二分的认真。因为她学会的东西不会留在这个世界，会真正成为属于她的东西。

韩烟烟曾不止一次地思考这件事。如果一个构建师不停地穿梭于这个所谓的"快穿世界"，不断地学习、锻炼，考虑到时间的无限性，可以想象，在经历许多许多个世界之后，构建师本人从理论上讲可以变得非常强大。

那么问题来了。

首先，利奥会允许这样的情况发生吗？

其次，不管利奥的存在是科幻还是玄幻，构建师能否通过在不同世界里的学习变强，掌握某种技术或者能力，强到可以摆脱利奥的挟制？

虽然理论上分明是可行的，可现实里利奥依然占据掌控地位。他说过，他已经死了三个构建师了。

韩烟烟只能把心里那一团火压下去，认认真真、踏踏实实地完成这个世界的任务。

五月初出了最终结果，韩烟烟考上了S大的研究生。

姚琛在金豪大肆庆祝，大把地撒红包。三虎一伙人使劲起哄，闹起来没个分寸。姚琛倒没由着他们，太过分的，他都替韩烟烟挡了。

韩烟烟是即将成为姚琛妻子的女人，姚琛做出维护的姿态，大家心里不管怎么想，面上都是捧着韩烟烟的。

派对房里乌烟瘴气的，韩烟烟趁男人们划拳斗酒、顾不着她的时候，悄悄溜出来透口气。

"烟烟，听说八月就要办婚礼了？真是恭喜你了！"韩烟烟遇到了她以前打工时的领班。

他依然是领班，一年多的时间，没什么变化。他刚才也去派对房里抢了红包，凑了热闹。那时候凑热闹的人太多，他没跟韩烟烟说上话。

韩烟烟有好一阵子没来金豪了。两人在走廊里叙了叙旧。

这领班从前挺照顾她的，韩烟烟对他的态度一点没变，并没有因为自己即将成为姚太太就高高在上。她跟他说话的感觉，仿佛他还是那个辛苦工作的领班，她还是他手底下一个打工赚学费的小妹。

领班放松下来，刚才那一点点刻意的态度也放下了，又把她当成从前那个没什么社会经验的小妹妹看了。

"是不是他们闹得太厉害了？"他问她，脸上带着"我懂"的表情。

韩烟烟冷笑了一下，说："狗改不了吃屎。这些人一辈子也就这水平了。"

"姚琛在往上走，他们却在原地踏步。你看着吧，这种不思进取的人，迟早要被甩下的。"她说，"真以为靠那点兄弟情能吃一辈子啊？"

"嫂子！嫂子！姚总找你呢！"小杨从派对房里出来，朝韩烟烟喊。

小杨在姚琛身边混了快两年，终于混到了可以跟进包房的程度。

韩烟烟跟领班招呼了一声就回房间去了。

不想让别人知道的秘密，就含在嘴里别说出去。只要是说出去的，就不是秘密了。

同理，背地里说别人的坏话，最后一定会被这个人知道。

韩烟烟故意放出那样的话，果然被三虎那伙人知道了。三虎他们不是不知道姚琛在转型，只是姚琛的合法生意他们的确插不上手。

姚琛曾安排三虎和另外一个与他有生死之交的兄弟去管理生意。三虎管了一家文化影视公司，投资了一部看阵容就知道肯定能大赚的剧。结果，三虎把女演员给强睡了，掀起好一番风波，最后还是姚琛给他擦的屁股。

另一个则被姚琛派去管房地产生意，结果那人吃回扣，建筑品质出现了大问题，令姚琛十分恼火。

这些人原先也是兴致勃勃地去的，谁知都败兴而归。他们只觉得白道生意规矩太多，束手束脚，没意思。还是黑道生意好，敢打敢杀敢拼，敢跟警察斗智斗勇，一手提箱的白粉利润惊人。多有意思，多带劲儿！

那时候韩烟烟初识姚琛，在812包房里点了几句企业管理原则来试探他。姚琛听进去了，走了心。

韩烟烟是姚琛的枕边人。不止如此，她马上就要成为他们所有人的合法嫂子。

她说的话是不是代表姚琛的意思？姚琛是不是已经开始看不上他们这些兄弟，思谋着以后甩掉他们？

韩烟烟出手，将这根刺扎进姚琛和他最亲密的弟兄之间。

八月，婚礼盛大且豪华，韩烟烟穿着白婚纱走上了红毯。这一次没有地动山摇，世界也没有瓦解。

韩烟烟成了姚琛的合法妻子。

五

韩烟烟嫁给了姚琛。他对她说："以后我的就是你的。"

颇有点"看，这是朕为你打下的江山"的意思。实际上，虽然韩烟烟可以拿着卡随便刷，可以随意使用保险柜里的现金，想买多贵的珠宝都行，但姚琛始终没让韩烟烟掌握任何资产。

韩烟烟花他的用他的吃他的，只能乖乖地躺在他的手心里，靠着他活。

这个男人太习惯于掌控和拿捏，包括对自己的妻子。即便他是真的喜欢她，喜欢到离不开，也无法改变他想从根本上掌控她人生的习惯。

这样最好，他若能完全掌控她，也就可以放心地信任她。

她做戏做到现在，就是为了这一点。

研究生的生活和本科生的没有太大区别。相比于她那些忙忙碌碌的同学，韩烟烟显得格外清闲。毕竟人生的追求不一样。

韩烟烟对姚琛说："我现在可以安排出一些时间，你身边有没有什么事是我可以做的？"

姚琛以前就提过让她帮自己做事，那时候她要考研，暂时推却了。这会儿她自己提出来，合情合理。姚琛没考虑，直接说："行啊，你就跟着我。"姚琛让她做他的秘书。

其实，姚琛图的不过是把她放在身边安心又养眼，带出去还有面子。

韩烟烟不坐班，只每周安排出两三天去公司。即便这样，姚琛很快就发现，韩烟烟用起来特别省心。他能想到的，她也能想到；他想不到的地方，她依然能想到。

她像是天生的职场人，让姚琛觉得自己真的挖到了宝。

半年之后，姚琛就让她挂了"财务经理"的职衔。男人做事，女人管钱，是很多家族企业夫妻档的常见模式。韩烟烟摸到了姚琛的财务状况，隐隐摸出了一些脉络。只是现在她手里的权力还没那么大，能接触到的生意还比较少。

一口吃不成胖子。她不急，安安静静地上学，踏踏实实地做事。

她依然没有属于自己的独立社交。她的朋友都是他的朋友，她打交道的人都是他需要去打交道的人。

她从一开始就是这样，姚琛已经习惯了。他产生了一种强烈的韩烟烟"属于他"、是他的"附庸"并因此可靠可信的感觉。这种感觉是两个人关系中的舒适区，一旦进入这个舒适区，姚琛就不愿意出来了。

韩烟烟在学校里经常戴着耳机。一心二用,一边学习一边监听成了她的习惯。

她监听到了姚琛的一次进货安排,给江烨打了电话。

前两次的合作在两个人之间建立了信任感,江烨没追问她是谁,只嘱咐她:"你自己小心点。"

她透露的内容有太多细节、太准确,说明她必然是姚琛身边亲近的人。这样背叛姚琛,一旦被发现,下场很可能是在清水湾河底长眠。

江烨的关心令韩烟烟作为"女警韩烟烟"的记忆复苏。

她做女警察其实只做了不到十分钟,却接收了"女警韩烟烟"的全部记忆和技能。

在她的记忆中,"女警韩烟烟"和江烨处在半明半暗的恋爱关系中。他们像工作聚餐般约会过两次,但始终没有挑明关系。她还想起了警局里的其他同事,他们曾一起和罪恶斗争,有时候甚至要面对生离死别。

还有小杨这个年轻人,满腔热血。"女警韩烟烟"曾和江烨争执过,觉得他不适合当卧底。但江烨需要新面孔,还是把他派去了。

年轻人追求刺激、惊险,对于刚从警校出来的小杨来说,当卧底的确很有吸引力。他接下这任务的时候,眼睛里都发着光。

"烟烟姐,你别担心!我肯定能行的!"他跟她保证。

是"女警韩烟烟"从几名同样优秀的警校毕业生中把他挑进了警队,两个人别有一份"香火情"。

韩烟烟这时本该挂电话的,却忍不住说:"可以的话,把杨俊调回去吧。他太年轻了,可能会冲动冒进,容易有危险。"

江烨的声音变了:"你是怎么知道杨俊的?"

韩烟烟沉默了一会儿,直接挂了电话。不该多管闲事的,她想。

等世界结束,一切都会灰飞烟灭,何必在乎?

可人之所以为人,便在于人有七情六欲,在于人与这世上的其他人总会发生千丝万缕的联系。在这个世界,韩烟烟努力让自己保持头脑清醒,克制情感,可终究没把自己活成神。

因为她提供的精准信息,姚琛那一笔交易折戟沉沙,不仅丢了货,还死了人。只可惜这种交易他已经不再亲自露面,此外他还布了第二重保险——在发生意外的情况下直接灭口。但这对警方来说,依然是一次重大的胜利。

警方越开心,姚琛就越不开心。他已经意识到有内鬼,以他的性情,怎么可能继续容忍?

韩烟烟在家看着电视剧的字幕,一心二用地听着耳机里的监听内容。这天晚上出现了意外情况。

姚琛此时正在他的加长豪车里，窃听器被韩烟烟藏在了车里的隐秘位置。她忽然听到了车门被打开的声音，三虎的声音随即响起："大哥，就是这小子。"

那些杂音说明姚琛下了车。幸运的是，他们没关车门，就站在车旁说话。专业级别的窃听器让韩烟烟能隐约听清他们的对话。

"就是这小子！"

"看着挺尿的，胆子居然这么大！"

姚琛的脚步走远了，声音变得模糊。远处传来一些声音，只是她听不清。

但突然响起的一声惨叫让韩烟烟的心脏揪了一下——是小杨！

脚步声靠近，姚琛又回到了车边。韩烟烟听见他说："按老规矩处理。"

韩烟烟听见三虎应了一声，而后车门关闭，那些声音都被隔绝在外。车内安静下来，姚琛应该是要回家了。

除了任务目标，不用在意任何人。

…………

去他的！

韩烟烟立刻给江烨打了电话："江队！小俊暴露了，有生命危险，立刻定位他，马上救援！"

江烨本来已洗漱好准备睡觉，被这一通电话惊到，本能地反应说："知道了，马上！"

他趿上鞋就跑出了门，一边跑一边打电话安排。等到该打的电话都打了，他开着车握着方向盘才猛然反应过来。

这个神秘线人喊他"江队"的口吻太熟悉，他还知道杨俊的项链坠里有定位芯片。更诡异的是，他叫杨俊"小俊"。

警队里只有一个人管小杨叫小俊，是他的一个女手下，与他互生情愫。两个人已经挑明了关系，现在正瞒着同事们悄悄交往。

是她从几个同样优秀的应届毕业生里把小杨挑进了警队。有这一份"香火情"在，她对这小孩格外不一般，不叫他小杨，而是叫他"小俊"。

江烨有种莫名诡异的感觉，但此时杨俊命在旦夕，他顾不得深想。

挂了电话的韩烟烟同样怔住。

刚才那一瞬间，她被"女警韩烟烟"附体了。在短暂的通话中，她的情感认知、她的思维方式和她的语言习惯，全都属于"女警韩烟烟"。

这是真的要"精分"了！

韩烟烟扯头发。

她忽然顿住,有个念头像闪电一样划过她的脑海。

她曾经一度怀疑姚琛就是丁尧,后来却又对这种怀疑产生了怀疑。

她此时忽然想到,如果丁尧和她一样呢?到了新的世界,不仅有了新的身体,还有了新的人设。

她作为任务者,保留着全部的记忆,清醒地知道自己是谁。可即便这样,她仍会被人设影响,时不时地被附体,变成"精分"。那么,没了之前那些记忆的丁尧呢?失去了记忆和自我的人,就不止是"精分"了,应该是……全盘地接受人设吧?

可如果"姚琛"只是人设,又怎么保证"丁尧"就是他的本我呢?更大的可能是,"丁尧"也只是人设!

这些思绪像电闪雷鸣一样照亮了韩烟烟的大脑,将她最初的疑问和后来产生的怀疑敲碎、融合。一些东西正在慢慢成形,她感觉自己隐约窥见了真相的影子。

姚琛回到家,看到韩烟烟坐在沙发上发呆。电视开着,放着些不知所云的东西。她显然没在看电视,连目光都没有焦距。

"嘿!怎么了?"他在她眼前晃了晃手。

韩烟烟惊醒,拍着心口抱怨:"吓死了,你走路怎么都没声?!"

姚琛乐了。他刚揪出了奸细,心情很好。他问:"想什么呢?"

韩烟烟叹口气说:"想人生。"

她这老气横秋的语气把姚琛逗乐了。他把她压倒在沙发上,扯开衬衫的领子说:"来来来,我跟你探讨一下人生……"

生命的沟通如火如荼。结束后,韩烟烟软软地趴在姚琛的胸膛上,看着他点了一支事后烟。

姚琛吐了一口白烟,低头看到自己的小娇妻正睁着乌黑似潭水的眼睛看着他。

"姚琛,你一定是上辈子对不起我,说不定是生死关头拿我去挡了刀,这辈子才会遇到我。"她说,"真是孽缘。"

姚琛笑得发抖:"说反了吧?应该是你上辈子对不起我,这辈子才会落到我手里。"

"啊!"韩烟烟忽然爬起来,"煲了一晚上的汤忘记给你端出来了。"

自为人妻后,她也开始学习煲汤了。姚琛喜欢她这样。果然,结了婚,她的心就定下来了。不管从前有多少不情愿,她现在都肯跟他好好过日子了。

他喝着韩烟烟用心煲的汤,心里十分放松。

家就是个让人放松的地方,妻子是个让人放心的人。

韩烟烟过了几天才给江烨打电话。

"还活着。"江烨说，"大脑严重缺氧，还昏迷着。"

他的语气很沉重，带着自责。杨俊果然如他的女朋友兼下属所说的那样，太年轻，贪功冒进，又正赶上姚琛在清理内鬼，撞在了枪口上。

清水湾已被纳入城市的监控系统，姚琛的人不再去那里抛尸了。他们在郊区找了处野地，活埋了杨俊。

江烨的人凭着定位把杨俊挖了出来。他现在还在生死边缘挣扎，极可能脑死亡。

韩烟烟问江烨："江队，你信任我吗？"

江烨沉默了一下，说："我相信你是一个和我一样想把姚琛绳之以法的人。"

韩烟烟说："那跟我合作吧。"

联盟就此达成。有江烨做合作伙伴，事半功倍。他们把泄露这次交易消息的罪名，扣在了三虎的头上。

五月时，韩烟烟故意在三虎和姚琛之间扎下了一根刺。这根刺不仅扎到了三虎，也扎到了姚琛。三虎能知道的事，姚琛自然也能知道。

这种疑心根本无法解释，只会越描越黑。姚琛只能通过一如既往地重用三虎来打消他的疑虑。

不过，姚琛一样会想，三虎对他生了疑虑，会不会因此生出异心？这种因为对方的疑心而起的疑心就像毒中的毒，根本无法消除。

江烨在外，韩烟烟在内，两人配合着放出烟雾，让姚琛相信真正的叛徒其实是三虎，小杨不过是三虎推出来的替死鬼。

姚琛和三虎终于翻脸，内部决裂，最终以一死一逃收场。姚琛的另一个兄弟死了，三虎跑了。

姚琛一次失去了两个"臂膀"。

这事之后，姚琛也不是没起过疑心。

他又进行了一次内部清洗和排查。这一次，他把韩烟烟藏的几个窃听器都查了出来。好在韩烟烟警醒，立刻销毁了软件，抹去了一切监听痕迹。

但这事让姚琛明白，他身边还有一个内鬼没有被拔除。他怀疑过很多人，唯独没怀疑过韩烟烟。

这个女人是他的合法妻子，靠着他活，全身心地依赖他。他倒了，她的利益受损最大。

从逻辑上讲，她是最不可能背叛他的人。

"我的窃听器都被他查出来了，暂时不能有更进一步的行动了。"韩烟烟对江烨说。

江烨已经将电话里的这个"他"看作重要的伙伴，嘱咐道："你要小心，不要被发现。朋友……有见面的可能吗？"

韩烟烟笑笑，说："当然有，见面的那一天，就是我收集到足够能扳倒姚琛的证据的那一天。"

姚琛接二连三地折损人手，又疑心生暗鬼，看谁都觉得可疑。在这种情况下，他对韩烟烟更加倚重。

他给了韩烟烟更多的权力，韩烟烟离她最想接触的核心事务就差那么一点点距离了。要怎样才能获得姚琛最终的、彻底的、完全的信任？

姚琛这段时间接连遭遇挫折，心情一直不是很好。

一天，他看着韩烟烟，觉得有她在身边真是一件幸运的事。他心情再不好，看到她就会好很多。

不管有多少雄心壮志，到最后，温暖你的不过就是老婆孩子热炕头。他心中一热，把韩烟烟拉进怀里，说："给我生个孩子吧。生个儿子，我的家产全都给他。"

韩烟烟讶然，说："说好了的……"

结婚的时候姚琛就提过生孩子的事，但韩烟烟从跟他在一起就一直在吃避孕药。她说自己还年轻，书也还没念完，还不想生。她又要念书，又要帮他做事，再生孩子的话，的确分不开身。况且她真的还年轻，读完研也就两三年的事，姚琛就没逼迫她。

但此时，姚琛忽然迫切地想要一个孩子。

"把药停了。"他说。

关于生孩子的事，韩烟烟心里没准儿。任务者在这个世界里能有孩子吗？

姚琛不在家的时候，韩烟烟下了地下室，摸出一把飞刀。

"利奥，利奥。"她对着天花板呼唤"死变态"。

"变态"没反应。每次出场都要千呼万唤吗？韩烟烟把那把刀架在了脖子上，颇有点古代忠臣死谏君王的架势，可利奥还是没反应。

正好试一试，韩烟烟想。

她手下微微用力，锋利的刀锋在颈间划下一道血线。虽然她避开了动脉，红色的血依然立刻渗出了皮肤。

韩烟烟握着刀把等着，可利奥没有现身。

他不敢。

对吧?

在上个世界,他想现身就现身,一叫就能叫出来。可在末世,只有韩烟烟远远地离开丁尧,他才敢现身,还急匆匆地想赶紧消失。

现在她和姚琛身在同一座城市,离得不算远。所以就算千呼万唤,利奥也不敢现身。

韩烟烟本想问问孩子的事,但有了这一层收获,孩子的事反倒不重要了。她用纸巾按住伤口,对着天花板笑了笑,转身上楼去了。

世界之外,利奥非常、特别、十分想掐死韩烟烟。

这次和他一起进入系统监测的人却感叹道:"这女人对自己挺狠的。你从什么地方找到这么个女人啊?"

利奥没好气地说:"一个鸟不拉屎的地方,非常原始、落后。"

"这女人是打算用背叛来刺激他吗?"对方问,"能有用吗?"

"嘿嘿,难说。"利奥手一挥,在空中拉出一张图表。

"看这条线,现在多平稳。一个刺激,'嗖'就冲上去了!我很期待呢!"他笑得十分开心。

虽然韩烟烟是个可恶的女人,但也真是个优秀的构建师。

姚琛回到家,就看到了韩烟烟脖子上缠的纱布,当即瞳孔一缩:"怎么了?"

"哎!别碰!疼!"韩烟烟说,"玩飞刀,脱手了。"

姚琛在地下室看到了带血的刀刃、地毯上的血迹和韩烟烟故意踢倒的吧凳,一切看起来都像意外事故,他信了。

"小心点,以后别玩了!"他有点后怕。他一向迷恋刀具,那些飞刀被他打磨得非常锋利,的确很可能造成这种意外。

"没事,就是想事情出神,才脱手的。"韩烟烟说。

"想什么呢?"姚琛问。

韩烟烟坐在他怀里,仰头看他:"我想听你的,把药停了。"

姚琛又惊又喜:"怎么想通了?"

"算算时间,停药之后还得半年才能怀孕,并不是说怀马上就能怀上的。我已经开始准备论文了,这时间够我毕业了。"她说。

韩烟烟一直不肯生小孩,对此他心里一直疑虑,总担心她是在给自己留退路。她肯给他生孩子,才说明她是真的想跟他过下去了。

有些男人总觉得女人生孩子是给男人生的,觉得女人生过孩子后就没有别的选择了，只能一辈子跟孩子的父亲过下去。

就像他的妈妈，他那死鬼爹那样打她，他劝过她很多次，想两个人一起离开，可她就是觉得离开了这个天天打她的男人，她就没法儿活了。最后，她被活活打死了。

韩烟烟的说辞合情合理。姚琛心花怒放，抱着她转了好几圈。

"烟烟，你好好给我生个儿子！"他说，"我这辈子，前半辈子为自己活，后半辈子为你和孩子奋斗！"

韩烟烟嗔他："要是女儿呢？"

姚琛哈哈大笑："女儿也行，都行。"

这天晚上，姚琛避开她脖子上的伤，小心地跟她欢爱，把自己的精液尽数喷射在她的身体里。这种播种的行为常令男人生出一种彻底征服和占有女人的快感。

事后他抚着韩烟烟平坦的肚子，恨不得那肚子现在就鼓起来，立刻生出个小孩。

韩烟烟笑得喘不上气："怎么可能？至少半年之后才能开始，这半年你得避孕。"

姚琛遗憾地叹了口气，而后真的认认真真地避起孕来。韩烟烟给他科普了一大通，他可不想生出畸形的小孩。他亲眼见过吸毒的人生出来的畸形小孩。那样的孩子，活着都是孽债。

韩烟烟读完了研究生，拿到了硕士学位，依然没怀上孩子。

姚琛很着急，但他最近看了很多关于怀孕的科普文章，也不敢给韩烟烟施加压力，只能更加勤奋地播种，期待中标。

欢爱之后，他还不许韩烟烟立刻洗澡，把她的腿抬得高高的，让她"再躺五分钟"，以增加受孕概率。

韩烟烟好不容易才被放去洗澡。洗完澡她站在卫生间的镜子前，伸手抹去了镜子上的雾气。

她看着镜中的自己，手轻轻地放在小腹上。

"利奥。"她说，"我需要怀孕。我必须怀孕。"

利奥的嘴角抽了抽。这女人还命令起他来了！

"她在里面能怀孕生孩子吗？"与利奥一同监控的人问。

"能。只要她想，她就能。"利奥回答。

对方想起来："那生出来的孩子也是……"

"对，也是。"利奥说。

那人沉默了一下，说："也挺扯淡的。"毕竟那个女人什么都不知道。她是个女人，对孩子能不产生感情吗？

"你有这份善心，能不能先放过我？"利奥在心中骂娘，"老子的命被你们捏在手上就不扯淡吗？"

"谁叫她是构建师呢。"利奥"嗤"了一声，幸灾乐祸。

那人瞥了他一眼："你那些构建师都没什么好下场吧？"

"怎么可能？他们在'世界'里过得好极了，吃喝玩乐，大富大贵啊。"利奥叫屈。

那又怎么样呢？要是换成他，经历过几个世界，大概会疯掉吧？那人想。

可他需要构建师，他需要韩烟烟。就算心中对她微有同情，他的立场也决定了他不可能对她伸出援手。

毕竟和那一位相比，韩烟烟无足轻重。

就在韩烟烟认为自己必须为姚琛怀一个孩子时，她就怀上了。

她为姚琛怀上孩子的时候，就是姚琛彻底信任她的时候。

"要不然在家休息，不要管公司的事了。"他说。

"那不行，我会闷死的。"她拒绝，"又不是体力活儿，怕什么？"

姚琛同意了。他不仅同意她继续帮他做事，还把他最核心的账目交给了韩烟烟。

"这些以后都是你跟孩子的。"他握着她的手说。

韩烟烟很高兴，她亲了亲他的脸，说："你这么信任我，我真开心。"

可以说是非常开心。

✦　✦　✦

就如同姚琛怀疑过所有人却从来没怀疑过韩烟烟一样，江烨猜了无数次神秘线人的身份，唯独不曾猜到韩烟烟身上。所以，当小腹微凸的女人站在他面前的时候，江烨的震惊可想而知。

如果不是他和她之前的合作都成功了，她还救过杨俊的命，江烨真的会以为这是姚琛的一次恶作剧，专门为了耍他。

那天，韩烟烟跟姚琛说要去做孕检，她也的确去做了孕检。高端的私立医院无须排队，服务周到，她早早便做完了检查。

护士还给她听了胎心，那心跳跟大人的不一样，"怦怦怦怦怦怦"，超级快。据说，有的准妈妈第一次听到胎心，甚至会感动得哭出来。

韩烟烟凝神听了一会儿，跟护士感叹："真奇妙啊。"

护士就是干这个的，每天要听好多次，再奇妙也感动不起来了。为了不被投诉扣奖金，只能陪着她假假地说一句："是呀。"

韩烟烟出了医院就上了车。她早就考了驾照，原本自己经常开车，但自从她怀孕，姚琛就派了个小弟专门跟着她。

韩烟烟让小弟把车开到商场，然后打发他去买一样她很喜欢吃的小食。那东西只有店里有卖，最近的一家店离这里也有好几个街口。

韩烟烟自己则找到了商场里一家不起眼、位置偏的快餐店，江烨在店里等她。

确认韩烟烟就是神秘线人后，江烨的表情一言难尽。

他当然认识韩烟烟，他的办公桌上有韩烟烟的全部资料，他还查到了姚琛当初是用什么手段切断了她和她家人之间的联系。漂亮的穷女学生，一直被重男轻女的家人吸血。对这么一个女生来说，有姚琛这样一个男人解救她于水火，给她锦衣玉食的生活，还娶了她，给她名分，可以说是很幸运了。

他还听说姚琛对她是真不错，后来姚琛连别的女人都不找了，为她收了心。

不管是谁，怎么看，都想不出来韩烟烟为什么要背叛姚琛。

不要说什么正义与罪恶势不两立，没那么简单。黑道男人的妻子通常都不会正义到站出来揭发检举她们的丈夫。偶尔有，也都是被丈夫家暴，为了自救才那么做的。

韩烟烟不像被家暴过的女人，被家暴的女人神情中多带着懦弱、恐慌和自卑。韩烟烟穿着宽松的裙子，因为怀孕分泌的雌性激素，她的皮肤甚至比从前更光滑、更细腻，光彩照人。

她到底为什么……？难道是……感情问题？

江烨不想这么猥琐，可除了"因为有了别的男人，所以想除掉姚琛"，他实在找不出别的动机。

而他们当警察的，对于犯罪者的犯罪行为，一定要找出合理的动机。

"请别把时间花在没用的情绪上，相信我，姚琛会跟你一样震惊。"韩烟烟无奈地说。

江烨有些尴尬，说："抱歉，实在是……"

"我的时间不多，长话短说吧。"韩烟烟从今天特意背的大包里掏出一大包东西，"都在这儿，他自己记的账、历次的交易、存货的地点、他通过文化公司和房地产公司洗钱的证据……"

韩烟烟把那些东西都推了过去。江烨看着那一大包东西，眼神都变了。他等这一天等得太久了。

"你等我的消息。"他说。

韩烟烟准备离开的时候，江烨叫住了她："姚……韩小姐！"

韩烟烟回头。

他说："你自己务必小心。"姚琛的心狠手辣，他最清楚。

韩烟烟点点头说："那你们请尽快行动。"

她是个温婉美丽、让人看着很舒服的女人，可捅起自己丈夫的刀，她下手毫不留情，嘴角还带着温柔的笑。

作为警察，作为姚琛的仇人，江烨当然恨不得亲手把姚琛送进地狱。但作为男人，不知怎的，江烨竟然……莫名地同情起姚琛。

虽然韩烟烟穿着宽松的衣裙，但她体形纤细，从后面看根本不像孕妇。这到底是一个什么样的女人？

江烨看着她的背影消失在人群中，搓搓胳膊，把莫名泛起的一片鸡皮疙瘩搓了下去。

江烨的动作很快，头天拿到证据，第二天傍晚就拿到了逮捕令。

警车围了姚琛的豪宅。警察上门抓人的时候，姚琛正趴在韩烟烟的肚皮上听胎心。

"听不到。"他抱怨。

韩烟烟笑他："当然听不到，得用胎心仪。"

姚琛说："回头买一个，我天天在家听。"

而后警笛声响起，房子前后左右都已被围住，水泄不通。那阵仗十分衬得起姚琛在K市黑道的身份和地位。

虽然动静很大，姚琛却没有被吓到。他被请到警察局喝茶的次数多了，已经很习惯了。他还很大方地送了警察局一台高档咖啡机和好几箱很不错的茶叶、咖啡豆，以免自己被请进去的时候喝劣质的便宜茶叶。

但这一次不同，这一次江烨有逮捕令。

姚琛看到逮捕令时瞳孔微缩，心中有了不祥的预感，但他没有反抗。反抗是拒捕，是妨碍公务，守法良民从来不反抗。他很淡定地把手伸到身前，任警察给他戴上手铐，只说："我太太怀孕了，麻烦你们注意下，别惊吓了她。"

被警察带走之前，他还用戴着手铐的手握住韩烟烟的手，非常镇静、温柔地安慰她："没事，别怕，还有老吴呢。"他说的是他的律师。他们已合作了十多年，老吴不知道把他从警局捞出来过多少次，又替他抹平了多少事。

江烨就站在他身边，心情复杂得不想说话。

等穿着制服的警察把姚琛押出去，房子里没了别人，江烨才对韩烟烟说："你收拾一下，我们先走，你后走。"

韩烟烟点了点头。

江烨申请了证人保护计划。姚琛的心狠手辣一脉相传，他手下的人都狠。虽然这一晚他们抓捕了不少，但肯定会有漏网之鱼，韩烟烟作为重要证人必须被保护起来。

临走前，江烨一直盯着韩烟烟的肚子。

韩烟烟问："怎么了？"

"你这孩子……是姚琛的吗？"江烨终于忍不住发问，随即意识到自己的冒犯，"不，我不是那个意思。我就是想问……问……"

具体问什么，他也说不上来。他其实就是那个意思，两个人都明白。

"是的呀。"韩烟烟摸着自己的肚子微笑，"就是姚琛的，我没有别的男人。"

她堵死了江烨猜测的最后一种可能。江烨觉得，他这辈子要么死在犯罪分子手里，要么因猜不出韩烟烟的秘密被活活憋死。

负责韩烟烟人身安全的就是江烨的女朋友。这个女警察曾经在金豪当卧底，结果被韩烟烟的通风报信坏了事。韩烟烟和她是认识的。

江烨和她交代了一声，追出去押着姚琛先离开了。

"你收拾些随身的衣物、用品……还有药什么的，如果你需要吃药的话。"

女警察比韩烟烟大好几岁，自己还没结婚、生孩子，她只是听说孕妇要吃一些维生素、叶酸什么的，所以特意提醒。她是个很有正义感又很会照顾人的女人。

她就是顶替了上一回合中"女警韩烟烟"的存在。

韩烟烟转身上楼，直接拖了个箱子下来，显然早就准备好了。

"走吧。"她说。

走出大门，她头也不回地直接上了警方的车，对姚琛和她的家没再多看一眼。

路上，女警说："他一定伤害过你吧？他那样的人，坏透了。"

韩烟烟漫不经心地说："没有，他对我挺好的，一直都挺好的。"

韩烟烟此时想到，姚琛对她，其实真说不上不好。

姚琛明显地感到这一次进警局跟从前都不同，他没能第一时间见到老吴，也没能很快就毫发无损地潇洒离开。

姚琛经历过许多大风大浪，心理素质相当过硬。他并没有惊慌失措，见到老吴之前，他没开口说一个字。

当老吴终于出现，他立刻发觉老吴的脸色非常难看。

"这一次，你可能要翻船了。"老吴说。

姚琛的目光锐利起来。

"证据他们全拿到了，而且……"老吴咬着牙说，"证人，证人实在是……太有力了。"

姚琛眉间积起戾气。

"是谁？"他咬牙切齿，"这个王八蛋是谁？"

一直以来，他都知道身边有个内鬼，只是没能将其揪出来。若知道了是谁，定要把他剁碎了扔清水湾里喂王八！

老吴作为律师，常常要说出让人难以面对的实话。但他还是第一次觉得这么难以启齿。

"是……"他艰难地说，"你太太。"

对于韩烟烟这个漂亮、妩媚的小姑娘，老吴称得上亲眼见证了她怎样一步步地套牢姚琛。他们俩的婚礼，他是证婚人。姚琛婚前什么样，婚后又是什么样，对韩烟烟如何全心信任、掏心掏肺，老吴一清二楚。

作为男人，他替姚琛感到悲哀。

十几年的基业毁在了一个女人的手里。不止如此，她所做的事，可以说是要置姚琛于死地。

这是有多大仇、多大怨？姚琛待她……不薄啊！

姚琛有那么几秒钟没反应过来。

他眨了眨眼睛，说："说什么呢？我太太是烟烟——"

他的声音戛然而止，因为老吴看他的目光中充满了同情——让人难堪的同情。姚琛这辈子都没被人这么同情过。

房间里像死了人一样寂静。

许久，姚琛从牙缝里挤出声音："你说是谁？你再说一遍……"

✦　✦　✦

姚琛一脚踹翻了桌子。

"你他妈的！你收了谁的钱？！敢胡说八道？！"他揪住老吴的衣领，老吴被勒得无法呼吸。

房间里的警察反应过来，上去用了电棍才把他们俩分开。

老吴被解救下来，手撑着膝盖呼哧喘气。等倒匀了气，他连忙制止警察进一步对姚琛动用武力。

他扯了扯领带，松开衣领，一屁股坐到姚琛身边："我跟你超过十年了，什么时候对你说过假话？"

姚琛刚被电棍击过，还起不来，躺在地上咬牙："我！不！信！"

老吴也觉得悲哀，摇摇头叹道："温柔乡，英雄冢。"

"你呀，老伙计，你栽在这个女人手里了……"

姚琛要求见韩烟烟。

不管老吴怎么说，韩烟烟一天没亲口承认，他就一天不肯相信。但韩烟烟拒绝与他见面。

两个月之后，姚琛才在法庭上见到他的妻子。也是在那一刻，他才真正相信，就是她处心积虑地收集证据、通风报信，最终给了他致命一击。

他死死地盯着这个女人。

她穿着宽松的衣衫，两个月不见，她的肚子已经很大了。这体态令她原本妩媚的面孔变得更加柔和。她把手按在国家《宪法》上，发誓所言无虚。

她作为姚琛的妻子、被他全心信任的枕边人，知道得太多，也太重要。她以职权之便拿到的证据对他而言太致命。姚琛根本没有翻供的资本。

她出庭作证期间，他一直盯着她。

她情绪稳定，语调平缓。

一个女人怎么才能在将自己的丈夫、自己腹中孩子的父亲送入必死的境地时保持这样的从容？

她的心是怎么长的？

她有心吗？

姚琛的手握拳握到骨节发白。

韩烟烟一直避免和姚琛目光相对。根据上个世界从乔文兴那里获得的经验，她觉得这个世界大约在法庭这里就可以结束了。既然如此，她没必要再与他接触。

也是因为如此，她才任肚子里的孩子自然发育，没有去堕胎。

反正一切都会随着这个世界一起消失。

可当法官当庭宣布姚琛及其重要同党死刑时，世界没有出现任何异动，没有地动山摇，也没有吞噬一切的白光。

韩烟烟眉头微蹙，微微抬头，环顾四周。难道，非要等到姚琛被行刑才可以吗？

还是说，她这次……用的方法不对？

韩烟烟终于把目光投向姚琛，发现姚琛一直盯着她。

这男人眼睛通红，眼底有戾气。如果他现在不是被手铐铐住，不是站在铁栏之后，大概会上来将她剥皮拆骨、碎尸万段吧？

韩烟烟觉得呼吸几乎停滞。

她跟他对视了一会儿，移开了视线。

姚琛有今日是因为他违法犯罪，作恶多端。

姚琛有今日是因为他违法犯罪，作恶多端。

姚琛有今日是因为他违法犯罪，作恶多端。

韩烟烟在心里默念。

她再一次感谢这个世界里任务目标的人设，因为姚琛是这样一个坏人、反派，她才能没有心理压力地将他送上法庭，送进监狱。

他只是在偿还他自己犯下的罪孽而已。

不是因为她。

韩烟烟走出法院，外面晴空万里。江烨做了个深呼吸，感觉这些年压在心头的东西终于消失，有种天阔云展的舒畅感。

望着同样一片天空，韩烟烟却没有这种感觉。她眉头深蹙，不知道为什么会这样。这个世界为什么还不结束？甚至连一丝要结束的迹象都没有。

哪怕给她来一次小小的地震，也能让她心安啊。

"那个你……以后有什么打算？"江烨问她。

韩烟烟问："什么时候查封房子？"

"我可以让他们晚两天……"江烨暗示她说，"你要是有什么需要拿的，抓紧时间回去收拾吧。"

因为要冻结清查姚琛的资产，警方顺带查了韩烟烟的资产。江烨这才发现她名下什么都没有，所有的资产都在姚琛名下。她的银行账户里只有十几万，这对普通工薪族来说是一笔还可以的存款，但相对于她以往的生活水平来说，可能只是一个包、一只手镯。

那个豪宅里应该还有一些值钱的东西或者一些现金，江烨可以用职权之便让她"收拾收拾"。

但就算变卖成钱，那些钱也不可能让她再过上从前的生活。

江烨心里五味杂陈。她亲手把姚琛扳倒，到底图什么？

韩烟烟回到了她和姚琛的家。这里一切如故，只少了一个男人。

这个男人曾在这房子里的每一个角落和她激烈地做爱，也会在她为他下厨的时候笨拙地帮忙，把厨房搅得一团糟。他对她霸道夺取、温柔以待。两个人之间的事，妥妥地可以写成一本言情小说，就差一支笔。

回到这个家，韩烟烟环顾一周，觉得房间冷清又陌生。

她没有急着去"收拾"，无论是衣物还是钱财珠宝，对她来说都不重要。想办法结束这个世界才重要。

对比之下，上一个世界的任务真是太轻松了。她都不需要和乔文兴正面交手，几乎是轻轻松松躺着完成了任务。在这个世界，她几乎熬尽了心血，和姚琛日夜相对，可直到这一步，这个世界仍没有丝毫要结束的征兆。

韩烟烟思索了很久，没有头绪。

她试着呼唤利奥，依旧没有回应。

韩烟烟怀着孕，容易疲惫。最后，她放弃了。天才黑，她就早早地洗洗睡了。

秋天总是天干物燥，韩烟烟渴得睡不着。她打着哈欠起来，下楼去喝水。

楼下没开灯，她凭着对自家的熟悉，在黑暗中摸索着前行。她没有看到黑暗的客厅里有个男人正坐在沙发上，两眼阴鸷地盯着她。

孕妇的火力太大，她感觉烧得慌，想喝点凉的。她摸到冰箱旁边，拉开门取出一瓶冰水，拧开喝了一口。

她顺手关上冰箱门时，发现门旁赫然站着一个光头的男人，是三虎！

韩烟烟瞳孔骤缩，冰水掉到地上洒了一地。三虎不等她跑，一把抓住她的头发，扯着她往客厅去。

"贱货！"他咒骂，拖着韩烟烟走。

附近根本没人，房子的隔音性极好，大叫也没有用。韩烟烟没叫，只安静地挣扎。

客厅的灯突然亮了，韩烟烟感觉眼睛刺痛，一瞬间紧紧地闭了起来。三虎拽着她的头发，拖着她往客厅走。韩烟烟睁开眼，看清坐在沙发上的男人是姚琛。

他坐在那里，习惯性地把脚踝搭在膝盖上，右手搁在膝头，把玩着一把飞刀。锋利的刀在他修长的指间旋转、翻腾，像黏在了他手上。

韩烟烟按着自己的头皮，双唇紧闭，看着姚琛。

就在这个时候，她放在客厅茶几上的手机响了。来电显示是江烨，客厅里的两个男人目光微凝。

姚琛俯身拿起手机，点了"接通"，然后放到韩烟烟的脸颊边。

"韩小姐！你现在在家里吗？刚得到消息，转移姚琛的警车被劫了！姚琛逃了，他可能会找你报复，你待在那儿别动，我马上带人过去！"江烨焦急地说。

韩烟烟看着姚琛的眼睛，平静地回答："我就在家里，我等你。"

电话挂断，三虎一个耳光抡过去："臭婊子！"

警车被劫，动手的人是三虎。三虎当初含冤逃亡，听到姚琛垮台的消息后他悄悄地回来。知道扳倒姚琛的是韩烟烟后，他立刻明白当初是她离间了他和姚琛。

韩烟烟被这一耳光抽得扑倒在沙发上，凸起的腹部被撞了一下，脸上现出痛苦的神色。

姚琛颊边的肌肉抽动了一下，他倏地抓住三虎的手腕，阻止他的下一个动作。

"大哥！让我杀了这贱货！"三虎咬牙切齿地说。

"你出去，让我跟她单独说几句话。"事已至此，已无可挽回，姚琛也很平静。

三虎愤愤地出门把风。

韩烟烟翻过身来。

姚琛走到她身前，伸手用拇指给她抹去了嘴角的血渍。即便到现在，她的眼睛里都没有惊慌，也没有害怕。

他的妻子到底是怎样一个女人？他娶了她，竟完全不知道。

姚琛在韩烟烟身前蹲下。韩烟烟本能地靠着沙发向后缩了缩，身体绷紧。姚琛看了她一会儿，视线落在她圆圆的、球一般的腹部。

他伸出手，轻轻抚摩那圆鼓鼓的肚子，问她："有胎动了吗？"

韩烟烟沉默不语。

姚琛把手放在她的肚子上，抬眼温柔地说："告诉我，这孩子是谁的？"

姚琛和江烨一样是这个世界的人，他们都无法超离这个世界，因此只能以固定的思维来思考和探究韩烟烟背叛他的动机。

就连猜测的方向都一模一样，认为韩烟烟一定是有了别的男人。

只有愚蠢的爱情才会使人盲目，才会使韩烟烟不惜失去所有也要弄死他。

可韩烟烟说："我跟你努力了八个月才怀上这个孩子，当然是你的。"

她看着他的眼睛，轻轻地告诉他："姚琛，我没有别的男人。"

姚琛一直盯着她的眼睛。理智告诉他，她说的是实话。

"在我认识你之前，我们就已经有仇了，是吗？"他问。

韩烟烟说："没有。"

姚琛的声音温柔得像哄骗小红帽的大灰狼，他说："跟我说真话，别怕，我不打女人。"

韩烟烟凝视了他一会儿，说："但是你会杀女人，对吧？"

姚琛面色大变。他站了起来，向后退了两步。

韩烟烟看着这个男人，她说出了他埋在心底的秘密。

"警方的停尸房里有两具无人认领、无法辨别身份的尸体。一具男性的，是你的父亲，另一具女性的，是你的母亲。"她说，"你妈妈并非被你爸爸打死的。是你杀了她，对吧？"

姚琛脸颊的肌肉扭曲。

那个晚上是他一生的拐点。

"她每天都挨打。那天，那个男人差点打死她。"他咬牙，"我把那男人杀死了，她反倒发了疯一样地打我。她说没有了他，她活不下去。既然这样，我就……成全了她。"

他的整个人生自此扭曲，一直到今天。

韩烟烟对他感到非常抱歉，但她的手依然悄悄伸进了沙发的缝隙里……

姚琛突然发现了她的动作，瞳孔骤缩！

在他眼神微动的瞬间，韩烟烟意识到自己的动作已经被发现，她不再犹豫，瞬间从沙发缝隙里抽出藏在那里的枪。

姚琛给了韩烟烟太大的权力，让他的人悄没声息地给她弄把枪并不是什么难事，甚至无须让他知道。

韩烟烟用这把靠姚琛得到的枪对准了姚琛，扣下了扳机。

这是她第二次对姚琛开枪，这一次会发生什么？

◆　◆　◆

那颗子弹并没有射中姚琛，因为姚琛的飞刀先一步脱手，擦着韩烟烟握枪的手臂带起一串血珠。

韩烟烟扣动扳机的瞬间手臂被伤，手枪脱手失了准头。手枪掉落在地上，子弹打中了天花板。韩烟烟吃痛，从沙发上摔了下来，滚落到地毯上。

姚琛抢先捡起那把枪，对准了韩烟烟。

三虎听见枪声冲了进来，看到屋里的情形才放了心，喊道："大哥，快点！待会儿警察该到了！"

"知道了。"姚琛盯着韩烟烟，"你出去看着。"

三虎以为他是想折磨韩烟烟，转身出去了。

三虎认为，韩烟烟就该被碎尸万段、挫骨扬灰。

姚琛也是这么想的。

她竟然还想杀他？刚才那一瞬间，她举枪的姿势太标准，显然受过专业的训练。她到底是什么人？她到底为什么？

姚琛咬牙，一狠心，枪口下移，一枪打穿了韩烟烟的脚踝。

韩烟烟惨叫一声，险些昏厥。她忍着疼痛，爬行着远离姚琛。

"告诉我，为什么？"姚琛咬牙问。

韩烟烟脸色惨白，冒着冷汗转头看他。

"你杀人、贩毒、聚赌、放高利贷、逼良为娼……"她说。

姚琛又是一枪，打穿了韩烟烟的另一只脚踝。

"别跟我说什么罪恶与正义势不两立的蠢话！"姚琛咬牙切齿，"你是正义的化身吗？你自己知道！"

"我只是告诉你，你……你会有今天，是因为你做的事。"韩烟烟疼得直抽气，"我当然不是……不是正义的化身。"

姚琛大吼："那到底为什么？！"

韩烟烟的脸白如金纸，在这种时候她竟然笑了。

"因为你……是你，我……是我。"她笑得诡异却艳丽。艳丽中带着无法言说的荒凉。

"因为你是'姚琛'，我是'韩烟烟'。你、我都不是自己。在这个世界里，我们扮演着别人让我们扮演的角色，身不由己。"

姚琛无法理解韩烟烟话里的含义，却被韩烟烟这一笑震慑。

给他重来一次的机会，他想，他还是会爱上这个女人。

而此时，韩烟烟的手……终于摸到了刀把。

"此处的死亡并非终点，你我……也许还有再见的机会。"韩烟烟想。

韩烟烟的刀脱手向姚琛飞去。姚琛的瞳孔骤缩，抬手对着韩烟烟的眉心扣下扳机。

时间凝滞了。

这是第二次。

韩烟烟清楚地看到子弹和飞刀相擦而过，子弹快，飞刀慢。但在她眼里，两者都很慢，都很清楚。

刀奔着咽喉，子弹奔着眉心。这一刀一弹若中了，她和姚琛便将同归于尽。不知道利奥会不会感到开心。

韩烟烟很不开心。

她眼睁睁地看着子弹撕裂空气，尾部带着白色的气流缓缓地奔她的眉心而来。她听到了心脏跳动的声音，听到了血管里血液汩汩流动的声音。

她对死亡产生了恐惧。

这就好似在十米跳台上跳水。你若准备就绪，就不会畏惧；你若还没准备好，就猝不及防地被人推下去，你一定会吓得惨叫。

韩烟烟若有心赴死，自然无所畏惧，但韩烟烟没想死，她只想结束这个世界。这直奔她而来的子弹令她对死亡产生了恐惧。

即便她知道此处的死亡并非终点。

"停下！停下！

"我是构建师！

"我构建这世界！

"给我！停——下！"

看不见的气盾在她身前形成，子弹呼啸而来，撞上气盾，突进，停滞，被拦在那里，碰撞出白色的气流，旋转、激荡。

但子弹终于停住了。

韩烟烟的身体深处像是有一股奇异的力量即将爆发。那力量燃烧着，要将她烧成灰烬，而后浴火重生！

在爆发的前一瞬，韩烟烟抬眼，她的视线越过子弹，越过同样被气盾拦截的飞刀，看向姚琛。

她看到了一双眼睛。

那分明是姚琛的眼睛，又分明不是。韩烟烟曾经见过那双眼睛，不止一次。

那双眼睛也越过子弹与飞刀注视着她，但其中没有姚琛对她的又爱又恨，只有冷漠。

电光石火间，韩烟烟突然明白了，此时此刻对面的人已超离了"姚琛"，超离了这个世界。此时此刻，她面对的是他的本我！

随着这"本我"的超离，韩烟烟感受到了来自对面男人的可怕威压。有一股强大的力量正排山倒海般地向她碾压过来。如果她身体里的力量爆发，将与之正面相撞。相撞的结果可能是……

死亡！

真正的死亡！

剧烈的恐惧攫住了韩烟烟，可她无法阻止自身力量的爆发，更无法抗拒对方的可怕碾压。

这一次恐怕真的要死了，她想。

然后……像电视机突然被关闭，像电脑突然被拔了电源，像家里的电闸跳线，电灯突然熄灭……世界没有崩毁，也没有结束……

世界被强行切断了。

韩烟烟没有回到纯白的空间，她陷入了无边无垠的黑暗。黑暗中仿佛有一只巨大的手掌，它攫住她，揉搓、挤压，她感到自己破碎后又被重组。如果有光线的话，她此时可能是一个脚长在头上、手长在屁股上的怪物。

可随着这揉搓、挤压，她体内那股要爆发的力量变得越来越弱，像是被强行压制住了。

能做到这一切的，只有利奥。

"我去！"利奥手忙脚乱，"这个女人！"

"怎么回事？！"既监控"快穿世界"又监控利奥的人问。

利奥没工夫回答他，手一划，把身前悬亮的一个光屏划到了他那边，让他自己看。利奥自己则在关键时刻及时地切断了"快穿世界"！

"注射抑制剂！"

"怎么回事？数值还在飙升？再给她注射一支！"

利奥声嘶力竭地对系统下达命令。

另一个人看到光屏上疯狂增长的数值终于慢下来，在某个数值处停住，然后缓缓下降，最后平稳地停住。

那人看明白了，讶然："她这是……精神力要被激活了？不是说她是从很原始的地方来的吗？"

"非常原始！"利奥没好气地说，"还不都是因为你？非让我把她救活。她的基因太原始了，对基因治疗没有一点抗性，一下子就冲过头了。幸好我手速快，及时切断了。她要被激活了，一下子就得被你们家那位碾成碎渣渣。那就死透透了。"

"我家那位呢？"对方问。

"哦嗬！"利奥调出光屏，自己先赞叹了一声，"你看看，你看看！"

光屏上那条线原本一直很平稳，像心电图上停止的心跳。在某个地方，它忽然有了波动，小小地向上扬起一截，随后停在那里，保持平稳。

但这会儿那条线像昂起的鹅颈一样，昂然向上，昂起好大一截！

那人的眼睛也亮了。

那条线的上方有一条红色的警告线。图表直观地显示，这条红线所标的数值就是那条线要达到的目标。现在，还有那么……一些距离。

"再接再厉！再接再厉！"那人粗大的手掌拍在利奥的肩膀上，拍得利奥龇牙咧嘴。

那人又看了眼韩烟烟的光屏，说："她现在这数值也很危险啊，稍微浮动浮动，就要擦到边线了。"

"没事，监控着呢。她敢浮动，我就给她一针抑制剂。"利奥说。

"悠着点，伤害太大，能不注射就不注射。"那人说，"她太棒了，你给我珍惜着点！"

利奥"啧"了一声。

那人瞥了他一眼，说："你把这些构建师当成消耗品用？"

利奥说："那没办法，基本都撑不过半年。"

"死了？"那人问。

"不是。"利奥耸耸肩，回答，"都疯了。偶尔也有死的。"

疯了简直太正常，那人想。

他监控了一整天，早就想过，若换成他，大概撑不住三个世界就得疯。人心是肉长的呀，在这样的世界里，不可能完全不跟别人发生任何感情交流。亲情、爱情、友情，哪一样的崩毁都能摧毁人心。

"那些人呢？"他问。

利奥说："从哪儿弄来的，就送回哪儿去了。"

那人沉默了一下，说："真够缺德的。"

利奥不干了，抱怨："光昨天一天我就死了三个啊，我跟你说，佣金得加倍！"

"知道了，不会亏待你的。"那人说，"她还行吗？再来一个……世界？"

"她行，我不行了。已经十个小时了，我得睡觉！"利奥打了个大大的哈欠，一边打哈欠一边操作。

那人皱眉："你干什么？"

"让她继续干活儿啊。我需要休息，她不需要啊。"利奥说，"我可是商人，追求利润最大化。我这儿还有别的客户呢。"

看到身旁的人眉头皱得更紧了，他解释说："别担心，她再锻炼锻炼会更厉害。这女人不简单，我觉得她能撑过半年不疯。你还不去睡觉？"

那人监视了一天，的确也感到疲倦了。他对房间里端着枪警戒的手下说："你们分成两班倒休，盯着点。"

利奥不满："有点信任行不行？我靠这个吃饭呢，我很有商业道德的。"

"不是不信你。"那人说，"那位太重要了。"

利奥"嗤"了一声，说："那么好的命，不好好享他的福，瞎折腾什么。"

那人的脸色冷下来："是信仰。"

他问："你有信仰吗？整个宇宙里，有值得你付出生命的事情吗？"

"我信仰钱。"利奥说，"给我钱，我什么都肯干，但要我的命不行。"

"哎呀，你去睡吧。别企图教化我了，没用的。"利奥向后一仰，躺进座椅里。座椅自动封闭成一个舱，舱面透明，如同玻璃，上面有许多图表和画面。

那人"哼"了一声，去睡觉了。

利奥的声音则在纯白空间中响起："韩烟烟，韩烟烟。"

韩烟烟应声在纯白空间里睁开了眼睛。

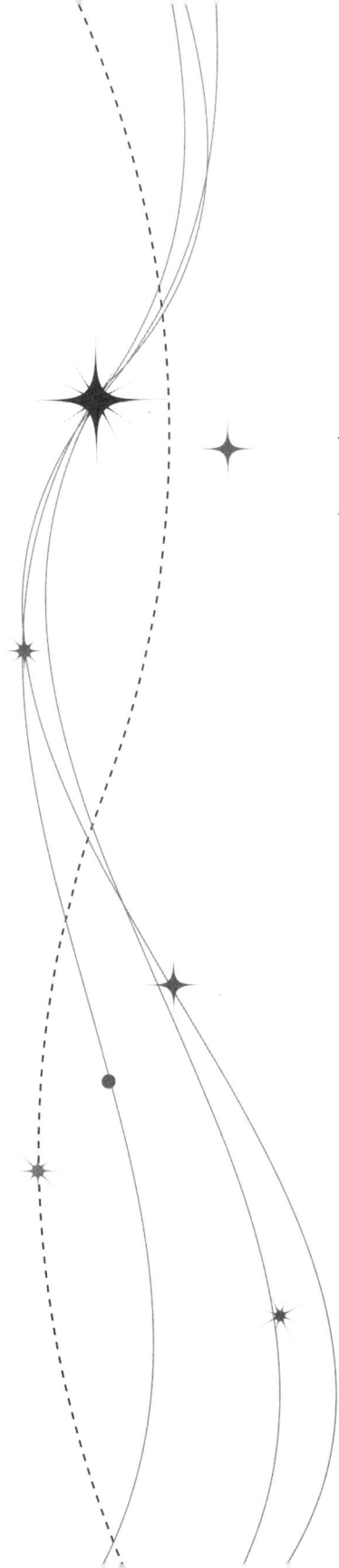

世界四：
成功的荆棘之路

女人以为的一生一世，在男人这里不过是
情绪忽起时一分钟的惆怅、一支烟的叹息。

一

韩烟烟睁开眼睛的第一件事就是低头看自己的肚子。还好，小腹平坦，腰身纤细。所谓的孩子，果然留在了那个世界。

她甚至还穿着每次出现在这个空间时都会穿的那件布裙。这里没有镜子，甚至连墙壁都没有，韩烟烟并不知道自己在这个纯白空间里到底长什么样。是她本人真正的模样吗？

不过，这些细节都不重要。

"利奥，告诉我，"韩烟烟问，"这个世界的任务算成功了还是失败了？"

这才是重要的事。这个问题的答案关乎她的判断到底正不正确。

"可以说完成得很不错。"利奥心情不错地说。

这个答案让韩烟烟终于确认了一些事。

"咦，你笑什么？"利奥奇怪地问。

利奥其实是以全息视角看韩烟烟的，韩烟烟宛如在他眼前。因此她嘴角那一抹笑，他看得格外清楚。不知怎的，那让他心里很不舒服。

"利奥，别用这个合成音了，太刺耳了。用你自己的声音跟我说话吧。"韩烟烟说，"反正你又不是真的系统。"

"……"

利奥有一种被拆穿的狼狈和一种失去控制的不爽。但若继续用那个假声音感觉格外可笑，他很憋屈地关了那个假音，用他自己的声音阴恻恻地问："你是什么时候发现的？"

"一开始就发现了。"韩烟烟说。

"什么？不可能。"利奥不信。

韩烟烟笑了。

"'快穿世界'？你给我解释一下什么是'快穿世界'？"她嘲弄地说。

利奥僵了一下，随即回答："一个人以几年到几十年为限，快速地穿行于不同的世界，解决不同的问题，以达到不同的目的。"

"啪，啪，啪。"韩烟烟给他鼓掌。

"很准确，很棒哟。"韩烟烟嘲讽他。

利奥知道肯定有哪里不对，他肯定弄错了什么，可他不知道哪儿出错了。

"什么地方有问题吗？"他忍不住问，"这概念明明是……"

他及时刹住了，可韩烟烟替他说了下去。

"是从我的大脑里抽取的信息，是吧？"她含笑回答。

利奥僵住："你怎么会知道？"

韩烟烟诧异："你不会……真以为这信息是真的吧？"

"虽然确实不科学到可笑……不不，这信息在你的大脑中非常清晰、明确，在表层意识中属于可以分类到'知识'层次的概念……"利奥拒绝相信，"如果它是一条伪信息，不可能这么清晰、明确。"

"这可能跟我的职业有关。"韩烟烟说，"我是一个写手，一个编故事的人。我的脑子里经常会塞满各种内容，这些内容可能跟我的现实生活完全无关，也可能完全脱离现实，根本不存在。"

利奥心里在骂街："居然这样？"

韩烟烟勾勾嘴角："比如'韩烟烟'这个名字，你从我大脑中抽取了这条信息，就以为这是我的名字？你也太随便了吧？"

"难道你不叫韩烟烟？可是你大脑里的信息明明显示……"

韩烟烟叹了口气："这么羞耻的名字，在现实中你好意思叫吗？"

"我跟你又不在一个语言体系中，哪儿知道你的名字是好听还是羞耻啊？！"利奥十分憋屈地想。

"你的大脑意识明明显示所有关于'韩烟烟'的信息都是第一视角，是你本人！"他恼怒地说。

"那天，就是你抓到我的那天，我一边开着车，一边在考虑下一篇小说的内容。我就是这样，可以一心二用。"韩烟烟说，"我一直在犹豫下一篇到底是写快穿文呢，还是先写那个末世文？"

"没错，所谓'快穿'，只是我所在的世界里的一种小说类型。什么'快穿世界'，怎么可能真的存在？！笑死人。

"那天我去了市区的VR馆，体验了一下丧尸末世的感觉，然后决定先写那篇丧尸末世文。"

"那么，韩烟烟其实是……？"利奥问。

"对，猜出来了吧？"韩烟烟说，"是我在构思的那篇小说的女主角。没错，是第一视角。我是一个女作者，写作的时候肯定会把自己代入女主角。更何况当时我的构思还没成型，还只处在做人设的阶段。我一路开着车，满脑子都是韩烟烟。可能就是因为这样，你抽取信息后才直接判断我就是韩烟烟。"

利奥不情愿地回答："没错，人大脑中的信息量太庞大，抽取之后由系统直接分类、筛选、判定。到我这儿看到的，已经是系统判定之后的信息了。所以，从一开始系统就误判了？"

"大概你的系统想不到一个人会在脑子里把自己完全想象成另外一个人吧。"韩烟烟说，"毕竟它们是机器，不是人。"

利奥总觉得最后这句话像是在嘲讽他，但又好像不是，令他既恼火又发作不得。

"你好牛啊，你还猜到什么了？"利奥也语气讽刺地说。猜到了又怎么样呢，还不是在他手掌心里翻不出去？

"从一开始你管我叫韩烟烟，我就知道'快穿世界''系统'之类全都是假的。你不过是借用我大脑里的信息，用我已经认同的认知来欺骗我，目的大概是让我相信这是真的，以更好地给你干活儿。也有可能是为了让我更真情实感地投入，让一切更逼真。"韩烟烟说，"我猜，你的构建师都不是自愿的，大概都和我差不多，是被你绑架来的。你对每个人的说辞是不是都不一样？"

利奥"哼"了一声，表示承认。

"但你一直在'标记'我，人为地给我制造障碍。"韩烟烟说，"我猜，那个'标记'就是抹消我的一段记忆？你毕竟要让我干活儿，不可能什么都不让我知道。和我沟通过后，你再抹消我的记忆，让我回到一无所知的状态，懵懂地进入所谓的'快穿世界'，相信一切都是真的。"

"第一个世界太可笑了。我后来回想起来，大约能猜出它为什么会崩。

"在你告诉我真实的情况后……我记得，最开始我问你'快穿'的目的是什么，你说是要改变任务目标。其实连你自己都不清楚该怎么改变。我猜，一定是我给你支着了，我一定跟你说过爱情可以改变一切之类的话。"

利奥跳脚："你还好意思说，那是个什么破构架！"

"因为你太吝啬了呀！你肯定没有让我了解全部该了解的信息。虽然我是人，但信息不够完整的话，一样会误判。我轻视了你要解决的那个人。我构建了一个……"韩烟烟想起那个世界也有点不好意思，"咳，狗屎一样的古早言情'玛丽苏'世界。"

"那是我以前写过最多的一种类型文。每篇只需换个主角名字，换个外貌描写就可以了，全都是一个套路：霸道总裁爱上我。我的性格就是这样，先试探，以求稳妥。那时候我对于你什么都不知道，明白由我来构建世界后，我肯定首先选择自己最熟悉的套路。

"问题也出在套路上。那种'无脑甜、逻辑死，反派智商都为负'的套路，只能骗得了小学生、初中生或厂妹，怎么可能骗得过那个人？"韩烟烟叹气，"对'郑曜'来说，那个世界又可笑又虚假吧？在他的意识里，它根本不可能成立，于是在他的意识里世界直接崩了。

"那时候，失去记忆的我并不能确认那世界是由我构建的。我其实只是在猜测，你会不会是让我进入了别人的梦境。

"然后就是丧尸末世的世界。

"我猜，'标记'这个东西应该是配对出现的，对吧？应该是'标记—结束标记'这样子。在这之后，我会暂时失忆，但再次进入标记状态时，我应该能恢复所有的记忆。是不是这样？"韩烟烟问。

利奥又"哼"了一声。韩烟烟知道自己又猜对了。

"霸道总裁的世界崩塌，你对我大发雷霆。于是我不敢再用那些烂大街的套路了，我认真了。我使用了我一直想写的丧尸末世文的构架，构建出了末世世界。"

"虽然我又被抹消了记忆，但一进入那个世界，我就已基本确认那世界是由我构建的。

"韩烟烟，十八九岁的少女，白皮白皙，有着'黑长直'的头发，穿着跟环境格格不入的白色棉布裙。没错，这个就是我给我的末世文做的女主人设。

"说起来有点羞耻，这种冷情少女、'黑长直'、白色棉布裙什么的，其实也很'古早'，早就不流行了。但在我年轻时很迷恋的青春疼痛文学里，这种形象是标配，一直特别戳我，所以我想任性地自己写一个。"

利奥骂了句粗口。

"而且，从最开始就崩了的那个霸道总裁世界里，我意识到一件事，就是这'世界'里并非只有我一个真实的人。我大胆地猜测，'郑曜'应该和我一样，也是一个真实存在的人。

"但我并不能确认其他人的真假。那个世界里的人太弱智了，除了郑曜，别人的智商都是负数，我很难确认他们到底是不是真人。

"到了末世世界，我就更难确认了。这个世界很严谨，我肯定用心去构架了。更重要的是，除了丁尧，其他的人……"

韩烟烟沉默了一下，说："齐彤彤、赵雨萱、孙立军、林玲……每个人都很鲜活。我那时候实在无法判断，除了丁尧和我，这些人到底是不是真人，还是……"

"哈哈哈，韩烟烟，笑死我了！"利奥终于扳回了一局，大笑着说，"其实你真正在意的，是乔成宇吧？"

韩烟烟的手握成了拳。

韩烟烟没有搭理利奥话语中的恶意。她说："正是乔成宇的世界让我确认了很多事情。"

"你每次都'标记'我，抹消我的记忆。但是，这些世界由我构建，偷偷地做点小手脚不是难事。"她说。

"咦？你做了什么？"利奥问。

韩烟烟微微一笑："我埋了彩蛋。"

"一个我完全没听说过的国家和一个我完全没听说过的城市可以说明，那个世界并非我本人所在的真实世界。可是，当我变成了韩大小姐，却发现衣柜里满满都是我在真实世界里爱穿的品牌的衣服。

"那个时候，我的猜测最终得到了证实。我不是被送到别的什么地方去了，我在由我自己构建的世界里。所以，我才会被你称作构建师。"

"哇，你好棒棒啊。"这一次，利奥给她鼓起掌来，语带嘲讽。

"这个世界，你说是给我度假用的。我后来想了想，这是因为它的任务难度比较低。这是第一个也是唯一一个成功完结的世界。"她说，"在这个世界里，除了乔文兴这个任务目标，我依然不能分辨其他人到底是不是真实的人。并且，我遇到了乔成宇。"

韩烟烟的眸底浮现淡淡的难过。

"我真情实感地跟他谈了一场恋爱，让你见笑了。"她说。

"但也是因为乔成宇，我隐约意识到，一个世界里，除了我自己和任务目标，其他人……应该都是由我构建出来的。"

这一次利奥是真的佩服她了。

他实在好奇，问："你到底是怎么发现的？乔成宇的世界构建得很成功。"

"是呀，简直太成功了。从他的出身到成长经历，到性格形成，到心理变化、社会诉求，都太成功了。我刻画人物的功力又进了一步呀。"韩烟烟自嘲。

"乔成宇不是一个完美的人。可是，对那个世界的我而言，他是一个完美的情人。他身上有我喜欢的一切特质，他的出身和经历又决定了他对那个世界的我，有着近乎病态的迷恋。他是完美的'忠犬'，简直太完美了。"

"这样完美的爱人，不可能存在。乔成宇只能是假的，是我构建出来的。

"虽然我心里已隐约明白了这一点，却总是不愿意面对。出来后，我问你之前世界里的人能否再见，你嘲笑了我。是你给了我最后的确认，打破了我的最后一点侥幸和期望。

"乔成宇和其他人都不是真实的人，对吧？一个世界里，只有构建师和任务目标两个真人。这任务是完完全全的‘1V1’，对吧？"

"嗯哼。"利奥得意，"算你聪明。"

韩烟烟扯扯嘴角，似笑非笑，似哭非哭，说："到了姚琛的世界，我已经明白了这一点。然后，我又有了新的发现。"

"郑曜，我还没来得及跟他打交道。而乔文兴跟丁尧又完全不同，所以那个时候我还没意识到这一点，直到我与姚琛正面交手。"

她顿了顿，无比肯定地说："姚琛，就是丁尧！"

这一次利奥什么都没说，安静得如同消失了一般。

"这之前，实在是乔文兴的存在迷惑了我。如果把乔文兴忽略不计，我才发现，郑曜的世界崩了，丁尧的世界非正常结束。事实上，你从来都没告诉过我，他们两个人的任务‘成功’过。更有趣的是，除了姚琛和丁尧，我还想起来，郑曜的名字也和他们两人的一样，有一个‘Yao’的发音。

"忽略掉乔文兴，事情就很清楚了。

"有一个名字发音中有‘Yao’这个音节的男人，不知为何被你困住，要我反复攻略，直到成功。要像乔文兴那样成功才可以，对吗？

"这些世界，我本以为是筑梦。梦境是不连续的、跳跃的。我发现虽然这些世界由我构建，但细节太翔实了，不太可能是梦境。姚琛书架上的每一本书我都翻过，没有一页的内容是重复的。我在学校里上学时，书本里的知识也全都是真实的。

"所以我最终确认，这些所谓的‘世界’，都是虚拟世界。

"我的身体此时应该躺在某处，在你的掌控中。在此处和你对话的，只是我的精神体。

"我见过让世界崩坏的郑曜和能让子弹停止的姚琛，那时的他们才是‘Yao’的本我。和我一样，应该是精神体。"

纯白空间中寂静了许久，韩烟烟才听见利奥长长地呼出一口气。

"你这个女人，你这个女人……"他喃喃地说。

"我全猜对了？"韩烟烟问。

"差不离，只是用虚拟世界来称呼，档次太低了。"利奥嫌弃地说。

"啊？"韩烟烟诧异，"那它是什么？"

"土包子，没见识。"利奥捏着鼻子给来自原始之地的女人科普，"虽然虚拟世界技术能完美地再现世界的硬件，也能让NPC规律地行动，但无论它再怎么逼真，你都知道它是假的。"

"后来，有人以人脑代替系统构建世界，赋予了世界灵魂。这样的世界被称为模拟世界。

"不是什么人都可以，只有一小群脑波异于常人的人才可以做到。他们能够架构出逻辑完整又有灵魂的世界。这一群人被称作构建师。构建师构建世界架构，系统让出主控地位，只负责填充细节。

"比如，姚琛住在豪华的别墅里，他有昂贵的实木书架，上面塞满了书，他爱看的是传奇人物的传记。这些都是你决定的。但是，这书架上每一本书的内容都由系统帮你填充。有些来自资料库，有些来自从你大脑里抽取的信息。总之，会让这些细节融合在一起，支撑你的世界架构。

"韩烟烟，我扫描脑波时扫描到了你。我看你那数值就知道你一定能成为一名优秀的构建师。我的眼光果然好极了。哈哈哈哈……"利奥的笑声中带着得意。

韩烟烟面无表情，说："说这么一堆，还不一样是虚拟的吗？叫虚拟世界有什么不行？"

"呸呸呸！土包子！这里面的技术含量差远了！你个原始人！"涉及技术，利奥大怒。

"我告诉你，模拟世界后来被禁了。你知道为什么吗？"他滔滔不绝地讲起来，"因为它太——逼——真——了！"

"就因为太逼真，使很多人沉迷其中无法自拔，成为传播极广、为害一时的精神毒品！最后，各方政府不得不联合打压、管理。

"但令这项技术被禁的根本原因，是有人成功地将一个模拟世界升级成了次世界。土包子，你肯定不知道什么是次世界。次世界就是……嗯嗯，我想想该怎么给你解释。等我看看你的知识体系里有没有相近的概念……

"啊，找到了，这是什么？三千世界？嗯嗯，不太准确，但又有点那个意思。小千世界、中千世界、大千世界，你自己意会吧。"

韩烟烟是个脑洞很大的人，理解这概念对她来说不难。

"你的意思是，模拟世界是假的世界，但次世界是真正的世界？"她问。

"很好很好，就知道你能理解。"利奥欣慰地说。

韩烟烟震惊地问："这种技术怎么实现？"

"能量啊！给予充足的能量，让模拟世界能脱离创建它的系统自行运转，就升级成了次世界。再不会被人为地切断或者关闭。它能生生不息，独自存在。"

"太牛了。"韩烟烟适时地表达土包子对高等文明的赞叹，满足利奥那点虚荣心。

"当然牛。你不知道这技术后来引起多大的风波、多少乱事。最后，各方政府达成共识，同意这项技术违反了《宇宙位面和生命基本法》，全面禁了这项技术。唉……"利奥的叹息中带着无尽的惋惜。

韩烟烟却说："位面和……生命基本法？"

"你的意思是说，当模拟世界升级成次世界之后，里面那些构建出来的假生命也……"她的声音微哑。

"当然都升级了。按照生命基本法的规定，他们可被视为真实生命。想想看，比如你、我，我们觉得自己是真实的。可谁又知道我们不是某个更高级世界制造出来的次世界呢？所以……等等！"利奥突然反应了过来，哈哈大笑，"我去，韩烟烟，你在想什么？你还在想乔成宇？"

利奥此时笑得发抖："天哪，你个土包子真敢想啊！模拟世界升级次世界，你知道需要多少能量吗？需要一整个行星啊！还必须是富产能量矿的行星！我想都不敢想，除非大富豪啊！你……你个原始人，居然还肖想这个？妈呀，笑死我了！你是真喜欢你自己创造出来的这个男人啊！也是啊，毕竟是你的理想型。"

韩烟烟足足等他笑了半分钟，才说："世界上只有人的思想无法被束缚。就算做不到，也不能阻止我想。"

"行行行。你想，你随便想。你可真有意思。"利奥笑得喘不上气来。

"这个技术全面被禁，所以利奥……"韩烟烟说，"你现在在做的事情全都是违法的，对不对？"

利奥的笑声戛然而止。

✦ ✦ ✦

"啧啧啧。"利奥赞叹，"我发现你这个女人总喜欢在危险的边缘试探，你就不怕崴了脚？你以为我是姚琛吗？你醒醒吧。"

"姚琛是你自己定义的人物性格，所以不管你怎么试探，只要不危及他的生命，他总能包容你。惯得你真以为自己是女主角了！

"违法怎么了？我做的哪一件事不是违法的？呵呵呵呵，你能把我怎么样？别忘了，你的小命还在我的手上呢！

"又想跟我谈条件是不是？我就知道！你想都别想！你有没有搞明白现在的状况，你知不知道你到底是个什么身份？！"

韩烟烟注视着空间里的白光，突然明白了。

利奥的世界里显然也有法律，任何一个有法律的地方都应当有人权。可她没有，她的生命被别人捏在手里，没有人身自由，无法与外界联系，无法求救。

她是利奥绑架来的奴隶。

她不动声色地改口："不，我只是好奇，你用这种违禁技术到底要干什么？你跟'Yao'有仇吗？"

"哦嗬，我怎么可能吃饱了撑的，跟那种大人物结仇？"利奥说，"客户而已。来给我送钱的。"

一个猜测被推翻了，真相朝另一个方向走去。

"这个'Yao'是遇到了什么问题吗？昏迷？植物人？需要唤醒？"韩烟烟问。

"不。"利奥说，"他死了。"

韩烟烟想起跟丁尧的激情澎湃、跟姚琛的耳鬓厮磨，瞬间僵住，汗毛直立。

"哈哈哈哈哈哈哈哈哈哈哈哈哈哈哈哈哈哈哈哈！"利奥把她的反应看得清清楚楚，连她手臂上起的鸡皮疙瘩都清清楚楚，笑得特别开心。

"你骗我的？"韩烟烟松了口气。

"妈呀，笑死了。"利奥说，"看在你这么有意思的分儿上，我给你科普一下吧。"

"医学上判定人的死亡有三种形式：身体死亡，脑死亡和精神力死亡。"他说，"那一位属于最后一种，他的身体机能还在运转，比你还健康。怎么样，觉得好受点了吗？"

"身体还活着，为什么判定他死？"韩烟烟追问。

"一个人死了之后，即便身体被火化，精神力源仍可以继续存在。只要保存得当，甚至可以永远存在。但和活着的时候不同，死人的精神力源是闭合的。"利奥说，"另外一种情况是，身体和大脑机能都没有问题，精神力源却因为某种原因闭合，这人基本上没有可能再醒过来了。所以精神力死亡也是死亡的一种形式。只不过，脑死亡和精神力源闭合性死亡者的家属经常接受不了，总认为自己的亲人还活着……"

"所以你用这种违禁技术给予他们刺激，令精神力源闭合者重新复活？"

"死人复活的成功率不高。我接的活儿更多的是让逝者开口。"

"逝者、死人……"韩烟烟品味着，"有什么区别吗？"

"死人的身体还在，还会喘气，身体机能还能运行。逝者则已经没了身体，精神力源以特殊技术单独保存。"

"那'Yao'……"

"他是死人，还喘气呢。"

听到"Yao"是个还喘气的，韩烟烟感觉好多了。

她问："乔文兴又是怎么回事？他是谁？"

"他？我跟你交代过的，不过你没有记忆了。他是个死人。"利奥说，"他跟你给他构建的人设差不多，是个有钱的大少爷。这大少爷爱上了一个穷姑娘，付出了一片真心。谁知道穷姑娘拿着大少爷父母给的分手费跑了。大少爷受不了这份打击，精神力自杀了。"

他说："不过，他被成功复活了。他这种精神力弱、心志不坚定的人，成功的概率是最高的。我就知道你一定能搞定他。呵呵。"

"给你赚了不少吧？"韩烟烟问。

利奥哼了一声。

"他能复活，'Yao'为什么一直不成功？"韩烟烟问。

利奥的嘴角扯了一下："那种娇生惯养的大少爷，能和那一位比吗？"

"那一位是正宗的亚德拉弥金伏泰族血统，阿瑞斯大帝的十五世孙、正正经经的帝国皇族、帝国皇位第十一顺位继承人、SS级精神力强者。他从出生就拥有一辈子花不完的资产，他的领地比一些小国家都大！"

这么长一串描述，韩烟烟都想夸一句"好棒棒"了。但她需要更多的信息，她嗫嚅唇，忍住了。

"但是，这一位跟疯了一样！他一个皇室血统，一个堂堂的公爵，现在却是反政府武装的头子！他真是吃饱了撑的，身为一个皇族，他要推翻帝制！"利奥越说越激愤，"他要不想当王子，我想啊！躺吃躺喝不好吗？！不好吗？不好吗？！"

如果他的真人站在韩烟烟面前，大概此时口水已经喷了韩烟烟一脸。

韩烟烟深吸了一口气，不想去吐槽为什么这么高科技的文明之下还会有帝制国家。

"他是什么出身，跟我攻略不下来他有什么必然联系吗？"她问。

利奥的情绪被打断，很不高兴："当然了，你想想他的身份、地位、能力，再想想他在做的事，他什么大风大浪没见过，他的心理素质是那种大少爷能比得了的吗？是随便一点刺激能刺激得到的吗？"

"我之前有三个构建师。一个在世界内被他杀死了。也是我疏忽了，那个构建师的身体有点弱，他在世界里死得太惨烈，大脑承受不住，身体被大脑默认为死亡，就真的死了。另外两个跟你一样，和他的本我直接对上，后果就不用说了。有他们垫底，我后来不敢放松，关键时刻及时切断了世界，你才命大活了下来。哼，为了救活你，我还给你进行了基因改造，你该感谢我。"

"我感谢你十八代祖宗。"韩烟烟在心里骂道。

"明白了。所谓攻略，其实就是刺激他。刺激够了，精神力源恢复，他就活过来了。可他这么牛掰，你要我怎么刺激他？"韩烟烟沉声说。

"哦嗬，不要看不起自己嘛！"利奥兴奋起来，"你可能不知道，到现在为止，你是做得最好的一个。"

纯白空间中，一幅发光的图表出现在韩烟烟面前。

韩烟烟问："这是什么？"

"蓝线是那一位的精神力波动频率，红线是精神力源重新激活必须达到的数值。"利奥说，"你看看，你看看，这两次都是你的成绩。"

蓝线先是上了一个小台阶，然后上了一个大台阶，但是离上面那条红线还……差很长一段距离呢。

韩烟烟凝视着那条蓝线，大台阶是姚琛被她背叛，小台阶是……

韩烟烟轻轻地"呵"了一声。跟恨比起来，爱真是无足轻重。

她原本对丁尧耿耿于怀，现在也不在意了。不管丁尧那时候是怎么想的，是意外还是故意，都不重要了。因为"丁尧"不过是一个人设罢了。

这个人设还是她亲自做出来的，是她赋予了他这样的人格。

有些东西突然在脑海中一闪而过，韩烟烟霍然抬头，问："利奥，丁尧和姚琛都是'Yao'，为什么丁尧能察觉出世界是虚假的，姚琛却完全没有感觉，百分百地接受了世界设定和人设？"

"咦？丁尧吗？呃……大概是你那个世界的设定问题吧。"利奥说。

韩烟烟不相信："末世世界的设定很严谨。"

"屁！我都不想吐槽！"利奥嫌弃地说，"那个丧尸是什么鬼？"

"是一种激活细胞的病毒感……"

"屁！"技术上的事情，利奥忍无可忍，"什么歪理邪说？！不管是药理学、生物学、微生物学，还是医学，没有一个能说得通！根本就是伪科学好吧？！"

韩烟烟一时语塞。科技这方面的事情，大约……利奥是对的。

"不，不仅是这样，丁尧对人设也产生了怀疑，有出戏感。我现在想不通原因。"韩烟烟说。

这关系着以后如何制订对那一位的治疗方案，利奥也认真地思索起来。

"可能是……人设跟他本人相差实在太大了？通常我们会给客户跟他本人差不多的人设，像乔文兴那样。唤醒逝者的方式还要更简单一些，基本上就是让逝者在世界里重复一遍自己的人生。逝者的精神力波动会随着这种回忆式的体验一路升高，然后醒来。"利奥说，"你给丁尧设定的是个白领，所以他才会出戏吧。我记得他只是对'过去的人生'感到怀疑。对他作为战队领导人的人设，他就没有感到质疑。"

但丁尧说那段话时是在他家里，然后他们……

韩烟烟面无表情："不是说私密行为不监控吗？"

"咳咳咳咳咳咳！"利奥呛了一下，"切了切了，一到私密活动我们就切画面。"

"我们？"

238

"哼，那一位的手下就在我的操作仓外面盯着我呢。真是的，对我的商业道德一点信任都没有。"利奥有点心塞，"就没见过这么霸道的客户。算了，看在他们付的佣金不菲的分儿上，我忍了。"

"还是不对。如果是因为人设和他本人差距太大，那姚琛为什么就能完全融入人设？"韩烟烟问。

"咦？可能因为姚琛……也是领导者？"

"但姚琛文化水平低，做事粗暴，虽然他刻意想让自己表现得像上流社会人士，但他的粗鄙时时刻刻都会从细节中流露出来。那一位……不是说是什么公爵吗？这种贵族从小接受的教育应该非常严苛吧？"

"那是肯定的。他们擤鼻涕都有专门的姿势，我猜。"利奥发散着他"皇后娘娘烙大饼"的思维说。

✦　✦　✦

"不过，世界能生成，本身就说明他已经能接受人设了。"利奥说。

"咦？什么意思？"韩烟烟诧异。

"虽然世界是由你构建的，但这模拟世界里有两个真人——你和他。"利奥说，"他也一样会参与自身的设定。如果他完全不能接受你的人设，世界根本无法生成。如果他觉得可以接受，经过跟你角力后达到平衡，世界才会成功生成。"

韩烟烟问："这个跟我角力是指……？"

"举个例子吧。比如说，你为了更好地攻略他，设定他的某个数值是10，但他本人的相应数值其实是100，所以他的潜意识不能接受这么低的设定。经过跟你角力，最后生成的人设的相应数值可能是40、50或者60、70。这是一个平衡的数值，是你和他都能接受的底线。"利奥说，"尤其是那一位，心志太坚定。你若想把他设定成一个又没钱又没能力又没身份的废物，我跟你说，估计那个世界生不成。所以，下次你一定要注意这一点。"

这并不能解释为什么"Yao"对丁尧和姚琛的人设会有不同的反应，但韩烟烟这一会儿工夫获得的信息量太大了，她忍不住低头思索，慢慢消化。

她不说话了。利奥意犹未尽地咂咂嘴，突然醒悟："我去，我……我为什么要跟你说这么多……而且也没标……算了！"

利奥悻悻然："反正标记了你，你还是会猜出来，你就是个狡猾的女人。"

韩烟烟当然不承认自己在一步步地套话："这都是为了更好地构建世界和人设。"

"诡辩！"利奥已经反应过来了。

他是个自学成才的野路子科学家，在理论和技术方面可以说相当牛掰，但要论起和人斗，比起韩烟烟，他终究差了那么一点火候。

他很恼火地把一个客户的资料扔给了韩烟烟："好好看看这个，这是个逝者，死得不能再死了。你把他的生平大概复制一遍就行了。"

韩烟烟的大脑像被轻轻地扎了一下，一个人的生平资料涌进来。她揉揉太阳穴，问："不标记我了？"

"标个鬼！"利奥恼火地说，"你这么狡猾的女人，就算知道真相，也能把假的演成真的！快点，好好看看，我困死了，我要去睡觉了。"

韩烟烟闭目梳理了一下资料，睁眼说："这不是'Yao'。"

"当然不是。他的副手睡觉去了，他要亲自监控全程，所以那一位的治疗得等他醒了才能进行。"利奥催促，"快点快点，我也要睡觉了。"

"你去睡觉？你不怕我再直接爆了任务目标的头？你不在，我可能会直接被对方的本我弄死。"韩烟烟说。

"你想得美。给我赚够足够多钱之前，你连死都不要想。"利奥说，"这个是逝者，已经没有身体了。虽然他的精神力源还存在，但已经没有攻击力了。不会出现那种情况的。"

这么说，那时候姚琛身上那种可怕的威压就是精神力了？

韩烟烟想起来，那个时候她的身体里也有一股力量要爆发。那又是什么？难道也是……？

"喂喂，好了没有？"利奥不满。

韩烟烟忙集中精神梳理信息。这一看之下，她诧异地说："这个死了的客户是个……上将？"

"怎么了？"利奥打着哈欠问。

"又是公爵，又是上将，你的客户非富即贵吗？"韩烟烟嘲笑。

"废话！"利奥恼道，"违反《宇宙位面及生命基本法》，被所有政治势力联合封禁的技术了解一下！我投入了多大的成本，冒了多高的风险？！收费当然不能便宜！普通老百姓谁用得起？死了就死了，认命吧！"

"行了，你已经做过好几次了。唤醒逝者的难度都不大，就跟攻略那个富家少爷的差不多，你自己看着弄吧。我的眼睛都睁不开了，先去睡了。"

利奥打了个哈欠，又说："我把时间速度调快点，等我醒了，最好这个世界已经解决了。"

随着他的哈欠声消失，真正的系统跳了出来。

韩烟烟熟悉的那个电子合成音说："韩烟烟，你准备好构建世界了吗？"

韩烟烟没有回答它，提问："利奥睡觉去了？"

"是的，管理员已经退出系统。"系统说。

"系统，我和你在这里的对话，利奥会知道吗？"韩烟烟问。

"管理员有完全权限，可以通过查询记录的方式了解全部信息。"系统回答。

"那如果他不查呢？你会主动报告吗？"

"只有违反了安全条例的操作才会生成警告。不违反任何安全条例的操作不会被报告。构建师的权限有限，不能进行任何违反安全条例的操作。构建师，你准备好构建世界了吗？"

韩烟烟点点头："准备好了，开始吧。"

"构建开始。"

随着系统单调、没有起伏的这一声，韩烟烟经历了一生中最奇妙的旅程。

她以为她是神。

她看到了星辰的运转，看到树叶飘落化作肥料，看到灰尘在空气中飘浮，反射着阳光。她看到了无数的人，他们不仅有过去和未来，而且每个人之间都有着千丝万缕的联系。

在所有这些人中，她看到了一团光，那就是任务目标。她将他与别人连接，让他们的轨迹交错。

等世界的架构和逻辑建立起来，无数的数据流开始流往这框架中。然后，系统向世界填充细节，一本书的内容、一朵花的香味、一支口红的颜色……

逻辑令世界成立，细节令世界真实。

这些数据流中有韩烟烟需要的东西。她在构建框架时悄悄地夹带私货，只唯恐它们违反什么安全条例，惊动利奥。她尽量用低调的方式去达成自己的目的。

万幸，没有任何异常警告出现。

在这个世界快要生成之时，韩烟烟看着那千丝万缕的线的每一端连接的不同人物，一个新的念头在她脑海中闪过。

她通过意念向系统发出命令，但这一次她的指令遭到了拒绝。

"拒绝。复制已生成世界的已有人物信息，需要经过管理员授权。请拿到授权后再进行此操作。"系统说。

韩烟烟感到失望。

"构建师，世界还需要做任何补充设定吗？"系统问。

韩烟烟收敛了情绪，理智上线："世界内的时间和现实时间同步吗？"

"世界内的时间可调节。"

"刚才我和利奥的对话消耗了多少现实时间？"

"5分钟。"

"我进入系统成为构建师有多长时间了？"

"417个小时21分钟。还要精确到秒吗？"

417个小时，半个多月……

韩烟烟眸子晦暗，说："比我想的要慢。我记得在我构建的第一个世界里，我待了两个月。后来世界崩溃，利奥曾经说过，我没撑过十分钟。"

"在构建师的行为轨迹线与客户的行为轨迹线没有接触之前，世界内的时间会以高倍速运行。"

"既然可以高倍速运行，为什么后面又变得这么慢？"

"因为有一位客户的监护人兼付款人要参与过程监控。为了照顾监控者的大脑信息接收速度，世界内的时间运行速度不能过快。"

"明白了。"

"构建师还有别的问题吗？"

"我有权限调节时间倍速吗？"

"此权限对构建师开放。构建师，现在可以生成世界了吗？"

"可以，但……"韩烟烟说，"提高时间倍速……"

世界生成。

韩烟烟睁开眼，一点也不着急。从现在到利奥起床，她有很多时间。

睁眼的刹那，她大脑里的预给信息被激活。她亲自构建出来的一切变成了翔实的信息，充塞她的意识。这一次，韩烟烟又是一个大小姐兼继承人。

这很好。她创造了这世界，若还在这世界里吃糠咽菜就太说不过去了。

这位大小姐睁开眼时躺在柔软又华丽的大床上，房间是梦幻的公主房。

韩烟烟坐了起来，她注意到了露在睡裙外面的细细的手臂、小小的手掌，还有睡裙下平平的胸。她跳下床去了衣帽间，落地镜里映出一个小女孩的模样。

玉雕一样可爱，但她还是个孩子。

这位大小姐今年才十二岁。

大约是因为利奥去睡觉，让她自己全权负责构建世界的缘故，这位少女韩烟烟的容貌可以说得上是这几次以来最接近绝世美颜的一次。

韩烟烟实在是喜欢这张脸，很想看到自己长大后的样子，希望……不要长残呀。

她照够镜子后走出了卫生间。她的卧室十分阔大，床的一侧有一扇宽宽的大门。韩烟烟走过去，推开大门。

和煦的阳光和清凉的晨风扑面而来。韩烟烟赤着脚踏上了宽阔的露台——在形容这个房子时，"宽"和"阔"两个字被用过太多次了，实在是因为这其实不是普通的房子，而是雄伟的宫殿式建筑。

韩烟烟踏着晨风走到露台的栏杆边，凝望这座庄园。远处有什么东西闪烁了一下，她眯起眼睛，看到大门处开进来一辆……悬浮出租车。

这是韩烟烟的一个小小尝试。她设定的这个世界的技术水平高于她家乡的，她果然做到了。

利奥这样的技术狂人不可能想不到这一点。韩烟烟猜测，虽然这里的技术高于她家乡的，但一定远低于利奥所在世界的。

没关系，她本来也不是想学习技术的。

悬浮车在主楼外面停下，有男佣在外面相迎。车门翻开，车上下来一个女人，牵着一个小男孩。

小男孩第一次来到这个妈妈念叨许久的庄园，第一次看到这么华丽的建筑，忍不住抬头向上看。

露台上，一个少女穿着柔软的白纱睡裙，正趴在石栏上向下望。她微卷的长发垂下来，在晨风中一荡一荡的，五官精致得不像真人。看到小男孩抬头望她，韩烟烟看了他一眼便从露台的石栏上消失，宛如晨露被阳光蒸发，不留痕迹。

男孩惊呆了。他是出现了幻觉，还是真的……看到了天使？

韩烟烟木着脸，光着脚咚咚咚地朝卧室走去。

之前的信息太多，她脑子里想的东西也太多，一时没有反应过来。此时看到任务目标，她才想起来他跟"Yao"不同，他是个逝者！他连身体都没有！只有一个不知道是什么形态的"精神力源"存在于世。

那不等于是……

韩烟烟搓搓手臂，把鸡皮疙瘩搓了下去。

真是白日活见鬼！

二

韩烟烟刚回到卧室，就有女佣来敲门："小姐，老爷请您去见一下客人。"

"怎么这么早就有客人？"韩烟烟问。

女佣见多了这种打秋风的亲戚，心里不以为意，但嘴上不敢失礼——谁知道这穷亲戚跟主家到底亲近不亲近呢——只说："是之前安排好的。"

韩烟烟点点头。

她设定了世界，自然知道背景前情。小男孩就是她这次的任务目标，也就是那位逝者。唤醒逝者比复活死人简单，只要让他大致重复下自己的一生，他就会在其中苏醒。

不过，死人还有能喘气的肉体，要是能醒过来，就算复活了。一个连肉体都没了的"阿飘"，唤醒他做什么呢？联想到利奥只认钱、不认良心和法律的德行，韩烟烟觉得，这件事对逝者来说未必是什么好事。

不过，她没有多余的精力去同情别人。

换好衣裙、收拾好自己后，她下楼了。她的父亲——韩氏家族的大家主——正在一间小待客室里接待客人。一层的待客室不止一间，家主会在这里招待对方，就说明他们不是什么重要的客人。

显然客人自己也明白这一点。女人浅浅地坐在沙发上，双腿并拢、斜斜轻放，姿态十分优雅，只是带着一份小心翼翼。她身旁的小男孩显然被提前教导过，坐得更浅，屁股只挨了沙发边，就为了让自己的双脚能踩着地。

母子俩的礼仪都十分好，只是衣着并不华贵。女人曾经年轻美丽的眉眼间带着被生活磨炼的疲惫痕迹。

"父亲。"韩烟烟走到门口轻轻地喊了一声，走向那男人。

和落魄的母子相比，韩烟烟的父亲则完全是另外一种模样。剪得齐整的鬓角和打磨得圆润、光亮的指甲，显示出他过着养尊处优的精致生活。他身上带着有权势的男人特有的气场和自信，言谈与举手投足间都透出强势的味道。

"烟烟，来。"他带着笑向韩烟烟招手，"见见你昕雅姑姑和小恪弟弟。"

"是烟烟吗？长这么大了。"被称作昕雅姑姑的女人站了起来，虽然明明她才是长辈。

"昕雅姑姑。"韩烟烟向女人微微鞠躬。她起身，看向跟着妈妈一起站起来的小男孩。作为姐姐，她其实不必行礼，但出于对逝者的尊重，她微微低头，说："小恪弟弟，你好。"

昕雅有点受宠若惊，连忙推了下儿子："快叫姐姐，这是烟烟姐姐。"

小男孩从她出现就张大了嘴巴，被母亲一推，猛地惊醒，忙鞠躬说："烟烟姐姐，你好，我……我叫唐恪。"

韩烟烟抬头看了三人一眼，瞳孔深处有星辰般的旋涡在旋转。她有点头痛，终于明白利奥为什么要消除构建师的一部分记忆了。她构建世界时产生的信息量太大，因为没有被消除，此时那些信息被这三人激活，一起涌入她脑海，让她脑壳疼。

她努力压下那些信息，只专注于预给信息。她现在可算明白了，所谓预给信息，原来就是她给自己留的前情提要和人物小注。这精简的信息梳理起来轻松多了。

眼前这个小男孩就是她在这个世界的任务目标。他现在叫唐恪，他的母亲是韩烟烟父亲隔了好几层的表妹。她生得十分貌美，年轻的时候有些清高，拒绝过这位表哥的情意。表哥家世过人，注定要娶门当户对的千金小姐，而她不愿意成为他人生中的一个收集品。

她后来结婚了，丈夫是个普通人。虽然他们没有显赫的家世，但生活还算富足。几年前，因为一场事故，她丈夫不得不进行昂贵的治疗，最后不仅没能挽回性命，还把家庭经济拖垮了。现在丈夫去世，她一个人带孩子，生活遇到了困难。为了不耽误孩子，只能拉下脸来求这位已经数年不见的表哥帮忙。

"没想到一转眼，烟烟就这么大了。"昕雅感叹，拿起一个还算精致的盒子递过去说，"这是姑姑做的点心，一点心意，你拿去尝尝吧。"

经济拮据，她拿不出什么像样的见面礼，若拿便宜的东西还可能被笑话，于是她干脆做了些点心。也算有心思了。昕雅心中惴惴，她知道表哥家里向来食不厌精，很担心这位娇贵的大小姐不给她面子。

韩烟烟双手接过，笑着说："谢谢姑姑。闻着就好香，正好我还没吃早饭。小恪弟弟，走，我们一起去吃点心。"

听她说"还没吃早饭"，昕雅脸上微烧。不过，韩烟烟十分给面子，又让她松了一口气。她忙对抬头望向她的儿子说："去，和姐姐一起去吧。"

看着孩子们一起离开，韩家家主对昕雅说："没想到妹夫会被R射线辐射，一定受了很多苦吧？你早该给我打电话的。"

昕雅眼圈红了，微微垂头。她绾着头发，脖颈雪白、细长，十分美丽。

牵着小男孩的手走到门口时，韩烟烟回头看了一眼。看到自己的父亲向后仰靠着，嘴角含笑地盯着昕雅优美的脖颈。

那是男人看女人的目光，又如猎人看着猎物。

虽然他们是自己创造的人物，但韩烟烟仍忍不住微哂，然后牵着唐恪的手走了出去。

清晨的阳光明亮却不灼热，很舒服。韩烟烟牵着唐恪，觉得那小手热乎乎的。在这阳光底下，她回头仔细看了他一眼，看到他稚嫩的脸蛋被阳光照得甚至能微微看见皮肤下的血管。他会喘气，手是热的，人还有点羞涩。

韩烟烟淡定了许多。就算是"阿飘"，起码"小手热乎乎"这一点已经强过末世的丧尸了。

她带着唐恪直接来到庭院里的花架下。这里有户外桌椅，还有呼叫器。韩烟烟呼叫用人端来双人份的早点，让唐恪陪她一起吃。

"不……不用，我……我已经吃过了。"唐恪才说完，肚子就不争气地咕噜起来。

今天的事十分重要，妈妈已经耳提面命了好几天，导致他早上有些紧张，不太吃得下东西。因为起得太早，吃饭也早，现在他胃里已经空了。唐恪的一张小脸顿时涨得通红。

韩烟烟笑了，伸出手指轻轻地按了一下小男孩的鼻尖，说："听听，你的肚子都抗议了。"

她一边往他的餐盘里放食物，一边说："你是男孩子呀，一天吃五顿都是正常的，不然怎么变成强壮的男子汉？多吃点哟。"

她还很认真地品尝了昕雅亲手做的点心，并大加称赞。

唐恪在她这样的温柔对待中慢慢放松下来。等到吃完早餐，他那些过于早熟的拘谨、担忧都输给了他的年龄，露出天真、单纯的一面，在韩烟烟身边"姐姐""姐姐"地叫个不停，已经没了隔阂。

小孩子是敏感的，他们能敏锐地察觉别人的善意和恶意，尤其是唐恪这样经历过家庭巨变的孩子，一般都格外早熟。

韩烟烟牵着他的手在庭院里散步，问他："小恪知不知道你和姑姑今天来我们家是做什么的？"

唐恪迟疑一下，诚实地点了点头。

"跟姐姐说说。"

"我八岁了，测出了精神力。"唐恪说，"妈妈好高兴，她想让我成为机甲士。"

韩烟烟无力吐槽。

按这个世界的设定，机甲士是一种极为受推崇的职业。在军方，机甲士是强大的战士；在民间，机甲士是比赛选手。在这个世界，机甲应用于各行各业的各个方面。机甲士即便不去做专业选手，也很容易找到工作。

可以说，这是一个全民机甲狂热的社会。谁家的孩子能成为机甲士，就算出人头地了。

这么没逻辑的世界，它……居然能生成，居然不崩？！

韩烟烟无语地看着眼前这个维持世界不崩的"基石"。

这位逝者死时已是上将，地位崇高。在韩烟烟接收到的他的生平信息中，他不仅是一位精神力强者，更是一位了不起的机甲士。他在战场上战功赫赫，机甲刀下倒下的敌人不计其数。

所以，在他的意识里，机甲这种东西成为社会潮流、被整个世界的人追捧，简直再合情合理不过，再符合逻辑不过了，是不是？

好吧，好吧。果然每个人审视自身的时候都会给自己套上光环。

"所以，昕雅姑姑想让小恪到东大区来上学，是不是？"韩烟烟问。

唐恪点头："妈妈说，最好的精神力者学校都在东大区。"

那是肯定的，想培养一个优秀的机甲士，需要非常高昂的投入，贫民家庭真的很难负担得了。你若看到一个年轻人是机甲士，首先就知道他的家庭条件至少得是"不错"的水平。

以唐恪的家庭条件，想上东大区的好学校，光学费就是很大一笔负担。看来，昕雅姑姑打算拉下脸来求韩家家主资助。

像韩家这种大家望族，不要说沾亲带故的亲戚，便是无亲无故的贫民区孩子，只要他是特别优秀的好苗子，都会不吝钱财地资助、培养。韩家旗下光是慈善基金就有好几个。

这也是昕雅肯放下自尊来求助的原因，大抵……她所求之事是不会落空的。

只是……

韩烟烟想起自己这位父亲。虽然这个男人不会吝惜钱财，会大方地资助唐恪，但对昕雅这样送上门的美人，他也不会白白放过。更何况这表妹当年曾经心高气傲地拒绝过他。得不到的总会惦记，哪怕他情人无数，且个个年轻貌美。哪怕昕雅已经过了最好的年华，也不妨碍他亲近美人，一偿夙愿。

这设定是韩烟烟做的，是为了增加唐恪童年所受的屈辱。因为这位目标人物童年漂泊，寄人篱下，便曾受过许多白眼和错待。他后来崛起，对当年错待自己的人毫不留情，心狠手辣地报复了回去。

韩烟烟做出这样的设定，最终是为了唤醒他的精神力源。但那……是利奥命令她做的。

利奥睡了。

✦　✦　✦

"那小恪知道姑姑想让你上哪所学校吗？"韩烟烟问。

唐恪知道，他说："东辰。"

东辰就是韩烟烟在读的学校，里面的学生都有着良好的血统、显赫的家世，先天精神力最少也是A级，个个一出生就注定要成为优秀的机甲士。

那里有精英式的教育、最棒的机甲，很多成功的大人物都是少年时在这里结下了深厚的人脉。那里是精英阶层的富贵圈子。

昕雅想让唐恪挤进这个圈子，从一个妈妈的角度出发，无可厚非。根据韩烟烟的设定，为了将唐恪培养成精英机甲士，为了她根本负担不起的昂贵投入，她最终抛下自尊委身于韩家家主，成了他的情妇之一。

现在，韩烟烟不打算让剧情朝它原本该前进的方向走了。她有她的打算，她计划在利奥醒来之前，在这个世界尽可能地停留更多时间。

她不需要唐恪苏醒。

"小恪，姐姐知道你是个很聪明的孩子，姐姐给你解释一下这里面的情况。"她牵着唐恪坐在树荫下的草坪上，温柔地给他解释东辰的情况。

"每个人都有身家背景。他们喜欢跟同等背景的人抱团，然后一起往更高处发展。"她说，"对于那些不属于那里的孩子，他们很残酷，会欺负、排挤甚至霸凌他们。"

她把孩子的天真、残忍撕开给他看。看着他的眼睛，韩烟烟知道他全听得懂。

"你妈妈想岔了。"韩烟烟说，"她以为在那里你能得到最好的教育、最好的学习环境和最好的朋友。"

"但没人会和我做朋友，对吗？"唐恪问。他是一个聪明、早熟的孩子，一点即通。

"你妈妈想的并不会实现，糟糕的人际关系反而会妨碍你的求学之路。昂贵的学费还会迫使你妈妈做出有违本心的事。"韩烟烟对他说。

唐恪的脸色忽然变得非常难看。她话语中的暗示，他竟然都能听懂。

昕雅生得美貌，在过去几年为丈夫求医问药的过程中，难免会被一些恶心、猥琐的男人趁机揩油。唐恪肯定看到过什么，才会这么明白。

"小恪，虽然姐姐是第一次见到你，但姐姐特别喜欢你。姐姐想给你些建议，你愿意听吗？"韩烟烟问。

唐恪看着她美丽如天使般的面孔，重重地点了点头。

韩烟烟打开手腕上戴的智脑，滑开光屏，调出一段信息。她手指一弹，那些信息"嗖"地一下被传送到唐恪手腕上的智脑上。

唐恪举起手腕，凝神看着那光屏，念了出来："奥临？"

"它不是最好的，没有东辰那么耀眼，但校风严谨，教学质量并不输东辰多少。最大的短板是，它没有东辰那么好的硬件条件。"韩烟烟说，"但那里有很多能和你做朋友的同学，你能安心地学习。"

她摸着男孩的头，看着他的眼睛说："姑姑总想给你最好的，但她想错了。你不需要最好的学校，你只要做到最好就行。"

女仆远远地看到来做客的男孩子站起来，飞快地向主楼跑去。她过来向大小姐请示："需要我跟着他吗？"

"不用，忙你的去吧。"韩烟烟说。

女仆退下后，韩烟烟盯着脚边的一朵小花陷入沉思。

她感觉身体里有股奇异的力量。韩烟烟在末世有过使用异能的经验，所以她很快就适应了那股力量。她眨了一下眼睛，小花被看不见的力量绞碎，落在草丛间消失不见。

"精神力很赞啊！只可惜是假的。"韩烟烟叹息。

她现在所拥有的精神力，是这个世界赋予"少女韩烟烟"的，就如同"末世韩烟烟"拥有的异能一样，属于设定的一部分，与肉体无法分割，并不能带出这个世界。

不过没关系，她有很多时间，可以好好地研究。

郑曦让世界崩毁用的是精神力，姚琛让子弹停止用的也是精神力。

韩烟烟也曾让子弹停止过，那个瞬间，她体内有股奇异的力量在蠢蠢欲动，即将爆发。虽然她不知道是不是因为利奥切断了世界，那股力量才没爆发出来，但韩烟烟很肯定，那股力量不属于姚琛那个世界。

那力量在世界之外，属于她。而且，那力量给她的感觉，和她从"Yao"的本我身上感受到的威压是一样的。

不知道出于什么缘故，她作为一个普通人，可能有了精神力。韩烟烟思来想去，觉得这可能跟利奥提过的基因治疗有关系。

利奥若是在此，大概会骂一句："我去，又被猜到了！"

唐恪跑回了主楼。虽然这建筑十分庞大，但他的记忆力非常好，没有迷路，直接回到了那间小待客室。

待客室里的两个人被突然跑进来的男孩吓了一跳。昕雅腾地站了起来，有点慌张地问："小恪，怎么了？"

唐恪僵了一下。

虽然短暂，但他刚才看得很清楚，之前坐在两张沙发上的人现在坐在了同一张沙发上。他闯进来的那一刻，他的妈妈拘束地坐在那里，微垂着头，身体几乎贴到了沙发的扶手上，避无可避。而那个男人——烟烟姐姐的父亲，他的表表表舅——一手握着妈妈的手，另一只手伸到了妈妈的腰后。

他离妈妈非常近，再近一点就相当于把妈妈抱在他怀里了！

有一瞬，唐恪心中升起一股愤怒。虽然他还只是个小男孩，却能感受到那男人强烈的侵略性。同样，虽然他还只是个小男孩，却有着强烈的守护妈妈的本能。

那一刻他握紧了拳头，一瞬间产生了想冲上去的念头。但他想起了韩烟烟，她天使一样温柔的面孔化解了他的戾气。

他放开拳头，平静地走了过去。

"怎么一个人回来了？你烟烟姐姐呢？"韩家家主问。

"姐姐陪了我很长时间，有些累了。我回来找妈妈。妈妈，我们来了很久了，该回家了。"他说。

"刚才那一瞬间，他眼睛里爆射出狼一样凶狠的目光，是想杀了我吗？这小狼崽子……"韩家家主暗想。他口角含笑，说："不着急，吃了午饭再走。刚刚正跟你妈妈说你转学的事。东大区最好的学校就是东辰，我和你妈妈想好了，让你……"

"不，不用了。我跟妈妈想的不一样，我不想去东辰。"唐恪摇头说。

韩家家主诧异。昕雅则愕然："小恪，你胡说什么？"她的孩子早熟懂事，她明明早就跟他把事情说清楚了！

唐恪看向她，问："妈妈，你知道奥临学院吗？"

"奥临？"昕雅当然知道奥临，奥临也是她考虑过的学校之一。但奥临毕竟不是最好的，一个母亲总想把全世界最好的东西都捧到孩子面前，哪怕她需要为之付出代价。

"我跟烟烟姐姐聊天，她也觉得奥临更适合我。我考虑过了，以我的成绩和精神力水平，进入奥临应该是没问题的。"唐恪说，"妈妈，最好的并不一定是最合适的。"

昕雅的心突然乱了。儿子的目光太复杂，包含了太多内容，让她有点不敢直视。

唐恪唤她："妈妈？"目光中竟然带着威压。

昕雅一时心乱如麻："这个……"

"不着急。"韩家家主微笑着说，"孩子上学是大事，关系着以后一辈子的前程，得慎重考虑。你们不用现在就决定，回去慢慢考虑，别匆匆忙忙做决定，耽误了孩子。"

"好的，韩先生。我们会认真做决定的。"唐恪说。

看出他对妈妈的企图，那一声攀附而来的"舅舅"便叫不出口了。到底是年幼，天生多思多虑，只是还没养成足够深的城府。

他扯了扯昕雅："妈妈，我们回去吧。"

"不急。"韩家家主说，"吃了午饭，我叫司机送你们回去。"

唐恪年少气盛，想立刻离开这个让他觉得受到羞辱和难堪的男人，张嘴就想拒绝。

"咦，要回去了吗？"韩烟烟适时地出现，打断了他，"正好，我要出门呢，可以捎姑姑和小恪一程。"

这顿午饭到底是没留住人。事情没敲定，昕雅有些郁闷。

上车的时候，韩烟烟摸着唐恪的头对他说："姐姐有些话想跟姑姑说，小恪，你和司机叔叔一起坐驾驶舱好不好？"

唐恪微微抿唇："我不能听吗？"

"不能啊。"韩烟烟挤眼睛，"是女人跟女人之间的对话呢。嗯——？"

"嗯——"的尾音上扬，那声音仿佛在打着转往上跑，很是奇异。唐恪年纪还小，还理解不了这种风情，只是莫名地紧张起来，乖乖地去了驾驶舱。隔着舱壁，他完全不知道后面乘客舱里的两人在说什么，以及两人之间发生了什么。

韩烟烟刚坐到座椅上，就看见坐在她对面的昕雅神色复杂。韩烟烟刚才无意识间流露出的风情，唐恪不懂，昕雅作为一个成年女人却是懂的。

虽然韩家这位大小姐已经初现娉婷，却仍是少女样貌。现在的女孩子都这么早熟吗？还是，只是她……？

想到她那父亲、母亲，和她从小所受的熏陶，昕雅收起小觑她的心思，不敢再把她当成孩子看待。她强笑着问："烟烟想跟姑姑聊什么？"若是聊些男女生早恋之类的话题，她很乐意指点她一下。与这位大小姐拉近关系，对唐恪没有坏处。

韩烟烟却笑了笑，说："姑姑，恕我直言，小恪转学这件事，你做得不对。"

昕雅面色微变。

"去求我父亲的话，他大概会帮小恪转学，也会资助小恪的学业。但我父亲这个人从来不做没有回报的投资。"韩烟烟说，"求他需要付出什么，你想清楚了吗？你要是做了这样的事，会带给小恪什么样的感受，你想过吗？失去父亲的孩子，如果再因为母亲而蒙羞，会给他的性格带来什么样的影响，你又想过没有？"

韩烟烟这已是第二次当大小姐了。她气势全开，咄咄逼人。

昕雅的脸变得苍白。

✦　✦　✦

从豪华的悬浮车上下来的时候，唐恪看到母亲的眼圈红红的，脸色有些苍白，但不知道为何，他放松了很多。

他动了动嘴唇，但最终忍住没问。

韩烟烟在车里对他摆了摆手，然后摇上了车窗。悬浮车带起一缕白烟，疾驰而去。

回到家，唐恪终于忍不住发问："妈妈，你没事吧？"

昕雅说："没事，妈妈没事。"

她蹲下去看着自己早熟的孩子，心酸难忍，强笑道："之前是妈妈想错了。妈妈已经想通了，就算不去东辰，你也一定会成为优秀的机甲士，对不对？"

唐恪用力地点头，说出的话铿锵有力："我一定会努力的！"

昕雅摸摸他的头："学费的事你也别担心，奥临的学费没那么贵，妈妈会努力工作赚钱的。"

昕雅动动嘴唇，有些话终究没说出来。

"这件事没必要让小恪知道。"韩烟烟对她是这么说的。

在路上，这位才十二岁的大小姐指点她用智脑申请了慈善基金的资助，然后大小姐用自己的权限当场批准了她的申请。据说这支基金是韩烟烟十岁生日的时候，韩家家主以她的名义建立的，直接就在她的名下。

"没必要让小恪知道这些。但同时，我希望姑姑您不要再接近我父亲了，有什么困难可以直接找我。我这个家呀，维持平衡不容易。"少女的嘴角露出一丝晒笑。

"是烟烟姐姐说服了妈妈吗？"唐恪问，他对韩烟烟莫名地有信心。

昕雅回神。她沉默了一会儿，点了点头。

"她是个好人。"她说。

好人韩烟烟去了自家的机甲俱乐部。

她接收了"少女韩烟烟"的人设和记忆。这人设八九岁就开始摸机甲了，但韩烟烟本尊是第一次见到机甲这东西。

它们大多呈"人"形，有的只比人体大一两圈，像贴身盔甲一般；也有十分巨大的，有两层楼那么高。

世界由她构建，细节却是由系统填充的。她是根据那位上将的生平决定将这个世界构建成一个精神力和机甲的世界。她本来十分担心这两项内容会触发什么安全条例，幸好没有。

虽然利奥那个世界的人对机甲没有这个世界的人这般狂热追捧，但他们对精神力和机甲已司空见惯。

最重要的一点是，系统填充的细节……都是真实有效的。

有精神力，人可以做很多事情，操纵机甲只是其中一项。只是，在这个世界中，这一项功能被夸张地放大了。

精神力可以操纵机甲，而若想增强精神力，就要不断地练习操纵机甲。其原理和末世的异能差不多：锻炼，逼近极限，突破，增长……

韩烟烟熟门熟路地来到她专用的练习室，爬进她的私人专用机甲。因为有人设的记忆，她无须学习就可以直接开始练习。

场外负责监控数据的工作人员也是她熟识的，但这一次工作人员吃惊地发现，这位本来就很勤奋的大小姐像是发了狠。

从机甲里出来的时候，韩烟烟的贴身机甲服湿透了，像淋了雨一样。她下机甲的时候，险些站不稳摔下来。幸好工作人员提前监测到她的身体机能数据，指挥人手过去扶她出来。

韩烟烟是直接躺在担架上被抬入休息室的。

"怎么这么拼命？"工作人员咂舌。

韩烟烟脱得光光的躺在她自己的私人治疗舱里。舱盖闭合，有面罩扣住了她的口鼻，随即开始为她注入营养液。这营养液能滋养身体细胞，让体能耗尽的人在短时间内恢复。

韩烟烟躺在治疗舱的液体里，感觉仿佛回到了末世，那时每次训练完她也是这么疲惫。

只不过，那时没有这么好的条件。丁尧每次都会把她扛回去，然后接着折磨她。

韩烟烟泡在营养液里，突然想笑。

丁尧和姚琛有个共同点，他们在床上都很疯很野。那个叫"Yao"的男人，不知道到底是什么性格？他要是复活了，回想起跟她的种种，会不会尴尬、难堪？

如果丁尧和姚琛的这个共同点不是他原本就有的，而是她根据个人偏好强行加给他的人设，那以后若能再见面，场面就更搞笑了。

韩烟烟很快就笑不出来了。身体刚吸收营养液时感觉很舒服，可过了一会儿，营养液便开始作用于肌肉层，酸痛感随之而来。她立刻重温了被丁尧折磨时的痛苦。

"叫你瞎回忆，活该！"

韩烟烟哼哼两声，闭上了眼睛。

身体可以靠营养液迅速恢复，精神力的消耗只能慢慢地自然恢复，它的增长也很缓慢。虽然很多人先天精神力就很强，但若想"百尺竿头，再进一步"，就需要付出很大的努力。

韩烟烟收了心，忍受着肌肉修复的酸痛，一遍又一遍地回忆刚才自己亲身体会过的使用精神力的感受。

在这个世界，她夹带了私货。机甲固然很酷炫，但她夹带的真正私货是精神力。

她要用足够多的时间给自己留下足够深的记忆。她要记住使用和运行精神力的感觉！

她不能把这能力带出这个世界，但她可以把记忆带出这个世界！

虽然她现在感受不到自己真实的身体，但她真实的身体一定能感受到她此刻的感受。她曾经感受到身体里有股力量在爆发的边缘却没爆发出来。虽然它没爆发出来，却证明了她拥有这力量。

她需要的是学会使用它，把那些运用力量的记忆深深地刻进肉体里！

韩家家主原以为过一段时间昕雅还会来找他。他很擅长看出别人"想要"什么，更擅长根据对方"想要"的强烈程度讨价还价。昕雅很想为自己的孩子创造更好的条件。

这种"想要"还会一而再、再而三地升级。为了这种不断升级的"想要"，人们总是肯咬牙付出比自己预期中更大的代价。

人都是这样。

韩家家主事务繁忙，等他忽然想起这一茬儿的时候，离昕雅上次拜访他已经过去了挺长一段时间。他微感好奇，找人了解了一下情况，结果发现唐恪已经转学去了奥临，昕雅则换了份工作。下属呈上来的报告里还注明，昕雅从韩家的一个慈善基金里申请到一份资助，可以定期领到一笔钱。

这笔钱足够让她的心安定下来，踏踏实实地和孩子一起生活，不再去想别的。

用餐的时候，他问韩烟烟："你唐家表弟的那个资助基金是怎么回事？"

"那个呀，上次跟姑姑聊天，才知道姑父去世后她的生活有些困难。我就给她放了一笔钱。"韩烟烟面不改色。

父亲又问："怎么想起来跟小恪说奥临了呢？东辰不好吗？"

"您是不是已经忘记学生时代的事了？"韩烟烟无语，"东辰是什么环境？那些人个个都像狼一样。小恪一个只能坐公车上学的孩子，进去后一定会被排挤。他这么可爱，我不忍心啊。"

父亲说："你可以罩着他。"

韩烟烟说："我又不能二十四小时保护他。再说，偶尔发发善心没关系，若他赖到我身上，变成我的责任，那就烦了。我没那个耐心。"

韩家家主很欣慰。

"很好。"他说，"你知道这一点就行。偶尔发发善心，让别人感受一下我们的光环就可以了。别太当回事。"

"我也是看小恪可爱才对他提建议的。"韩烟烟嘲讽地看着父亲，"爸爸不也是看昕雅姑姑好看，才愿意帮她的吗？"

韩家家主微微一笑，伸手拢了拢她的额发，说："真聪明，不愧是我的女儿。"

韩烟烟瞥了一眼他另一侧的空座椅，问："妈妈什么时候回来？"

"随她。"韩家家主淡漠地说，"玩够了就回来了吧。"

韩烟烟的母亲也是S级精神力者，有着非常优良的基因。这段婚姻是基因选择的结果。

在这个世界，基因优良、精神力强的人更有机会成为机甲士，获得更好的生活，进而与基因优良的人结成配偶，生出基因优良的孩子。如此循环往复，富裕阶层的基因普遍优良，基因优良的人普遍富裕。

昕雅当年清醒地知道表哥只是贪恋她的美貌，并不会娶她，便是因为她的精神力只有B级。

因为传承了姓氏的韩烟烟还要继承家族产业，这父亲比母亲更关心她。他的关心表现在潜移默化地教她如何做一个合格的家主。

这个男人不吝于让她看到那些黑暗、狠绝的东西，并且认为这些东西能让她更早地度过儿童的天真期，尽早成熟起来。

"身体还没有初潮的迹象吗？"这男人问。

韩烟烟揉了揉额角。

先天精神力强于通过基因治疗被激活的后天精神力。

先天精神力者一生中会有两次自然爆发。第一次在六岁到八岁，不管之前精神力是否显现，这一次爆发后都能被确认为先天精神力者。唐恪就是刚经历了第一次爆发，被测定为A级精神力者。昕雅又惊又喜，这才狠下心来，不惜放下尊严也想为儿子换来更好的成才条件。

第二次爆发在女孩的初潮和男孩的初遗之后。随着身体的成熟，精神力会迎来再一次爆发。这一次非常重要，差不多是最终的定级。

韩烟烟现在也是A级，但她是两个S级强者的孩子，是基因优选的结果。韩家家主一直坚信，这个孩子还能再跨出一步。

他期望她能一步跨到S+级别。因此，他这样的男人竟也像别的父亲那样，时时追问女儿的身体情况。

被当爹的追着问初潮，韩烟烟觉得这个世界真是扯淡。

"唐恪，你怎么不崩了这个世界？"

✦　✦　✦

韩烟烟把唐恪支去奥临学院后，两人便再无交集。她一直叫人暗中盯着昕雅，担心昕雅再来找她父亲，从而使她和唐恪产生没必要的联系。

她和唐恪都是这个世界里的变量，他们两个的行为轨迹若碰撞，会产生无法预测的变化。最好就是，大家走成两条平行线。

幸而，昕雅在她的安排下不再妄想让唐恪打入权贵圈。唐恪和她，几乎没有交集。

她又转头担心起韩家家主。幸而，韩家家主虽然觊觎昕雅，却没有强烈到要主动出手的程度。他到底是不缺女人的，若昕雅不主动来找他，他忙起来就把她忘记了。

韩烟烟和唐恪各自过着平静的生活。

韩烟烟以令人咋舌的自律对自己进行魔鬼般的训练。她十四岁那年迎来初潮，也迎来了精神力的第二次爆发。果然如韩家家主期望的那样，她直接升级为S+级精神力者。

虽然它只比S级多了一个"+"，但自A级向S级的进阶是一个巨大的台阶，足以拦住绝大部分的人，而S级以后的每一步小小的进步，都是天堑。

作为家族的继承人，这是整个家族的大喜事，自然要大肆庆祝。在家族宴请的宾客名单上，韩烟烟看见了昕雅和唐恪的名字。因为请的都是亲戚，她那父亲不知怎的又想起了这个美貌的表妹。昕雅姑姑并不姓韩，血缘也与他们隔得很远。严格地讲，她甚至不能算韩氏家族的人。

韩烟烟把母子俩的名字划去了，清静。

作为家族未来的话事人，韩烟烟在宴会上自然有着众星捧月般的待遇。父亲的几个私生子女都过来和她攀关系，或者叫"姐姐"，或者叫"妹妹"，好不亲热。没人觉得有什么不对。

韩烟烟扯扯嘴角。

这几年她没花太多精力在人际关系或者别的事上，一直在专心致志地锻炼精神力和操控机甲的能力。在外人看来，她是一个严于律己、生活单调的继承人。这位继承人对吃喝玩乐都不太感兴趣，她的日常生活已经够精致了，她对此非常满意，并不像其他富家子弟那样，不断地追求新鲜感，总想猎奇。

韩烟烟应付完必须应付的，悄悄退场，回了自己的书房。

她的书房阔大，即便这样，仍到处都堆着书。这位大小姐似乎极其沉迷于阅读，总是令下属到处搜集她感兴趣的书籍。

没人知道，韩烟烟在寻找她夹带的另一份私货。这一份私货，她藏得更隐秘、更低调。

她正翻阅下属新给她采买的书籍，有些是新出版的，有些是从旧书店里搜集来的，范围限定在精神力、机甲和人物传记方面。

其实，这些书还蛮有意思的。这里面的内容与她的真实世界太脱离，不太可能来自她大脑中的信息，那么它们应该来自利奥的世界。她通过这些书能隐约窥见利奥生活在一个怎样的世界里。

韩家家主来到书房，问："怎么躲在这里？下面还有客人。"

"没关系。"韩烟烟漫不经心地说，"都是有求于我的人，不是我有求于他们，应付不应付不重要。"

"不喜欢跟兄弟姐妹们待在一起？"家主问。

他说的"兄弟姐妹们"指的是他那些私生子女。那些孩子的母亲大多只有美貌，基因低劣，生出来的孩子也被拖累。最好的一个成年之后也只是A级精神力者，虽然也很优秀，但不可能觊觎家主之位。韩烟烟是基因优选的结果，是注定的独一无二的家主继承人。所以他对她才这么严苛。

至于其他孩子，因为他们不必承担家主这份责任，他对他们反而温和得多，像个普通的、真正的父亲。

他走上前去，摸了摸韩烟烟的头，说："记住，对爸爸来说，你是独一无二的。谁也不能和你相比。"

这样一句已经算是他对韩烟烟难得的温情表露了。

韩烟烟领情，保证："您放心，我会善待他们的，做一个家主该做的。只是希望他们不要总是往我眼前凑，最好能让我保持清静。"

男人拍拍她的肩膀，满意地离开了。

韩烟烟继续翻动书页，安静地阅读。

十九岁那年，韩烟烟终于在下属给她采买的浩瀚如海的书籍中找到了她想要的那一本。

那本书是在偏远乡村的一家旧书店找到的。买手为大小姐采买书籍多年，已经跟她很有默契。看到书架角落里这本落着灰的破旧的人物传记，虽然那人物他从未听说过，疑似是那种自费印刷的自传，但不知怎的，买手突然觉得大小姐一定会愿看到这本书。于是他就买下来了。

书到韩烟烟手里时，她喟叹一声："终于找到了。"

那书像是年代很久远，极可能是孤本。当然也真的是孤本，韩烟烟在构建世界的时候，脑中闪过一念，悄悄将之藏匿于海量信息中。她不敢批量制造，只任它流落在这个世界的不知道哪个角落。

虽然破旧的书皮上有斑斑污痕，但还是能清楚地看到书名——《利奥传》。

构建师构建世界，系统填充细节，而填充的都是真的。

韩烟烟一念如电闪，在这世界创造了一本记录利奥生平的传记。系统如此"高大上"、如此智能，一定有很多关于利奥的信息。这本《利奥传》里记载的都是利奥的真实信息。

"你好，利奥。"韩烟烟摩挲着书皮，轻轻地翻开，"现在，让我们来认识一下吧……咦，你居然长得不丑？"

在韩烟烟的想象中，那个变态人渣应该长得獐头鼠目，有一张标准的反派脸。结果，翻开书，上来就是一张肖像照，竟然是个相当人模狗样的男人，只是那目光叫人看了不舒服。

开篇第一句：利奥·派克，天才，伟大的科技领航人。

韩烟烟："……"

再翻翻，前二十页都是语气夸张的吹捧。

韩烟烟："……"

好吧，她已经能想象出具体的画面：那个变态每天一个人一边鼓捣各种稀奇古怪的仪器，一边因为没有朋友天天跟系统絮絮叨叨、絮絮叨叨、絮絮叨叨……这些絮絮叨叨都被系统采集为信息，合成了这本《利奥传》。

这是一本充满自吹自擂和怀才不遇的抱怨，以及具有强烈的仇富情绪的自传。

利奥·派克出身于贫民星，靠着天生的超高智商和好成绩脱离了那里，被一所优秀的大学录取。那所大学，嗯，情况有点类似这个世界里的东辰学院，大多数学生来自精英阶层，少数是因成绩特别优异而被减免学费、靠奖学金生活的平民子弟。

利奥若在这里好好学习，好好毕业，未必不能改变自己的社会阶层，走上一条康庄大道。问题是，这家伙的仇富心理实在太重。虽然他有高智商，却没有与之匹配的情商。

这一点，从传记里时不时就冒出来的对大学同学的恶毒诅咒和谩骂中看得出来。

想来，当时同学们也看出来了，所以利奥毫不意外地被孤立了，没有朋友。

传记中，他将自己形容成"行走在尘世间的一匹孤狼""有着最高傲的灵魂，却不被庸俗的世人理解""每每沐着星光，便知道自己该是统御星辰大海的男人"。

韩烟烟："……"

韩烟烟捏捏眉心，用十足的耐心继续看下去，不放过每一句自吹自擂和怀才不遇的抱怨，唯恐漏掉什么有用的信息。

利奥的人生拐点在大学期间。在那之前，他只是一个浑身充满负能量的穷学生。到了大学，虽然他毫不意外地被排挤了，但少年们都已经长大，收敛了中学时代的天真、放肆，很少再有逼同学喝马桶水之类的行径。大家只是各做各的事，对他不予理睬而已。

而后，利奥开始沉迷于各种违禁技术，反而意外地吸引了两三个人。他们愿意跟他做朋友。

对于少年，"违禁"一词总带着某种说不出的诱惑。

在那少数几个因猎奇而被他吸引来的"朋友"中，有一位漂亮的女孩。利奥也是有正常生理冲动的年轻男孩，他不可控制地爱上了这女孩。遗憾的是，这女孩爱上了他的室友。

那个室友也是利奥为数不多的"朋友"之一。他和女孩的家庭条件都很好，都称得上富家子弟。也是这一对情侣慷慨解囊，给利奥提供了资金支持。

在技术方面，利奥的确是个天才。他成功地复制了被禁的"模拟世界"技术。当然，当时囿于资金和技术条件，只能模拟出范围有限的场景，离"世界"一词还差很远。

不过，这项技术足以吸引他那寥寥几个爱猎奇的朋友。

然而，一项技术如果被官方明令封禁，必然有其被封禁的道理。这群少年胆大包天，胡乱尝试，终于出了问题。

在利奥的操作下，他那一对情侣朋友死在了模拟世界里。年轻的利奥卷了包袱，张皇失措地开始了逃亡生涯。

人生从此开始走向扯淡的方向。

三

利奥一开始没有经验，战战兢兢地东躲西藏，用伪造的身份打零工养活自己。但这种日子实在不太好过，更何况他的性格本来就不好，不会与人相处。

终于有一天，他又一次被解雇，穷困潦倒到没有饭吃，心一横，彻底走上了科技致（犯）富（罪）的道路。

现在，他"大获成功，备受尊敬，被爱戴他的人们尊称为创世者·亡灵唤醒者·科技先驱·禁术魔法师·复活者·福音之神·死者的希望之光·伟大的先行者利奥·派克阁下"。

韩烟烟扔下书，揉着太阳穴，觉得脑壳疼。

利奥在科研的野路子上一路狂奔。大约是出于对现世的不满，他最开始痴迷于模拟世界技术只是想创造一个属于他自己的世界。因为有死过人的先例，他后来再没用活人直接尝试，改用精神力死亡者，被封闭在精神力源中的潜意识可以用来替代表层意识，如果死了……那就死了呗，反正他们本来就被医学和法律宣布为死人了。

结果，死人活了。被医院宣布"死亡"的精神力死亡者，在利奥的手里苏醒复活了。

利奥因此名声大噪，开始以此为生，赚取了大量财富。

不过，这人对吃喝玩乐都没什么兴趣，他将赚来的钱都投入了科研中。有时候，他甚至不收取客户的钱财，而是直接索要某种很难搞到手的机器，甚至于零件，作为酬劳。

他的行为不仅违反了《宇宙位面与生命基本法》，还违反了多个国家的《技术管理法》和《生命伦理法》。因此，他在多个国家都是通缉犯。他不踏足任何一方政治势力，反正宇宙这么大，飞船这么快，他就开着他的飞船待在政治真空区。

此外，因为他这项违禁技术专用来为权贵阶层服务，对于自己的命，这些位于金字塔顶层的人比别人更看重，所以很多人对他睁一只眼闭一只眼，给他开绿灯，对他的存在视而不见。

这又是利奥对系统大吹特吹的一项丰功伟绩。

韩烟烟走到窗边，看到庄园庭院里有无人机器在自动修剪草坪。能体现出权势者的身份地位和生活享受的男仆女仆们则穿着统一的服装，脚步匆匆地穿行于庄园中，各司其职。

很好，她被外星的科学疯子绑架了，以用作"科学研究"，或者说给他当奴隶，当赚钱的机器，韩烟烟面无表情地想。即便是她，一想到此时此刻她其实身在一艘外太空的宇宙飞船中，也觉得不可思议。

而她眼前的这个世界，所有这些人，都是假的，都是数据。

韩烟烟在窗前站了许久，梳理她从《利奥传》里获得的信息。

从他对系统吹嘘的很多"成功案例"中可以看得出来，这个人后来与"良心"或者"法律"越来越背道而驰，出尔反尔、翻脸不认人是常态。他说是因为"Yao"太难搞，搞死了他的三个构建师，所以他才抓了她来。可是，即便她成功复活了"Yao"，利奥就真的能放她回家吗？

他倒是真的放过一些构建师，因为他们都疯了。

在这样连书架上的灰尘都如此逼真的世界里，一过就是许多年，一个世界又一个世界地走过去，怎么能不疯？

这一天，所有的人，女仆、司机、学校的同学、俱乐部的工作人员，乃至于韩烟烟的父亲，都察觉到韩烟烟对他们格外冷淡。

冷淡到了骨子里，仿佛他们都不是有血有肉的人，没必要在意。

…………

利奥醒了。

利奥用了深度压缩睡眠舱，可这一觉睡得依然很不踏实。他一醒过来就觉得眼皮在跳。

他想起韩烟烟就骂了一句脏话。不知道为什么，总觉得这个女人以后还会继续给他搞事情。他一边享受着全自动的洗漱，一边发音含糊地问："那个韩烟烟怎么样了？还老实吧？"

系统回答说："很安静。"

利奥刚想放下心来，就听见系统说："还在模拟世界中。"

利奥"噗"地把漱口水吐了出来，说："什么？还在？我睡了多久？"

"5个小时。因为是深度压缩睡眠，睡眠效果相当于正常睡眠的1.5倍，等同于7.5个小时的睡眠。"系统回答。

"别说这些废话，她怎么还在世界里？5个小时足够她解决一个世界了。"利奥匆忙套上衣服，急匆匆地往操作室赶，"难道是忘了调时间倍速了？慢速运行吗？"

"Yao"的人分班倒休，有人守着"Yao"的身体，有人守着操作室，以防这个名声不太好的疯子科学家搞什么鬼。虽然利奥很是不爽，但对方手里有枪，他只能认尿，忍气吞声地任对方在自己的船上反客为主。

他脚步匆匆地走进操作室，钻进操作舱，调出数据一看："咦，怎么会这样？"韩烟烟的行为轨迹和任务目标的行为轨迹，除了最开始的一点点接触，后面基本上成了两条平行线。

利奥再一看时间记录，鼻子差点被气歪！

韩烟烟在这个世界里不跟任务目标打半点交道，却开了超高倍速时间流，优哉优哉地在世界里过了二十多年！她在搞什么？！

这个死女人！！！

再一看任务目标，在韩烟烟的安排和操作下，任务目标安安稳稳地生活，安安稳稳地努力，成了一个普通的优秀者。这跟他本人跌宕起伏的一生差距太大，根本没有半点效果，逝者的精神力源没有半点苏醒的迹象！

利奥快要被气死了！

这个世界发展成这样，已经没有存在的必要了，他直接切断了世界。

已经继承了家主之位的韩烟烟突然回到了纯白空间中，她知道利奥终于醒了。

她在世界里待了二十多年，都有点忘记利奥的声音是什么样了。随着利奥的咆哮在空间里响起，她又想起来了。

"韩烟烟！你到底在干什么？！"利奥大吼。

韩烟烟笑笑，说："我想着你去睡觉了，我也该休息一下，就享受了一下生活。"

"你敢给我消极怠工？！"利奥大怒。

韩烟烟挑衅地说："就算是黑劳工，也得有喘口气的权利吧？既然你都睡觉去了，我也该休息休息。"

利奥冷静下来，冷笑说："你是不是以为我不能拿你怎么着？很好，我本来看你干得不错，不想这么对你的。"

韩烟烟突然感觉有电流流过自己的身体，痛得一下子跌倒，指尖发颤，话都说不出来了。

"给你个小小的教训。"利奥说，"现在我重启这个世界，你给我好好干活儿！"

韩烟烟成功地转移了利奥对上一个世界的注意力，很想笑一笑。但她在上个世界里接触到很多她的世界没有的技术，已经明白在这个纯白的虚拟空间里，并不是她低头就能藏住表情的。她便忍住没笑，顺应着身体的疼痛做出痛苦的表情，以沉默回应利奥，仿佛无奈屈从了一般。

看到韩烟烟服软，利奥很满意，一边操作一边告诉她："我重启了，我加快时间流速，你赶紧给我把这个解决掉。"

他说完，韩烟烟眼前情景突然变幻。睁开眼，她又回到了二十多年前，躺在粉红色公主房柔软的大床上，胳膊细细，胸脯平平。

韩烟烟腾地坐起来，环顾四周。这房间后来随着她年岁的增长变了模样，此时此刻看起来，她竟然有点怀念。

韩烟烟知道，待会儿唐恪就要和昕雅一起坐着出租车来了。

但这不重要。唐恪是客户，是利奥的客户，又不是她的客户。

韩烟烟重回这个世界，还是那个先天精神力只有Ａ级的十二岁女孩。她迫不及待地想尝试一件事。

在上一个回合，她刻苦地钻研跟精神力有关的一切学说。其中最主流的学说认为，精神力一直存在于精神力源中，随着人们身体的成熟，精神力在相应的阶段会有相应的爆发、释放。人们日常所谓的锻炼、修炼精神力，只是通过人为的方式来释放它。

韩烟烟双手抓住柔软的丝褥，深深地吸了一口气。

在上一回合的二十多年里，她只专注于研究精神力和机甲。世界被利奥切断的时候，她已经是ＳＳ级精神力者了。她把运行精神力的感觉深深地刻在了记忆里，又把这记忆带到了这一回合。

现在，她要试一试了。

简陋的悬浮出租车开进了庄园的大门。唐恪被这庄园的壮观和华丽惊呆了。

"就是这里吗，妈妈？"他紧张地问。

昕雅摸摸他的头，柔声道："待会儿见到你表舅，一定要有礼貌。"

唐恪点了点头。

他们下了出租车。因为是提前预约好的，主楼的大门外，训练有素的男仆已经在等他们了。虽然男仆对他们很礼貌，但态度并不热络，显然见多了这种打秋风、求办事的亲戚。

唐恪年纪虽小，却能感受到这里面暗藏的世故。不过，他被这宫殿式高大、雄伟的建筑震惊了，忍不住抬头向上看。

就在此时，作为Ａ级精神力者的他忽然感受到了危险的气息！他本能地张开精神力屏障，罩住自己和妈妈。但他年纪还小，精神力也才刚刚爆发，使用得还不熟练。男仆离他有些远，他在短短的一瞬间无法顾及。

同一瞬，震耳的巨响从上方传来，他们头顶的某个房间发生了爆炸，玻璃、钢筋、水泥和石材都碎裂成渣，向外轰射！

✦　✦　✦

男仆被冲击波击飞，撞在了庭院中的花坛上。数块尖锐的碎水泥块扎入他的身体，生死未知。

昕雅在爆炸发生的一瞬间紧紧抱住了儿子。等到爆炸过去，她缓缓地睁开眼，发现保护他们的是儿子撑起的精神力屏障。他的精神力才刚经历第一次爆发，撑起这样的精神力屏障恐怕受不了。

"小恪！小恪！"她赶紧叫他，"你还好吗？"

唐恪收起精神力屏障，觉得脑袋疼得要爆炸，一时竟说不出话来，只能面如金纸地点点头。

爆炸惊动了庄园里的人，仆人、保镖纷纷朝这里跑来。有几个人已经穿上了轻便型机甲，凌空向爆炸处飞去。

"是小姐的房间！"

"糟了，小姐还没起床！还在房间里！"

"快点，把小姐救出来！"

"别慌，小姐是Ａ级精神力者，一定不会有事的！"

"那边的，把这块水泥搬开，快！"

"这边来两个人！"

场面只混乱了片刻，众人很快就开始有条不紊地展开救援和清理工作。昕雅忙拉着唐恪后退到远处，以免妨碍别人。

就在这时，有个男人的声音从爆炸塌方的房间里传出："你们退后——"

男人声音冷静，充满气势。他的命令一出，四周的人毫不犹豫地立刻后退，并纷纷撑起精神力屏障。

"是你表舅。"昕雅低声对唐恪说。虽然数年没有联系，她还是能听出这位表哥的声音。

这位韩家话事人是一位S级精神力强者，唐恪知道。但他感到奇怪，因为他分明从那个位置感受到了两股完全不同的强大精神力。

就在此时，塌方处又发出"砰"的一声，泥石飞射。幸而有人撑起屏障挡在了母子俩身前，挡住了飞溅过来的碎屑。

烟尘中，一个男人横抱着一个穿着白纱睡裙的少女，从刚刚炸开的豁口纵身一跃，膝盖微撑，稳稳地落在地上。

因为是A级精神力者，唐恪的眼力比一般人的都好。男人落地后，唐恪清楚地看到男人怀中的少女睁开眼看了他一眼。

她的目光穿过人群间的缝隙，准确无误地落在他身上……一秒。然后她便闭上了眼睛，将头倚在男人怀里。

那少女不仅衣裙雪白，脸也雪白，白得没有血色。这和唐恪刚才的情况一样，是精神力透支的表现。少女闭着眼睛靠在男人怀中，五官精致，像即将破碎的瓷娃娃，让人连呼吸都不敢太粗重。

怎么会有……这么好看的小姐姐啊？她是天使吗？唐恪呆呆地想。

人们一拥而上，挡住了他的视线。

他听到人群中间的男人说："准备治疗舱和营养液，马上！"

虽然男人此时靠他们近了些，威压却没有收敛，强大的精神力让唐恪从对少女美丽容貌的震惊中惊醒过来。他悚然而惊，这……这就是S级的强者吗？让人不由自主地想后退。

韩家家主抱着那少女转身进了主楼，许多人都跟着进去了。剩下的人在那里窃窃私语。

"怎么感觉小姐的精神力好像升级了？"

"不可能吧？小姐才十二岁，应该还不到初潮的时候啊。"

"我也感觉到了，至少是S级。"

没错，就是S级，唐恪知道。他清楚地感受到，虽然另外那股精神力和韩家家主的精神力比起来单薄了些，但强度一点不弱，绝对是S级。

唐恪正想着，昕雅忽然捏了捏他的手，有点犹豫地说："我们要不然……先回去吧。"

眼前的状况太乱，实在不适合再去谈事情。估计那位表哥此时也没有多余的精力管她的事了。

昕雅找到一位男仆，跟他说明了情况，留了话。现场太乱，每个人都在忙碌，男仆随口答应了，态度轻慢。昕雅也不知道留的话能不能传给那人，叹口气，踟蹰了一会儿，还是走了。

韩烟烟在治疗舱里躺了一天，出来的时候已经是晚上。韩家家主一直守在她身边，寸步不离。

韩烟烟醒来便问他："测过我的精神力了吗？"

"测过了。"父亲不甚满意，"S级。"

没人能想到韩烟烟在初潮未至的情况下便发生了第二次爆发，这种情况从来没出现过。S级已经是强者，他和妻子都是S级，但他对韩烟烟的期望是S+级。

在上一个回合中，韩烟烟和他一起生活了二十年，对他已经非常熟悉。她不甚在意地对他说："没关系，还有初潮时的第二次爆发。"

韩家家主没反驳，只说："去洗澡吧。"

韩烟烟身上和衣服上都是黏糊糊的营养液。她一转头看到了男人微蹙的眉头，恍悟他把这次爆发当成了她的第二次爆发，担心她初潮时不会再爆发了。只是顾及她的心情，他没有说出来。

这位父亲在第一回合后期曾对她施以高压，如同锻铁一般，将她培养成了一个合格的家主。她都有点忘了，在她年少的时候，他还曾经有过这样的温情。

她捋了捋湿漉漉的头发，跟他说："别担心。"

男人点头，让她安心，然后看着她离开。

他抱着手臂，眉头蹙起。虽然不知道为何，但她今天已经算是一次爆发了，到初潮时还会再爆发一次吗？

待回到客厅，他的亲信在那里等他，请示说："小姐的精神力升级成S级，这个消息要对外公布吗？"

韩家家主略做思索，点头："准备一下，开个宴会庆祝。"

若她初潮时不再爆发，便是家族里年龄最小的S级；若她还能再次爆发，现在已经是S级的她只会更进一步，妥妥的S+级。现在这情况可进可退，不管怎么样，他都能把光环给她套在头上，确保她的继承人地位。

隔了两天，昕雅给韩家家主的秘书打电话想再约时间，秘书却说韩家家主这几天都没有时间。昕雅又失望又着急，恳请对方看看能不能见缝插针地安排一下。

秘书说："马上要为大小姐举办庆祝晚宴了，实在是安排不开。"

昕雅心中一动，说："我是烟烟的表姑，这个宴会我可以参加吗？"

秘书迅速调出家族谱系，跟昕雅确认："您是四老爷那一房的姑太太的外孙女林昕雅表小姐？"

"是的，是的。"

这其实已经不算是韩氏家族的人了。不过，这种家族聚会上肯定会出现很多像她一样凭着血缘攀上来的亲戚，多她一个不多。秘书其实是觉得她的声音好听，就大方地答应了："好的，我会给您发请柬的。"

韩烟烟在父亲的书房里和父亲一起过目宾客名单。大爸爸们都喜欢把继承人从小带在身边，日夜熏陶。

"您是怎么把这么多亲戚都记住的？"韩烟烟赞叹，她用了二十年也没记住几个，全靠秘书。

男人淡淡地说："我要是能记住，要秘书干什么？"

韩烟烟："……好吧。"

她翻了页，扫了一眼名单，果不其然，找到了林昕雅的名字。那天她来了，结果韩烟烟出了状况。韩烟烟知道，她的事没办成，势必会再来。

韩烟烟沉默了一下，说："这都是谁，听都没听过……嗯，这个有点眼熟，林昕雅？"

听到这个名字，男人抬起眼皮。他从韩烟烟手里接过宾客名单瞄了一眼，微微眯起眼睛，露出玩味的神情。

"这是谁？"韩烟烟明知故问，成功地把林昕雅和唐恪送到了这男人的面前。

"你的一个表姑。你小时候见过，最近几年没怎么来往。"男人说。

"没印象。"韩烟烟兴致缺缺地说。

韩家家主却对林昕雅印象很深。这位远房表妹从小就漂亮，长大后果真是个美人，又清高又傲气，宁愿选择一个普通人，也不愿意跟他在一起。虽然不能娶她，但他曾承诺会养她一辈子。

现在，她青春不再，却两次三番地要见他，显然是有所求。

有趣了。

韩烟烟撑着腮，撩起眼皮瞥了他一眼，在他眼中看到了捕猎者兴味盎然的神情。

对男人的劣根性，她只能翻个白眼。

"看完了。"她把那些东西都推到他面前，说，"真浪费时间。今天时间不多了，我要去俱乐部。我走了。"

韩烟烟离开书房，走在宽宽的走廊里，地上铺着地毯，没有丝毫声音。

她心里在想唐恪的模样。

上一个回合，她把他支开，给了他稳定的生活。他过得平平稳稳，母子俩没再来韩家凑热闹。虽然两个人后来几乎没怎么见过面，但她一直叫人监控着他，知道他是什么模样。

他活成了一个开朗的青年，孝顺母亲，工作努力，成了很被看好的职业机甲选手。

这一回合再见，他又变成了二十年前那个可爱的还带着婴儿肥的小男生，有些敏感，有些早熟，又被母亲灌输了不该有的想法。

她帮不了他。

从他被送到利奥手中，结局便已注定。没有她，也会有别的构建师，韩烟烟想。

这样想会让她的内心平静些。

从《利奥传》里，她已经知道唤醒逝者是一件多么缺德的事。

虽然人死之后会失去肉身，但精神力源还能独立存在。所以，利奥的世界里有一种信仰，认为人类是在不断进化的，终有一天能获得永恒的生命。精神力源就是通往这永恒的媒介。

故而，虽然人死身灭，亲人们仍会保存好逝者的精神力源。

死人被唤醒，还有肉身，是重得了一次生命，是复活，皆大欢喜。

逝者被唤醒，已经无所依凭。没有物质基础的闭合的精神力源，一旦再度被打开，最终将……化为尘烟。

换个说法就是，魂飞魄散。

✦　✦　✦

唐恪有点紧张。为了这次宴会，昕雅专门为他添置了新衣服，传递了足够重视的信息。

唐恪的紧张一方面是因为韩家家主。虽然那天只是惊鸿一瞥，但那位韩家家主给他的印象十分深刻。那是个十足强势、凌厉、令人畏惧的男人。

另一方面，唐恪总会忍不住想起那个天使一样的小姐姐。她那天像是精神力透支了，脸色雪白，叫人担心，不知道后来好点没有。

昕雅牵着唐恪的手递上请柬。那请柬的芯片上有韩家家主亲自打下的精神力标记，一扫描就通过了。侍者礼貌地伸手请他们进去。

昕雅也有些紧张。她已经很久没出席过这样的场合了。

她还小的时候，她母亲对此很是热衷。韩家每每有宴，她母亲总能搞来请柬，然后把昕雅打扮得漂漂亮亮的领到那里。直到有一天，她发现昕雅的目光一直追着一个青年，她脸色大变。

那次，宴会没结束，母亲就把她带回了家。

"他不行！只有他不行！"母亲严厉地告诫她，"你离他远点！"

她当然知道他不行，但那年她才只有十六岁，就要清醒地面对这种现实，着实叫人难过。但比起后来的生活，那些难过又不算什么，因为人生总有更难过的事等着你。

她二十岁那年，在这庄园的某个大露台上，那青年握着她的手腕说："我可以养你一辈子。"

自从被母亲点醒，她就刻意地疏远他，只是远远地观望，从不敢靠近。这一晚，她终于确认，原来他也喜欢她。

可那天晚上是他的订婚宴。

好难过呀，她真的好难过。要是一直不知道他也喜欢自己，她大概就不会这么难过了吧？

少女的梦该醒了，从今天起，做一个真正的成年人吧。

她抽回了手，用她最好的礼仪、姿态，冷淡又不失礼貌地拒绝了他，然后转身离去。那之后，他们再没有交集。

她把那些少女心事压在了记忆的箱底，然后踏踏实实地生活。她遇到了合适的人，相恋、结婚、生子。她原以为生活会一直这样平静而幸福，谁知先是父母因车祸去世，然后丈夫遭遇事故，不得不住院接受治疗。她东奔西走，原本还算富足的家庭几年之内就被拖垮了。

最后，她又把自己打扮起来，再次站在这庄园的大门口。心境，早不复当年。

踏入宴会厅，他们便进入一个久违的浮华世界，衣香鬓影、珠光宝气。

昕雅下意识地抚了抚裙摆。她这一两年都没怎么购置新衣，更遑论这种特殊场合才能穿的礼服。她身上这件礼服是旧的，以前穿过，会不会被人发现？

但她随即自嘲地笑了。在这里她无足轻重，谁会在意她？

她镇定下来，牵着唐恪的手走进人群中，去寻找自己那一房的亲戚。偶尔遇到眼熟的其他韩姓人，多是年少时打过交道的，她也会上前交际一番。她今天用心装扮过，虽然身上没什么名贵首饰，看起来略显寒酸，但很少有人会拒绝一个美丽的女人。她的交际还算顺利，隐隐找回些年少时游走于这种场合的感觉。

只是她想见的那个人一直没出现。她虽故作镇定，依然忍不住频频四顾。

这宴会大厅高高挑空，华丽的水晶灯自天花板垂下，流光溢彩。

三楼的走廊栏杆后，韩家家主居高临下地俯瞰众人，能清楚地看到昕雅纤细的身影在人群中穿梭。

礼服长裙衬得她腰肢纤细，十分美丽。他记得自己见过那条裙子，若干年前四爷爷做寿的时候，他远远地瞥见过她。那时候她还没生孩子，父母也还在世，她挽着丈夫的手臂，脸上都是幸福的光彩。

一晃眼十年就过去了，她家道中落，只身带着孩子。年少时的清高、孤傲都被生活打压了下去，她学会了低下头应酬、逢迎。

"父亲。"韩烟烟走了过来，"时间差不多了。"

男人点点头，转身离开。韩烟烟瞥了眼人群中的唐恪和昕雅，跟着转身。

宴会厅里安静下来，宾客们的目光都转向楼梯口。随着乐队奏起轻缓的乐曲，韩烟烟挽着父亲的手臂从楼梯上缓缓走下。

韩家家主站在台阶平台上进行了简短的讲话，说此次宴会是为了庆贺韩烟烟的精神力升至S级，望诸位亲友玩得开心。

等父女两人走下最后三级台阶，宴会便正式开始了。

昕雅此行是为了与韩家家主面谈，但太多的人拥到他身边，将他围住，根本没有她能上前的机会。

昕雅有些着急起来。她想了想，把唐恪带到一处有座椅的地方，又给他取了些果汁、点心，嘱咐他不要乱跑。她自己则去寻找四老爷那一房的人。

她和那位表哥已太久没接触，实在太生疏，她想看看能不能找人引荐。

这种家族聚会多是叙旧、嘘寒问暖或攀亲戚，因着彼此间的血缘，比对外的社交更轻松、热闹一些。昕雅转了一圈，之前遇见的熟识的亲戚有几个不知道去了哪里，有几个正和别人交谈得兴高采烈，不好打断。

昕雅正无措间，穿着制服的男仆走过来问："是林昕雅表小姐吗？家主请您到书房去。"

那人主动发来的邀请让昕雅有些忪忡。她犹豫了一下，忐忑地跟着男仆悄悄地离开宴会厅，来到了书房。

唐恪吃完点心连着喝了两杯果汁，有些尿急，找侍者问明洗手间的位置后自己去了厕所。再回来时，他站在宴会厅的入口处眺望了一下，没有看到昕雅的身影。这里有不少A级、B级的精神力者，还有少数几个A+级和S级的。在这种场合用精神力搜索是不礼貌的，他只能靠眼睛找。

找了一会儿找不到，他猜想她一定是去办正事了。他很清楚，妈妈带他接触韩家，是为了他上学的事和以后的发展。她要求那位表舅舅帮许多忙。

她没说，但唐恪能感觉到，这份"求"让她难堪。但为了他，她依然去了。

唐恪这几年一直跟着母亲奔波在家和医院之间。在他的记忆中，自己没参加过这种盛大的宴会。母亲这几年一直忙碌，也疏于教导他这方面的社交礼仪。虽然还不至于失礼出丑，但他总觉得自己与这里格格不入。

他悄悄地退后，想找个安静的地方。

在这大宅里走了走，他发现这里形同迷宫，构造复杂。他走了一段，觉得不好再深入，转身又朝回走。

"喂，你。"他听到有人叫，回头，看见了天使小姐姐。

小姐姐身上的衣裙精美得像会发光。她弯腰，摸着他的头问："你是谁家的小孩？我没见过你。"

唐恪此时正介于孩童和少年之间，但因家庭境遇比同龄的孩子早熟、敏感得多。被韩烟烟当成幼童看待，他的脸瞬间涨得通红。

"我……"他慌乱了一瞬，想起妈妈教他的谱系，忙说，"我的曾外祖母是四老爷家的姑太太。我叫唐恪，我是跟着我妈妈来的。"

这亲缘关系让韩烟烟忍不住扯了扯嘴角。

"哦，这么算起来，你是我表弟。"韩烟烟微笑，"小恪弟弟，你好，我是你表姐韩烟烟。"

韩烟烟如上一回合中那样温柔地对待他，很快就获得了唐恪的信任。两个人找了一处楼梯口，坐在台阶上说了会儿话。

"东辰啊？我就在东辰，大家都在东辰。"韩烟烟说，"有很多兄弟姐妹都住在这里，跟我一起上学，小恪也来吧。"

她摸着他的头说："东辰是最棒的学院，有最好的师资力量和最强的机甲设备。你想成为优秀的机甲士，就一定要来东辰。"

如果去东辰的话，就可以和小表姐一起上学了吗？唐恪很向往，但他知道想上东辰，还要靠妈妈去求那位表舅舅。他不知道到底能不能成功，不免犹豫起来。

"别担心。"美丽的表姐说，"我会跟爸爸说的，包在我身上。"

表姐美丽又善良，世界上怎么会有她这么美好的人？她真是个天使，唐恪想。

"表哥。"昕雅进入书房，看到那个宽阔的背影，轻轻喊了一声。

"谢谢表哥厚爱，但我想堂堂正正地生活，无意做别人的情人。我的一生，也无须由你负担。"

自那之后，有多少年，她再没出现在他面前，喊他一声"表哥"。

韩家家主站在落地窗边，转过身来看向昕雅。恍惚间，她仿佛还是当年的少女。

最初，她还是个小姑娘，像小兔子一样可爱，穿着蓬蓬的裙子在庭院里迷了路，一边走一边嘤嘤地哭着。他那时正值少年，觉得她有趣又可爱。

长得这么好，以后会是个美人吧，他想。

作为远房亲戚，她能出现在他面前的机会不多，每一次出现，她都会长大一些。

从精致的娃娃到娉婷少女，她一次次地惊艳了时光。

昔年的"小兔子"回来了，岁月在她的眉眼间留下了痕迹。她那些棱角都没了，乖乖地回到了他面前。

"昕雅吗？好久不见。"他说。

他迈开脚步，走向她。

他的每一步，都让昕雅心惊肉跳。

✦ ✦ ✦

天使一样美丽、善良的表姐把小男孩送回了宴会厅，叫侍者给他送上果汁，还和他交换了智脑的联络号码。最后，她摸着他的头说："小恪自己一个人行吗？"

唐恪忙挺起胸膛："可以的，烟烟姐姐，你去忙吧。"小男孩很懂事。韩烟烟是这场宴会的主角，周围多少人眼睛放光，等着上来搭话呢。

韩烟烟这才"放心"离开，又应付了一些必须应付的人，然后礼貌告退。她走到一处小客梯前，直接上了楼。

这么久了，不论一个男人想对一个女人做什么，时间都足够了。

可她低估了自己的父亲，她到那里时，事情还没结束。

"没想到妹夫会被R射线辐射，一定受了很多苦吧？你早该给我打电话的。"韩家家主说。

那些亲身经受的苦难，在被别人提及的时候，当事人其实并不愿把难过和悲伤表露出来。昕雅垂下了头。

她的脖颈雪白、优美，因为一字肩晚礼服，那片雪白一直延展到肩头。

"所以想上东辰，是吗？"韩家家主说，"东辰的确是最好的，韩家的孩子上的都是东辰。"

昕雅抬起头："那……"

"可以。后天的训练条件至关重要。他现在是A级，第二次爆发是A+级还是S级，就是不一样的人生。"韩家家主说，"他可以在东辰从三年级上到十二年级。如果他能爆发成S级，我还可以推荐他去星云大学。"

那样的话，唐恪的人生道路就和现在的完全不一样了。

"那么，昕雅，小白兔……"韩家家主微笑，"你拿什么回报我？"

"喂，小白兔，你哭什么？"

"我找不到妈妈了。"

"别哭了，今天我妈妈在喷泉池那里办茶话会，你妈妈一定在那边，我送你过去。"

"哥哥……"

"嗯？"

271

"我不叫小白兔。"

"哦，那你叫什么？"

"昕雅，我叫林昕雅。"

这些年她没怎么和他说过话，只远远地见过他几次，见过他的妻子，也见过他的情人。他站在权力和财富的顶端，婚姻对他似乎没有任何约束力。他的人生，跟她循规蹈矩的人生截然不同。

若是听到他的名字，昕雅心里想起的总还是那个露台上的青年。当年他握住她手腕的时候，当她想挣脱，他收紧的一瞬，那力量她根本无法抗拒。可她看向他的眼睛时，他便放开了手。

昕雅其实已经考虑好为了儿子的前程自己要付出些什么。这几年的生活告诉她，自尊这种东西有时候毫无用处。

然而，事到临头，当男人的手像蛇一样从她腰间滑到背部，牙齿轻咬她脖颈的时候，昕雅打了个寒战。她突然感到恐惧、后悔，想临阵脱逃。

她猛地挣脱他的禁锢，慌张地后退："对……对不起……我……我不行……"

但事已至此，已经由不得她了。

韩家家主扯了扯嘴角，下巴微抬，解开了领口的扣子。这世界尚武，男人的正装是板正的立领，形同军服。他一边解着扣子，一边一步步地朝昕雅逼近。

"怎么？难道你想让你儿子待在破烂的公立学校，学习操控破烂的挖掘机甲，长大后去矿产星当挖掘工人吗？"他问。

昕雅就是不想让唐恪有这样的人生，才会求到他面前。

"我……不……我……"她茫然得回答不出来，被他一步步地逼退，后腰撞上了书桌。

韩家家主脱下外套扔到一边，扯开衬衫的扣子，露出结实的胸膛，双手按住桌子将她锁在身前。

"你把他交给我，我给他最好的。"他握住她不盈一握的纤腰，"最好的学校、最好的培养，我能把他打造成顶级机甲士。"

"我……"昕雅牙关发颤，"我不……"

韩家家主失去了耐心，在她背部一抓，丝绸礼服登时破裂。

"把他交给我，他的一生……我都能负担。"他说。

昕雅被压在书桌上的时候才终于明白，原来他早已不是当年……那个会放手的青年。

昕雅像遭受了一场酷刑。

"睁开眼。看着我。"他命令。

天花板一晃一晃的，时间漫长，他把她弄得很疼。

当一切终于结束，她颤巍巍地坐起，抱紧双腿，衣衫和神情都破碎了。

韩家家主很尽兴。他整理好衣裤，扳过她的脸，笑了笑："还以为你会哭。"

她把嘴唇咬出了血，但她没哭。

"你答应我的，请别忘记。"她说。

韩家家主脸上的笑意消散，眼神冷了下来。

"出门左手第二个房间有衣服。"他说，"去吧……小白兔。"

昕雅想立刻逃离这里。她拽着破裂的衣裙快步走向门口。

不要遇到人，不要遇到人，她拉开门的时候在心里祈祷。很不幸，门外有人。

少女穿着带层层白纱的礼服裙，美丽得简直不像凡人。昕雅却仿佛在泥泞里打了个滚，狼狈不堪。

人生最难看和最难堪的时刻莫过于此时了。面对韩烟烟，昕雅夺路而逃，却推错了门。

"不是那一间。"韩烟烟平静地告诉她，"第二间。"

昕雅难堪到了极点，推开第二间的门躲了进去。门被"砰"地关上，仿佛它能隔绝外面的一切。

客房里灯光柔和，早就准备好的美丽、昂贵的裙子静静地铺在床上。

昕雅望着那裙子，在床边的地毯上慢慢地坐下。她将脸埋进丝褥里，将破碎的自尊埋进黑暗里，哭得无声无息。

和韩烟烟相遇的那一刻，昕雅脸上的破碎之感是如此强烈。韩烟烟差点伸手去摸她的脸，最后忍住了。

一段数据，她只是一段数据，韩烟烟想。

可这扯淡的模拟世界把一段数据塑造得如此逼真。而这里面，她的功劳最大。

她走进书房，父亲的衬衫扣子开着，露着一片胸膛。他坐在大皮椅里，脚跷在书桌上，点了一支烟。

她觉得男人的事后烟很性感。这点小偏好从前处处显现在她写的小说里，现在被投射到了她构建的每一个世界里。

韩家家主吸了一口烟，眉眼间带着男人事后的餍足，看起来比平时放松。他把白烟吐出来，瞥了眼韩烟烟。刚才他就知道她到了书房外面，他用精神力拦住了她。这丫头耐性很好，进不来就在外面安静地等着。

"什么事？"他问。

"遇到一个可爱的小弟弟，本来是想来跟您说，把他弄进东辰给我做伴的。"

韩烟烟漫不经心地说，"现在看来不用了，他妈妈已经把这件事办好了。"

"那孩子精神力怎么样？"韩家家主问。

"强度是Ａ级。不过他经历第一次爆发没多久，八岁了，有点晚，现在还不知道以后会怎么样。"

"我会把他弄进东辰。"韩家家主说，"我答应了他妈妈会照顾他，你在学校帮我照看着点。"

韩烟烟一撩眼皮："请不要为了自己的开心，强行让小孩子背负责任。"

韩家家主笑："你不是喜欢他吗？"

"喜欢，但弄到身边玩两天可能很快就腻了。"韩烟烟说，"长期照顾他，凭什么？您已经收了回报，我又能得到什么？"

韩家家主扯扯嘴角："很好，还知道不白做工。"

他换了个话题："六叔带来的那个徐家的小子，今天一直在围着你献殷勤？"

"长得挺好看的那个？他话有点多。"韩烟烟说。

韩家家主打量了下女儿，虽然她胸部平平，但已经脱离了儿童的模样，有了少女的娉婷。

"初潮之前，不许碰男人。"他说，口气严厉。

这家庭教育……

韩烟烟无辜地说："我才十二岁。"

在这样竞争残酷的家族里，十二岁的孩子已经没有什么不懂的了。韩家家主懒得理她。

他抽了两口烟，说："等过了初潮，随便你。"

韩烟烟称赞："真是'负责任'的家长呢。"

韩家家主瞥了她一眼，把脚放下来，弹了弹烟灰。

"这都是小事。你是要做家主的人，不能被男人和欲望缚住手脚，包括你未来的丈夫。"他说，"等你到了年龄，我会给你找一个基因优良的丈夫，给你提供好的基因片段。在那之前，多尝试一些有助于你不被'夫妻'这种形式弱化意志。"

"不需要。"韩烟烟说，"您和母亲已经给我做了很好的榜样。"

"你明白就好。我们要找最优良的基因，配偶的人选只能从别的家族竞争家主失利的人中挑。有资格竞争家主的，都不是省油的灯。作为与你同床共枕的合法配偶，他比你的竞争对手更需要小心提防。"韩家家主淡淡地阐述，"说起你母亲，她这两天要回来了，你要见见她吗？"

韩烟烟叹气："您做了什么？"

韩家家主说："她违背了契约精神，我收取了我应得的利益。"

韩烟烟再次叹气："她干了什么？"

韩家家主瞥了她一眼："这是我跟她的事，与你无关。记住你姓什么，不要因为她是生你的人，就为她而损害韩家的利益。如果你这么做了，想一想我会怎么做。"

韩烟烟认真地思考了一下，严肃地回答："如果您还有其他足够优秀的孩子，您会在我表现出软弱特质的时候直接放弃我。但您没有，您的其他孩子资质都太差，我无可取代。所以，您只能消灭让我软弱的原因。您大概会让您的妻子，也就是我的母亲，从这个世界上永远消失。"

"很好。"韩家家主说。

韩烟烟说："您多虑了。母亲从不亲近我，显然比我更明白这个道理。毕竟她是曾经在尹家竞争过家主的人。"

韩家家主吸了口烟，说："等你过了初潮，你可以随便玩男人，但是别乱生孩子。除了基因优良的继承人，不要跟别人生孩子。"

"您生了一堆。"韩烟烟控诉他的双标。

"我是男人，我不会为孩子疯狂。如果你死了，我会把你母亲绑回来再生一个。"韩家家主冷笑，"但你们女人，太容易为孩子疯狂了。"

"让您失望了。但我有这样的母亲，注定了我的基因里没有为孩子疯狂的片段。"韩烟烟说着，无意识地把手放在了小腹上。

"你刚才说的那小孩，你说他可爱？"韩家家主盯着韩烟烟，怀疑她母性泛滥。

"是呀，特别可爱，腮边有肉，白白净净，长得也好看。关键是，骨子里带着一点自卑，还觉得自己藏得很好。看着就有趣。"韩烟烟微笑，"'小白兔'这个称呼不只适用于他妈妈，用在他身上也很合适呢。以后我就这么叫他吧。"

韩家家主放下心来。他把烟摁灭，靠在椅背上淡淡地说："等以后你坐在我的位子上就会明白……"

"从这个位置上看去，除了我们自己，所有人……都是小白兔。"

四

回家的路上，昕雅沉默得让唐恪不敢发问。

妈妈换了衣服，重新绾了头发，连妆都重新化过。他很想问她，她离开的那段时间发生了什么。他有种非常不好的感觉，但妈妈眉间深深的疲惫让他开不了这个口。

无人驾驶的出租车在东大区平稳地行驶，经过一片住宅区的时候，昕雅忽然抬起头望向窗外。

唐恪知道那栋宅子，每一次经过，昕雅都会指给他看。那是她曾经的家。

昕雅也是出身东大区的富家小姐，虽然只是小富，和韩家比简直天差地别，但足以支撑她在那个青年提出不合理的建议时昂起头颅拒绝。败落不过就是几年间的事，R射线将丈夫折磨得几次想自杀，她不肯放弃，变卖了所有能变卖的，坚持治疗。

父母留给她的房产已经不再属于她，过去的生活已经远离她。她沦为从前亲戚们口中笑谈的那种"打秋风的"。

她靠自己工作养活唐恪。如果唐恪像她一样只有B级、C级的精神力，她大概会带着他安静地远离富裕的亲戚们，安静地生活下去。可唐恪第一次爆发就被鉴定为A级精神力者，这样的孩子第二次爆发至少会是A+级。如果后天训练和营养跟得上，爆发成S级也不是不可能。

他有这么好的资质！如果因为她而只能庸庸碌碌地活一辈子，昕雅无法原谅自己。

她想，无论如何要把他推回他本该属于的圈子。她变卖了最后一套容身的小房子，带着孩子重新回到了东大区，抛弃自尊向那个人低头。

"那是外公外婆的房子。"她忽然开口。

"嗯，我知道。妈妈是在那里长大的。"唐恪说。他觉得那房子很漂亮，至少比他们回到东大区之前住的房子漂亮得多，也大得多。

他小时候其实也住过大房子，但记事的这几年他们已经家道败落。他们把大房子卖了给父亲治疗，他和母亲住在一套小小的公寓里。

虽然小，也比现在的条件好得多。

昕雅望着儿时的房子，转头看向他："如果有一天，你有能力了……把那房子买回来……"

唐恪看着母亲的神情感到心疼，点头："我会努力的。"

昕雅不再说话。出租车从瑰丽的庄园一路驶出，途中经过的房宅规模越来越小，最后停在了棚户区。

昕雅刚回到东大区，还没找到工作。她手里只剩最后卖小公寓的钱，在东大区只能住得起棚户区。唐恪也是暂时在公立学校借读。

下了车，她看到暗处似乎有人。她紧张起来，拉住唐恪的手快步朝楼门口走。

唐恪捏了捏她的手，示意她别怕。棚户区脏乱差，上次他们回来得晚，就遇到了抢劫的。对方没想到的是，这个小孩子会是A级精神力者。虽然他的精神力还比较弱，无法连续发动两次攻击，但A级的强度一击便令对方仓皇而逃。

他得赶紧长大、变强，唐恪想，如此才能保护妈妈。

韩烟烟总觉得和父亲的这段对话哪里不对。

最后，她说："我才十二岁，您现在教给我这些东西，不觉得太早了吗？"

韩家家主说："你越早脱离天真，就能越早成为一个合格的继承人。"

"去吧，楼下的客人还需要你招待，去做你该做的事。"他下了逐客令。

韩烟烟没有揭穿他因为刚纾解过所以懒得去应酬别人的真相，捏着鼻子应下了。

走在走廊里，她忽然反应了过来。

构建世界如同写小说，其间必然会融入自己的价值观。丁尧的世界、姚琛的世界，男强女弱的现象都非常明显，因为真正的韩烟烟就生活在男权世界，科技也没有发展到足以使女性摆脱性别束缚的地步。这种潜移默化的男权思想便体现在她对世界的架构上。

但在这个世界，女人也可以做家主，女人也可以玩男人。乍看上去，颇有点女权的味道，细品却不是那么回事。韩家家主的思想与行为中处处流露的，还是很强的男权意识。这就是她在谈话中产生的违和感。

她走着走着忽然停住。这世界既非男权也非女权，这世界唯强权论。只要你足够强，便可以无视法律、道德乃至伦理。虽然的确是她安排了一切强取豪夺的情节，但这……不是她会构建的三观。

最重要的是，这个世界的逻辑有问题，却没崩。原来如此，她想明白了。

她并非这个世界里的唯一变量。另一个变量在世界生成前便在与她角力。既然她的一点小偏好能投射到这个世界，同样，对方的价值观也可以，进而影响整个世界的架构。看着似是而非、要崩不崩的逻辑之所以依然生成了世界，是因为这逻辑最后刚好踩在两个变量都能接受的底线上。

原来如此啊。

"所以唐恪，你在这世界里将要遭遇的一切，并非我一人之过。"

第二天，韩烟烟的母亲便回来了。

她若早回来一天，便能出席韩烟烟的庆祝晚宴，但她没有。她对这晚宴和晚宴的主人都不感兴趣。

见到亲生女儿，她也不过是点点头说了句"不错，恭喜"，便直冲书房而去。反倒是她那情人，有点尴尬地跟韩烟烟寒暄："好久不见，听说你的精神力已经升到S级？真是恭喜了。"

他甚至还贴心地为她准备了礼物，真是比亲生母亲对她还好。

在这个世界，是她给自己的父亲、母亲安排了这样冰冷的婚姻。

在乔文兴的世界里，她也有父母。那一对父母是一对恩爱的夫妻。他们不仅爱她，也彼此相爱。妈妈每次出国玩得久了，爸爸就会在韩烟烟面前哼唧，暗示她尽快喊妈妈回来。那样的父亲想想就很可爱。

她在这个世界的父母彼此感情淡漠，两个人共同的孩子也无法使他们的精神世界产生任何交集。即便对她，两人偶尔流露的一点温情也会令人受宠若惊。

这看似是因为推动世界发展的情节需要，实际是因为她的心变得又冷又硬，所以塑造出了这样冷漠、淡薄的角色。

从这两对父母身上，韩烟烟清楚地看到了自己心境的变化。

但同为女性，她还是给母亲构建了一个温柔的情人。现在看来，她构建得很成功。

她谢过他的礼物，唤了男仆来招待他，径自离去。这人的身份还不足以让韩家大小姐、继承人亲自出面招待。

她没有追问母亲这次回来的原因，令那人松了一口气。父亲对此也避而不谈，实则韩烟烟什么都知道。

"约定是六四，我六你四。现在你要四六？"韩烟烟的母亲尹薇正在书房里和韩家家主力争。

"约定的是你只能给我生孩子。"韩家家主冷冷地说。

尹薇噎住。她就知道，肯定是因为这件事，她身边被他安插了眼线。

"这孩子是个意外。"她的气势弱下来，"我不忍心。"

"所以，比你忍心的尹宸做了家主，你……只能当个失败者。"韩家家主毫不留情地说。

尹薇抿紧了嘴唇。

韩家家主弹弹烟灰，说："当初我们约定你只能给我生孩子，烟烟只能跟我的孩子有手足之情，不能有别的姓氏的兄弟姐妹。既然你做不到，当初的约定只能作废。"

尹薇的手按在桌子上："五五，这是底线。"

韩家家主冷笑一声："四年了，你也只是小打小闹，尹家这条航线什么时候能真的拿下来？"

尹薇咬牙："他们这一年反击得厉害，我们折了很多人手。"

"我给你人手。"韩家家主说，"尹薇，我再给你两年时间，你要拿不下这条航线，就别想再从我这里得到一分钱的支持。"

尹薇离开的时候，情人有些不安："不去看看大小姐吗？"

"刚才不是看过了。"尹薇有些心神不属。

情人欲言又止。

尹薇反应过来，蹙眉说："你在想什么？你不要指望韩烟烟把你的孩子当成兄弟看。她要这么做了，姓韩的第一个容不下你。"

情人叹了口气："明白了。"

"你要明白，"尹薇说，"这些人容不得别人染指自己的利益。"

她在娘家竞争家主失败，堂兄忌惮她，陪了丰厚的嫁妆把她嫁到了韩家。韩家这个男人向来铁腕，不可能容她染指韩家的利益。

在外人眼里，她完成生育继承人的责任后便带着情人满世界玩，做富贵闲人去了。实际是，她在韩家家主的暗中支持下，一边合法地在那条航线上与尹家争夺生意，一边假扮盗匪，抢夺、骚扰尹家的航路。

她是为了自己的利益，韩家家主则是驱狼吞虎，要把手伸向尹家的地盘。她这是在与虎谋皮。

昕雅把唐恪送上了校车。公立学校的孩子多集中在棚户区，他们的父母每天都要辛苦工作，朝九晚五，有校车能减轻很多负担。

昕雅回到屋里，打开智脑浏览了一会儿招聘信息，发了几封简历。她又打开银行账户，过了一遍自己最近的开支。如果保持目前的生活水平，剩下的钱还能支撑两年。

但唐恪的精神力已经爆发过一次，他已经必须开始每个月使用营养液了。这营养液至关重要，对孩子从第一次爆发到第二次爆发之间的发育影响很大。就如韩家家主所说，A级的孩子第二次爆发是A+级还是S级，是完全不同的两种人生。

昕雅关了智脑，坐在沙发上发呆。

他答应了她，也得到了他想要的，应该不会食言，她想。

才想到那个人，便有一个陌生号码打进来，她一接通听到的便是让她心惊肉跳的那个声音。

"在门口。"

◆　◆　◆

昕雅匆忙出门，登上了门外与此地十分违和的豪华悬浮车。

韩家家主一直在打量她。她褪下了华丽的晚装，只穿着普通衣裙，长发随意地绾着，一脸素颜。衣服看着还不错，只是旧了。一望便知是将手里的钱精打细算过生活的拮据之人。不像待字闺中的时候，每天打扮得精致、美丽，眉眼间没有烦恼。

"表哥。"昕雅低低地唤了他一声，微微垂头，侧朝着他坐。

韩家家主打开智脑，把一个文件夹发送给她："你要的。"

东辰的转学手续已经办好。从现在一直到十二年级的费用已全部缴清，包括唐恪在学校的衣食住行。十年份的营养液也已经预订好了。昕雅所求，都得到了。

昕雅如释重负，连紧绷的肩膀都放松下来。

大部分女人就是这样，为了孩子可以没有自我，韩家家主冷漠地想。他还想到，如果昕雅不是来求他，而是去求别的什么人，大概此时也委身别的男人了。她一无所有，唯有付出自己。

这令他感到不快。

他本想把这事交代给她便回去，可亲眼见到这个衣着寒酸、不施脂粉又已经过了青春年华的女人，他就感到不愉快起来。

他在智脑上向驾驶舱下达了指令。

"你以后有什么打算？"他问。

"正在找工作。"昕雅轻声说，"找到工作以后会稳定下来。"

韩家家主的嘴角扯了扯。

昕雅不解其意，但她忽然发现车子在动。这车子的减震性太好，若不是看到外面景色在倒退，根本感觉不到车在动。她犹豫了一下，问："我们去哪里？"

韩家家主瞥了她一眼："你的住处。"

昕雅的嘴唇动了动。韩家家主说："我的女人住棚户区？你在跟我开玩笑？"

昕雅垂下了头。

新的住处是很舒适的高级公寓，但卧室落地窗外的景色刺痛了昕雅。站在落地窗前向外眺望，能看到一片高级住宅区。

昕雅看见了自己的家，自己从小长大却已经卖出去的家。她若住在这里，每天醒来都能看见熟悉的屋顶。

"那是你家。"韩家家主站在她身后，眺望，"我也可以把它买下来给你，但我知道那不是你想要的。"

昕雅想要的不是一套房子，昕雅想让她的孩子重回上流社会，这不能靠谁赠给她一套房子实现，只能靠唐恪自己成才。

"我说了，你把他交给我。"男人低头吻住她的颈子。

昕雅闭上了眼。

终究，她还是成了他的收集品。

唐恪下学的时候没有坐校车，是昕雅直接到校园里接他的。

半天的时间，昕雅就打包好了。只要用标记器在要搬的东西上打上激光标记，打包机器人就会用最符合拓扑学原理的方式将物品打包装箱，简洁又迅速。更何况昕雅和唐恪回到东大区也没多久，很多东西根本都没拆箱。

"搬家？"唐恪微感吃惊，随即有点忐忑地问，"是这边已经住不起了吗？"

昕雅不知道该怎么跟唐恪解释。

"是……你表舅帮我们找了新的地方。学校的事情也安排好了。你……"她顿了一下，"待会儿回家，你收拾一下随身的东西，今天晚上就搬到韩家的庄园去。"

唐恪更加吃惊："我们要搬到庄园去住？"

"不，只有你。"昕雅说，"学校的公共飞船单程要三个小时，韩家的私家飞船要快得多，从庄园出发，一个小时就能到了。韩家上东辰的孩子都住在庄园里，你以后跟他们住在一起。也能交些朋友。"

所谓的东大区，指包含两颗行星、三颗卫星在内的一大片区域。东辰学院并不在此地，而在这颗行星的二号卫星上，也就是俗称的小月亮上。整颗月亮就是东辰学院。

并不是所有姓韩的孩子都可以上东辰，第一次爆发后精神力在B+级以下的，根本不可能进得去。能在东辰上学的孩子，有肉眼可见的好前程。把适龄的孩子聚集在庄园，不仅是为了方便他们上下学，也为了让家族里同一代的孩子相互熟悉，抱成一团。

孩子们周末可以回自己家，父母也可以随时来庄园探望，相当自由。这是韩氏家族很多年的传统了。

偶尔，也会有像唐恪这样不姓韩的孩子出现。

虽然唐恪早熟一些，却仍没摆脱孩子的天真。就像他觉得韩烟烟像天使一样，他还想不到以后他会面临什么样的生活。此时，他还沉浸在搬新家和转学的喜悦中。

"那我每天都可以和烟烟姐姐见面了。"他开心地说。

正说着，韩烟烟的短消息就发到了他的智脑上。唐恪欢喜地给妈妈看："烟烟姐姐已经知道我转学的事了。"

韩烟烟："小白兔，是不是晚上就搬过来？姐姐等你哟……"

昕雅的心脏像是被狠狠地揪了一下，脸色变得苍白。

"她……"她嘴唇发抖，"她为什么叫你小白兔？"

"哥哥……我不叫小白兔。"

"哦，那你叫什么？"

"昕雅，我叫林昕雅。"

"你长得这么白，像小兔子，叫小白兔正合适。小白兔，乖——"

几个小时前，那男人在这新寓所的大床上，将她压在身下的时候也曾在她耳边呢喃："小白兔，听话……"

昕雅的脸上没了血色，内心无端地恐惧起来。

"妈妈，我的东西都收拾好了。现在出发吗？"唐恪问。

昕雅看着满脸期盼的男孩，感到这条路……已经无法回头。

路上，唐恪甚至还开心地对她说："妈妈，舅舅和姐姐都好好啊。"

昕雅不知道该怎么回答。

韩烟烟嘴角含笑，关闭了智脑的光屏。

韩家家主抬眼瞥了她一眼，问："跟谁通信，这么开心？"

韩烟烟愉快地回答："您的小白兔带着我的小白兔，出门朝这里来了。"

韩家家主看了她一会儿，说："……别把那孩子玩坏了。"

"放心。"韩烟烟说，"我比您善良多了。"

韩家家主微微眯起了眼睛。

韩烟烟微笑："我有那么多小妈，没见您对谁那么不温柔过。"那天晚上昕雅在房间里无声地哭，虽隔着一间房，但他们两个S级精神力者要想知道隔壁的情形，也能知道得一清二楚。

韩家家主的目光变得危险起来。但韩烟烟不怕，对这个男人，她有恃无恐，谁叫她是他唯一的继承人呢？

"大概一个小时的路程吧。"她端起果汁微笑，"家里很久没添新人了，真有点期待呢。"

该说……这孩子像他吗？韩家家主抿了口酒。像他一样，韩烟烟天生就能发现别人的软弱之处，哪怕对方藏得再隐蔽。

昕雅没想到韩烟烟会亲自在门口迎接他们。这女孩身量很高，只比她矮一头，比同龄的女孩子都要高一些。

虽然她长着天使一样的面孔，眼睛却像潭水一样深，让人看不透。那个难堪的晚上，当她推开门时，少女的脸上是仿佛什么都没发生的平静。

越是这样，昕雅越感到难堪。她忍着这难堪跟韩烟烟打了招呼。韩烟烟仿佛什么都没发生过，文文静静地喊了一声："昕雅姑姑。"

对唐恪，她反而热络得多，上来便牵了他的手，引着他们去了小待客室。韩家家主在那里等他们。

唐恪是第一次被正式引见给韩家家主。他自觉自己没有失礼的地方，但他敏感地察觉到这位表舅不太喜欢他。这种感觉难以描述，细微又模糊。这给他满心的欢喜泼了一盆冷水，让他冷静了下来。

韩家家主例行公事般地勉励了他一番，然后对韩烟烟说："你带小恪去安置一下，以后他就交给你了。"

昕雅忙说："给你添麻烦了。"

韩烟烟微笑："唐恪在这里，您放心。太晚了，姑姑今天也住下吧。"

昕雅本想随她一同去看看唐恪住的地方，听她这么一说就想推辞，但韩烟烟已经朝唐恪伸出手，温柔地说："小白兔，跟姐姐走。"

昕雅呼吸一滞。

那天晚上，她听到了吗？她是故意的吗？她……她是带着恶意的吗？昕雅的心里翻滚着这些念头。

然而，韩烟烟的笑容温柔极了，她的相貌极其精致，配上这样温柔的神色，真的像天使。昕雅无法证实自己的任何猜测。

被这样温柔对待，唐恪刚刚冷却下来的心又雀跃起来，有点羞涩地牵住了韩烟烟的手。他对昕雅说："妈妈，你放心，我会很听话的。"

他说完转身，跟韩烟烟牵着手离开了。昕雅隐约又听见韩烟烟喊了他一声"小白兔"。

韩家家主看到昕雅的手在微微发颤。他起身，坐到了她身边，按住了她的手……

"我家比较大，你要记住这里的路，别迷路。这边是西区，大家都住在这里。"韩烟烟说。

"大家？"唐恪有点迷惑。

"嗯，都是家里的孩子，和你一样的。"韩烟烟说，"这个时间应该还没睡，我带你去见见他们。"

孩子们此时都在游艺室玩耍，男女皆有，年龄从七八岁到十五六岁，层次拉得也大。林林总总，有二十多个孩子。人一多就闹腾，游艺室里简直要翻天。

韩烟烟走进来不用说话，精神力一扫，房间里瞬间就安静了。

"大家过来一下。"她说。

无论是大孩子还是小孩子，都围拢过来。

"姐，他是谁啊？"有个跟唐恪差不多大的男孩问。他是韩烟烟的弟弟，当然，不是一个妈生的。

"跟大家介绍一下，这是唐恪。从今天开始，他就搬进来了，以后跟大家一起在东辰上学。"韩烟烟说，"希望大家好好相处。"

不知怎的，唐恪觉得她的气势突然变得不一样了，没了刚才的温柔，有些凌厉。

他忙向大家打招呼："大家好，我是唐恪。"

有人问："你是哪一房的？"

唐恪背得很熟练，回答："我的曾外祖母是四老爷家的姑太太。"

有人"嗤"地笑了出来。

与成年人的伪装和城府不同，孩子的天真和残忍总是很直观。

✦ ✦ ✦

唐恪第一次明白，原来亲戚还有远近之分。

他从小就没有祖父母，父亲那边几乎没什么亲戚。外祖父母这边的亲戚倒是很多，可他还没记事，外祖父母就突然去世了。父亲则一直在病床上痛苦挣扎。在他成长的这几年里，母亲无暇和亲戚往来交际。

他一直以为亲戚就是亲戚，都一样。

个别孩子的嗤笑和嘲讽眼神让他明白，原来……不一样。在他们眼里，他这个隔了几层的"亲戚"跟他们不一样。

只是他这时还不曾深刻地体会这份"不一样"。韩烟烟对他的温柔像一层面纱，让那些人的刻薄变得朦胧。

昕雅在庄园留宿，故而第二天一早她可以送唐恪登船。

唐恪悄悄地告诉她："烟烟姐姐送了我翔锐X7614的全真机甲模型。"他的眼睛亮晶晶的。

全真模型，全仿真缩小比例复原，每一个零件都可以拆卸。说是模型，装上能源就是微型机甲，价格昂贵。唐恪梦想很久了，但母子俩目前的经济状况负担不起这么昂贵的奢侈品。

没想到，住进庄园的第一个晚上，他就从烟烟姐姐那里收到了这样的礼物。

韩烟烟对唐恪的过度温柔，令昕雅心里有种莫名的不安。但这不安若说出口，就会变得无礼且可笑。

她只能摸摸唐恪的头，说："别忘了谢谢姐姐。"

她俯下身的时候，唐恪注意到她雪白的脖颈上有好几块红痕。他不由得微怔。

孩子们都登上飞船后，韩烟烟才走出主楼，最后一个登船。小型私家飞船升到半空，化作一道白烟消失在苍穹。

她终于把她的孩子推上了这条最好的路。昕雅既感到解脱，又很疲惫。

"昕雅——"她听到那男人在唤她。

她转头，那人只穿了白衬衫，袖子挽到肘边，站在大门的台阶上。树影摇曳，乍一看，仿佛仍是当年的青年。

昕雅却瑟缩了一下。

男人走过来站在晨光里，皮肤、眼角都有岁月留下的痕迹。

"发什么呆？"他问。

"刚刚孩子们上学去了。"昕雅垂首，"我也该回家了。"

"着什么急，第一天转学，不想亲口问问他学校怎么样？"韩家家主说着撩开她的头发，抚上了她的后颈。

"还疼吗？"他低声问。

昕雅的头垂得更深了。

韩家家主说："书房里面有个套间，有我专用的治疗舱，已经开了你的权限，你去躺一下。"

昕雅的精神力薄弱，从来就没往机甲士方向培养过。对机甲士来说如同洗澡一样频繁使用的治疗舱，对她来说十分陌生。她脚步微动，就要离去。韩家家主忽然收拢手臂，将她揽进了怀里。

他沉默了一下，低声说："我没这么对过别人……"昕雅有些茫然，不知道自己是否该表示感谢，抑或感动、荣幸？但她的身体诚实地瑟缩了一下。

韩家家主轻叹一声放开了她，目送她逃一般地跑进楼里。他双手插兜，在晨光中站了一会儿。

他素来没什么见不得光的性癖。只是昕雅，林昕雅……她破碎的神情实在令人愉悦。

他低头点了支烟，抽了几口，出了会儿神。过了一会儿，他轻轻弹了弹烟灰。

唐恪只在搬回东大区的时候坐过飞船，还是大型公共飞船，条件很差。这种私家小型飞船，他还是第一次坐，心情很是雀跃。出发前他和妈妈多说了几句话，等别的孩子都陆陆续续上了船，他才跟妈妈告别。

一上去，看到飞船上稀稀落落地坐了大半舱人，而最前面那排座位是空的，他直接坐了过去。

韩烟烟的弟弟立刻不干了。

"新来的，去后面！"他喊道。

唐恪愣了："这里不能坐吗？"

"那是我姐姐的位置。"男孩的眉头拧成疙瘩，说，"你到后面去。"

那里有两个位子，就算韩烟烟上来了，他们也可以一起坐。而且……唐恪其实很想和韩烟烟坐在一起。但唐恪这几年一直跟在母亲身边，受她影响，遇事已习惯谦卑避退。如果坐在这里让烟烟姐姐的弟弟不高兴了……

唐恪只犹豫了一下，就站起来到后面去了。走过去的一路，他总觉得有几个人看他的目光虽像是在笑，却让人很不舒服。

韩烟烟并不是起晚了，今天是唐恪第一天上学，她是故意晚到的。

新人入群，总是该先体会一下群体中的势力高低、如何分配。何况为了这一天，她之前还做了铺垫。

她上了船一看，果不其然，唐恪坐在了最后面。

"小恪——"她对他微笑招手，"到姐姐这儿来。"

全船的孩子都朝唐恪看去。这让他头皮发麻，可是他心里又十分欢喜。他犹豫了一下，还是走了过去。

"坐我旁边。"韩烟烟拉他坐在身边，还帮他系好安全带。

又被当成小孩子！唐恪的脸瞬间红了。

他随了昕雅的好相貌，五官好看，皮肤也白。脸一红，羞涩的小男生让人看了就忍不住想欺负——韩烟烟如是想。

少女韩烟烟也不是白板，也有人设。虽然大多数时候由韩烟烟的本我控场，但人设偶尔也会冒头。韩烟烟看得出来，这里的少女韩烟烟的的确确是韩家家主亲生的孩子，有捕猎者的本能。

坐在韩烟烟旁边，让这次清晨的航程变得愉快。但这愉快只属于唐恪，其他人就不那么愉快了。

这些孩子家里并不是出不起私人飞船每天接送他们上下学。他们离开自己舒服的家，跑到庄园住客房，过着处处自律、克制的生活，图的就是和未来的家族继承人打好关系、建立感情。这是他们被送到庄园之前，家长耳提面命、反复灌输给他们的任务。

只是大小姐不好亲近。她从来不喜欢别人跟她坐在一起。连与她同父异母的亲弟弟坐过去，都得不着好脸。这个新来的远房穷亲戚凭什么能亲近她？

韩烟烟感受到了舱里的气氛。她微微地笑了，按下按钮，命令服务机器人送来果汁。她还摸了摸唐恪的头，对他微笑，为他拉了更多的仇恨。

这些仇恨以后会慢慢积累。不要小看小孩子，校园霸凌常常毁人一生。

放学回家看到自己的妈妈还在，唐恪简直不能更高兴了。他有太多的事想告诉昕雅。

"模拟舱是最新型号的，体感灵敏度高达90%！"他兴高采烈地说，"爆炸的时候吓死我了，感觉像真的一样。"

"模拟舱测试达到八十分就可以摸真的机甲啦！虽然还是基础机甲，但我们三年级的学生只能上基础机甲。烟烟姐已经上战甲了，她真厉害！

"妈妈，我跟你说，今天测试我得了六十四分。以前学校的模拟舱灵敏度太低，换了这个，我一下没适应。明天再测，我一定能拿到八十分！"

唐恪的眼睛亮闪闪的，神情中充满了信心。

从他懂事的时候起，父亲就在病床上挣扎，后来失去父亲，他跟着单身的母亲无依无靠。成长中的缺失使他敏感、自卑，受母亲影响，他遇事也容易先选择退让。

昕雅还是第一次看到他这么自信满满的样子，仿佛生活中那些不好的部分对他造成的影响都消散了似的。

昕雅很欣慰，摸着他的头说："那你要加油。"

"妈妈，要回去了吗？"唐恪问。

"妈妈不在，你会怕吗？"昕雅问。

唐恪挺起胸膛："不会。"

昕雅又问："对了，跟同学相处得怎么样？韩家的孩子们好相处吗？"

同学其实还好，韩家的孩子……唐恪犹豫了一下，韩家的孩子中有几个人对他的态度很不好，但他不想说出来让昕雅担心。

"大家都很好，烟烟姐姐特别照顾我。"他笑着说。因为提到了他喜欢的小姐姐，他的笑容特别真诚、灿烂。

昕雅没有看出一点问题，她放心了。

离开西区后，她犹豫着要不要去和韩家家主道别。这时有男仆走过来问："您是要回去了吗？"

昕雅心中一紧，忙说："是的，能帮我叫辆车吗？"不经庄园的人同意，出租车根本进不来。

男仆却说："家主让我为您备车了。"

听到不是叫她去见他，昕雅松了口气。

韩家家主在书房的落地窗后看着昕雅乘车离去，问："今天怎么样？"

"和平时一样。"韩烟烟头也不抬地回答。和别的孩子不一样，她从学校回到家里，还要在书房里学习处理家族事务。

"您给母亲那边加派人手了？还不少？她那边折损很厉害吗？尹家比我想的还要厉害一些啊。"她说。

韩家家主转过身来问她："对尹家，你怎么看？"

韩烟烟说："我的。"

韩家家主走过去给她后脑勺来了一下。韩烟烟呼痛。

"大言不惭地放出与自己能力不匹配的目标的人，大多都是失败者。"他说。

"好吧，说错了。"韩烟烟揉揉后脑勺，"迟早是我的。"

韩烟烟说完赶紧转移话题："什么时候放我去母亲那边实践一下？"

"你想上战场？"韩家家主问。

"最棒的机甲士是在战场上磨炼出来的，不是在操场上训练出来的。"韩烟烟说。

韩家家主看着她："上战场之前，你得先学会杀人。战场上不会给你适应的机会。"

"杀人不是难事。"韩烟烟说。

韩家家主撩起眼皮看她。

少女嘴角含笑："如果我说我杀过呢？"

韩家家主皱起眉："你没机会。"

韩烟烟的生活日程全在他的掌控之下，她根本没机会杀人。但……她的眼神……韩家家主觉得很可疑。他这还没机会尝试杀人的女儿的眼神，不像是没见过血。

韩烟烟含笑移开视线："那我什么时候才能有机会杀人呢？"

"真着急。"韩家家主说，"我第一次想这个问题时十五岁。"

"说明我比您优秀？"

韩烟烟又一次呼痛。

正经的事情都抟完后，韩家家主问："那孩子怎么样？"

"傻傻的。"韩烟烟说，"我给他拉了一身仇恨，他一点没觉察出来，恨不得当我亲弟弟。"

"别人呢？"

"大多数还能沉得住气。我摆明了在罩着他，还把脸色摆到明面上的，是我真正的亲弟弟。我也是服了。"韩烟烟感叹，有些怀疑地问，"您给他做过亲子鉴定吗？"

"连你都做过。别怀疑了，他就是你弟弟。"韩家家主眼角抽了抽，"他妈妈……智商有点低，你忍忍吧。反正我对他也没抱什么期望。"

"智商这么低，按说一定有超凡的美貌才能被您看上，可我看她还没有昕雅姑姑好看。真不知道您看上她什么？"韩烟烟嘟囔。

韩家家主的眼角又抽了抽，忍住了给她一巴掌的冲动。他不想跟十二岁的女儿说，当年他喜欢她只有十八岁，舞跳得性感、妖娆，青春气息满得能溢出来。那个年龄的她即便蠢，看起来也蠢萌蠢萌的。不像现在，有了年纪，就只剩下蠢了。

劣等基因驱逐优质基因。男女两人的等级相差大的话，基因不好的那个一定会拖孩子的后腿。

他们两个能生出精神力为B+级的孩子，一定是因为他的基因太好了。

"谁最能沉得住气？"他把话题硬拉了回来。

"韩钧、韩纬、韩静姗。他们三个是看得最明白的人，眼神中就透着明白。跟他们在一起很舒服。"

"韩金、韩程、韩宁、韩竟，这四个蠢得像猪一样，脸上恨不得写上'嫉妒'两个字。

"韩韵琪、韩绍自作聪明，想通过巴结唐恪的方式来巴结我。

"其他人大部分还能沉住气观望。韩铭萱想钻营又畏畏缩缩，一点胆子都没有。可以的话，把她送回家吧。"

家族的这些孩子都是肩负着和未来家主亲近的使命前来的。未来家主却在现任家主的指导之下，拿他们练手，学习操纵人心。

韩烟烟不觉得无趣。在上一个回合，她就已经身登家主之位。这一个回合，复习起这些多年前的学习内容，她依然觉得有趣。

人心和人性，不管什么时候，不管你怎样反复钻研、琢磨，都是一件让人着迷的事。

◆ ◆ ◆

所有人都知道，唐恪是韩烟烟的宠物，除了他自己。

他一直沉浸在新学校、新环境带给他的快乐和满足中。他也交到了新朋友。虽然韩韵琪和韩绍有时候态度会过度热络，让他招架不住，或者会打扰到他和烟烟姐姐的单独相处，但他们是新环境里最先向他靠拢示好的。

像唐恪这样骨子里有些怯弱又有些自卑的孩子，到了新环境之后，遇到这样的人自然而然便想抓住他们，使自己产生"融入"的安全感。

周末的时候，各家都会派车来接自家孩子回家。唐恪周五中午的时候从学院给昕雅打电话："不用来接我，烟烟姐会安排车子送我回去。"他语气欢快，显然这一周在学校过得很好。

"好，那你自己小心。"昕雅拿着腕式智脑，轻声说。

"妈妈感冒了吗？"唐恪问。

"没有。"昕雅说，"嗓子有点不舒服。我还有事，先挂了。"

电话被挂断。男人把女人手里的智脑扔到了一边，握住那纤细的手腕。

昕雅的手无力地挣扎了片刻，最后紧紧地抓住丝褥。男人在她耳边轻唤"小白兔"，令她紧闭的眼睛睫毛微颤。

唐恪坐韩家的车回到了公寓，很快就发现了家里的治疗舱。

"以后你会用到的。"昕雅勉强地说。

"可是这个超级贵的。"唐恪有些担心。他对小时候的富裕生活没什么记忆，自从他开始记事，家里就已陷入困境。

而且，治疗舱可不是一次性投资。治疗舱里要用的肌体修复液是一笔持续的、长期的大开销。

这个事绕不过去，而且孩子大了，骗也骗不了。昕雅只能说实话："是你表舅资助的，修复液也是。"

她很怕唐恪会追问为什么：表舅为什么这么慷慨？但唐恪天真、想法简单，还想不到这么多。

"表舅真是个好人。"他兴高采烈地说。表舅是烟烟姐的父亲，在唐恪心中，他们父女俩都是超级超级好的好人。

昕雅垂眼，"嗯"了一声。

当被问及学校里的事，唐恪说一切都好。他头脑聪明，学习用功、刻苦，这一周已经完全跟上了进度，还第一次摸到了基础机甲。

当被问及同学和伙伴，唐恪一直说自己"交到了朋友"以及"烟烟姐对我特别好"。至于韩金、韩程等人说话刻薄，故意说他是"打秋风的穷亲戚"，在登船的时候伸脚绊他这种事，他一点都没说。

他觉得自己已经长大了，不该让妈妈担心。

当他问妈妈这一周过得如何时，昕雅轻描淡写地说："一直在整理新家。"

"这几天有点忙，找工作的事还要过一段时间。

"别担心钱的事，积蓄还够我们生活。"

"那就好。"唐恪舒了口气，"那妈妈你别着急，忙过这阵再找工作吧。"

昕雅微微垂下了头。

她不懂。在韩家家主的情人中，她算是年纪大的。比起那些年轻的，她实在没什么优势。可这些天，她这位表哥来得十分频繁。为此，他还给她这里安置了一台治疗舱。

昕雅抚摸着自己光滑的手臂陷入沉思。肌体修复液比普通美容院的美容液都要贵，修复的效果当然好，更何况韩家家主供给她的都是品级最好的修复液。就连昕雅脸上的皮肤似乎都比以前更紧致，看起来更年轻了。

身上自然更是光滑无暇、毫无伤痕，什么都看不出来。

他说，他没有这样对别人过。可她哭泣着求他的时候，他并不会因此怜惜她，也不会停手。

为什么？为什么只这样对她？

"昕雅姑姑家里添置了一台治疗舱。"韩烟烟撑着腮说。

韩家家主眼皮撩都没撩："怎么了？"

"套间里的治疗舱，最近几次的使用记录都是昕雅姑姑的。"韩烟烟继续说。

韩家家主终于撩起了眼皮。

韩烟烟叹气："我的小白兔还活蹦乱跳的，您的小白兔可能要被玩坏了。"

"手不要伸得太长。"韩家家主点了支烟。

"那就不要给我这么大的权限。"韩烟烟说，"突然发现自己被开通了这么多项权限，让我有点诚惶诚恐，怀疑是您手误操作错了。"

"那些孩子不够给你练手的。你好好把他们带大，让他们听你的话就行。"韩家家主说，"从现在开始，允许你出面参与正式事务。"

在上一回合，韩烟烟到十六岁才获得父亲的认可和如今的权限。有上一回合垫底，这一回合，一切她都驾轻就熟。要不是怕吓着这位爸爸，其实她现在就可以接手一切。

至于她表现得会不会太早熟、太惊才绝艳？呵呵，你要相信一个男人对自己基因的自信和骨子里的骄傲。遗传了他的基因、被他精心培育的继承人，表现得多么强大都是理所当然的。

又是新的一周。

唐恪周日晚上便回到了庄园，甜甜地睡了个好觉，期待新一周的开始。周一早晨，小少年精神抖擞地踏上了飞船。

韩烟烟这天出现得早，正坐在自己固定的位置上闭目养神。

"烟烟姐，早！"小少年元气满满，两三步跑过去，就要坐在她旁边。过去的一周，韩烟烟一直让他坐在那里。在小少年心目中，那里几乎已经成了他的专属位置。

"坐后面去。"韩烟烟没有睁开眼睛，只冷冷地说。

唐恪完全反应不过来，还下意识地说："姐姐，是我……"

"说的就是你。听不懂话吗？"韩烟烟睁开眼睛，冷淡地看着他，带着微微的嫌恶说，"坐后面去。"

唐恪听见了韩金"嗤嗤"的笑声。从坐到最后一排开始，唐恪的头一直蒙蒙的。韩烟烟一路没有回过一次头。

唐恪一天都陷在惴惴不安的情绪中，一直在想自己究竟做错了什么。在学校里，韩韵琪、韩绍遇到他，没打招呼直接走了过去，令他的情绪更加低落。

　　唐恪其实不傻，他早就隐约明白，韩韵琪和韩绍对他的热情是冲着韩烟烟的。但人总爱自欺欺人，他总是暗示自己，他们是为了和自己做朋友才和他交好的。

　　可现实是，韩烟烟突然对他冷淡，那两个人便跟着对他不理不睬了。

　　唐恪的低落情绪持续了一天。晚上他登上飞船时，韩烟烟已经坐在了第一排。他犹豫了一下，想着要不要去问问自己到底做错了什么，却又怕再次惹她不高兴。

　　韩烟烟却转过头来，脸上毫无阴霾，巧笑倩兮："干吗呢？别站在那儿，坐啊。"她拍了拍身旁的椅子。

　　仿佛早上的事从来没发生过，她的笑容还是那么温柔，如春风拂面。

　　盘桓了一天的低落情绪瞬间消散，唐恪三步并作两步，赶紧去了她身边。

　　"喏，你的。"韩烟烟把果汁递给他。

　　望着她甜美的笑容，原本想追问早上是怎么回事的唐恪把那些话都咽了下去，只乖巧地喝果汁。

　　韩烟烟微笑着摸了摸他的头，像在摸一只温顺的小白兔。

　　韩静姗、韩钧姐弟俩对视了一眼，又一起望向坐在另一边的韩纬。正巧韩纬也向他们望过来，三人目光碰触，无声交流。

　　韩钧年纪小了点，率先没忍住，打开智脑发了文字讯息："调教吗？"

　　他亲姐韩静姗回道："闭嘴！"

　　他堂兄韩纬回复："管好你的嘴。"

　　韩静姗还拧了他大腿一下，韩钧无声地龇牙咧嘴。

　　韩纬幸灾乐祸："好好管他。"

　　韩静姗回道："不用你管！"

　　韩钧揉揉腿，又发了一条，感叹："本家的人真可怕。"

　　韩纬再回："……好好管他！教会他闭嘴！"

　　韩静姗回复："知道了！"

　　韩钧又一次龇牙咧嘴，还不敢发出声。他姐下手狠，疼得他直抽气。

　　第一排的韩烟烟忽然转头，从椅子的缝隙间淡淡地投过来一瞥。

　　三人呼吸一滞。

　　待韩钧规规矩矩地坐好，大小姐已经转过头去，缝隙间只能看到她长长的卷发。明明只比他大一点，她怎么……这么可怕？

　　韩烟烟想：这三个人现在怎么这么跳脱呀？

在第一回合里，他们都成了她信任的人，堪称左膀右臂。她带着他们，家族长辈们见了都要赞一声"后生可畏"。那时候，他们个个都能独当一面，连最年轻的韩钧都城府极深。她都忘了他们少年时还有这样的一面。

她又看了眼身边乖乖喝果汁的小少年。没有父亲、渴求关爱和友谊的孩子，安静、乖巧。她伸手抚摩他的头顶，心中想："什么时候真正……开始欺负你呢？"

她又转头看了眼斜后方的韩金，她最小的亲弟弟。大概是这个家伙的智商和情商令她大爸爸的自尊受了伤，自他之后，韩家家主再没跟别人生过孩子。这样的蠢货生多了……的确有损颜面。不过现阶段，欺负唐恪就靠他了。

她拍拍唐恪的头，夸他："真乖，真想要一个你这样的弟弟。"

虽然她的声音不大，但足以让附近的几个人听到。韩静姗、韩纬面面相觑。韩金重重地"哼"了一声。

只有天真的唐恪被夸得脸红，并不知道韩烟烟又给他拉了一波仇恨。

等回到自己的房间，唐恪已经完全把早上的事放下了。他记得妈妈说过，女孩子都爱耍脾气，要让着她们一点。烟烟姐是女孩子，她也许就是心情不好，耍了个脾气而已。

他忽然停下了脚步。

跟随单身母亲长大的男孩子大多敏感，唐恪感觉屋里有点不对劲，像有人进入过。他扫视了一圈，发现书桌上有个可爱的手工布袋。虽然袋子上印着卡通的机甲图案，却缝着白色的蕾丝花边，像是想努力做出男孩子喜欢的模样，却透着女孩的气息。

袋子下面压着一张可爱的便笺，上面的字体秀气、娟丽："自己烤的饼干，第一次烤，请不要嫌弃。"

他打开袋子一看，里面是星星形状的饼干。他拿起来咬了一口……

味道嘛……

果然是第一次烤啊！

那饼干有种说不出来的可爱。

这小布袋、印着可爱图案的便笺和烤煳的手工饼干勾勒出一个可爱的小女生小心翼翼地想和别人做朋友的模样。

唐恪的耳根突然红了。

他还是第一次收到女孩子这样的礼物呢！她……她是想和他做朋友吧？

可是她没有留下名字，会是谁呢？庄园里住了二十多个孩子，不算韩烟烟，有八个女孩子。其中，跟他年纪接近的有五个。会是谁呢？

韩烟烟手写了一堆便笺。

她会好几种字体，有她本尊的，有韩大小姐的，有女学生韩烟烟的，还有这个少女韩烟烟的，只有最后一种不能用。她最终选择了字体最秀气的女学生韩烟烟的。

她把那些便笺交给亲信："每周一次，弄得逼真一点。"

亲信之所以能成为亲信，是因为他只会忠实地执行命令。不管大小姐做的事情看起来多莫名其妙，他从来不问为什么。

因为有了一个不知名的新朋友，唐恪睡得格外香甜。第二天早上一上船，他就迫不及待地想跟烟烟姐分享这种喜悦。

"烟烟姐，我昨天……"看到刚上船的两个女孩子，他的话音戛然而止。

因为性别的原因，他跟她们并不熟，但她们两个都在他猜测的五个人中。

和男孩子们的叽叽喳喳比起来，能住进韩家庄园的女孩子都很早熟，很沉静。经过的时候，两个女孩向他们微微点头，轻声道"早"。

唐恪随即想起了那张没有留名字的便笺，还有烤煳的饼干。那个女生……应该很安静，很内向吧？所以她才不敢当面把饼干交给他，而是悄悄地放到了他的房间。

她一定不愿意让别人知道这件事。

唐恪觉得自己特别理解她。

"昨天怎么了？"韩烟烟问。

"嗯……昨天，抽测我考了全班第二。"唐恪临时改口。

"昨天说过了，小笨蛋。"韩烟烟捏捏他的脸，"下次要考第一哟，姐姐只喜欢考第一的小笨蛋。"

"我会加油的。"小少年赶紧抢回自己的脸蛋，耳根红红的。

唐恪希望烟烟姐不要总把他当成小孩子对待，他太不好意思了。

虽然小少年喜欢天使一样的烟烟姐姐，但他也有自己的小秘密。不知名的朋友的礼物总会在周一晚上出现在他的房间。他猜测，她一定是趁早上他出门后悄悄进入他房间的。

他故意每周一都早走，给她留出足够的时间。傍晚归来时，他总是充满期待。

她一定是个笨笨的小女生，他猜。她的饼干烤煳了三次，第四次才没有煳味。但他每次都把饼干吃掉了，还吃得很开心。

这一次吃了没煳味的饼干，他忽然反应过来，既然她可以给他留礼物，他也可以给她留言啊。于是，下一个周一早上，他离开房间前留了一张便笺在书桌上。

傍晚韩烟烟回来时便从亲信手里收到了这张便笺。

"你是谁？告诉我好吗？"

韩烟烟想到自己对这小孩好得让亲弟弟都羡慕嫉妒恨，他却对自己隐瞒这种小秘密，心里不满。

果然男人都是"大猪蹄子"，从小就是。

五

韩烟烟想了想，写道："就不好。"

一周后，唐恪拿到这张便笺时傻眼了。他百思不得其解，莫名其妙了一整周，在下个周一给她留言："那怎么称呼你？"

一周后，韩烟烟回复他："你可以给我起一个名字。我想叫你小星星。一闪一闪亮晶晶，满天都是小星星。你的眼睛像星星，真好看。"写完她搓了搓手臂上的鸡皮疙瘩。这名字起得……烧死她不少脑细胞。

又过了一周，韩烟烟收到回复："小仙女。"

韩烟烟收到这个昵称后颇是无语。唐恪曾经说过她好看，像天使。所以，他想一边小天使一边小仙女地左拥右抱吗？

虽然唐恪现在是个孩子，但其本尊是个经历过大风大浪的大人物。所以，即便被投影成孩子，本性依然不会变啊。

"好吧。不过，既然你已经有了小仙女，就别再想小天使了……"

"小仙女。"

唐恪睡觉前重复了一遍这个名字。他觉得，自从和妈妈回到东大区，生活就变得美好起来。他不仅有烟烟那样的天使姐姐，现在又有了小仙女。

周末回家，他终于憋不住把小仙女的事告诉了昕雅。昕雅又吃惊又觉得好笑，又很开心。这让她想起了自己童年那些美好、天真的回忆，接着又不免心酸起来，摸着唐恪的头跟他说："要好好相处呀。"

唐恪点点头，问妈妈："工作的事怎么样了？"

昕雅的手顿了顿，说："昨天去面谈过了，还没最后定下来。"

最开始，韩家家主曾频繁地找过她一阵子，后来频率忽然降了下来。想想也是，过了最初的新鲜感，他大约也不会有那么多时间分配给她。昕雅大大地松了口气。

最近一段时间，韩家家主一周会找她一两次。昕雅便想出去工作。昨天的面试其实已经通过了，之所以没最终定下来，是因为她还没跟那男人汇报。他总是说来就来，她不敢不跟他打招呼就擅自安排自己的时间。

周日晚上送唐恪回庄园时，她硬着头皮去敲了他书房的门。这个房间里发生了太多糟糕的事情，推开那扇门的时候，她觉得身体一下就绷紧了。

她祈祷韩烟烟也在书房中。韩烟烟晚间常在这里与她父亲一同处理事务，许多个送唐恪回庄园的周末，都是因为她在这书房里，昕雅才可以安然离开。

然而，幸运不是每次都在的。书房里只有韩家家主一个人。

"不行。"他直接拒绝了她，"你的时间全都是我的。"

昕雅头颅微垂："我得给孩子一个理由，不然解释不了经济上的事。"

韩家家主说："我来安排，你不用操心。你要是闲，可以把从前那些爱好捡起来。你不是一直喜欢画画吗？现在还画吗？"

哪怕结婚之后，甚至父母去世之后，昕雅也一直过着"琴棋书画诗酒花"的生活。但自从丈夫倒下，那些东西就离她远去了。

"好几年没摸过画笔了。"她轻轻地说，"都搁下了。"

"没关系。"韩家家主走到她身边，手摸上她的脸，告诉她，"以后都可以捡回来。"

他声音温柔，摸着她脸颊的手也是温热的。

昕雅抬起头看他。这么久以来，她一直不敢和他对视，但今天晚上他流露出的一丝温柔给了她勇气。

"表哥，你……"她的声音微颤，"为什么要这样对我？"

韩家家主微笑，捏住她的下巴轻轻抬起。

"你刚才抬头看我的样子，让我想起了从前的你。你们从小被要求的仪态就是这样，下巴要微微扬起，到这里正好，不会显得高傲，却很矜持。"他回忆，"当年你拒绝我的时候，下巴要比平时扬得更高一点点。"

"很美。"他含笑，"很美，我一直记着。"

他的笑容里已经没了温柔，凉意爬上昕雅的背脊，令她失去了与他对视的勇气。她的下巴挣脱他的指尖，向锁骨处收去。头颅垂下，后颈便自然而然地弯出一抹美丽的弧线。

韩家家主的手抚上她的后颈。

"后来你回来，在我面前常常垂着头，这一抹弧线……"他的拇指从她的发根滑至颈尾凸起的脊椎骨处，轻轻抚弄着说，"也很美。但美得不一样。"

他对她细长、雪白的颈子爱不释手，低头贴近她的额头，轻声告诉她："你若要问为什么，我可以告诉你……"

"狼在林间行走，本没有捕猎之意。

"直到兔子出现。

"兔子天生柔弱，她的存在就是在向狼发出邀请。

"因为捕杀是狼的本能。

"昕雅，那天……你想临阵脱逃，你想放弃？"他问。

昕雅颤声回答："是。"

"为什么？你知道，这是最好的一条路。"他说。

"但不是唯一的。"昕雅闭上眼睛，"要付出的代价太大。我恐惧，我做不到。所以……"

所以事到临头，她决定放弃这条路。别的路或许艰难，或许辛苦，或许最终能到达的高度没那么高，却也不是不可走。

但他已经不是当初那个会放手的青年了。

"但你没有反抗。你哪怕有一点反抗，我或许就会放过你。"韩家家主说，"你只是想逃。作为猎物，你把后背交给了捕猎者，会有什么样的下场？"

"对于这样的猎物，我接受的教育告诉我，无须多虑，要用利爪撕开她的皮，用牙齿咬穿她的血肉。

"昕雅，你……很美味。"

昕雅深深地呼吸，眼泪从脸颊滚落。

书桌是百年实木，很硬。她的手腕被按在桌面上，很疼。那些事犹如发生在昨天。她被他强拉回她想放弃的那条路上，只能走下去。

她落泪的样子与她当年拒绝他的样子很不一样，像水坑里的倒影，忽起涟漪便破碎了。

那是韩家家主现在最喜欢看的样子。她的表情越破碎，他便越容易记起当年她下巴微扬、坚决地拒绝他的样子有多美。

"谢谢表哥厚爱，但我想堂堂正正地生活，无意做别人的情人。我的一生，也无须由你负担。"

韩家家主的拇指轻轻滑过昕雅洁白的脸颊。

"……这一段时间我与你来往甚密。"他说，"你们女人总是爱想得多。这或许会让你误解，我对你还留存着年轻时的些许爱意？"

他的指尖离开她的脸颊，漫不经心地滑过脖颈和肩膀，沿着手臂一路滑到她的指尖，反手挽住她的手，举到唇边亲吻。

"你错了，小白兔。"他吻着她纤细手腕上淡青色的血管说，"我只是单纯在享受。"

她的牙齿咬破了皮肤。没关系，有治疗舱。

血顺着她的手臂滑落，染红了衣衫。没关系，这里多的是昂贵的衣裙。

疼痛让昕雅瑟缩了一下。她以为自己已经习惯了，实际并没有。对于这种疼痛，永远没有"习惯"一说。

她像那天一样没有反抗。小兔子看到狼的尖牙便失去了反抗的勇气，只会瑟瑟发抖。

偏又是这种软弱，唤醒了捕猎者的捕杀本能。

韩烟烟在自己的房间里静静地监听，直到听筒里传来少儿不宜的响动她才切断。

韩家家主的书房里是不可能被放置窃听器的，高科技的反窃听设备会拉响警报。

不过，在这房子里，韩烟烟拥有和韩家家主一样的最高权限。但即便是韩家家主，也绝对想不到韩烟烟会用自己的权限，以静音的方式打开书房的通信，正大光明地窃听。或者说……偷听。

弱者原罪吗？

韩烟烟揉揉太阳穴。超纲了，这不是她脑中的东西。

这个世界扭曲得厉害。在"Yao"和乔文兴的世界里，她没有这种扭曲感。大家的三观基本都能相容。乔文兴只是个普通的富家少爷，傻到会因情"自杀"。"Yao"有一大串牛掰到不行的身世、血统、背景，他身为皇族却要推翻帝制。不管他是出于何种原因，单就这件事情本身，韩烟烟举双手赞成。

可这位上将阁下太过盛气凌人，他的三观已经快扭曲到黑洞里去了。

韩烟烟脑海里有这位上将阁下的生平信息，知道这位顶着这样的三观一路向上，竟走到了这样的人生高度。他对自己三观的信仰之坚定，将韩烟烟构建的世界扭曲到了韩烟烟这亲妈都快不认识的地步。

韩烟烟是个女作者，或者说是"女频"作者。世界由她构建，韩家家主和昕雅之间必然要安排一段剪不断理还乱的情。他们之间的"狗血"情事会使唐恪少年时受到一些羞辱，这将成为摧毁他的懦弱、激发他性格中的另一面的诱因之一。

但现在故事完全被扭曲了。从她发现书房套间的治疗舱一直是昕雅在使用，她就知道事情已经不是脱轨那么简单了。

这个世界的大爸爸不像上一回合的大爸爸，可以任她撒娇，也可以哄。这位大爸爸只认强，只认权。

韩烟烟感觉头很痛。现在世界已经发展至此，她身在其中，无法再从结构上做改变，只能因势利导，利用一切可利用的条件完成任务。

她站在窗边望着庄园庭院思考。

她一直觉得，唐恪将要经受的一切，即便非她一人之过，她也要负起至少一半的责任。可现在看来，原来这个世界真正要折磨唐恪的，不是她。

唐恪的本尊将他自己的信仰投射到了整个世界中，露出青面獠牙，准备将小唐恪撕得粉碎。

◆　◆　◆

在韩烟烟的"保护"下，小唐恪过得顺风顺水。只有韩金等人偶尔在言语上刻薄他几句，或者做些幼稚的恶作剧捉弄他，似乎不值一提。

让唐恪真正烦扰的，反倒是韩烟烟偶尔出现的"脾气"。有时候毫无原因，她就会突然对他十分冷淡。最久的一次，她三天没理他。

每当此时，他便十分惶惑。而当韩烟烟突然又恢复往常的温柔时，他便感激涕零，越发顺从。

他越发像一只小白兔了。

昕雅最终没被允许去工作。韩家家主给了她一家画廊让她打理，让她有了应付唐恪的名目。

虽然昕雅的年纪有点大了，但韩家家主在她这里颇能得到乐趣。

时间匆匆流过，转眼两年就过去了。

韩烟烟十四岁这年迎来了初潮，韩家家主期待已久的第二次爆发终于发生了。韩烟烟这次直接成了SS级精神力者。各家族一时轰动。

唐恪自然为韩烟烟感到高兴，但他想不到的是，自此韩烟烟待他全然变了个样。

自初潮后，大小姐突然就对唐恪这种小可爱失去了兴趣，开始喜欢那些英俊、健壮的少年或者青年。

小白兔唐恪失宠了，他的整个世界都变了。

曾经围在他身边的"朋友"一夕变脸，弃他而去；曾经视他为路人的人开始踩他；就连庄园里的男仆、女仆，也开始流露出对他的轻视。毕竟，他不会像别的少爷、小姐们那样，大方地打赏小费。

曾经那些不值一提的恶作剧开始升级，带着明显的恶意。要不是唐恪有A级精神力护体，大概已经不止一次成了伤残者。

但他不敢还击。那些伤害他的孩子，都是韩家的孩子。

他总是在学校里或者庄园里用治疗舱治疗，然后毫发无伤地回家。面对昕雅，他只将学校里那些别人的趣事告诉她。对于其他的，对于他自身，他闭口不提。

唐恪变得比从前沉默了。但他毕竟是男孩子，昕雅觉得这种沉默是长大、沉稳的表现。何况唐恪的各科成绩都非常好，人也懂事，让她很放心。

她也在努力让唐恪觉得，只要他努力上进，就可以让她幸福。

母子两个人都在努力让对方相信岁月静好。

在这压抑的暗流中，真正能慰藉唐恪的，只有小仙女。

虽然她始终不曾现身，却总会在他最需要的时候给他只言片语的鼓励——

"他们对你的憎恨，源于对你资质的嫉妒。"

"今天打不倒你的，明天都会成为你成长的力量。"

"不论什么时候，我一直在这里陪你，小星星。"

唐恪不再追索她是谁。韩家的女孩子们对他都很冷淡，并不愿接近他。她是她们其中的一个。

他想，她这样做也是为了保护自己。若是被人知道与他为伍，她也会被她的群体排挤。

他理解。

所有的孩子都在慢慢地长大。小女孩长成少女，小男孩长成少年，情窦初开。

十七岁的韩烟烟长成了倾国倾城的美人，少年和青年们都在追逐她的身影。

十三岁的唐恪彻底脱离了孩童时代，长成了一个沉默寡言的少年。但和别的少年一样，每当韩烟烟出现，他就无法移开目光。

此时他对韩烟烟的注视已不再像小时候那样，只是单纯地觉得她美丽、美好。他注视着她时会产生奇异的感觉，心脏跳动的节奏会被打乱，身体会绷紧，喉咙会莫名地觉得干渴。他身体最深处会生出奇异的渴望。

唐恪不敢正视那渴望。

韩烟烟待他和别的孩子似乎没有区别。从前那些特别的温柔、格外的善待，都随着他们年岁的增长烟消云散，仿佛它们不曾存在过。能让她区别对待的只有韩纬、韩静姗、韩钧等少数几个人。

唐恪渴望能像他们一样被韩烟烟区别对待，但他不知道该怎么做。

韩金对他的欺凌越来越过分。韩烟烟的这个兄弟生来就蠢，跟年龄一起增长的只有愚蠢。

唐恪的精神力早就远远凌驾于他之上。但唐恪不能还手，韩金是韩家家主的亲生儿子，是韩烟烟的亲兄弟。唐恪能有今天的生活，能在东辰接受最好的教育和训练，都得益于韩家家主的慷慨。

有一次，韩金和几个精神力为 A 级的家伙将他虐得遍体鳞伤，正巧被韩烟烟撞到。

"你在干什么？"韩烟烟冷冷地问，SS级精神力者的威压令人颤抖。

即便蠢如韩金，也对这位姐姐怕得不行。其他人也瑟缩着不敢说话。

烟烟姐是来救他的吗？唐恪挣扎着抬起头来。额头上流下的血糊住了眼睛，他只能模模糊糊地看到一个纤细却挺拔的身影。

"别人努力的时候，你却把有限的时间浪费在这种事上？"韩烟烟冷冷地说，"你以为你是爸爸的孩子就可以高枕无忧地过一辈子了？爸爸的孩子这么多，不缺你这一个。"

在韩金诺诺的应声中，韩烟烟的声音渐渐远去。她像个对小弟弟恨铁不成钢的姐姐，对于躺在地上的那个人，她看都没看一眼。

她从前的那些温柔、摸着他的头喊他"小白兔"的时光、那些甜美的笑容，难道都是他做的梦吗？

唐恪昏了过去，醒过来时他已在学院的治疗舱里。舱房的管理员说："一个女生送你过来的。"

女生……

"是烟烟姐吗？"

"怎么可能？"管理员失笑，"韩家大小姐我怎么会不认识？就是一个女生。长什么样？……唔，文文静静的，挺可爱的。"

"哦，对了……她给你留了张纸条。"管理员摸摸兜，掏出一张折起来的纸。

那纸像是匆忙地从什么地方撕下来的，上面是他熟悉的字体。

"乌云会散，星星会发光。你的征途是星辰大海，不要被眼前的石头绊倒。"

唐恪眼眶发热。

是小仙女。

虽然她没出面，却在默默地关心他、支持他。

唐恪第一次这么想知道小仙女到底是谁。他向管理员提出想看一下监控。

"看不了，刚才那会儿，学校的监控不知道怎么回事全掉线了。"管理员说。

小仙女是谁，最终还是一个谜。

放学坐上韩家的飞船，他坐在后面，盯着上来的每一个韩家女孩。小仙女就是她们其中的一个，只是他不知道她是谁。

最后出现的是他熟悉的身影。她比一般女孩更高一些，腰肢纤细，胸背挺拔。

唐恪的目光落在她身上。只不可能是她，他想。但和以往的每一次一样，她一出现，他的目光就移不开。

"小恪——"她忽然叫他，"到前面来坐。"

唐恪身子微僵，而后拒绝："不了，我坐这里就好。"

韩烟烟没说什么，点了下头，自己坐下了。

飞船到了庄园，大家纷纷下船，各自回房间。韩烟烟喊住了唐恪。

"你为什么不还击？"她问。

唐恪说："他是您父亲的孩子。我能在东辰学习，都是因为您父亲。"

"呵……"韩烟烟转身，只留给他一个背影，再不看他一眼。

唐恪发呆：她觉得他的忍让是错的吗？

韩烟烟忽然消失了一段时间。她回来后不久，唐恪听到大家都在谈论两条新闻。

一是尹家的现任家主死了。

二是韩烟烟的母亲尹薇火速和韩家家主办了离婚手续，回归尹家，以尹家人的身份再次投入家主之位的争夺。

"她希望我们能再支援她一些人手。"韩烟烟慢条斯理地说，仿佛正在谈论的是完全无关的别人，"身为我的母亲，她怎么会这么天真？顾首不顾尾？"

"所以，当初她连尹恒都竞争不过。"韩家家主点评，"只看到眼前的短期利益，哪怕明白后患无穷，也做不到放下。"

他问："这件事，你怎么看？"

"当然要给，大力支持她。把我们韩家的钉子一根一根地钉进尹家，钉得越多越深，以后动手越轻松。"韩烟烟说。

"这件事交给你了。"她的父亲十分放心。

虽然他的女儿只有十七岁，做事的手段却已经比一些家族的年轻家主还老辣。最重要的是，她是一个SS级的精神力强者，战场上罕遇敌手。

尹家的家主、她的表舅，就死在她手上。

"对了，好久没看到昕雅姑姑了？"韩烟烟忽然提起她。

这个名字对韩家家主没什么意义，他只"嗯"了一声。

韩烟烟把面前的一堆光屏纷纷关闭，收拾东西起身："听说有个会计师在追求她。昕雅姑姑会再婚吗？爸爸，你的小白兔要被人抢走咯。"

韩家家主连眼皮都没动。

韩烟烟觉得无趣，耸耸肩："我去睡了，晚安。"

她离开后，男人才抬眼。

"了解一下林昕雅的近况。"他打开通信，对自己的亲信下令。

傍晚的神堂里，昕雅坐在后排，闭目祈祷。灯光打在她脸上，眉眼淡淡。祈祷结束，她睁开眼，眉间气息平和。

这两年，她过得好了很多。

唐恪长大了，往返庄园不再需要她接送。她可以不用再主动去那里了，而韩家家主也渐渐对她失去了兴趣。他们已经一年零三个月没见过面了。

他身边总是不缺美人。他把她遗忘了，像其他那些过了气、不受宠爱的情人一样。

她听说那些女人离开他时还能拿到一笔丰厚的赡养费，然后她们可以结婚嫁人，过自己的生活。这其中甚至有给韩峻生过孩子的，孩子留下就行，女人他不在意。

昕雅刚才便在祈祷，让自己成为这样幸运的女人。已经过去一年零三个月了，她觉得这幸运就要降临到她头上了。

有男人脚步匆匆地走进神堂，略一搜索便找到了她的身影，放轻脚步走过去，在她身旁坐下。

"怎么这么晚？"昕雅压低声音问。

"有个客户不好应付。"男人压低声音回答。

昕雅将食指压在唇上："嘘……"

两个人都不再说话，安静地聆听神职人员传经布道。

宗教最易成为人的心灵港湾。昕雅数年前便开始信教，以求心灵的宁静。

男人是个会计师，事业成功，薪水丰厚，家里人都是信徒，他从小便皈依。男人的妻子数年前病逝了。他搬家后来到了这边的教区，在教会结识了昕雅，一见钟情，追求了她两年。

昕雅从来不敢回应他。她知道，自己没有资格回应别人的感情。

他们只在神堂里或者教会组织的活动中才会相见，只要有她参加的活动，他必定也会参加。

讲经结束，神职人员为众人祈福，而后离去。信徒们纷纷散去，昕雅也要回家了。

男人喊住了她，想送她回家。昕雅如从前那样拒绝了他，转身准备离去。男人却忽然抓住了她的手腕。

"昕雅，是我有什么让你不满意的地方吗？"男人很想知道，她到底为何一直拒绝他。

"不，当然不是。"昕雅否认。

男人说："既然这样，为什么不试着和我交往一下看看？"

昕雅涩然，说："对不起，这不是我一个人能决定的事。"在这件事上，她并非自由人。

"你是说你儿子吗？"男人松了口气，说，"你可以试着跟他谈谈。我想，他一定也希望你幸福。"

昕雅无法解释，只能默认他的误解。

"昕雅，我是认真地想组建一个家庭。你的孩子，我可以当作亲生的看待。你、我和他，我想我们能组成一个幸福的家庭。一个孩子不应该没有父亲，我没做过父亲，但我会努力学习做一个好父亲。这样完整的家庭，你不想要吗？"他说。

想啊，昕雅比谁都更想要正常的人生。

"昕雅，我不知道你在恐惧什么，但我希望你能勇敢一点，做一次尝试，好吗？"男人说。

勇敢一点……

昕雅想起了她刚才祈祷的内容。到明天，她和韩家家主没见面的日子就满一年零三个月了。这么久了，他……应该已经彻底腻了，彻底把她遗忘了吧？

她可以勇敢一点吗？

……不，她不敢。

"对不起。我不能和你交往。这件事以后请不要再提了。"她说完想挣脱他的手。

男人握紧她的手腕，忽然欺身上前，吻了一下她的唇，然后放开了她。

"对不起，没经过你的同意……"他低声说，"我只是想让你明白……感情这种事，并不是你说让我放下，我就能放下的。"

昕雅呆立在那里。

男人说："请你……无论如何再考虑一下。如果你有难处，请你告诉我。或许你为难的事，并不是真的那么难。两个人总比一个人办法多……"

他是个温厚、有礼的男人，刚才的举动对他来说亦是出格的，只是为了让她明白他的决心。

昕雅知道，他是个能给女人幸福的男人。但她，有资格获得这幸福吗？

她深深地垂下了头。

韩峻手腕上的智脑发出轻微的提示音，亲信发来一个文件夹。一打开，出现在光屏上的就是男人吻昕雅的照片。

韩家家主的身形顿住。

过了一会儿，他点了一支烟，向后靠在椅背上，开始阅读照片下面的文字报告……

◆　◆　◆

会计师走出了珠宝店。

他今天买了一枚戒指。戒指很昂贵，但他薪水丰厚，负担得起。也是因为如此，他觉得，他能负担起林昕雅的一生。

他隔着衣服捂着内兜里的戒指，心想无论如何他都要向她当面求婚，要让她知道他想娶她的决心。

来到停车场的时候，他发现有一辆豪车悬浮在他的车前，正好挡住了他的去路。他走过去敲了敲驾驶舱的门："先生，麻烦挪一下车。"

驾驶舱没有动静，乘客舱的门却开了，黑色的皮鞋踩在水泥地上。

会计师不明所以地望着这个男人，他能感觉到对方身上散发的凛冽气息是针对自己的。对于一个精神力只有B级的普通人来说，这气息让人发抖。

男人看了一眼会计师，垂在身侧的右手动了动，精神力爆开，会计师被击飞出去，撞到柱子上，然后摔落在地。小小的盒子滚了几滚，停住，被随即涌来的暗红色的血包围。

男人走过去，踩着血捡起了小盒子。他打开盒子，戒指上的宝石闪耀着微光。这显然是一枚求婚戒指。

过了一会儿，他轻轻地"呵"了一声。

扔掉盒子，他朝惊恐的会计师一步步走去……

公寓的管理系统忽然发出"叮叮"两声轻响，昕雅随即就听到了开门、关门的声音。有人用公寓权限开了门。

"小恪？今天怎么回来了？"昕雅放下画笔，一边解围裙一边冲外面喊。

唐恪长大了，不像小时候去哪里都要妈妈陪伴，他可以自己乘坐出租车了。偶尔非周末的时候，他也会回来，第二天再早早地赶回去。

昕雅以为儿子回来了。她一边脱围裙，一边走出画室。她从头上摘下围裙，一抬头，看见了站在玄关的男人。

围裙掉落在地板上，血液仿佛瞬间降到了冰点。

每个女人见到他都是一脸欢喜，除了林昕雅。她见到他，眼睛里只有恐惧，像被蛇盯住的青蛙，站在那里动都不敢动。

他曾尝试对别的女人做出他对她做过的事，有老情人、新情人，也有熟妇、少女。

她们有的惊恐哭泣，有的则极力配合。但不管是谁，不管怎么样，他从她们身上都得不到林昕雅带给他的快感。

她是特别的。

因此，他疏远了她。纵然他只是享受蹂躏她的快感，他作为家主的原则也不能允许这种"特别"的存在。

所有的特别之人，都会成为他的弱点。

这男人，若说放纵，自然是放纵的。若说自律，他对自己又非常严苛。一年零三个月没有见她，没有关心她的存在，他本已可以将她放下。

偏偏烟烟又将她推至他面前。

她的长发被随意地绾在脑后，掉下来好几缕碎发。她僵硬地站在那里，动都不敢动，依然像一只……即将被捕杀的小白兔，轻易就能唤醒他身体里的原始本能。

她果然是特别的。

韩家家主朝客厅走去。

随着他的走动，昕雅的视线落在了他垂着的右手上。他的手是红的，走动的时候，有一滴红色的液体掉落在了地板上。

"你……你受伤了？"她犹疑地问。

"没有，只是弄脏了。"韩家家主坐下，漫不经心地说，"拿条毛巾来擦擦。"

昕雅跑去卫生间，取了条毛巾和一小盆水。

韩家家主坐在单人沙发上，把右手伸了出来。她便将水盆放在茶几上，蹲下去帮他轻轻擦拭。血迹擦干净后，他的手上没有一点伤痕。他果然没有受伤，那些都是别人的血。

"不问问是谁的血吗？"他说。

昕雅并不抬眼，轻轻地摇摇头。

韩家家主勾勾嘴角，从裤兜里掏出个东西："你的东西掉了。"

他摊开手，掌心是一枚戒指。

"你的东西掉了。"

"什么？"

"这个。"

"这……这难道是……"

"亲爱的，你愿意嫁给我吗？"

"我愿意！"

这都是肥皂剧中的情节，断不会发生在他们身上。昕雅半蹲半跪在地上，定睛仔细看了看那枚戒指，十分肯定地摇头："这不是我的。"

"是你的。"韩家家主淡淡地说，"一个男人买给你的，他准备向你求婚。他是个会计师。"

寂静了一秒钟之后，昕雅霍然抬头！

她盯着他看了片刻，然后视线移到了茶几上的水盆上。洗了两次毛巾，盆里的水已经变成红色！

昕雅的嘴唇微微抖了抖，猛地大力去拍手腕上的智脑，激活光屏。她打开通信录，指尖发抖，差点点错人名。

电话拨了过去，无法接通。

昕雅霍地起身，但韩家家主的动作更快，起身将她抄进怀里箍住。

"放开我！放开我！"昕雅声嘶力竭，"他在哪儿？你把他怎么了？你把他怎么了？"

韩家家主冷冷地说："别费力气了，世上已经没这个人了。"

"啪——"

昕雅回身给了他一记耳光。

自出生至今，韩家家主人生挨的第一记耳光来自这个懦弱的女人。

懦弱的"兔子"眼睛通红，声音嘶哑："你杀了他？"

韩家家主抚了抚被打的脸颊，神色冰冷。他伸出手，快如闪电地扼住她的咽喉。

"林昕雅。"他从牙缝里挤出声音，"从来没有女人敢做对不起我的事。你胆子不小。"

这恐吓并没有吓到昕雅。

"你既然查了，自然知道我没有。"她的眼睛红得要滴出血来，"我有求于你，你怎么对我都是我自己求来的，我认！

"可他是无关的人！他跟我根本没有关系！"她咬牙切齿，疯了一样地厮打他，"你为什么要去伤害无辜的人？！为什么？！"

韩家家主收紧了手。昕雅呼吸困难，抓紧他的手腕，但她没有哭泣哀求。

相反，她把下巴微微扬起。随着这动作，她的肩背自然而然地挺起，后颈立直。她曾是一个合格的富家千金，那些自小刻入骨髓的教养自然而然地流露出来。

这个男人曾在欢爱之时扼住她的喉咙，在她濒死之际才放开。那是曾经让她一忆起便浑身发抖的噩梦。

但现在她不怕了。当一个人彻底绝望时，便已经无可畏惧。

她看着他的眼睛，等着被他杀死。

韩家家主的喉结微微滚动了一下。

昕雅捕捉到了这个细小的动作。她的眼神发生了变化，先是迷惑，而后恍悟。

"你……"她呼吸困难，却依然露出了嘲讽的笑意，"原来……"

韩家家主知道，她终于看明白了。

林昕雅从来不是蠢货。正相反，她不仅聪明，而且清醒。或者可以说，她太清醒了。

她从少女时代起便知道要与他保持距离。他若进，她便退。

因为太清醒，她便最会审时度势，最识时务。当年拒绝他是，后来顺从他亦是。她只是被生活挫折了脊梁，磨去了棱角。

她一直以为，他对她的折磨源于对她当年拒绝他的报复心理。现在她才明白，不同于爱，韩峻这个男人啊……他原来微妙又奇异地迷恋着她。

这五年的折磨、忍耐、疼痛、恐惧，都像一场梦，刚醒。

韩家家主并没因为被她看穿而狼狈，相反，他感到愉悦。

他憎恨她低垂着头的模样，他憎恨她脖颈前倾时微弯的弧度，他憎恨她懦弱得不敢反抗。她被生活磨得不像她自己了。

现在，曾经的那个她回来了。他感到很愉悦。

他低下头吻她，并抓住了她企图反抗的双手。当他抬起头时，嘴唇被她咬出了血。

原来兔子急了的确会咬人。

他喜欢会咬人的兔子。

他将她抱起，向卧室走去。

昕雅希望自己手上有武器，因为她很想杀死这个男人。可她不仅赤手空拳，力气也远远不如他。她只有牙齿。

韩家家主在她咬得太狠的时候用精神力震开了她。她的唇角流出了血，却依然不肯放弃。她已经没了清醒和识时务的理智，她已经疯了。

可韩家家主爱她这疯狂。最后，他把精液留在了她体内。

"给我生个孩子。"他说。

昕雅醒来时，男人已经离开了。

她坐起来，发现身上只有欢爱的痕迹，没有伤痕累累。她笑出了眼泪。

她脚腕上套着一只细细的银色金属环，是后半夜他的人送来的生命信息监控器。他想让她生个孩子。她若敢吃避孕药，监控器会监测到血液的变化并直接通知他。

昕雅摸着那只拆不下来的细环，嘴角露出嘲讽的冷笑。

唐恪午休时避开同学，悄悄地去了实战场所在的山林。中午所有的机甲都被收入库中，实战场悄无一人。

韩金那些人一定想不到他会躲在这里。他还没想明白韩烟烟对他不反击这件事的态度，在想明白之前，他会尽量避开那些人。

但他想不到大中午实战场还会有别人。他更想不到，那个人会是韩烟烟。

唐恪躲在灌木丛后，看着韩烟烟和一个高大的青年。

唐恪知道那个人，他是十二年级的学长、某个小家族家主的儿子，各方面都很优秀。

唐恪睁大了眼，看着韩烟烟将学长推到树干上，拽着他的衣领令他俯身，与他接吻。

唐恪觉得浑身发烫。他知道他看到了不该看的东西，知道自己应该离开，可是他移不动自己的脚。

那些对韩烟烟的朦胧感觉，那些心底不明所以的念头，都像揭开了面纱。正在青春期的少年，性意识由懵懂走向清晰。他的身体第一次不是因为要排泄废液而昂扬。

青年被撩拨得欲火焚身，想更进一步。韩烟烟却忽然按住了他的手，倏地转头，喝道："谁？谁在那儿？"

精神力如风刃一般，交错着割裂那一丛灌木。枝丫七零八落，藏匿在后面的少年暴露。

"唐恪？"韩烟烟露出"意外"的神情。旁人一点也看不出来她在长期监控他的行为，早知这些天他中午都躲在这里。

唐恪窘迫至极，仿佛做了坏事的人是他，而且他的身体……烫得像要烧起来。这让他心底慌张，恨不得立刻远远地逃走。

韩烟烟跟学长耳语了几句。学长被坏了好事，恨恨地瞪了唐恪一眼，服从地先离开了。

唐恪更慌了。然而，韩烟烟没给他逃走的机会，径直走到了他面前。

"你怎么在这儿？脸这么红，你看到了？你……"她的话音戛然而止，视线落在了他下身。

唐恪羞窘得恨不得立刻死去。

韩烟烟笑了。

她的嘴唇因为亲吻而微微肿着，有着闪亮的光泽。

如果她再往前靠近，唐恪觉得自己会立马爆炸。

可韩烟烟不仅又向前迈了一步，还痴痴地笑了："你这小孩……"

不，他早不是小孩了。除了身高，学长有的，他都有。韩烟烟刚才摸着爱不释手的腹肌，他也有！

唐恪心底的这些呐喊似乎都透过眼睛发出了声音。韩烟烟看懂了。

她笑着说："你呀，还太小，赶紧长大吧……"

虽然她嘴上这么说，却对唐恪伸出了手。

她的拇指指尖抚过少年的唇。

唐恪听到了血管爆裂的声音、心脏跳动的声音，甚至大脑深处的精神力源膨胀的声音。

放开！放开！再不放开，他就要爆炸了！

"咦，你怎么这么烫？"韩烟烟说。

她话音未落，唐恪就爆炸了。

精神力源的物质基础是肉体，它随着肉体的成熟而成熟并爆发。还没走远的学长听见"轰"的一声，并感受到了随之而来的冲击波。

十三岁的少年迎来了人生的第二次精神力爆发。

他成了精神力为 S+ 级的强者。

✦　✦　✦

东辰学院里有不少精神力为 A 级的孩子，其中大多数第二次会爆发成 A+ 级，少数会爆发成 S 级。在初始等级相同的条件下，除了受使用营养液的等级影响，第二次爆发的结果的最大影响因素是两次爆发之间的刻苦训练。唐恪能爆发成 S+ 级，可以想象，他在旁人看不到的地方流了多少血和汗。

他昏倒了，是韩烟烟把他弄到治疗室的。他醒来的时候已经过了放学时间，韩家的飞船已经带着别的孩子先回去了。

"别担心。"韩烟烟说，"我的私人飞船在。"

韩烟烟的私人飞船直接把他送回了他自己家："这么大的事，去跟姑姑庆祝一下吧。我已打电话告诉她了。"

唐恪一进家门便被昕雅抱住了。她亲吻他的额头，把他紧紧地抱在怀里，无声地落泪。

唐恪有些窘迫："妈妈？妈妈？"

昕雅擦干眼泪，牵着他的手往里走："妈妈做了你爱吃的菜为你庆祝。"

昕雅做了一桌的菜，还准备了蛋糕。她频频地给唐恪夹菜，唯恐他少吃一口。

她自己却不吃，只带着满足的微笑，痴痴地看着自己的孩子。

"你知道我最开心的是什么吗？"她问他。

唐恪点头，说："妈妈，你放心，我毕业以后肯定会有很好的前途。我会照顾好你的，我们欠表舅的，我会慢慢地还给他。妈妈，你不用担心了。"按这个社会的原则，唐恪成为 S+ 级精神力者，注定会有很好的前程，财富和社会地位都不是问题。

"你错了。"昕雅却微微地笑了，她伸手摸他的头，叹息，"我最高兴的，是你将要成为强者。"

"对不起，小恪，妈妈是个软弱的人。妈妈一个人抚养你，把我的软弱传递给了你。

"请你一定要克服它。

"否则，不管你怎么隐藏，那些真正的强者都会嗅出你软弱的气息。他们一出手就能击中你最软弱的地方。那样，你就永远无法站起来了。"

昕雅像是在就事论事，又像意有所指，唐恪听得似懂非懂。但他努力地表现出大人的样子，挺起胸膛，郑重地点头。

昕雅却问："你是不是喜欢韩烟烟？"

今天的事导致回来的路上他都不敢看韩烟烟。没想到这会儿会被妈妈突然提起。装出来的大人样瞬间崩塌，唐恪的脸涨得通红。

作为母亲，她怎会不明白。昕雅很久以前就知道唐恪喜欢韩烟烟了。

从前他还小，那种喜欢很朦胧。昕雅什么都没说。这两年，他们长大了，唐恪进入了青春期，那种懵懂的喜欢开始朝男人对女人的喜欢发展。昕雅还是什么都没说。

因为喜欢这种事是无法控制的。

韩峻有多吸引女人，韩烟烟就有多吸引男人。这个世界本就极度慕强，更何况他们还有丰厚的身家、出色的容貌和能将人玩弄于掌心的手腕。

男孩子的第二次精神力爆发通常在初遗时，因此经常发生在晚上，至多在清晨。唐恪的爆发却发生在大中午，最后还是被韩烟烟送回来的。昕雅猜测，一定发生了什么。

但中午的事太羞耻，唐恪嗫嚅着说不出来。

昕雅也不逼他，这种事逼迫不来。她摸着他的头叹息，说："你还小，你以后一定会遇到一个温柔的女孩，和你共度一生。"

她这么说的时候，唐恪心底不由得想起了小仙女。她……就是一个温柔的女孩子。

昕雅接着说："所以，妈妈想拜托你……

"不要喜欢韩烟烟。

"你以后会明白，对那样的人……不值得，也喜欢不起。

"还有……以后，"她最后紧紧地握着他的手，盯着他的眼睛告诉他，"不要让任何人，叫你小白兔。"

唐恪记住了妈妈的话。现在，少年满心烦恼的，是明天该怎么面对韩家的小伙伴们。根据他第二次爆发的时间，大家都会猜到些什么吧，一定会集体嘲笑他吧？一想到这些嘲笑会同时被韩烟烟和小仙女听到，少年就觉得生无可恋。

当他躺在床上闭上眼睛，眼前晃动的又全是韩烟烟的艳丽模样。

又艳又冷，高不可攀。

韩烟烟从镜子里看着自己这张冷艳面孔，感叹绝世美颜真是好用。磨磨蹭蹭五年，小唐恪长成少年唐恪，终于有了成为强者的物质基础。

但这还不够，真正的强者必须内心强大。即便拥有再强大的力量，人若内心软弱，也无法驾驭那力量。

韩烟烟这晚照着镜子欣赏自己的绝世美颜，想着接下来该怎么推动，该让唐恪遭受些什么磨砺才能强烈地刺激他。为刺激他早点初遗，她可是忍着鸡皮疙瘩，故意在他面前搔首弄姿呢。

但其实世界一直在自行运转，铺垫到现在，许多事已经无须韩烟烟再亲手去推动。每个人都在复杂的人生轨迹中选择了一条，自己向前走。

第二天早上，因为还要赶到庄园搭乘飞船，唐恪早早地就起了床，叫了出租车。昕雅一如以往，给他准备了丰盛的早餐。

但在临别的时候，她拉住了他，将他搂进怀里静静地抱了一会儿。唐恪想，幸亏出租车是无人驾驶的，否则让人看见真有点难为情，毕竟他不是小孩了。

妈妈最后亲吻了他的额头，低声对他说："记住，你是一个精神力为S+的强者，没有人能再伤害你。"

"你能照顾好自己，让妈妈放心吗？"她问。

唐恪理所当然地回答："当然能！"

昕雅放他离开了。唐恪从出租车上回头望了一眼，看到她一直站在那里望着他远去。或许是因为他的第二次爆发吧，听说每当这个时候，家长们特别是妈妈们都格外感伤。

到了庄园，少男少女们正在陆陆续续地登船，后面还跟着几个这几年新来的小毛头。

唐恪硬着头皮走过去。他想尽量低调，不要引人注意，前面的人却主动向他打招呼。

"小恪，早啊。"

"唐恪来啦，听说你已经是S+级了，恭喜你了！"

"小恪，祝贺你！"

突然之间，所有人都对他热情起来。唐恪一时有点无措。

这时候，韩金走了过来。唐恪一僵。照着韩金的脾气，他必会揪住唐恪白天初遗的事大加嘲笑，让他丢脸。可韩金只是看了他一眼，就把头转了过去。唐恪微怔。

上了船，唐恪发现韩烟烟已经坐在那里了。看到他，她拍拍身旁的座椅："小恪，这边。"

唐恪犹豫了一下，下意识地看向韩金，发现韩金依然把头别向另一个方向，不看这边。其他的人，神情都十分自然。

似乎，他坐在韩烟烟旁边是一件十分应当的事。

原本，在这一船的青少年中，精神力最强的韩烟烟之下是S级的韩静姗。现在，变成了S+级的唐恪。虽然他的精神力因为刚刚升级还比较弱，但以S+级的强度，精神力会随着时间的推移爆发式地增长，超过韩静姗并不需要太久。

直到坐到韩烟烟的旁边，唐恪都还有种不真实的感觉。这种待遇，他已经好几年没有享受过了。

他恍惚间想起昨天晚上昕雅曾反复地告诉他，他已经是强者了。所以这……就是强者的待遇吗？

他下意识地转头，韩烟烟正撑着腮，嘴角含笑地看着他。昨天的尴尬事瞬间涌进脑海，唐恪的脸腾地烧起来。

韩烟烟倒没别的意思。唐恪的本尊是个年纪极长的老爷子，他在这世界里是个刚进入青春期的少年，无论哪一个，韩烟烟都没兴趣。昨天刺激他一下，只为推动进度。

"从今天开始，你不要去中级馆了。你和我，还有静姗一起训练。"她轻描淡写地说，"给你订的恒隼2302型专用机甲已经在路上了，下午应该就能送到学校。"

唐恪惊得嘴巴都张开了。

"不用吃惊，家里的孩子，只要第二次爆发后升为A级以上，都是这个待遇。"韩烟烟说。

但他不是韩家的孩子。唐恪闭上了嘴巴。过了片刻，他保证似的说："我以后……一定会努力的！"

一个家族若是资助了平民家庭资质优秀的孩子，按照惯例，这孩子长大后要为这家族效力以作回报。韩烟烟点了点头："好好努力，你越优秀，待遇越好。"

这道理他是知道的。只是以前他以为待遇一词指的仅仅是薪水报酬。原来，这其中还包括别人对他的态度，特别是……韩烟烟对他的态度。

他终于能像韩静姗他们那样，被她重视，享受她亲弟弟也没有的待遇。

这一路，他的心情难以平静。

一个小时的行程之后，飞船在学校降落，少男少女们陆续下船。

韩烟烟没动。唐恪原本解开了安全带准备起身，见她没动，便也跟着没动。等别人都下了船，他看向韩烟烟。

韩烟烟关闭智脑光屏，解开安全带起身。唐恪跟着起身。

"小恪。"韩烟烟忽然叫他。

唐恪抬头。

他比韩烟烟小四岁，还不到蹿个儿的年纪。韩烟烟个子高，他现在比韩烟烟矮了不少，看起来给人一种姐弟的感觉。

"我十七岁了。"韩烟烟一边走，一边和他说，"父亲已经开始为我物色结婚人选了。"

"人选的精神力级别底线是A+级。当然，越高越好，但越高越不好找。

"潘成浩、许洛、赵嵩，还有高家今年找回来的那个私生子，都是父亲考虑的人选。

"大家年纪都还不大，我估计父亲会继续观察几年。我应该会在二十五岁之前结婚，三十岁之前生出继承人。"

从韩烟烟说"物色结婚人选"，唐恪的心就跳了一下，一路越听越惊心。在他还只知道埋头学习和训练的时候，韩烟烟已经在考虑十年、二十年之后的人生规划了吗？

但……他停下脚步，鼓起勇气问："烟烟姐，你为什么跟我说这些？"

韩烟烟也停下脚步，回身打量他，目光中带着审视。唐恪紧张得心跳都快停止了。

"因为这些人选，我都不满意。"韩烟烟说，"而且，我的时间还很充足。所以……虽然你年纪小了点，但我也不是不可以等你。"

"唐恪。"她问，"你愿意入赘韩家，做我的丈夫吗？"

唐恪被突如其来的幸福击中，感到晕眩。

"我……我可以吗？"他磕磕巴巴地问。

韩烟烟笑笑："现在当然不可以，我可不想对小孩犯罪。"

唐恪的脸又红了。

韩烟烟认真起来："这个事不是我说了算的。高家那个私生子跟你一样是S+级别，但他哥哥和我一样，是SS级别。大家都预计他可能争不过他哥哥，他父亲想避免手足相残，向我父亲伸出了橄榄枝，有心把他送到我们家来。所以，你明白该做什么了吗？"

"明白！"唐恪大声地回答，他的眼睛亮极了，就像第一回合里韩烟烟第一次见到他时的样子。

"去吧，大饼已经给你画出来了。为了吃到这口香喷喷的饼，努力吧，少年！"

韩烟烟看着兴奋地跑走、迫不及待地去参加训练的少年的背影说，然后呼出一口气，揉了揉额角。

她刚迈开脚步，手腕上的智脑就震动了一下。有电话打进来，韩烟烟随手接通。

她的身形忽然定在了那里。

过了会儿，她问："我父亲知道了吗？"

"家主已经在那里了。"

"知道了。"韩烟烟挂了电话，再抬头，唐恪的身影已经跑远。

进度比她预期的还快。这雀跃的少年刚经历了一场虚无的喜悦，即将迎来人生的痛苦。

韩烟烟没有叫住他。刚才给她报信的，是她的私人眼线。她的父亲已经在那里了，却没有向这边发出消息。那她还是安心地等待吧。

她忍不住抬起头，小月亮正围着行星旋转，巨大的行星就在她头顶，她甚至能看清其中的山脉与河流。

在那颗行星上，有一段数据消失了。

只是一段数据而已。

韩峻站在那里，望着昕雅。

她的面孔苍白得发青，她的唇瓣没了血色，身体没了温度。她紧闭的双眼再不会睁开了。

她纤细的手指上戴着会计师为她准备的求婚戒指，她死了。

六

一大早，昕雅送走了儿子，然后将自己收拾整洁，戴上了那天晚上她从客厅地板上捡起的戒指。她如往常那样叫了辆出租车，前往她工作的画廊。

从她的公寓到画廊，中间要穿过一片海湾。在跨海大桥上，出租车爆炸了，脱离道路，跌落海里。

看起来就像一场事故。

那个时候韩峻正在晨练，汗水顺着肌肉往下淌。智脑发出警报，信息来自昕雅的生命信息监测器。他挑了挑眉，以为她敢违背他的意思，擅自服用避孕药。

他其实还有点愉悦。昕雅的反抗，比她的逆来顺受让人愉悦多了。

但打开光屏后，他看到昕雅的生命体征只剩微弱的跳动，几秒之后彻底归零。

韩峻瞳孔骤缩。

他再看到她的时候，她已经被打捞了上来。虽然这看起来像事故，但他看到了她手上的戒指，他知道不是。

警备队长小心翼翼地向韩家家主汇报情况："车子从内部遭到破坏，所以才会爆炸坠海，这个应该是这位女士……"

"交通事故。"韩峻打断他。

"啊？"警备队长蒙了。

韩峻淡淡地说："她早上出门上班，车子出现故障，意外坠海。一起交通事故，没什么稀奇的。"

警备队长的汗流了下来，他擦擦汗，说："是的，是交通事故。"

不是自杀。

警备队长离开了，房间里只剩一个男人和一个死去的女人。

韩峻点了一支烟，沉默地抽完。他用脚把烟头踩灭，双手插在兜里又看了她一会儿，然后转身离开。

人死如灯灭。哪怕之前他对她有再多执念，都随之消散了。

"把唐恪带回来。"他下令说。

韩烟烟一直等到临近中午，才看到唐恪脸色苍白地跟着韩家来的人急匆匆地离去。居然拖了这么久，她想。

她没有跟唐恪一起离开。但唐恪离开之后，她呼叫了自己的私人飞船。她在上一回合早把该学的都学了，该会的也都会了。要不是为了唐恪，她根本不会在孩子群中间苦熬五年。学校对她根本没有意义。

幸福只维持了半天，唐恪就遭逢巨变。直到握住昕雅已经冰凉、僵硬的手，他都没法儿相信这是真的。

他记事没多久，父亲就去世了。他一直跟着母亲生活，是母亲撑起了他过往的人生。现在他的人生塌了。

少年跪在地上，趴在母亲的手背上恸哭。

"记住，你是一个精神力为S+级的强者，没有人能再伤害你。"

"你能照顾好自己，让妈妈放心吗？"

现在那些话回想起来，为什么那么像遗言……那天晚上，她还跟他说了什么？唐恪恨自己当时心不在焉，神思不属。

昕雅的后事不用唐恪操心，从入殓到下葬，都有韩家人帮着料理。

举行葬礼的时候，四老爷那一房的亲戚都来了。每个人都到唐恪面前哀悼了一番，最后再重复一遍自己和唐恪之间的亲戚谱系。唐恪谁都没记住，浑浑噩噩地看着母亲下葬。

人们都散了。墓碑前最后只剩下三个人：他、他的表舅和表姐。

表舅拍了拍他的肩膀，也离去了。最后陪着他的，只有韩烟烟。她望着墓碑的时候脸上没有任何表情，仿佛她是一个生来就没有情绪的人。

最后她亲了亲他的额头，牵着他的手离开。

不管谁死了，谁走了，生活都还得继续。当年父亲去世，母亲孤身一人带着他，也照样得活下去。

唐恪又回到了学校。自从他成为S+级精神力者，别人对他的态度好了太多。就连韩金和以前与韩金一起欺辱他的人也不敢再招惹他，他们都避开他走。

有一天，他想独自静静的时候，却碰巧听到了韩金和他的几个狐朋狗友的对话。

"……是亲戚，那又怎么样？他妈妈不是照样跟着我爸？

"有一天他妈送他回来，我去书房找我爸，结果看到她进了书房。

"我本想等她出来，结果……她在里面待了三个小时！三个小时！

"干什么？孤男寡女的，还能干什么？哈哈哈哈！"

因为韩金是韩家家主的儿子、韩烟烟的弟弟，唐恪素来对他隐忍。韩金也就是嘴上狠，不敢真要了他的命。以前身上的伤再重，躺进治疗舱治治就会恢复。东辰的治疗室里用的都是高品级的肌体修复液，长期使用，对肌肉、皮肤都有好处。

这一次，唐恪没忍，也没退。很多事他都可以忍，唯有侮辱他的母亲不可以。

他的拳头上附着精神力，一拳就打碎了韩金的面颊骨。S+级的精神力强度不是一般人能承受的。唐恪失去了理智，差一点将韩金活活打死！

最后抓住他手腕的是韩烟烟。

唐恪生平第一次感受到SS级精神力者的强悍。她手指纤长，手掌单薄，可她握住唐恪的手腕硬生生地制止了他狂暴的攻击。

看到她，唐恪才恢复了理智。

韩金快死了，不过还没死。只要没死，就能救活。但他把韩家家主的儿子打到了濒死，他木着脸，等着韩烟烟的怒火。

韩烟烟指挥别人把韩金送去了治疗室，并没有对唐恪发火。她的嘴角甚至带着笑意。

"别担心。一个废物而已。别说没死，真死了，我父亲也不会心疼。他还年轻，再生几个都来得及，不缺这一个。"她说完看着唐恪，"今天还算有点样子。"

唐恪茫然。

如果今天他才算有样子，那么以前呢？原来那些退让、忍耐，根本不入她的眼。

唐恪终于懂了。

"对不起，小恪，妈妈是个软弱的人……把我的软弱传递给了你。

"请你一定要克服它。

"否则，不管你怎么隐藏，那些真正的强者都会嗅出你软弱的气息……"

妈妈……又是从什么时候懂的呢？他想。

韩家家主果然根本不在意韩金的事情，一如韩烟烟所说。唐恪终于懂了，强者的眼睛永远不会向下看，他们永远看不见弱者和废物。

他以为精神力升为S+级的人就是强者，他错了。

妈妈才是对的，她曾说若内心不够强大，即便拥有力量也无法驾驭。

失去母亲的唐恪不再是那个温和、隐忍的唐恪了。他开始拥有一颗和S+级精神力者匹配的心脏。

他开始思索自己的人生，思索自己想要什么。当他的目光落在韩烟烟身上时，他想，他想要她。而想要成为她的丈夫，他必须变成真正的强者。

他抛弃了过去懦弱的自我，脱胎换骨。

唐恪不再远远地观望韩烟烟，而是明明白白地表露他对她的野心，到处追逐她。

韩烟烟身边向来有许多追求者，她的情人并不少于韩家家主的。唐恪一个一个地清理他们，以至于连韩烟烟都恼了。她一拳将他击飞，欺身上前，踩住他的胸膛将他定在地上。

"别太过分。"她恼道。

他唇角流血，说："你不需要他们。"

韩烟烟冷笑："不，我'需要'。"

唐恪握住她的脚踝："你有我。"

韩烟烟盯着他打量了一会儿，脚一踢甩开了他的手："你还没我高！"

韩烟烟身边的人都很优秀，有一些"硬茬儿"是唐恪清理不动的。高培是高家家主的私生子，他和唐恪一样是S+级精神力者。他在家族里被SS级的兄长忌惮，被考虑平衡的父亲放逐，没有太多人脉和资源。在这方面，他并不比唐恪有优势。

但他的年纪比唐恪的大。

他比唐恪高。

他也比韩烟烟高。

唐恪比韩烟烟矮，这是死穴。

谁叫他才十三岁？他能通过疯狂的训练让自己变强，却没法儿让自己一夕间长高。

韩烟烟明确表示她只想要男人做情人，不想要"小孩子"。在他比她高之前，她不会考虑他。他只能在疯狂锻炼之后拼命地吃营养餐，希望自己快点长高、长大。

失去妈妈保护的少年顽强地疯长，从食草动物向食肉动物疯狂进化。

此时的唐恪将韩家家主视为偶像。

韩家家主的精神力是S级。唐恪曾经以为，以自己S+级的精神力强度，将不会再被他的气场震慑。后来他发现自己想多了。即便他的精神力强度更胜一筹，但在那个男人面前，他心底依然感到敬畏，依然战战兢兢。

到底什么是强？韩家家主让他重新定义了这个字眼。原来强，不只是精神力的强度。

时间最容易在规律、枯燥、周而复始的生活中悄悄溜走。转眼一年就过去了。少年唐恪不仅年龄长了一岁，身高也蹿了一截。

跟着一同蹿起来的，是青春期少年过剩的荷尔蒙，令人躁动。

韩烟烟正走在走廊上，旁边冷不防地伸出一只手，将她拽进房间。

"我把高培的脾脏打裂了。"他向她汇报，"他今天完全动不了了。"

"用了多久？"韩烟烟抱着手臂问。

"39分钟。"他的心情很好。

韩烟烟挑挑眉："不错。"

唐恪欺身上前，目光灼灼："四十分钟以内有奖励——你说的。"

韩烟烟的头有点疼。她伸手盖住那双眼睛，飞快地在他额头亲了一下。

唐恪拉下她的手，气得发昏。

韩烟烟挑眉："说好的亲一下，亲过了。"

"不是亲那里！"唐恪气死了。

韩烟烟冷笑一声，一巴掌拍在他头顶："需要我低头的，不在接吻范围之内。"

唐恪这一年蹿高了一截，但依然比韩烟烟矮……一点点。硬伤，没办法。唐恪的脸臭臭的。

韩烟烟拉开门就要离开，唐恪却握住了她的手腕："烟烟！"他现在已经开始直呼其名，不肯叫她"姐姐"了。

"你不肯和我亲热，就是因为我年纪小吗？"他问。他有种奇怪的感觉，隐约觉得韩烟烟抵触和他亲热。然而，她并不抵触别人。

"我想做个人。"韩烟烟木着脸说。

她甩开他的手，木着脸离开，木着脸想："不，不仅嫌你小，还嫌你老……虽然在这个世界里你还未成年，可现实里的你连曾孙都有了。"

老爷子，求放过！

现在韩烟烟开始觉得，单从技术上讲，利奥在她进入世界之前消除她构建世界的记忆和对任务目标本尊的记忆，其实是一项很有必要的操作。只要……她是心甘情愿地去完成那些所谓的任务的。

她走过长长的走廊，拐了两次弯来到父亲的书房。韩家家主已经在那里等她，给她准备了一堆工作。

韩烟烟深深觉得，这个男人绝对是在打着锻炼她的名义行偷懒之实。

但现在他是家主，她只是苦命的童工，只能辛苦地给他做牛做马。

好不容易把各种事务都处理完，她问："要把小妹妹接到这边来吗？"

他说："不用。还小，先让她跟着她母亲生活。"

几天前，她多了一个新妹妹。自韩金之后，韩家家主终于又肯让女人给他生孩子了。

昕雅死后，他厌倦了身边的女人，把她们都打发了。

然后，他换了一拨新情人，都是新面孔，更年轻、更漂亮。

刚刚给韩烟烟生了一个小妹妹的女人，今年刚好跟韩烟烟一样大，十八岁。那女人十七岁就跟了他。男人似乎年纪越长，越喜欢年轻的女人。

韩烟烟暗黜黜地期望看到的"永失所爱""痛不欲生"或者"追悔莫及"并没有出现。

她看着他想：这是一个超纲的人设，已经完全超出她做的那部分人设。唐恪本尊的三观几乎都折射到了他身上。

韩烟烟看着他，仿佛她本来是想在"女频"找一本霸道总裁浪子回头的甜宠文，却发现误入了"男频"升级争霸文。

她近距离地观摩了由男人创造出来的男人，揣摩他的行为和内心，而后是深深的感叹。

女人以为的一生一世，在男人这里不过是情绪忽起时一分钟的惆怅、一支烟的叹息。

君不见，真实世界中多的是在论坛里哭诉的人：几十年的婚姻，我妈死了还不到一个月，我爸就要再婚，他还有心吗？

男人的心，大多如此。

韩烟烟回忆起在末世她想通过为丁尧死的方式让他记住她一生一世。在她的记忆里，那其实已经是许多年前的事了。

但她依然忍不住想，那个时候的她多么傻啊。

✦　✦　✦

这一次，韩烟烟对任务目标的了解全在脑海中，没有被清除，因此她十分抵触和他有亲密接触。她从一开始就没打算使用色诱之类的手段。在这个慕强的世界中，她越发清醒地认知到，以色相诱实在是弱者的手段，强者纵然愿意"上钩"，也是带着豢养宠物的心情俯视你的。

一旦到了大事面前、生死面前，宠物又有什么用？

唐恪已到青春期，躁动得不行，作为男人的占有欲变得一天比一天强烈。为了避免让人膈应的情况发生，韩烟烟决定出手拉动进度。

这天是周末。从前，周末他都会回家。昕雅去世后，周末他大都留在庄园里。

有仆人敲他的房门："大小姐请您待会儿到家主的书房。"

唐恪应了，换好衣服就直接过去了。到了书房，他敲门时发现门虚掩着，里面无人应答。唐恪推门进去，房中没有人。他猜自己可能来早了。

他径直走到沙发那里坐下，准备等等韩烟烟，却忽然听见了韩家家主的声音。

唐恪微怔，寻着声音望去，发现套间的门也虚掩着。

书房是用来处理公事和接待客人的，唐恪来过这里数次，但里面的套间十分私密，唐恪从没进去过。他略一犹豫，站起来决定先退出去，回避一下。

但他突然僵住了，因为他听到了昕雅的声音。

唐恪不可能认错自己母亲的声音。但昕雅已经去世了，她的声音怎么会从韩家家主书房的套间里传出来？

唐恪推开了套间的门，发现里面并没有人。套间里有床，有卫生间，还有治疗舱。他站在床边，睁大眼睛盯着墙壁。

床对面的墙上投射着光屏，播放着视频。

"没想到妹夫会被 R 射线辐射，一定受了很多苦吧？你早该给我打电话的。"韩家家主说。

"所以，想上东辰是吗？"韩家家主说，"东辰的确是最好的，韩家的孩子上的都是东辰。"

"那么，昕雅，小白兔……"韩家家主微笑，"你拿什么回报我？"

昕雅为了唐恪的前程来向韩家家主乞求帮助，韩家家主想要回报，昕雅答应了。

事到临头，她却做不到了，她感到恐惧、羞耻。她改变了主意，想放弃。

韩峻强要了她。

在那张大书桌上，一个精神力为S级的武者强迫了一个精神力只有B级的普通女人。

女人没有哭，她神情茫然地抱着双腿。冷静下来之后，她说的第一句话是……你答应我的，请别忘记。

男人答应给她儿子一个好前程。

唐恪的指尖发抖。

画面切换，分成很多段，有在书房的，有在这套间里的，也有在其他地方的。一次又一次，韩峻对凌虐昕雅上了瘾，他对她的折磨不断地升级。当然，在治疗舱治疗之后，她便无事了。

唐恪看到，画面里，韩峻坐在这张床的床尾抽着烟等她。舱盖打开，她爬了出来，肌肤无瑕，宛若新生。

韩峻便看着她笑，笑容里带着满意。

昕雅垂着眼，没有表情。但当那个男人站起来向她走过去的时候，她本能地后退，脸上流露出恐惧……

眼泪终于落下，唐恪的手紧紧地握成了拳，恨得牙关咯咯作响。

光屏在此时突然消失。门外却传来了响动，唐恪下意识地躲在了门后。从门缝中，他看到那个强了他母亲的男人走进了书房。

唐恪一瞬间杀意上涌！他的脚动了动！可就在此时，韩烟烟跟在后面也走进了书房。

唐恪生生地止住了脚步。

"这次的行动，我去吧。"她在父亲的书桌前坐下。

韩家家主向后靠，看着她："她是你生母。"

"她是个为了自己出卖家族利益，又出尔反尔的蠢货。她靠着我们才夺取了家主的位子，却看不清自己有几斤几两，妄想过河拆桥摆脱我们。"韩烟烟漠然地说，"而且，既然她能派人暗杀我们，为什么我就不能对她动手？我早说过，尹家是我的。既然是我的，就应该我亲自动手去收割。"

"你确定你能下得去手？"

"我几乎从未跟她相处过，不过就是一条基因链的关联，您怎么就认为我下不去手？"韩烟烟冷笑，"我可是您一手培养出来的继承人，请您对自己有点信心。"

韩家家主满意地说："好，交给你了。"

话锋一转，他问："你身边那几个，你到底中意哪个？"

"我才十八，谢谢。"

"早点选中，我心里有数，也好定向培养。"韩家家主说，"这里面，我最中意高培。"

韩烟烟一票否决了他："高培本人野心勃勃，怕是不会安于做一个女家主的赘婿。况且我们家跟尹家的事，高家也有所警觉，我看高家现在态度也不是很热络了。都是高培自己，想模仿我母亲，借我们的力杀回高家。"

韩家家主点了支烟，沉默了一会儿，问："唐恪呢？"

"哟。"韩烟烟玩味地说，"我以为您不会把他列入我的丈夫备选名单呢。"

韩家家主吸了口烟，吐出来，说："他没有家族背景，受我们资助，被我们养大，精神力为S+级。理论上讲……的确是最合适的人选。"

韩烟烟淡淡地说："我还以为您年纪太大，提前痴呆了。对最好的人选视而不见，非要塞给我一堆我看不上的或者不合适的。原来我想错了，您头脑还清楚着呢。家主的位子，还能再坐十年八年吧？"

"老子还能坐二十年。"韩家家主说，"你趁早把你那篡位的想法给我从脑子里抹消。"

他顿了顿，说："唐恪……你别把他玩坏了。"

韩烟烟冷笑："那样对昕雅姑姑的您，到底是在以什么资格教训我呢？"

男人眼中闪过一丝戾气："她死于交通事故。"

"哦，是吗？"韩烟烟向椅背靠去，双手抱胸，"在我告诉您昕雅姑姑在谈恋爱之后的第二天，那男人就从世上消失了。没多久，她就死于'事故'，手上还戴着那男人为她买的求婚戒指？"

"而且当时我追着唐恪赶回来，觉得事情蹊跷，便花了些钱，从当时经手的警察那里买了些消息。"韩烟烟玩味地说，"你猜，我知道了什么？"

韩家家主冷冷地看着她。

而门后，唐恪全身的血仿佛都凝固了。

韩烟烟在说什么？妈妈她……难道不是死于一场事故吗？她难道……

韩烟烟控制自己不去看那扇门。

唐恪的杀意太强烈了，幸亏她一进房间就悄悄地撑开精神力屏障将他隔绝在外，否则韩家家主不可能察觉不出来。

她继续把该说的说了出来："我从警察那里得知，那辆出租车是从内部遭到破坏的，所以才会爆炸坠海。"

"谁会这么干呢？无人驾驶的出租车，里面只坐了昕雅姑姑一个人。

"可她要想死的话，为什么要弄得这么复杂？哦，明白了，交通事故啊……听起来，好像没有'自杀'那么不名誉，对已经成才的儿子也不会有那么大的不良影响。对您，大概激怒您的概率也比较低，不会让您迁怒到唐恪身上。

"方方面面都考虑到了啊，可她还是选择去死，昕雅姑姑这是……真的不想活了呢。

"所以，有时候我也很好奇，您到底对她做了什么？"

"韩烟烟……"韩家家主的声音里藏着风暴，"你的手伸得太长了。"

"哪怕您还能在家主的位子上坐二十年，这个位子也迟早是我的。重要的人和事都要掌握在自己手里，这不是您从小教我的吗？如果我学得好，青出于蓝而胜于蓝，那也是您的功劳。"韩烟烟含笑。

韩家家主深深地吸了口烟，看着她说："你要是看中了唐恪，就好好地培养他的忠诚心。"

"您这是同意了？"韩烟烟问。

韩家家主默认，又说："我答应了他妈妈会照顾他，你……别弄坏了他。"

韩烟烟微哂："劳您担心了，我没从您那里继承什么特殊癖好。我的个人偏好很阳光，也很健康，也从来没把可爱的男孩子玩坏的打算。把他调教成现在的样子，我可是花了不少心血。"

韩家家主"哼"了一声。

"不过，话说回来……"韩烟烟撑腮，笑着说。

她十八岁了，笑起来风情万种、艳丽无双。

她用最美丽的唇吐出对门后少年最恶毒的语言——

"母亲是您的小白兔，儿子是我的小白兔，想一想，还真是有趣呢。"

唐恪的脑子"轰"的一声炸了。

等到韩家家主和韩烟烟离开，他才浑浑噩噩地走出来。他没有回房间，直接回了他和昕雅的公寓。

昕雅去世后，他在这里常会触景伤情，便很少回来。屋子里有家务机器人，将房间打扫得一尘不染，就和从前一样。

可屋子里冷冰冰的，没有一点人气，那个脸上带着温柔笑容的女人早就不在了。

唐恪如幽灵一般走进画室。

自昕雅去世后，这房子没有人来过。她的卧室和画室都还保留着原样。唐恪扯下画板上罩着的白布，她生前的最后一幅作品还没完成。

画布上，灰色和黑色构成大块的色块，最中心的位置漆黑得像黑洞，似能将人吸附进去，让人挣不脱。

唐恪走进另一个房间，漆黑的屋里没有多少东西，最中间放着一台治疗舱。他们搬到这公寓后没多久，就有了这台治疗舱。

她说，他以后会用到。其实，他用的次数极少。大多时候，他们训练完就直接在学校的治疗室接受肌体修复了。在庄园，西区也给他们配备了治疗舱。

唐恪的手摸上去，用精神力激活了控制面板。幽幽的光在黑暗的房间里亮起，使用记录被调了出来。

使用人，林昕雅。

使用人，林昕雅。

使用人，林昕雅。

使用人，林昕雅。

使用人，林昕雅。

使用人，林昕雅。

使用人，林昕雅。

使用人，林昕雅。

…………

✦　✦　✦

"轰"的一拳，治疗舱裂成了两段。电路板碎裂，电缆线断裂，"滋滋"闪着火花。

唐恪的手划破了，血流了出来。唐恪的眼睛里也快要流出血来。

他要杀了他！

他要杀了她！

他做的事不可饶恕！

而她，她什么都知道，却只是玩味地看着，从中取乐！

唐恪想起昕雅第一次知道韩烟烟管他叫小白兔时苍白的脸色。原来从那时候起，从那时候，韩烟烟……就什么都知道！

他想起她在书房里说出那些恶毒的话时脸上艳丽的笑。如果恶魔有面孔，它必定长着韩烟烟的脸。

如此它才能一边魅惑人，一边行恶。

唐恪想起了昕雅最后那晚对他说的那些话。原来那不是他的错觉，原来那真的是遗言。

第二次爆发，他成为S+级精神力者。她终于放心了，了无牵挂，萌生死志。

他的泪水滚滚而落。

"对不起，妈妈……"

"我再也不会让任何人叫我小白兔了。"

唐恪的内心被仇恨充塞。他设想了无数种杀死韩家家主的方式，最后却发现……很难。

精神力只是武者武力值的一部分。虽然精神力强的人在驾驭机甲方面占有极大的优势，但若赤手空拳作战，不使用任何武器，该人的格斗技能、对战经验、体能膂力都是影响胜败的重要因素。

韩峻浸淫武道数十年，于战场上杀人无数，是一个真正的强者。

更何况他身份特殊，极少单独行动。唐恪若不能一击毙命，必受反噬。而且，他们父女两个都是强者！

唐恪想了整整一个晚上，明白他现在还没有杀死韩峻的能力。这现实令他冷静了下来。脑子一旦冷静下来，他便发现了其中的蹊跷。

韩烟烟是让男仆通知他去家主书房的。他当时没多想，现在想来，她要找他，直接通过智脑呼叫他就可以。让仆人传话，通常是对客人和下属的做法。虽然他还不算她的情人，但他和她的关系不至于这么生疏。

视频又是怎么一回事？为什么会有那些视频的存在，又为什么会在他去了之后突然自动播放？

是谁在背后推动这一切？目的为何？

为了杀死韩家家主也好，为了寻求答案也好，不管哪一样，唐恪最终都得回庄园。

当年第一次来，他被这庄园的壮丽震慑，为天使一样美丽的小姐姐惊叹。现在，再一次踏入这个地方，他的心境已完全不同。

终有一日，他要扫平这里。

终有一日，他要让姓韩的人付出代价。

唐恪还没回到自己的房间，韩烟烟便通过智脑打电话给他："到我书房来。"

韩烟烟有自己的书房。比起韩家家主的书房，她的书房要女性化一些。比起韩家家主的书房，唐恪对这里熟悉得多。

韩烟烟坐在书桌后，头也没抬，说："去哪儿了？今天一上午都没看到你。我和父亲马上要外出，这是给你做的训练计划。我不在的时候，韩钧负责监督你。"说着，她把训练计划发到了唐恪的智脑上。

很详尽，很严格。

唐恪想起了两人认识以来她对他的种种态度。从小时候开始，她先温柔待他，然后突然变冷淡，令他惶恐，往自身寻错。等她恢复，他便满心欢心、感激涕零，忠诚度又升高一级……

这调教由来已久。

他从前有多迷恋她，现在就有多憎恨她。唐恪的手动了动，杀意腾起，但随即被他强行克制住。

韩烟烟即将外出，他昨天听到了他们的对话，知道她要和她父亲去杀她的母亲。而她，很可能亲自动手。

这是一个会面不改色地杀死自己生母、强夺自己外家的女人。如果他不能一击致命，她不会对他有任何怜悯和宽容。他将只有死路一条，再没可能报仇。

唐恪从来没像现在这样痛恨自己不够强！

"嗯？"韩烟烟抬头，皱眉，"刚才怎么了？"

唐恪控制住自己的情绪，努力放松地问她："昨天你叫我来这里，我来了，你怎么不在？"

明明是叫他去家主的书房，少年还学会试探她了？韩烟烟想着，脸上做出什么都不知道的模样，皱眉："昨天？我没有叫过你啊。我昨天很忙。"

不是韩烟烟，果然有别的人在推动这一切吗？是谁？

唐恪说："是个男仆去喊我的。"

韩烟烟问："什么时间？"

唐恪说了。韩烟烟回想了一下，说："那个时间我在大书房里，不在这边。"

她无所谓地耸耸肩，笑道："是被人耍了吧？是不是韩金？他还不老实？"

肯定不是韩金。韩金早就不敢招惹他了，唐恪也不相信他有这种本事，敢在韩烟烟和韩家家主眼皮子底下揭开这些事。

他说："可能是他。那天他说了我的坏话，我教训了他一下。"

韩烟烟揉额角："你以后下手轻点。他妈妈会跑来找我哭诉的，可烦死我了。"

唐恪带着满腹疑窦回到了自己的房间，看到了久违的东西——印着花边的淡彩色信封静静地躺在书桌上。

曾经，小仙女是他心底的温暖，是他枯燥生活中的一点快乐。

后来，他经历了失去母亲的痛苦，将精神寄托在韩烟烟身上，疯狂地迷恋她，晚上做梦时脑子里也全是她。

小仙女那点淡淡的田园少女风的小旖旎和小浪漫，他再也不感兴趣。他不再回复她，渐渐地，她没了声息。

唐恪本以为这又是一封裹着"鸡汤"和少女情怀的信笺，但抽出信笺他才发现，虽然秀丽的字体如昔，所书内容却令他的心脏骤然收缩！

"真相揭开，看清现实了吗？"

原来是她！竟然是她！怎么会是她？！她到底是谁？

那句话下面有一串数字，是通信号码。唐恪立刻将之输入智脑，拨了过去。

对方拒绝接听，但很快发了文字信息过来。

"该知道的，你都知道了。"她说。

唐恪问："你是谁？你怎么会知道那些事？"

小仙女回复："偶然发现的。"

"为什么要让我知道？"唐恪问。

小仙女沉默了一会儿，回复："不想看你变成她的狗。"

唐恪咬牙，他知道她说的是对的，他本来即将被韩烟烟训练成一条最忠诚的狗。

"你到底是谁？"他问。

小仙女说："不到死亡之日，不会让你知道我是谁。"

她不肯暴露身份，唐恪不再追问。他盯着光屏，看着她发过来的下一句话。

"既知道了真相，你打算怎么办？"她问。

"我要杀了他和她。"唐恪回复。

小仙女几乎不假思索地就回复了他："你做不到。"

唐恪咬牙，咬得牙都快流出血来。他忍不住发问："我该怎么办？"

"学校和韩氏家族的训练只会让你成为更优秀的狗。真正的强者都是在战场上磨炼出来的。"她说，"如果你有决心，我可以助你一臂之力。小星星，我站在你这边，永远。"

她到底是一个什么样的女孩子？

曾经，她带给他温暖。后来，他长大了，和韩烟烟的高贵、冷艳比起来，她的田园少女心尬得让他没眼看。

什么小仙女、小星星，如同黑历史，所以他刻意冷淡她。

可现在，现在他才知道……这世间真心对他的，除了母亲，大概只有这个神秘的女孩了。

唐恪做了个深呼吸，回复："请你帮我。"

韩家和尹家的一战，韩家大获全胜。

尹薇死在了亲生女儿的手里，尹家的航线和矿产星全部落在了韩家手里，从此改姓韩。韩家现任家主当壮年，未来家主已露峥嵘，父女联手，令人胆寒。

当然，这是外人的感觉，家族内部自然紧密团结。

就在这样的氛围下，家族中出现了不和谐的"音符"。那个一直受韩家资助的远方亲戚唐恪，趁家主、少家主外出，潜入书房黑入系统，盗取了韩家研发的最新机甲和武器的资料，然后消失了。

人们感到匪夷所思。

这少年从小接受韩家资助，因为资质太好，韩家给他的都是最优的待遇，从没亏待过他。更何况他和少家主关系亲密，有很大机会成为她的丈夫。他的举动实在无法解释。

于是，关于昕雅和家主、少年和少家主两代人的绯色秘闻被传得漫天都是。

韩金之流，尤其热衷散播谣言。

韩家家主亲自抽了韩金一顿，还不许他用治疗舱，只许使用外敷药物。他消停了，谣言和绯闻也消停了。

韩家家主追查过一阵子，但所有的痕迹都被韩烟烟抹去，最终不了了之。

过了两年，韩家在R457Z5星域和佣兵团交战。后来，经家族的技术人员鉴定，佣兵团使用的机甲，各种特征、性能都符合被唐恪盗走的资料中的型号。唐恪的去向大致有了答案。

不论中间发生了什么使唐恪做出这样的人生抉择，对于这条路，韩家家主还是颇欣赏的。

"虽然跟你期望的不太一样，但他现在像个男人了。"他喃喃地说。

而"小仙女"韩烟烟这些年一直以一年两三次的频率和唐恪保持着联系。

所谓"佣兵"，接生意的时候叫"佣兵"，不接生意的时候叫"盗匪"。他们多聚集在政治自由区，过着刀头舔血的生活。

甲板上，人形机甲停落，开膛破腹般地打开，唐恪跳了出来，稳稳落地。如果韩烟烟在这里，对比一下就会发现，他已经比她高了许多。

激烈的作战已使他的机甲服湿透，他抬手脱下它扔给手下："给我洗洗。"

"是，老板。"手下接住。

唐恪随意套了件外衣，敞着胸膛离开甲板。

飞船上光线昏暗，人们的装扮都很奇怪。这里没有优雅的礼仪和精致的生活，只有铁、血、火药和醉生梦死。他过着与少年时代截然相反的生活。

但每个看到他的人都会给他让路，对他低头。

"老板。"

"老大回来了。"

"团长太牛掰了，全歼！"

唐恪用十一年从一个给别人卖命的小兵一步步地爬上来，夺取了这佣兵团，并一手壮大了它，成为雄霸一方的势力，可与诸多大家族正面对抗。

战场上磨炼出了SS级的强者，"唐恪"这个名字已经无人不知，无人不晓。他的心狠手辣与不容情，令人闻风丧胆。

唐恪回到自己的房间，脱光衣服进入浴室。热水冲刷着他精壮的身体，宽肩窄腰，肌肉块块隆起。当年身体纤秀的少年已经不见了踪影。

他洗完回到卧室时，智脑上显示有未读信息。他打开一看，是小仙女发来的信息："生日快乐。"

其实，这一天并不是唐恪的生日，这一天是唐恪离开韩家的日子。在这一天，唐恪犹如重生。

唐恪套上裤子，回复她："二十五了。"

当年他进入韩家时，已经住在庄园的女孩子里，没有年纪比他小的。唐恪发信息："你最少也该二十五了。结婚了吗？"

小仙女回复："不结婚，难道等着你来娶？"

唐恪笑了："我回韩家的那一天，如果你没结婚，我娶。"

小仙女却说："那时候你会发现，我可能已经死在你手里了。"

唐恪沉默了一下，问："还不肯告诉我你是谁吗？"

小仙女还是那句话："不到死亡之日，你不会知道我是谁。"

唐恪说："你总是说死。"

小仙女回复："你我迟早都要死。你过的生活本来就每天都在面对死亡，不是吗？更何况我也不是在开玩笑，我有亲人死在你手里。你别忘了，我姓韩。"

唐恪沉默了一会儿，死在他手上的姓韩的人有好几个，他不知道哪一个是她的亲人。其实，严格来讲，他们都是。

他问："恨我吗？"

小仙女嗤笑："有什么好恨的？他们会死，是因为他们太弱了。"

"你有一颗强者的心。"唐恪说，"但你不会死在我手里。"

他说："为了你，我不会杀韩家的女人。除了一个人。"

◆　◆　◆

时间转眼又过了三年，唐恪处处针对韩家，他的存在已经威胁到了韩家的生存。

韩烟烟两年前就已经接任家主之位，但这一次，老家主执意亲自出马。

"非得您去吗？唐恪是个疯子。"韩烟烟牵着小男孩问。

"我种下的因，应当由我亲手解决。"老家主说。

岁月在男人的脸上刻下痕迹，他已现衰老。他说："你照顾好小拓。"

他轻抚着小男孩的头，脸上现出慈爱的神色。年轻时对自己的孩子冷漠、苛刻的男人，老了反倒有了几分温情。

韩烟烟已经三十二岁了。她牵着的韩拓才六岁，精神力初爆便是A+级，比当年的韩烟烟和唐恪都更优秀，已经被默认为韩烟烟的继承人。

但他不是韩烟烟的儿子，他是韩烟烟的爹老当益壮又生出来的儿子。因为有了这个孩子，韩烟烟不愿意结婚，不愿意生孩子，韩峻就随她了。

自精神力初爆之后，这孩子就和生母分离，被韩烟烟和老家主带在身边日夜教导。

老家主就要登船，韩烟烟忽然喊他："爸爸——"

韩峻回头，韩烟烟凝视了他一会儿，轻声说："谢谢您这么多年对我的教导，我学到了非常多东西。"

老家主失笑，说："那你就好好教小拓，像我教你那样。"

韩烟烟笑笑，点头。

她目送飞船升空，过了许久还站在那里。

"姐姐，不回去吗？"韩拓扯扯她的手。

韩烟烟摸摸他的头："你去玩吧。"放他走。

她独自望着碧空出神。

又一个二十年。前后两个回合，他们做了四十年父女，是时候说再见了。

唐恪从小仙女那里收到了老家主此行的全部信息，他眯起眼睛盯着光屏。

当年，她能搞到那些视频，能在韩家家主和韩烟烟眼皮子底下搞鬼，能帮他进入主控系统窃取机密资料，他早就在猜测她的身份。她今天给他的这些信息如果是真的，证明她必然是韩家家主身边受信重的人。

她是谁？她目的为何？她想要什么？

"你想得到韩家吗？"他发送信息，"你和我，我们可以分享。"

"利诱对我来说毫无意义。"小仙女回复。

"那你想要什么？"他问。

小仙女沉默了一会儿，说："我想要一双眼睛，闪亮得像星星。那双眼睛还在吗？"

唐恪说："你该知道，早就消失了。"

唐恪早没了那样的眼睛，他眼中的杀意和戾气太重，人们都不敢和他对视。

"那我就没有想要的了。"小仙女说。

唐恪不信。

他早已不同于小时候的单纯，他相信每个人都有其想要的东西。利益、贪婪或者仇恨，才是驱动人前进的最大动力。

就算她真的是小仙女，也必然有想要的东西。

但唐恪又想到，她是一个女人，一个从少时便感性、细腻、柔软的女孩子，一直在默默地关注他、关心他。那么，她想要的，难道是他吗？

抽着烟，唐恪有些自恋地想。

当一个男人足够强大的时候，难免会有这样的自恋。而且，唯有如此，才能解释小仙女的一切行为。

为了爱情，为了男人，女人有时候的确会做出匪夷所思的事情。

韩烟烟那般的女人，终究是少数。

老家主出发十天后，船队遭遇伏击，与本家失联。

在那之前，韩烟烟从父亲那里收到的最后一条信息是："小心，有内鬼！"

是的，她知道，因为她就是那个内鬼。是她把韩峻亲手送到了唐恪手里。

韩烟烟一直在等世界结束，可世界没有丝毫变化。难道韩峻还没死吗？

半个月后，韩家的搜索队搜索到一艘救生舱，和老家主同行的韩静姗开启了生命维持系统，陷入深度昏迷。

她是老家主一行中唯一一个活下来的人。她伤痕累累，曾被凌虐和性侵。

她手里握着一枚芯片。唐恪给韩烟烟留了讯息。

韩峻果然死了。他死得缓慢而痛苦。唐恪生擒了他，而后虐杀了他。

韩烟烟确信，发生在韩静姗身上的事也是他亲手做的。

她质问他："你说过不伤害韩家的女人。"

他回复："我说不杀。"

她问："为什么这样对她？"

他说："他就是这样对待我母亲的。"

韩烟烟说："我就是韩静姗。"

唐恪看到这条信息时笑了，回复："不，你不是。"

他的确曾怀疑她就是韩静姗，因为韩静姗极受信重，是韩烟烟的左膀右臂。但当他对她动手时，她的反应告诉他，她不是。

他于是不再顾忌，肆无忌惮地蹂躏她。

"我是不是做错了？"小仙女问他。

唐恪咬着烟回复她："你说过，你永远站在我这边。"

"你已经不是我的小星星了。"小仙女像是很伤感，她果然是个感性的女人。

都什么年纪了，还小星星、小星星的？！唐恪脑壳发麻。他顶着发麻的脑壳对她说："我需要你。"

想了想，他又重复发了一遍："我需要你。"以加强语气。这些感性的女人会对语气很敏感吧?

果然，小仙女沉默了一会儿，说："我只帮你最后一次。"

唐恪笑了。

韩烟烟搓了搓手臂上的鸡皮疙瘩。"小星星"也学会操纵人心了啊，她想。

韩峻都死了，世界还没有变化，只能说明唐恪还不满足。看来，只有杀死韩烟烟才能让他彻底满足。

女家主为报父仇，亲自上阵，势要将唐恪这白眼狼杀死。唐恪果然从小仙女那里收到了她的最后一次帮助，她像上次一样，给了他韩烟烟的路线信息。

她说："她是一定要杀死你的。你也一定要杀死她吗?"

唐恪说："不，我要她受到比死更重的惩罚。她父亲对我妈妈做的，我要加倍还回去。"

唐恪抬头，在他的床边，有全息照片器，基座上投射出全息的人像。

这些年，他收集了韩烟烟的一些近照。少女时代的她冷艳高贵，三十出头的她妩媚动人，一颦一笑，倾国倾城。

唐恪的青春期是在对她的迷恋中度过的。但她从来不许他和她过度亲近，他少年时那些蓬勃的欲望都无处发泄，越积越深。

它们积在他心底，成了执念，成了恶念。他忍不住舔了舔嘴唇。

智脑震动，小仙女发来最后一条信息。

她说："这是最后一次了。我和你，到此为止。再见之日，生死之时。"

唐恪盯着她的讯息，给她回复了过去，却被提示对方已注销号码，无法联系。

这世上已没有小星星，也不再有小仙女。

少时的归少时，来日的归来日。

不知为何，唐恪心中有一块地方空了。他盯着韩烟烟的全息影像，想象着捉到她之后要对她做的种种，用满满的恶意填补了那一块空洞。

韩烟烟踏上了讨伐唐恪的征途。当她的飞船在小行星带被伏击，她艳丽的面孔上露出了微笑。

拖得太久了，她都有些厌烦了。老爷子，赶紧醒来吧。

她穿上了机甲，飞出甲板，拔出阔大的机甲刀，悍勇迎战。

绘着狼纹的机甲拔出机甲刀，和她刀刃相碰，火花四溅。这是在宇宙真空中，没有地动山摇。所有人都投入到战斗中，无暇他顾。

唯有韩烟烟注意到了，离他们最近的、大如月亮的小行星……在震颤。韩烟烟笑了。她就知道，果然她才是他这一生爱憎的终点。

人的内心和情感，说复杂也复杂，说简单也简单。

"听说你没结婚，也没生孩子。怎么，我离开后，他们都满足不了你吗？"唐恪的声音从通信频道中传来。

"你现在的声音听起来倒有点像男人了呢。"韩烟烟讥笑，"不知道现在有没有我高？"

一来一回间，两把机甲刀已经上下翻飞着相撞十数次，火花噼里啪啦地迸射。韩烟烟收刀的瞬间，抽出激光枪一枪朝对方轰去。狼纹机甲在千钧一发间腾挪转移，险之又险地避开了。

"不错，当初教你的都没丢下。"韩烟烟赞道。

唐恪哼了一声。他无法否认，在韩家他打下了扎实的基础，其中韩烟烟居功甚伟。

可那又怎么样呢？她把他当成一个玩物，捏扁搓圆，照着她的喜好打磨。一想起他们父女是怎么玩弄他们母子的，唐恪就满心恨意。

他们这些高高在上的贵人啊，虽然嘴上说要注重实战，可养尊处优的日子怎能比得上他每日刀头舔血的磨炼？！

两台机甲高速运行着，速度甚至高于一般的飞船，渐渐脱离小行星带，向行星表面靠拢。

唐恪有种奇怪的感觉。

韩烟烟比他预期的弱。她带的人手远少于她应该带出来的。难道……有陷阱？

"我给你准备的视频看了吗？"他刺激她说。

韩烟烟看了。韩静姗醒来后精神一度崩溃，因为她亲眼旁观了唐恪虐杀她伯父的经过。

韩烟烟在这个世界前后晃荡了四十年，被韩峻教导得仿佛一座冰山，已经极少会被情绪左右了。但唐恪的话终究刺激了她心里的某个地方。

她的机甲突然失了沉稳，放弃防守，如疯了般发动快攻！唐恪觑见破绽，斩断了她机甲的一臂。

韩烟烟冷静下来。

"他……至死没有服软，你快被气死了吧？"她咬牙笑道。

唐恪心生敬佩："你居然从头看到了尾？"他的人最后都撑不住了，有呕吐的，也有被刺激得意识失常的。

唐恪承认："老东西是我见过的最硬的骨头。"

“当然了。”韩烟烟骄傲，“这个男人是我这辈子见过的最坚定的人。他的心脏像铁一样硬，没有任何人、任何事能动摇他。”

温柔美人、似水柔情不行，刀锉斧凿、片肉削骨也不行。

“他没有弱点。他是真正的强者。如果他不是我父亲，我甚至会爱上他。”她说，“你不是奇怪我为什么不结婚吗？因为这世上再没有像他一样，强到让我足以倾心的男人。”

唐恪“呵”了一声。

“我就知道，在你眼里，强即正义，弱是原罪！”

“你明知道他对我妈妈做了什么。你明知道她经受了什么。可你什么都没做！”

“你用你的微笑迷惑我，用你的手段调教我，想把我变成和我妈妈一样的玩物！”

“韩烟烟！你喜欢强者！我让你看看，什么是强者！”

狼纹机甲高高地举起机甲刀，挟着山海之势，呼啸而下。

韩烟烟硬扛下了这一刀。

她的机甲刀被砍断，剩下的一条臂膀被削去，断裂处爆出数个大小不一的火球。攻击还没结束，一击正中的狼纹机甲翻旋、退后，肩头支起光子炮，向韩烟烟开炮。

韩烟烟在白光从炮筒中射出的瞬间便瞳孔骤缩，果决地弃了机甲，连人带座椅从机甲背后弹射出去。

她用了许多年的爱甲在她眼前轰然粉碎！替她挡住了这一炮！

巨大的冲击波将她推向行星的大气层。

爆炸的火焰映射在她太空服的面罩上。

在那瞬息间，他们都从通信器中听到了对方的声音。

“你赢了。”她说。

“我赢了。”唐恪说。

“别想死。”他说，话音里充满兴奋和恶意。狼纹机甲如流星般向韩烟烟追去。

他要生擒她、折磨她、侵犯她，把她的高傲和冷艳都踩到脚底，踩得粉碎！一想到自己将要对她做这样的事，唐恪便兴奋得血液沸腾。

在他的兴奋中，韩烟烟露出微笑。

这里明明是真空，她却清楚地听到了大气层风起云涌、行星崩裂的声音；附近明明没有恒星，她却看到白色的光从向自己疾冲而来的狼纹机甲后方亮起。

她看到宇宙在他身后裂开，白光涌了进来。

这世界该结束了，这位逝者即将被唤醒。

韩烟烟终于忍不住问道：“唐恪，你变成了自己最厌恶的人，开心吗？”

世界即将结束，唐恪在高速飞行。他已经有了做梦般的恍惚，他下意识地呢嗬："开心吗？"

他说："开心呀。"

当然开心了。他小时候寄人篱下、遭人白眼，从那时候起，他就梦想有朝一日变成人上人，将那些踩他的人踩在自己脚下。

后来他做到了。他让他们家破人亡。

啊，多开心啊！

"你开心……就好，"韩烟烟说，"唐恪。"

这个声音传进他的耳朵，他愣住了。

唐恪？唐恪是谁？他是唐恪吗？

不……他不是！

他想起来他是谁了！他怎么会在这里？这个世界是怎么回事？这段人生又是怎么回事？

"再见，我的小星星。"韩烟烟微笑着说，等着世界结束。

"……小星星？"

"我和你，到此为止。再见之日，生死之时。"

她！

是她？！

韩烟烟的微笑忽然凝住。

在她的视野里，自宇宙裂缝中涌出的白光即将吞噬、融化一切。在这刺目的白光中，狼纹机甲逐渐变模糊，化成一团青色的光，以超越一切的速度向她冲来。

那不是机甲，也不是唐恪。那东西已经超离了这个世界！

韩烟烟意识到了那是什么，她冲那青光伸出了手。

白光涌来，世界融化。

在那之前，韩烟烟的指尖触及了青光，以现实世界的时间来计算，这件事持续了0.000000001秒。

韩烟烟的意识体与一个SS级精神力强者的精神力源直接接触了0.000000001秒。

足够了。

图书在版编目（CIP）数据

攻略不下来的星辰 / 袖侧著. —北京：北京联合
出版公司，2022.7
ISBN 978-7-5596-6154-8

Ⅰ．①攻…　Ⅱ．①袖…　Ⅲ．①长篇小说—中国—当代
Ⅳ．①I247.5

中国版本图书馆CIP数据核字（2022）第064637号

攻略不下来的星辰

作　　者：袖　侧　　　　　　　　出版监制：辛海峰　陈　江
出 品 人：赵红仕　　　　　　　　责任编辑：李艳芬
产品经理：夏　目　张梦璇　陈隽萱　特约编辑：郭　梅
封面设计：吴思龙＠4666啊　　　　内文排版：任尚洁

- -

北京联合出版公司出版
（北京市西城区德外大街83号楼9层　100088）
北京联合天畅文化传播公司发行
天津中印联印务有限公司印刷　新华书店经销
字数 402千字　710毫米×1000毫米　1/16　21.5印张
2022年7月第1版　2022年7月第1次印刷
ISBN 978-7-5596-6154-8
定价：49.80元

- -